在阅读中展开，人生的可能

CONTENT
肯特文化

燕垒生 著

GOD WILLS IT
FIRE CITY

烈火之城

长江出版社

图书在版编目（CIP）数据

天行健·烈火之城 / 燕垒生著；
— 武汉：长江出版社，2018.5
ISBN 978-7-5492-5356-2
Ⅰ.①天… Ⅱ.①燕… Ⅲ.①长篇小说-中国-当代 Ⅳ.①I247.5
中国版本图书馆CIP数据核字(2017)第238356号

天行健·烈火之城 / 燕垒生 著

出　　版	长江出版社	
	（武汉市解放大道1863号 邮政编码：430010）	
选题策划	肯特文化	
出版统筹	柯利明　林苑中	
特约监制	杨莹莹　准拟佳期	
市场发行	长江出版社发行部	
网　　址	http://www.cjpress.com.cn	
责任编辑	陈　辉	
特约策划	唐　嵩	
特约编辑	陈景熙	
营销推广	刘　源	
装帧设计	尚世视觉	
责任印制	法成海	
版式制作	李　松	
印　　刷	三河市华东印刷有限公司	
版　　次	2018年5月第1版	
印　　次	2021年5月第2次印刷	
开　　本	787mm×1092mm　1/16	
印　　张	21	
字　　数	350千字	
书　　号	ISBN 978-7-5492-5356-2	
定　　价	49.80元	

版权所有，翻版必究。如有质量问题，请联系本社退换。
电话：027-82926557（总编室）027-82926806（市场营销部）

修订版序

人生有很多意外，当时根本无法预料。虽然从儿时就梦想着能写出一本书来，但在已经虚度了一半的生涯中，却几乎从未当真——直到十四年前出版了第一本书。

虽然曾经自以为是个文学爱好者，最早在纸上试着涂鸦出来的，也是一些拙劣的诗词歌赋，以及当时最感兴趣的意识流，然而现实往往会对你开一个大玩笑。迄今为止，我那些得以殃及梨枣的文字，绝大多数都是些少年时耻于提及的消闲说部。只不过随着马齿加长，少年时的天真已不知何时荡然无存，所以现在也并不如刘以鬯先生那般以此为羞，尽管刘先生是我最为景仰的香港作家。

《天行健》这个故事，落笔于这个世纪初了。直至今日，我还记得在那个初春的夜里，出生未久的儿子正熟睡在床上，而我在他边上的电脑桌上敲敲打打着这个故事最初的几段，一边等待着他随时都会发出的哭声，然后给他换上干尿片。就这样，在第一年里，把第一部《烈火之城》的二十多万字敲进了电脑。

虽然真正落笔是在2001年的年初，但这个故事的背景其实在我脑海中已经萦回了十几年。那还是三十多年前，读到张系国先生的《倾城之恋》时，震惊于这个故事中被蛇人攻破的索伦城。在那个短短的故事里，两个来自不同时空的主角，为了爱情，或者说是为了理想，放弃了一切，留在了注定即将毁灭的围城之中。

> 在浩瀚宇宙无数星球之中，在亿万光年无边的岁月里，他们偏偏选择了这一刻活着，没有过去，也不再有未来，仅只有这一刻。
>
> 他把长剑交到左手，紧握着她的手。他们共同面对燃烧中的索伦城，京城内的房屋均在燃烧，烈焰腾空，金黄色的火海仿佛将燃烧到永恒。

《倾城之恋》的这最后一段，让少年时的我如此惊心动魄。台湾的留学生文学中，我其实更喜欢於梨华，但张系国的这个短篇却让我看到了另外一种震撼的美。烈火，孤城，潮水般涌来的怪兽，那种有如海上落日般华美的苍凉让我无法不为之迷醉。

有朝一日，我也要写一个故事。一个被蛇人围困的孤城里，一个不屈不挠抵抗到最后一刻的英雄的故事。甚至，在那时我就已经想好了主角的最后结局：手持长剑，与心爱的女子站在最后的大旗之下，面对着四周逼近的蛇人。而城中，烈火熊熊，直冲云霄。正因为这个意象实在太鲜明深刻了，所以后面在电脑上最初写下时，马上就定名为《烈火之城》。

只是，第一次形成文字，却是二十多年前在纸上写下来的。那个叫《名刀》的故事是以帝国都城被共和军攻破后为楔入点，写一个近卫军的小军官的故事。当时大学刚毕业，想写一个长长的故事，然而真正落笔后，才发现自己是太自不量力了。简陋的词汇量，笨拙的表达能力，写作时时时会遇上瓶颈。加上根本没有读者，于是写到二十多万字时，当那个小军官被国君收买，让他对付跋扈的权臣时，如同雪夜访戴的王子猷般兴尽，再也不想继续下去了。也正因为有这一次的失败，所以后来在电脑上开始写时，就发誓一定要坚持到底，即使仍然没有一个读者。回想起来，虽然我这一生大多不如人，唯有毅力尚称差强人意，所以这个狂妄的愿望居然咬着牙最后完成了，只是花了近七年时间。用七年时间写出了一百三十余万字，纵然内容再不足取，至少数量上也堪自豪一下。而这个以法国大革命为蓝本写就的幻想故事虽然乐而淫，哀而伤，却多少也贯注了一些自己的感悟。何况一个用七年时间写出来的故事，总还有些许岁月的沉淀，尚未流于轻佻，这也是另一个可以自得一下的小小理由。

再长的故事总会有完结的一天。写到这个故事的最后一个字时，已是2007年的岁暮。时至今日，又已十年过去了。曾经以为这故事写完后就只能被遗忘，然而人生毕竟有很多意外，又有了一个付梓的机会。尽管粗陋，仍是不惭芹献，趁着砚有余墨，脑细胞也尚未退化，把一些破绽和缺漏尽可能地补充完满了一下。只是如此一来，文字又增加了数万。想起当初写完这个故事时，曾经填过一阕词，回头再看，不胜唏嘘：

二十年前梦已阑，十年前记廿年前。可能一枕南柯后，忆着今宵又十年。

枯木桨，逆流船，始知过眼总云烟。此身敝屣终难弃，苟且偷生效瓦全。（调寄《鹧鸪天》）

燕垒生
2016.11.14

第十章　大军压境	156
第十一章　敌友之间	173
第十二章　变生肘腋	192
第十三章　唯心不易	209
第十四章　将计就计	228
第十五章　一切苦厄	246
第十六章　饿鬼道	263
第十七章　虎尾哗变	280
第十八章　无常火	296
尾声	310

第一章　娑婆世界　003

第二章　譬如火宅　022

第三章　修罗场　038

第四章　地狱变相　054

第五章　疾风烈火　070

第六章　进退两难　087

第七章　插翅而飞　106

第八章　智者胜　124

第九章　突如其来　140

第一章 娑婆世界

沉重的城门被战斧劈开的时候，城里城外都发出了呼叫。不过，一边是欢呼，而另一边却是充满了绝望。

叛军的最后一座城池被我们攻陷了。终于如武侯出师之前所许下的诺言那样，"共和军"在天保二十五年结束之前成为了一个历史名词。

我从门上拔下巨斧，碎木片崩到我脸上。可是，我没有一点以往打了胜仗之后的喜悦，心底，只有说不出的空虚。

城头落下的石块和瓦片一下稀了下来。守城的也明白大势已去，不再坚持了。也难怪，围城已持续了三个月，城中的食物也多半已尽，他们不会有太多力气去扔石头了。

我冲进城门，身上，铁甲发出哗啦啦的响声。

这是最后的战斗了，而我，则是第一个冲进城里的人！

刚冲进城门，有两个共和军士兵提着长枪冲上来拦住我。即使饿得枪术破绽百出，他们的气势却异样的旺盛。只是围城三月，高鹭城中已是析骨而炊，易子而食，在极端的饥饿下，他们几乎谈不上有什么力量。我挥起巨斧，以雷霆万钧之势一挥而过。随着砍过铁甲的声音响起，那两个兵丁登时身首异处。但利斧刚斫落了这两个人头，他们身后突然刺出了一支长枪。

这人身上只穿着软甲，却戴着护面，多半是个军官。虽然他定然已饿得手足无力，可是这一枪速度仍然不慢。而我刚挥斧斩杀了那两个士兵，一时间哪里还回得过手来。眼见这一枪便要刺中我，我也顾不得一切，右手一松，左手已然反手拔出了左腰上的腰刀。

腰刀刀柄在前，平时都是以右手拔刀。但此时我的右手刚松开攻城斧斧柄，自是来不及拔刀。只是以前在军校时有人教过我这一式拔刀术，当右手武器出手之际，左手反手拔出腰刀递到右手，而右手的长枪刺出脱手，正好接到左手传来的刀。这一式枪中夹刀练熟了大有出奇制胜之效，一枪一刀顺势而出，天衣无缝。虽然现在我右手不是长枪，只能用这招拔刀术的后半招，但也足够挡住此人这一枪。

说时迟，那时快，这人的长枪正要进门，我右手已然接到了左手递来的刀。"当"一声，刀格住了长枪。腰刀长不过尺许，又是单手用的，若是平时，我顶多只能将长枪格开。但这对手枪术虽好，力量却弱，长枪一下被我格开，而我脚下一错，人趁势上前，腰刀顺着枪杆直削上去。

如果这人的反应稍慢一些，握枪的手指定会被我削断个五六根。但这人竟然一下松开了枪，人居然也趁势退了一步，伸手也要去拔刀。我没想到此人居然有如此本领，心中不由暗暗赞叹，也暗叫侥幸。我的枪刀之术都算得上出类拔萃，能比我强的也不会太多，不过这人说不定真在我之上。只是他本领纵强，也已饿得七荤八素了，与我一来一往对上这几招定然已至极限，速度上他根本不能再与我相比。我不等他的手碰到腰刀，厉喝一声，又冲上一步，腰刀中宫直进，直刺入他前心。

胜了！我心中却有些说不出的感觉。这人本领如此之强，如果平手而斗，我纵然不输，也不能赢得如此轻易。可现在仅仅一个照面，这人便丧生在我刀下，我多少有点胜之不武之感。我又上前一步，正待从他身上拔出腰刀来，这人忽然轻声道："楚休红，真的是你。"

他的声音虽轻，周围亦是一片混乱，但我还是听得很清楚。这人认得我？我呆了呆，喝道："你是谁？"

他没有理我，只怕已经死了。方才我这一刀已经刺中了他的心脏，他临死前还能说出一句话，已然是一个奇迹。我上前一把掀开他的护面，待看清他的脸，不由惊道："俞师兄！"

这个被我一刀刺死的对手，竟然是我军校时的师兄俞稚圭！

看着这张已经失去生机的脸，我的心头仿佛被利齿啮咬一样疼痛。军校因为在首都雾云城，虽然入学的生徒来自全国各地，不过最多的还是首都雾云城附近的。南疆来的不算太多，俞稚圭就是一个。那时我们这些新生刚进军校，班上都配一个高年级生作为辅师，俞稚圭就是我班上的辅师。而当时军校才刚开始招收平民子弟，军校中的世家子弟对我们这些平民子弟总是一副趾高气扬、爱理不理的神情。俞稚圭虽然也是世家子，但对我们却从不歧视，与我也颇有交情，还教过我刀术，方才杀了他的这招拔刀术，正是他教给我的。他毕业已经好几年了，一开始还来封信，后来便失去了联系，我根本没想到他原来加入了共和军。

身后一阵暴雷似的蹄声响起，此时大队人马也冲了进来。我因为率先攻破城门，并没有骑马，只得向边上一闪，顿时大队骑兵疾驰过我身边。伴随着蹄声，城头上剩下的一些共和军士兵发出绝望的哭叫。尽管在守城时他们一个个视死如归，但死马上就要真正降临时，他们还是都惊慌失措了。

飞驰而过的战马扬起的尘烟逼得我有点咳嗽。我将俞稚圭的尸身扶到了一边，让骑兵掠过身际。记忆中的俞稚圭温文尔雅又神采飞扬，现在却只是一具面若死灰的尸首了。

俞师兄，你也没想到最终竟会死在我手上吧。我默默地想着，心里却是越发难受。我的刀刺中了他前心要害，他死得应该不算痛苦，但死前知道是我，而我又正是用他所教的拔刀术杀了他，他不知会想些什么？只是我也知道刚才我若是缓了一手，那现在死的多半便是我了。

"楚将军！"

一个声音从我身后响起。那是我的亲随护兵祈烈，他正带着本部人马冲进城来。攻城时我什么也没多想，只知拼命向前冲，结果和本队拉开了一段，虽然我第一个冲进城里，他们却此时才赶到。祈烈还牵着我的战马，到了我身边道："楚将军，快，上马！"

我跳上马背，从马鞍前摘下长枪。方才为了攻城，马一直让祈烈带着，现在这战马嗅着满天血腥气，也有点焦灼不安。祈烈叫道："楚将军，真可惜，你头一个劈开城门冲进来，那些人全都来抢功，害得我们现在才过来。"

若是以前，我定会鼓励他两句。但现在我仍然没从杀了俞稚圭后的恍惚中恢复过来，只是道："不算晚。"我在马上，却又看了一眼俞稚圭的尸身。

俞师兄，不要怪我。

我心里默默念了一句，似乎这样可以让我心里好受些。这时身后又有一骑打着令旗飞驰而来，一路叫道："君侯有令，屠城！"

即使战火把我的心炼成了铁一样，我还是心头一颤。高鹫城，当初号称帝国十二名城之一，难道今天就到了末日了？屠城令已下，也许，俞稚圭死在我的刀下，说不定还是幸事。

这传令兵疾驰而来时，我本部的士卒因为我停步不前，也没敢擅动，全围在我身后。听得这一声令下，他们齐齐发出了一声欢呼。在他们看来，屠城是破城后最好的奖赏，那意味着财富、女人，以及发泄胸中郁闷的杀戮之气。自从我跟随武侯南征以来，一路已经屠灭了八座城了。这八座城都是死不投降，以武侯的暴戾，自然难逃被屠的厄运。每一次屠城，都仿佛让他们以鲜血洗去一身征尘，洗掉了伤痕与疲惫。只是，我却越来越感到了空虚。

一路上，死在我这个前锋营百夫长手里的共和军士兵，也不下二十人了。每杀一个人，我就觉得手上的血腥气重了一分。除了俞稚圭，还有好几个对手也是我当初帝国军校的前辈同学。当他们也一个个死在我手下时，我更觉内心空虚。

俞师兄，战争结束了，你当是死在我刀下的最后一个人吧。

我想着，只觉手里的长枪重得有点异乎寻常。祈烈忽然在一边道："将军，屠城了！"

我转过头，隔着护面看着他。作为士卒，他没有护面，一张脸上尽是兴奋之色。他今年十九岁，我比他其实没大几岁，可不知为什么，我总觉得自己与他仿佛是两个时代的人了。他太年轻，也许还不知道生命有多么可贵。只是我没说什么，屠城是破城后的一大乐事，我也不想扫他们的兴，何况就算我不让他们去，也根本改变不了什么。我道："你带队去吧，我有点累，不想去了。"

祈烈一怔，诧道："楚将军，以前不一直是你带队的么？"

我扭过头，冷冷地看了他一眼，说道："这回我不想去。"

他吓了一跳，说道："那，我去了。"他带过马，挥挥枪，"弟兄们，跟我走。"

我带的这个百人队，经过几次大战，还剩了八十多人。这八十多人一直都身在帝国军的前锋中，也许，杀人对他们来说已是一件乐事。他们欢呼着，簇拥着祈烈冲向前方。我看着潮水般的帝国军涌入大街小巷，高鹫城中，四处火起，一片妇孺的哭声。我只觉眼中有些湿润。

这就是战争么？在军校中，兵法老师曾教过我们，不战而屈人之兵，才是兵家至高之道。然而，我在行伍中这几年，经历了十几次战阵，每一次都是在血和火中冲上城头，踩着的总是死人的残肢断臂。我不由扭头又看了一眼俞稚圭的尸身。

不知他这几年有没有娶妻生子。只是就算他有了妻儿，多半也已被这场战争吞没了，连他的尸身，也很快要被打扫战场的辎重营士兵收走后焚烧掩埋。就这样，一个生命转瞬间从世上消失，再留不下什么印迹。

我带转马，准备回到营房。在城头上，一些举着手的共和军俘虏东倒西歪地走下城墙，一队帝国军嬉笑着像赶一群绵羊一样赶着他们下来。有个俘虏也许腿部有伤，脚一崴，人倒在阶上，一个帝国军骂了声，挥起刀来，一刀砍在那俘虏背上。那俘虏的身体也像干涸了似的，尽管几乎裂成两半，血却流不出多少。

不杀降虏。当初第一代大帝得国之时立下的军令中，第三条便是这四字。然而两百年过去，再没人还记得这一条了，更不要说在这条屠城令之下。

那个俘虏还没死，护痛之下举起手来，惨呼了一声。这似乎勾动了那动刀士兵的凶性，他挥起刀来，又是一刀砍下。

我的心一凛，不由低下头，不愿再看到鲜血四溅的场景。只是刚一催战马，耳边忽然听得有人喝道："大胆！"

我吃了一惊，抬眼一看，我面前是三个骑马的人，一个侍从模样的人用长枪指着我，说道："竟敢如此无礼！"

我勒住马。正中那人，是武侯！我冲撞了武侯！

我跳下马来，单腿跪在地上，摘下护面道："君侯大人，前锋营百夫长楚休红万死。"

武侯没有戴面罩，在他的脸上，却没有什么怒意，说道："你就是第一个冲入城中的楚休红？为什么不和人一起去屠城？"

"禀大人，末将刚才冲锋，现在只觉疲倦，想休息一下。"

武侯笑道："你是觉得我下这屠城的命令太过残忍吧？"

我怔了怔。武侯一向以悍勇出名，没想到他居然一言道破了我的想法。我道："末将不敢。"

武侯正色道："乱臣贼子，人人得而诛之。我下令屠城，并非好杀，不过为以后有心作乱之人做个榜样。"

我壮着胆，说道："大人，城中平民并非军人，大帝得国之时，就明令不得杀降，故当时得民心。"

"你觉得我做的不得民心？"

武侯的脸色沉了下来，我心头一动，只觉背上寒意阵阵，却不敢多说什么，只是道："末将怎敢妄加置喙，不过一点管见，不过末将以为，大人所令，必定含有深意，是末将妇人之仁了。"

武侯笑道："妇人之仁。呵呵，为将之道，当初军圣那庭天的《行军七要》中，第一条中便讲到了不可有妇人之仁。你冲锋之时勇冠三军，如今却婆婆妈妈的。"

他从腰间解下佩刀，说道："此刀名曰'百辟'，现赐与你，日后，用此刀斩断你的妇人之仁。"

武侯定然看到了我腰间的空刀鞘了。那把佩刀在空中划了个弧线，我双手接住，只觉手中一沉。正待跪下，武侯已拍马冲了过去，他的两个侍卫也追了上去。

得到武侯的赏赐，也许是件好事，可是，我内心却更觉空虚。

回到营房，辎重官正在清点，准备开进城去。按例，屠城后休整几日，便又要出发了。但今日这最后一战后，剩下的事不过是清扫共和军的余党。这一次武侯南征，也出乎意料的顺利，二月出师，一路势如破竹，不过十个月便转战两千里，十万大军几乎是全师而还，于武侯来说，也是从未有过的战绩。

共和军起于三年前。当初，镇守南疆的苍月公突然叛变，打出了共和军的旗号。当时，苍月公是帝国三大公之一，帝国封爵，王爵只封宗室，三公世袭，二等爵是文武二侯，下面就是十三伯。苍月公作为一镇诸侯，以前的列代大公都被倚作长城，谁也没料到他会叛变，而且打出了这面直指帝君的旗号。这场始料未及的叛乱使得帝国上下措手不及，以至于苍月公起事之初极为顺利，两个月便扫平了大江以南，与帝国形成划江而治之势。

这一代帝君，帝号太阳王。尽管太阳王自诩为"如太阳一般明亮"，但作为一个君主，可能永不会被后人称为明君。不过他必然会以生殖能力突出而留名青史。他的后宫有一千余嫔妃，据说子女有两三百人，每次在吃饭时要摆出几十张大桌子。当然，这些肯定是民间之人胡说，以一国之君的身份，那些皇子公主不会像平民百姓一样团团围坐着吃饭的。民间传说，太阳王的前生一定是一匹种马。也许他的精力也被女人吸干了，苍月公初起时，他居然颟顸地认为那是谣传，还坚称苍月公忠贞不二，必是他的政敌恶语中伤。直到苍月公准备渡江，他才知道那并不是谣传。如果不是文侯力排众议，以一支偏师烧尽苍月公囤积在大江南岸的船只，只怕帝国的历史早已结束了。

也许，尽管每一次战争我都冲锋在前，其实在我内心里，更同情的是共和军那一边吧。这让我有点恐惧，仿佛内心的不忠也会在脸上表露出来。

我胡乱想着，把甲胄收在箱中。本来这些事都该祈烈做，不过我实在不喜欢一个大男人摆弄我的衣服，即使是铁甲也一样，因此我总是自己收拾的。军中不知道的人还说我很平民化。说来可笑，一个百夫长，不过是军中的下级军官，就被人看作是贵族了，而在几年前我还是个不折不扣的平民子弟。

这时，一个人掀起我的营帐帘子钻了进来，那是辎重官德洋。他和我挺熟，进来了一见我便叫道："啊，楚将军还在啊，我都以为没人了。君侯有令，拔营进城。"

这些事其实也跟我没关系，拔营的事，都是辎重营的人做的，可是，我却道："我也来帮忙吧。"

德洋怔了怔道："不是五日不封刀么？楚将军，你不想去屠城了？"

我道："我杀的人够多了，不想再多几个了。"

大概我这话有点冲，德洋也不太好接，只是笑了笑道："那也好，有劳楚将军了。"

我帮着辎重营的士兵拆下营帐，打包放好。好像做这些杂七杂八的事，可以忘掉我内心的空虚一样。

前锋营的任务是冲锋，而辎重营的任务就是收拾，赶车。武侯治军如铁，每次跟武侯出战，每二十个营帐放一辆大车。战场上人也朝不保夕，因此东西都很少，像我有铁甲，一般士兵的皮甲平常都不脱，收拾起来也不算太麻烦。不过这一次武侯的四将合围战术攻下了高鹫城，却也损失了近千人。破城后经过五天不封刀的屠城，每个人定然都会多出不少财物，再收拾肯定要麻烦多了。算起来，辎重营的人是最不合算的，每一次屠城他们都没份儿，打扫战场时虽然也能从战死者身上搜刮到一点财物，不过那到底仅是些皮毛罢了，战后也只能得到一份平均的财物，所以不少年轻力壮的后勤兵老是磨着我，请求我点他们去补充前锋营。他们并不是不知道，也许知道了也不愿多想想，前锋营的阵亡率是最高的。武侯出战以前，前锋营两千人，二十个百夫长死了七个，而全军阵亡的士兵，十之三四在前锋营。我这一营现在还剩八十来人，算是折损率很小的，损伤大的几个营甚至已不到半数。不过，也正是因为如此高的战损率，前锋营的人升迁也最快，战后我多半亦能得到升迁。正因如此，武侯才把第一道屠城令下给前锋营吧。

收拾完了东西，我看着长长的辎重车队开进城门。那道厚厚的城门还倒在地上，上面还留着我的巨斧留下的痕迹，混杂着死人的碎肉、血迹和火烧的焦痕。俞稚圭的尸身已不见了，大概已被打扫战场的辎重营士兵搬走了，也不知是直接掩埋了还是焚烧了。

不论如何，战争结束了，共和军已经成为历史名词。

我正胡乱想着，这时边上一个后勤兵忽然叫道："楚将军，你看，那是什么？"

我抬头看去，他指着的，是远处屋脊上一个影影绰绰的人影。那个人影大约在几十步外，看样子是站在屋顶上的。

高鹜城的房子，多半是很古旧的砖瓦房，一个人很难站在那上面。也许是共和军的余党吧，在全城这样的混乱中，他未必能逃出城。

德洋在一边听到了他的叫声，也向那边看了看，喝道："闭嘴，不关你事，快赶车。"那个后勤兵吐了吐舌头，不再说话。

刚把辎重车拉进高鹜城的国民会堂里，不远处就突然发出了一声巨响，夹杂着人的哭喊。我吃了一惊，看了看边上的人。那些小伙子刚才还在说着气可吞牛的豪言壮语，现在却都目瞪口呆了。

一定出事了！

共和军最盛时号称拥军百万，但大多数人都是刚入伍的，虽然那些共和军在战场上前仆后继，在战场上战斗力却远不能与苍月大公嫡系的两万黑甲军相比。黑甲军到现在也剩下不多了，可战场上就是那些几可称乌合之众的共和军发起的自杀式冲锋，即使我看了有时也要心惊，真不知他们是凭什么信念支撑到最后一刻。也许，在城中的某个角落，共和军的残军躲藏的地方被发现了，又在巷战吧。

我打了下马，循着声音冲去。那声音并不太远，只是一条条小巷子拐来拐去，很是难找。随着接近，那声音越来越响，当中夹杂着人的哭喊。

我循声冲过一个拐角,眼前是一座大院,门前已经挤了不少人,那些叫声正是从里面传出来的。我一眼便看见祈烈带着几个我部士兵也挤在人群中,便挤过去道:"小烈,出了什么事?"

祈烈一见是我,忙道:"将军,有十几个共和军躲在里面,挖了个陷坑,抓了我们几个弟兄。"

这时,里面有人叫道:"你们快让开,不然,我要杀人了!"

人散开了些,我看见这座院子有两三丈见方,现在当中有一个大坑,坑里有五六个盔斜甲散的帝国军,有十几个人手持长刀,指着那些坑中的人,一个领头模样的人正作势要砍。看来是有人发觉这院中有人,破门而入,不料那些共和军竟然在大院里挖了个陷坑,把他们困在了坑里。只是现在这时候,他们纵然捉了几个帝国军当俘虏也已无济于事,门口的帝国军投鼠忌器,一时不冲进去,但要大家让开放这些人走,自然也绝无是理,因此一时间僵持在门口了。

眼见闻声而来的帝国军越挤越多,那几个共和军也许也知道逃是肯定逃不了的,那领头的声嘶力竭地喊着,却只是让围着他们的帝国军把圈子围得大一些而已。可是,他们手中的长刀只消一动,就可以把坑中的俘虏刺死,所以帝国军一时也不敢动手。正在僵持时,我忽听得身后有人大喝道:"武侯在此,速速散开!"

那是武侯的两个侍卫之一。武侯来了?人们一下让出一条道来。我也随着人退到一边,扭头看去,只见武侯带马在不远处,身前正是那两个侍卫。

武侯打马过来,看了看四周,面色沉了下来,冷冷道:"动手,你们手中没有刀么?"

一个人挤上前,行了个礼道:"禀报君侯,他们抓了我们几个弟兄。"

武侯看了看他,厉声道:"生死由命,放箭!"

他的命令在军中就是一切。原本围在四周的人登时聚拢来,有些在门里,有些登上了墙头。只听得刚才那个大嗓门的共和军首领惊叫道:"你们……"

他话还没说完,就是一阵惨叫。

等院子里静下来,武侯看了看已经堆得有如修罗场的院中,说道:"被抓的弟兄有事么?"

有人抬着几具血淋淋的尸体了来,说道:"禀武侯,被困五人,其中四人已被刺死,一个还有一口气。"

"抬医营医治，死者列阵亡。"

武侯说完，拍马就走了，像一阵黑色的旋风，他的两个侍卫追了上去。

我在人群中，武侯并没有注意我。我看着他的背影消失在拐角处，心里，却冷得像要结冰。

院子里，死人横七竖八地躺着，每具尸体上都插了十七八支长箭。那几个共和军如果是战死在战场上，也未必会中那么多箭。他们本想绝处逢生，不料死得比战场上更惨，多半始料未及。

只是，看着这凄惨的景象，第一次，我感到做武侯并不是我的梦想。

屠城要持续五天。这五天里，帝国军在高鹫城中可以为所欲为。

为所欲为。这四个字能有多少含意，几乎不能说出口。到处都是火，血在地上流成了河，散落着的小件木制品都在血上漂起来了。

一个人，为什么对破坏的兴趣远远大于建设？

天黑了下来，可是，杀人的欲望并没有减退。因为四处起火，有烧尸的，也有烧屋的，浓烟滚滚，城上笼罩着一层黑云，远远望去，好像隐隐有一条黑龙盘在城头。

我躺在一间小屋里。这间屋子原来的主人一定是个士人，因为我竟然在房里发现了两本远古时留传下来的书。这些书是用一种非常坚韧的薄质材料制成的。据祖先留下的传说，在远古，我们的祖先是一群类似半人半神的人物，可以借助工具在天空飞，在地上跑得比最快的马还要快。后来遭到天谴，几乎所有人都死于一场大灾难，剩下的人再也不记得祖先那些神术。后来又经过两千年繁衍生息，才形成现在的世界。

这个传说已被发现的那些书证实。帝国的大技师们尽管解读出了书上写着的奥秘，却破解不了那些书本身的奥秘。也许，这个秘密还要再过许多年才能被人揭破。

我抚摸着书。这两本书也许有两千多年历史了吧，现在摸上去还是光滑得很。只是，书里讲的东西很是无聊，不过是讲一个人经历过的一些事。我看了没多少，就遇到了太多无法理解的词语，怎么都看不懂。

我们已经忘却了多少有价值的事。我合上书时，不由得想着。

这时，门口一阵喧哗。我不由皱皱眉。我实在不喜欢住在一个周围都是尸体的地方，因此，我住的这个小屋子周围几乎都被拆成了白地。有谁会来这里？正想着，便听得有人拼命地敲响了门。

这样敲门甚是无礼。我抓起了武侯刚给我的百辟刀，走到门前。辎重官知道我住在这儿，可他已经忙得焦头烂额，未必会来。难道是共和残军么？可他们现在逃生都来不及，哪会如此大剌剌地来敲门。我走到门边，大声道："什么人？"

门外传来一个声音道："将军，是我。"

一听这声音，我才放下了心。这正是祈烈，我拉开门，还不曾说话，祈烈便兴高采烈地道："将军，我们给你带了点东西来。"

我不由微微地皱眉。祈烈是我的亲随护兵，军中有不少军官对亲随护兵都是呼来喝去，当仆佣使唤，我却向来当他是我的小兄弟，祈烈也因此对我甚是感激。大概他觉得我不去屠城太过吃亏，所以搞了些金银财宝来送我。只是我实在不喜欢那些带有血腥的战利品。有一次在屠城时，我看见一个帝国军在拼命捋一个少女腕上的金镯，因为不太容易褪下来，他居然一刀砍断了那个少女的手，以至于我后来老是梦见那一只滴着血的断手。我淡淡道："你们拿去分吧。"

祈烈和一同来的另外两个我队里的人相互看了看，笑了笑道："这东西可不能分的。来，给将军留下吧。"

那两个士兵不由分说，抬了一个大袋进来，小心地放在我的床上。我吃了一惊，也没想到居然会是这么大一件。虽然这口袋外面很干净，可里面说不定会是些滴血的金银之类。我急道："你们怎么知道我住这儿？"

祈烈挤了挤眼，说道："听德洋大人说的。将军，您好生歇息吧，我们不来打扰您了。"

也许这帮小子给德洋也塞了点财物，所以德洋马上就把我的住处告诉他们了。我不想说，他们已经嬉笑着退了出去，祈烈走时还掩上了门，连叫都叫不应。我追到门边，他们却已走得远了。我无可奈何，回到内屋想把那一包东西叫人处理了。刚想把这包东西拖下床，却见那大口袋动了起来。随着这一动，很明显看得出里面是个人！

我也一下子明白了祈烈那种有点诡秘的笑意怎么回事了。这里面是个人，那么，肯定是他们找到的什么美女吧，怪不得他说是"不能分的"。我伸手便解开口袋。正如我所料，里面是个捆得像个粽子样的女子。

这女子长得甚是美貌，看年纪，也不过十七八岁。只是她的神情却如同一只被鼠虎盯上了的小动物一般惊恐万状。我笑了笑，想安慰她几句，她却拼命地躲开我。

"不要怕。"

这话一说出口，我就想骂自己。说得色迷迷的，恐怕会让她更加害怕。果然，她听我这般说，更是惊恐，缩成一团盯着我，眼里充满了仇恨。我伸手去解她的绳子，她却缩得更紧了。我有点尴尬地笑了笑，说道："我没恶意的，你可以走。"

她看了看我，眼神却还是狐疑和痛恨。我无计可施，拔出了刀，说道："把手伸出来。"

她这一回却毫不迟疑地伸出手，让我不禁一怔，马上省得她或许以为我是要砍断她的手臂。没想到她这般一个女子，性情倒也刚烈。我挥刀一劈，却是一刀砍断了她手腕间的绳子，连点油皮也没擦破她的，说道："你走吧。"

刚发觉我挥刀斩断的是绑住她的绳子，她亦是一怔，抬起头来看着我，忽道："让我走么？"

这是她第一次开口，不然我真以为她是个哑巴。她的声音倒是清脆悦耳，只是我仍听得出她声音里的恨意，就算我要放她，她也根本不领情。我把刀收回鞘里，说道："我说的，好像不是你不懂的话。"

虽然南边方言特异，但刚才她说的分明是官话，不会听不懂我说的话的。她有点吃惊，翻身跳下了床，一下走到门边，拉开门道："我真要走了。"

她仍在怀疑我是骗她吧。我抓起床边的一件长袍扔了过去。那是帝国军平常的装束，她那副样子只怕一出门就会被人抓走，这长袍可以把她包得严严实实，屠城时一片混乱，多半不会有人去多关注她的。她接过了长袍，有点诧异地看了看我，我喝道："你是不是不想走？"

她把长袍往身上一披。她虽是女子，个子倒没比我矮多少，这长袍她穿来只是稍稍大一些。装束整齐了，倒像是帝国军中的一个杂兵了。她也没再说话，一下出了门。看着她走出门去，不知为什么，我觉得有点索然无味。也知道她多少总会感激我的，可是连一句感激的话都不说，总让我不太痛快。

战争中对敌人发善心，那是自寻死路。但战争结束后，是不是还得一点善心都没有？我解下了武侯给我的佩刀，细细把玩着。刀鞘上，用金丝嵌出了"百辟"两字，这时我才发现下面还有八字铭文："唯刀百辟，唯心不易"。这八字是用很细的金丝嵌着，字很小，所以粗粗一看发现不了。只是拿在手上，侧过一个角度细看时却能看得很清楚。

话很简单，可我却不知那是什么含义。当初军校中老师告诉我们，为将之道，文武兼备方为上将，文过于武则懦，武过于文则悍。尽管我更喜欢舞刀弄枪，可好像还是有点懦吧。至少，把她放走，那就是懦。

我叹了一口气，走出门。掩上门，看看门上德洋给我贴的那块"前锋五营楚"的牌子，不知为什么，心底有点寒意。

我这房子虽然偏僻，但百步以外就是营房了。现在是屠城之时，到处都是血腥和焦臭，营房这一带虽然还算干净的，那股气味还是很重，中人欲呕。我走在一片瓦砾中，时不时的，还会看见在残砖碎瓦间露出一条断臂。

我背着手，走过营房。现在军士多半屠城去了，营房留守的人不多。高鹫城经营近两百年，有人口三十万。战争中虽也损失不少人口，但战时逃到高鹫城的难民倒有五六十万，现在城中大约共有八十万人吧。要屠灭这所城，也许起码还有六七天。就算对于久经沙场、杀人已成习性的帝国军来说，五天不封刀，杀光城中所有人也不是件易事。只是，能从这场大屠杀中活下来的残存者，只怕命运比死了的更悲惨。

现在营房里空荡荡的，看过去倒似座空营。屠城之时，除辎重营驻守外，只派少量士兵轮流驻防。包括在城外守住四门的驻军，也是轮流换岗的。不为别的原因，只为了让所有人都能享受一番烧杀掳掠的快乐。

可是，自我从军的第一天起，我就厌恶这种杀戮。

正想着，忽然，从身后有劲风扑来。突然在这儿遭到袭击，我更是吃了一惊。难道又是共和军的残兵么？我没有回头，隔着衣服也感觉得到兵刃的寒意。听风声，那是长枪的声音。如果回头，只怕我会先被这一枪刺个对穿的。我的身体向前一倾，人一下扑倒，那一枪从我背上刺过。

那人一下刺了个空，已经在回枪准备再刺，我的右脚已经一个反踢，不偏不倚，正踢中那人的枪杆。"啪"一声响，那人的枪被我踢飞，我不等他再动手，已抽出了百辟刀。这时，边上又有一支枪刺到。但此时我已全神贯注，这一枪于我等于儿戏，左手一把抓住那人枪尖下半尺处，人趁势向后转去，右手的刀已砍向那人持枪的双臂。

这是军校里号称"军中第一枪"的教官武昭教我们的破枪术。武昭老师枪法绝伦，这一招却是失枪后以腰刀破枪。想在马上使出这一招来当然很难，在步下却游刃有余。使枪的自也有破解之法，但那两人只怕只是个小兵，枪术生涩得很，绝使不出反克的枪法来，除了一开始我措手不及，稍觉吃力，现在要杀他们，已是易如反掌。

我这一刀刚要劈下，眼角却已看见他们的装束。那是两个帝国军。我又气又好笑，怪不得在营盘门口也会遇袭，却也不敢放开手里抓着的枪杆，口中喝道："住手！"

先前被我踢掉长枪的那兵丁已抓过掉下来的枪，见我喝了一声，也不由一怔。我一把夺过手中的长枪，右手回手将刀收回鞘中，说道："我是前锋五营百夫长楚休红，你们看清了！"

那两个士兵又同是一怔，过了一会儿，一个道："你……你是率先冲入城中的楚将军？怎么不穿甲胄？"

我从怀中摸出我的令牌，说道："战事已了，当然不穿甲胄了。你们是谁的部下？"

他们看了看我的令牌，一下子跪在地上。一个道："我们是第三营蒲将军下属。今日轮到我们站岗，我们见楚将军一个人过来，还以为是共和军的余党，不是有意要冒犯将军的。"

听到他们说的"蒲将军"三字，我不由皱了皱眉。他们口中的蒲将军是我军校里的同届同学蒲安礼，现任前锋三营百夫长，与我是平级。他出身显贵，是开显伯蒲峙的儿子。在学校时，他曾与我闹得很不愉快，现在虽属同僚，也少有来往。毕业后我们都进了前锋营，他们一帮高门世家子弟和我们几个平民出身的百夫长在前锋营中分成了两大派，下属也时常发生争斗。还有几个百夫长则两不偏袒，算是中立。不过私怨归私怨，这次围城之战，我与蒲安礼配合得不错，我能率先冲入城中也是靠了他那支人马牵制住城门口的共和军。不过破城后他们率先冲进城来，也并没有顾及我。

我道："你们蒲将军现在何处？"

他们两人互相看了看，说道："蒲将军带着其他弟兄去追一个女子去了。楚将军，若你见到蒲将军请你向他说一声，让我们早点换岗吧。"

我看了看他们，说道："好吧。只是你们现在还是要站好岗，别再碰到自己人没弄清就下手。"

他们两个诺诺连声。蒲安礼因为是高官显贵之子，所以在军中亦是气焰甚炽，连带着这些三营士兵亦趾高气扬。不过我走开时觉得他们倒也情有可原。我没穿甲胄，的确不太看得出来究竟是什么人。现在城中到处是杀人杀红眼的帝国军，要是我受点什么伤，实在不值得。我刚要转过身回营房，忽然想到他们说的蒲安礼是追一个女子，扭过头道："蒲将军追的那女子又是谁？"

一个士兵道："就是刚才不久，蒲将军见有个身材矮小的人穿了一身军服匆匆忙忙地向城外走去，他喝了一声，那人扭头就跑，却是个女子，想必她不知从哪里偷了套军服想逃跑。蒲将军带了十来个正在营中的弟兄追过去了。"

是那个女子！我几乎一下便可断定。我急道："他们往哪里走了？"

那士兵向着左边指了指。我不等他再说什么，已向左边跑了过去。

左边是上城墙去的路。沿着石阶上城去，跑了没多久，便听得前面一阵喧哗，一个很响亮的声音笑道："小姑娘，别跑了，你可没路好走了。"

那正是蒲安礼的声音，他们正在城头。我向城头跑去，石阶上，还没干透的人血让我脚下打滑，可我一点没管。我心中，只是觉得那女子既然是我放走的，如果落入别人手里，那几乎是和我害的一样了。

我走上城头时，正见蒲安礼手里提着那女子的头发。那个女子在他手里拼命挣扎，却像落入夹子的小动物一般，挣也挣不脱。我叫道："蒲……蒲将军，请放手。"

我跑得急了，叫得也有些慌乱，声音多少有些嘶哑。蒲安礼一开始大概没认出我的声音，回头见是我，脸上浮起一点讥讽的笑意道："是勇士楚将军啊。楚将军的鼻子倒尖，一闻到女人味就过来了。你别急，等我们玩过了，一定送给楚将军赏鉴一番。"

这一通跑让我有点气喘。我压住了喘息，说道："蒲将军，实在对不住，这女子是我的，你看，她穿的战袍也是我的，请你放开她吧。"

"你的？"他看了看手下那女子，手也松开了。虽然我们处得不好，但这点面子他总该给我的。他有点讥讽地对他手下道："原来我们追的是楚将军的女人。弟兄们，权当我们长跑了一番吧，哈哈哈。"

他松开了那女子的头发，人也向边上退了一步。我倒没想到他这般好说话，可能我第一个冲进城的壮举，就算他也有点佩服，所以多少给我个面子。我跑了过去对那女子道："你不要紧吧？"

她站起身，用手指捋了下被抓乱了的头发，稍稍梳理了一下后昂起头道："我不是你的！"

我一怔。她不是疯了吧？难道她想落入蒲安礼手中么？蒲安礼在一边却扳住我的肩头道："楚将军，到底是不是你的女人？"

她很响亮地回答说："不是！我是自由的共和国公民，不是谁的人！"

公民？我一怔。这是共和国的称谓，以前还从来没有听过，我是南征以来才头一次听到，只是如她说得这般骄傲的，我也是头一回见。我喝道："你疯了么？"我刚想再说一句，蒲安礼却忽地上前一把扳开我道："楚将军，得了，你要女人再找一个吧，人家也不买你的账，这个可是我们找到的。"

我被他扳得一个踉跄，人几乎摔倒。他手下的士兵都一阵笑，这让我有点恼怒。等站稳了，我道："蒲将军，她是祈烈送给我的，我难道会说谎么？"

蒲安礼转过身，拍拍腰间的佩刀道："楚休红，我已给足你面子了，若你再不知好歹，别怪我不客气。"

我心头之火一下子如烈焰燃起，伸手拔出了刀来，喝道："蒲将军，别的事我可以让你，但她绝不可给你。"

蒲安礼转过身，看着我，慢慢道："楚将军，你可要与我决斗？"

帝国尚武，决斗只消双方同意，并不犯法。和平时，就时不时听到有人因决斗而死的消息，在军中却不常有这种事发生。因为武侯怕军中决斗会影响军纪，下令若有人决斗，则不管原因，负者及其下属将贬一级。这种处置虽然似不近情理，却能让人决斗前多想一想，因为若要决斗，那人身上担负的便不只是自己的名声和官位了。

我一时冲动，居然拔出了刀，那么就是挑战的意思。可要我收回刀去，我也绝不能做。我道："蒲将军，我不想与你决斗，只希望你能给我个面子。"

他狞笑道："面子已经给你了，现在我若不和你决斗，我的弟兄只道我是怕了你，那我的面子往哪儿搁？弟兄们，清个场子，给楚将军一件软甲。看他那样，跟个读书的一样。"

他的手下都一阵大笑，有个兵丁脱下身上的皮甲递到我跟前。我有点吃惊，说道："蒲将军，你真要与我决斗？"

蒲安礼道："不是我要和你决斗，是你要和我决斗。现在废话少说，快点准备吧。"

他的手下左右散开，在城墙上空出一块地方，而她则被两个士兵夹着站在雉堞边，看着我们。我两手抱刀，说道："蒲将军……"

他喝道:"少给我婆婆妈妈的,你若再不穿皮甲,我也要攻上来了。"

我情知现在势如弦上之箭,已无法再挽回。我把刀放在地上,默默地穿那件皮甲。

那人身材和我相差无几,只是比我瘦些,这皮甲稍有点紧。等我把皮甲上的线缚好,说道:"蒲将军,失礼了。"

在军校中,武课有兵法、器械和拳术三大门。器械主要是两种,马上枪和步下刀,决斗也分马上和马下两种。五年军校,每一年都有一次岁考。我马上的本领不算最强,那一届毕业生中我枪术岁考一向只在二十名左右,而步下刀术得过两届第二名。蒲安礼刚好和我相反,他的枪术岁考从未出过前十名,而刀术却总在十名以下。在军校中,我也曾在岁考与他比试过刀术,五年共交手三次,他无一胜绩。他的刀法完全是力量型的,刀虽快,却转动不灵。他弃己之长,到底是什么用心?

现在已由不得我多想,蒲安礼一声断喝,人已如黑塔一般压了过来。我看着他的刀势,等他扑过来时,一刀格住了他的刀。

"当"一声,两刀的刀口一交,爆出火星。他的刀虽然没我的百辟刀好,却也尽可挡得住。一霎时我明白过来了,蒲安礼定是在屠城时得到了这把好刀,想借宝刀之力击败我,有可能的话甚至要杀了我。只是他没想到我得了武侯的百辟刀,刀质还在他那柄刀之上。不过格了他这一刀,我只觉手臂一麻,全身都震了一震。

他的力量居然有这么大!

尽管在军校时蒲安礼就以力量过人闻名,但那时我也尽可挡住。可是现在他的力量居然有这么大,也许是杀人杀多了,锻炼出来的吧。尽管我也时常锻炼,可与他一比,就相形见绌了。

他见一刀斩不断我的刀,亦是怔了怔,但马上将刀压下来。这一刀借了他的体重,力道更沉,我猛地向后一跳,已跳开了三四步,心里不禁有了点怯意。

他嘿嘿地笑了笑,大踏步向前走来。他的气势,真的有如泰山压顶,我几乎被他压制得喘不过气来。

他一定还有弱点的!

我努力找着他身形的破绽。如果我败了,不仅是我这百夫长的位置保不住,祈烈他们也要跟着我降一级。就算为了我属下这八十多个弟兄,我也绝不能败!

等蒲安礼走过来,我咬了咬牙,不等他站稳,人已扑了上去。

上一次是他进攻，这一次该轮到我了。

我冲到蒲安礼跟前，他像没知觉一样，一动不动。我的刀砍到他胸前，手忽然一软，他忽然把手中的刀在胸前一横。我的刀一碰到他的刀，他整个身体猛地向前一冲，我只觉一股大力袭来，手中的刀几乎要脱手。他却不等我变招，那把放在胸前的刀一翻，压住了我的刀，顺着我的刀平推过来。

如果不弃刀，我的手指一定会被他削断。

我咬了咬牙，手上却快得多，右手一下松开了刀，从他那刀上抽出来。他的刀正用力向下压，胸前已是空门大开，我右手已变拳，狠狠一拳打向他胸口。

这一拳是孤注一掷了。他的刀正平平削来，我这一拳若速度慢些，他的刀先到，那我这一拳便打不到他。但他的速度还是比不过我，我这拳的力量虽不是太大，但他胸前除了软甲，全无防备，"砰"一声，这一拳实实地打在他胸口上。他一个踉跄，整个身体都向后退去，那刀向胸前一挥，大概要砍断我的手。我的右手却已收了回来，又伸到他那刀上，一把抓住了我刚才脱手的百辟刀，这刀只下落了一掌的距离。

这一招实在太快，大概除了蒲安礼，旁人都没看清。他那些下属同时发出一声"可惜"，也许是以为他自己滑了下才让我脱身的，当然不会为我一拳没打倒他叫可惜。

他们的话音未落，我右手的百辟刀已经抽回，顺势用刀尖刺向他胸口。他嘴里断喝一声，人退了一步。他的声音震得我耳朵里直响，我的刀却没有滞涩，已向前逼了一步。

蒲安礼自己也没料到我这把刀如影随形，居然还在跟着他向后退，脸上也有点变色。他脚下又退后了一步，手中的刀却胡乱向上挥来。我右手向后一缩，手已脱开刀柄，已变成拳，在他那刀向上挥个空后，又是一拳打在他胸口。

这一拳正打在刚才同一个地方，他再不能泰然处之了。他变招居然也跟得上我，向上挥个空的那刀又向下挥来。此时我的右手已缩回来抓住刚才脱手的刀，又一刀刺向他胸口，他这一刀"啪"一声又压到我的刀上。

他的下属在一边又震天般齐吼道："好！"不等他高兴，也不等那些人的叫声消失，我的右手又已弃刀，缩回，化成拳，"砰"一声，不偏不倚，第三次打在他胸口同一个地方。

这一式，是当初俞稚圭传给我的三个刀式之一。那是第一次岁考前，俞稚圭也看不惯蒲安礼的骄狂之气，让我教训一下他。当时俞稚圭传了我三式，头一式便是那拔刀术，第二式叫"流月斩"。那两式当初岁考时我都用过，蒲安礼力量虽大，却从来没能逃过这两式。这一式叫"翻月破"，他还不曾见过，我生怕那两式他已能对付，所以才用了此式。不过他的体质果真了得，我连用了两次"翻月破"都没能奈何他。不过这第三拳击中，他才算受不住了。我的力量虽没他大，可他也不是铁打的，受不了在那么短时间内吃我三拳的。他人向后又退了一步，我的右手又伸到他的刀下，抽回了那把百辟刀，这时他下属们的那声"好"还没叫完，却戛然而止。

他被我三拳打得有点蒙。我这时一刀捅去，卸了他一条手臂也是轻而易举，只是我退了两步，把刀用两手抱在胸前，说道："蒲将军真是好本领，我们不分胜负，就此罢手吧。还请蒲将军把那女子还给我。"

蒲安礼的脸上白一阵红一阵。他不愿厚着脸皮和我一样也说是不分胜负，可要他明说败绩，只消我告到武侯跟前，只怕他更要受到处分。半天，他才道："你的本领确实好。弟兄们，这女人就让给楚将军吧。"

我扭头看了看她，她刚才一直都在看着我们，现在那两个士兵散去了，她靠在墙上，动也不动。正是黄昏，斜阳烁金，余霞散绮，她的样子倒十分美丽动人，怪不得祈烈会把她送给我。我不禁心头一动，收刀入鞘，向她走去，伸出了手来道："来，跟我走吧。"

她像看见鬼一样，叫道："别碰我！"

我怔了怔，只道她还有点拉不下面子，笑道："别害怕，现在你是我的人了。"

她双手在墙头一按，人轻盈地跃上了雉堞。她穿着帝国军平时穿的那种长袍，倒显得姿态美妙之极。我正想再安慰她一句什么，她站在雉堞上，大声道："不，我不是你的，我是自由的！"

她喊着，人向外一跃，已像飞鸟一样向城下扑去。我大吃一惊，说道："别做傻事！"人冲了过去，却哪里来得及？

在人们的惊呼中，她像一只被折断翅膀的鸟一般，落下十几丈高的城头，身上，犹带着夕阳的余晖。

第二章 譬如火宅

　　每个人座位前都放了一壶酒和一只晶莹剔透的玻璃杯。蒲安礼的座位和我之间隔了第四营的百夫长，他不时怒视我一眼，大概还在为昨天那女子的事迁怒于我。

　　只是这是武侯宴上，他有天大的胆也不敢在这儿向我挑衅。

　　今天一早，祈烈告诉我，晚间武侯将为我们前锋营的二十个百夫长庆功。可是昨日那女子的死还让我心神不定，下午一觉，居然睡过了头。待我赶到武侯营帐时，已是最后到的了。武侯倒也没有怪罪，他大概以为我加入屠城，斩断妇人之仁去了，哪里知道我又是妇人之仁发作。要是他知道我用他赐我的宝刀去和蒲安礼争夺一个女人，只怕更会生气的吧。

　　我们全都落座后，武侯拍拍手道："军中无以怡情，唯有水酒一杯，列位将军请海涵，老夫先敬列位将军一杯。"

　　我们二十个百夫长有七个是新由属下的什长提拔上来的，武侯大概也是笼络他们一下的意思。前锋营百夫长，官职虽不大，却属武侯最为得意的精锐，立功也甚易，这一仗结束后，有一大半肯定会各有升迁的，我被提升的可能性亦是极大，这一次也恐怕是我们最后一次以百夫长的身份聚饮了。

　　军中的厨子是武侯从京中带来的。武侯有三好：美酒、宝刀、名马，在男人最爱好的女色上倒不太看重，身后一班女乐也是从高鹫城女俘中临时拼凑的，纵然丝竹之声入耳动听，也掩不住她们面上的依稀泪痕。

　　他举杯后，我们都举起杯，向武侯祝道："君侯万安。"我却注意到，武侯身边那两个亲兵，今天只有一个侍立在他身后，另一个不知有什么事去了。

正要喝下这第一杯酒，忽然丝竹之声乱了一音，像是万山丛中忽然有一柱擎天，远远高出平常。我对音乐虽没甚特别爱好，可这一支《月映春江》是从小听熟的，不由看了看那班女乐。

　　乱音之人，是左手第四个弹琵琶的女子。她的面色如常，那一音已乱，却顺势弹下，渐渐平复。这支《月映春江》本是宫调，她那一音已转至商调，初听有些突兀，现在听来，倒似丝丝入扣，好像本来就该如此。我看看武侯，他倒没有什么异样，想必听不出来吧。

　　那女子面如白玉，一身淡黄的绸衫，那班女乐个个都是绝色，她更是个中翘楚。只是她面无表情，神色像僵住了一样。也许，她还在想着被战火烧尽的故宅，被钢刀砍死的父母兄弟。

　　我有点怔怔，半晌，将手中的酒杯一仰，一饮而尽。只觉酒味入口，酸涩不堪。酒本是美酒，但此时饮来，不啻饮鸩。

　　这时，有个人忽然从后面急匆匆赶进来，凑到武侯身边说了句什么，正是武侯另一个亲兵。武侯重重地在桌案上一拍，喝道："果然是事实？"

　　桌案发出一声巨响，案上一只酒杯也跳了一下。

　　武侯的震怒我见得不多，但每一次震怒都会血流漂杵，伏尸千里。我注意到，连他身边那两个形影不离的亲兵都有点变色。

　　我们这二十个百夫长也不由一怔，不知发生了什么事。

　　武侯道："你和列位前锋营的勇士们说说，那是什么事。"

　　那亲兵走上前，大声道："左路军统制，鹰扬伯陆经渔，驻守城东，指挥不力，私开城防，致使共和叛首苍月及从逆军民两千余人于东门脱逃。"

　　在座的人都是一怔。陆经渔，那是武侯爱将。他是我军校早二十年的师兄，也是我的兵法教官。听说他毕业那一年，他的成绩在军校的一千多毕业生中名列第一，乃是这一年的金刀十杰头一名，为此得到先帝嘉奖。十多年前，曾经有北疆的翰罗族海贼聚众十万来犯，先帝命武侯讨伐，当时他是前锋营统制，于初时战势不利时，冲锋陷阵，连胜十七仗，扭转了战局，后又转战七百余里，斩首两万，将翰罗海贼追至极北冰原之地。在武侯大军发动总攻时，他连破翰罗军十座冰城，在全歼翰罗军使其灭族一役中，他功居第一，自此起被人称为冰海之龙，受封为鹰扬伯，声誉之盛，一时无两。他一直是武侯的左膀右臂，在军中也以治军严整、待人宽厚著称，有人说因为他是武侯门生，自幼家境贫寒，是武侯一手将他带大，虽然没有正式收养，实是武侯的义子，知遇与养育之恩令他对武侯忠贞不二，不然，他早已取武侯而代之了。后来虽然承平日久，武人多无建树，但这次征战，他所统的左路军是第一支进抵高鹫城下的，而且损兵最少，可见确实是名下无虚。说他指挥不力，那几乎是个笑话。

我还在胡思乱想着，蒲安礼已经越众而出，跪在地下道："君侯，陆将军绝非带兵无方之人，此事恐出谣传。"

虽然我和蒲安礼不太和睦，但他这话却深得我心。

武侯道："蒲将军不必多言，此事绝非无稽之谈，日间我得知此事，初时还不信，现在已确凿无疑。前锋五营百夫长楚休红。"

我一怔，没想到武侯忽然唤我之名，应声走出座位跪在帐前道："君侯，末将听令。"

武侯掷下一支军令，说道："楚休红，我命你速将陆经渔缚来，如其敢违令不遵，立斩！"

他这一掷之力很大，那支铁铸令牌把地面也磕了个小坑。我接过军令，说道："遵命。"

站起身时，却见蒲安礼狠狠瞪了我一眼。他这一批人当初在军校是陆经渔直属的一班，平常也以此自傲。武侯也是为了照顾他们的师生之谊，才会让我去将陆经渔缚来的吧。如果要捉拿旁人，我一定很高兴地做这事，但此时，我却更希望蒲安礼能再据理力争。只是他偏偏不争，已然退回了座位。他那一班四个百夫长，一个个都瞪着我，好像我是那告密的一样。

我提着将令走出武侯营帐，祈烈和几个什长在帐外等我。武侯赐饮，不是小事，他们也得在外侍立。祈烈见我急匆匆走出来，说道："将军，出什么事了？"

"武侯命我捉拿鹰扬伯陆经渔。"

"什么？"

他也吓了一大跳。陆经渔的名字在军中已近于神话，几乎要盖过武侯了。武侯固然喜怒无常，但陆经渔现在是左路军统帅，我去捉拿他，若他部下哗变，只怕我这条命也要交待了。

我有点茫然，只是道："走吧。"

我带着祈烈和我部下的十个什长向东门走去。还没到东门，便闻到一股焦臭之味。陆经渔所部是仅次于武侯的中军攻入高鹫城的。共和军全力防御东门，没料到武侯将主力绕到了南门，否则一定是陆经渔第一个攻入城中。

陆经渔所部两万人驻守在城门边，营帐整整齐齐，比武侯所统的中军毫不逊色。反观我们前锋营，因为是属于武侯直属的嫡系中的嫡系，多少有点骄横之气，营帐虽然齐整，但连我们这批百夫长也时常要闹点事，军纪反是以左路军最为严明。

我走到营帐前，一个军官走上前来，说道："来者何人？"

天色已暗，在火把的光下，却见那人面色如铁，身材虽不很高大，看上去却有山石一般坚实的感觉。他是陆经渔最为信任的中军官何中，听说此人颇通兵法，陆经渔有好几次想提拔他独当一面，何中都婉拒了，说宁可在陆经渔麾下当中军。这两人分属上下，私交却极好。

我举起将令，说道："前锋五营百夫长楚休红，奉君侯将令，请陆将军议事。将军是……"

那人"啊"了一声道："小将左路军中军官何中。楚将军英勇无敌，小将也很佩服。"

果然这人便是何中。他这句话想必不全是客套，因为他接过将令检查了一遍后，恭恭敬敬地还给了我，口中还道："爵爷在城头上，我带你们上去。楚将军请。"

陆经渔部果然名下无虚，那些兵丁无声无息，整整齐齐地让开一条道。我跟着何中，沿着上城墙的石阶走上去。

东门攻防也极为惨烈，陆经渔虽然用兵如神，但共和军最后的精英几乎全在东门了，这一仗帝国军折损的千余人有一半是左路军的。这石阶上，尽是些已经凝结的血痕，而石面上也伤痕累累。我实在想不通，以如此严整的布置，陆经渔居然会让苍月公和两千多个城中居民逃出去，难道他部下都睡着了？

走上城头，只见有个人坐在雉堞上，正入神北望。何中走到他跟前，小声道："爵爷，武侯命人来传，来人便在后面。"

那人站起来，转过身，说道："何兄，你先下去吧，我自己跟他们走。"

何中一言不发，走下城头。等他一走，我身边的几个什长便作势欲上。我止住了他们，说道："陆将军，武侯命我传将军前去议事。"

陆经渔抬起头看了看我，说道："阁下是……"

我行了一礼道:"末将前锋五营百夫长楚休红,参见陆将军。"

陆经渔道:"是率先攻入城中的楚将军啊,今日十万大军,尽在传颂楚将军之名。"

我没想到陆经渔也知道我,我率先冲进城里的名声倒传得比我想象得更快,心里不由有点得意,一躬身道:"末将岂敢狂妄,那是全赖武侯带兵有方,共和叛军才能一鼓而灭。"

陆经渔笑了下,说道:"带兵有方?呵呵,无非杀人有方。"

他这话有点言外之意吧,只是我没反驳,只是道:"乱臣贼子,人人得而诛之。"

这时我才看清他的相貌。陆经渔在军校中,少穿军服,一向着士人装。现在他却是一身戎装,铁盔放在一边,一身铜甲上带着些血迹,定然曾在破城战中血战一场,在城下的火把光中,他的盔甲倒似斑斑驳驳。

"楚将军,坐吧。"陆经渔走到靠里的一边,在一块残余的雉堞上用手扫了扫碎石,却并没有就跟我走的意思。

我坐到他身边,心中却纷乱如麻。武侯的命令绝不可违抗,可若他不肯跟我走,要我杀这么个手无寸铁之人,我也实在下不了手。

坐在城头,一眼望下去,尽是残垣断壁,而高鹫城正中的国民广场中,正堆火焚烧尸首,远远望去,也看得到尸横遍地。城中不少地方还在传出零星的哭喊,在暮色中听来,像一阵冰水淋入心头,那也许是高鹫城中残余的居民被搜出来了吧。高鹫城经此大劫,只怕永无回复元气之日。

陆经渔看着城下,慢慢地说道:"是武侯命你来捉拿我吧?"

我不语,只是坐着,手摸着城砖。帝国有两大坚城,号称"铁打雾云,铜铸神威",而高鹫城被称作是"不落城池",是仅次于那两座高城的第三大城,城墙虽然比雾云、神威两城稍矮一些,却全是用南疆特产的一种大石堆起。第一代苍月公筑城时,据说用了二十三万民夫,历时两年才完工。现在,那些石城砖上却伤痕累累,雉堞也大多断了。我的手摸在那粗糙的断面上,掌心也感到一股刺痛。

他看着城池,低低地道:"围城三月,我曾亲眼看见城中百姓不顾一切,想要逃出城来。武侯命我,有出城者杀无赦。我做下此事,便知要担当起一切后果了。只是当年大帝明令不得杀降,何况那些是手无寸铁的百姓。"

师出已逾十月,围这城便已围了三个月。听说出发时文侯鉴于高鹫城城池坚固,曾向武侯面授机宜，定下这"为渊驱鱼"之策，将苍月公残兵以及难民尽驱到高鹫城来。苍月公可能也没想到他这城里一下子多了那么多人，本可支撑数年的粮仓一下子便空了。不然，以高鹫城之坚，只怕武侯的四将合围之计难有胜算，城内粮草未光，我们的粮草先已耗尽了。

我依然不语。正是他这一念之仁，惹祸上身了。他站起身来，笑了笑道："楚将军，我们走吧，武侯只怕已然等急了。"

祈烈走上前来，想以绳索缚起他，我叱道："退下！不得对陆将军无礼。"

祈烈却不退下，说道："将军，武侯明令我们将陆将军缚去，如果不遵号令，将军只怕也不好交代。"

陆经渔回头看了看我，说道："楚将军，你这亲兵说得对。军令如山，若有人例外，焉能服众？"

他伸出手来，让祈烈缚上了。我站着，一动不动。等祈烈绑好了，陆经渔道："楚将军，走吧。"

我看着他，突然有种心酸。我道："陆将军，我愿以功劳赎陆将军之命。"

前锋营里，我虽与蒲安礼那几个关系不太好，另外有五六个百夫长却与我是生死之交。如果他们知道我这么做，也一定会和我共同进退的。

陆经渔道："楚将军，你的好意我心领了，以武侯治军之严，你这么做也无济于事。放心吧，按我以往的功劳，武侯不会杀我的。"

这时，城头下突然亮起一片火把，也不知有几百支。我吃了一惊，不知发生了什么事，只见何中匆匆上来，说道："爵爷！"

陆经渔的脸沉了下来，说道："何兄，你这是做什么？"

何中道："爵爷，我军一万八千二百零三位弟兄，都愿以身相殉。"

我的脸有点变色。这何中话说得可怜，但话中之意，却是在威胁我。什么"以身相殉"，其实就是说，左军全军为了保护陆经渔，不惜一死。看来，这次差事的确不好办。

陆经渔的脸也涨得通红，喝道："胡闹！何兄，君侯于我，等若父子，你们岂可说这等话令他难办？快退下。"

何中却不退下，说道："爵爷，你这次前去，定是凶多吉少。何中身受爵爷大恩，未能杀身以报，心中有愧。只求爵爷让我为爵爷殉死。"

陆经渔面沉似水，厉声道："胡闹！我命你整肃部下，听从武侯将令，不得有任何异动！"

他虽然被绑着，话语间，依然还是叱咤风云的一军主帅。何中还待说什么，陆经渔道："楚将军，我们走吧。"

他已向城下走去。城下，大约左路军的军官都已在了，见陆经渔下来，齐齐跪倒。在火把的光中，我见陆经渔眼中，依稀也有点泪光。

我想不到陆经渔竟然如此得军心，怪得不左军的战斗力会如此之强。我一言不发，跟着陆经渔走去。

一进营帐，其余的百夫长都在，女乐早已退下了，大家都在等候。陆经渔跪倒在武侯座前，说道："卑职陆经渔，请君侯万安。"

武侯的脸上看不出有什么神色，他慢吞吞道："陆将军，昨日有二千余共和叛军自你驻守的东门逃出，此事可是属实？"

陆经渔垂头道："属实。当时我见那二千余人大多是妇孺，一时动了恻隐之心。"

武侯猛地一拍桌子，喝道："你知不知道，叛贼首领苍月也混杂在这批人中逃出城去。此役未克全功，你罪责难逃！"

陆经渔的声音还是很平静，说道："违令不遵，军法当斩，卑职不敢狡辩，请君侯发落便是。"

我刚要跪下，蒲安礼他们一帮四个百夫长已抢出座位跪下，齐声道："君侯，陆将军诚有不是，但请君侯看在陆将军过去的功劳上，从轻发落。"

此时，我与剩下的十六个百夫长也出列齐齐跪下，说道："请君侯三思。"

武侯的脸有点红，但此时已渐渐平息。半晌，他才道："陆经渔，若人人皆以过去的功劳作为搪塞，军纪岂不是一纸空文？你久在行伍，此理不会不知。"

陆经渔道："卑职明白，请武侯发落便是，卑职不敢有半句怨言。"

此时武侯已趋平和，说道："陆经渔，为将之道，令行禁止，若有令不遵，如何能够服众？这次你所犯之罪不小，但看在过去功劳上，姑且记下。我命你点本部铁骑一千，我另将前锋营拨与你使用，十日之内，若不能取苍月首级回来，你便将自己的人头送来吧。"

这个处置虽还有点苛刻，却也不是完不成的。苍月的残兵败将已没有什么战斗力了，加上身边一大批平民，胜来更是轻易。问题是要在十天里找到苍月公，那倒是个问题。

陆经渔道："谢君侯，我速去办理。前锋营诸位将军连日血战，卑职不敢劳动，还是用我本部骑军。"

我的心一动。陆经渔不要我们随同，那可能已起了逃亡之心，这要求只怕武侯不会同意。哪知武侯想了想，说道："也好。你即刻出发，十日之后，或苍月之头，或你之头，你任选一个呈上来。来人，解开他。"

他的亲兵把陆经渔解开了。陆经渔站起身，恭恭敬敬地施了一礼，说道："多谢君侯。我这就出发。"他又向我们拱了拱手，"列位将军，多谢。"

看着他出去，我心里不禁有点空落落的。只怕，从此军中再见不到这号称"冰海之龙"的勇将了。

这时，武侯在座上道："列位将军，请入座，今日尽欢而罢。"

那班女乐又出来了。六个身穿绸衫的女子，吹奏起一支欢快的乐曲。那是一支古曲《坐春风》，是两百余年前的名乐师曾师牙根据一本古书所载乐曲所作，酒肆歌楼中，人们点此曲的最多。武侯命奏此曲，似要将刚才的肃杀冲淡一些。

我举起一杯酒。酿酒之术，也是从古书上发掘的。据说最好的美酒可以点燃，帝国的大技师们虽绞尽脑汁，按那些残破不全的古书记载造出酒来，却无论如何也点不着。真不知古人是如何酿出那种酒来的。

这酒放在一把小壶中，下面是一只小小的炭炉，让酒温保持适口。我倒了一杯，一饮而尽，两个身着红黄纱衣的女子则在帐中曼舞，营帐之内，春意融融。可是，我心底隐隐地却有种不安。偶尔看一眼那弹琵琶的黄衫女子，她还是面无表情，指下像是熟极而流，一串串乐声漫出，却似山间流水凝成冰粒，听得全无春风骀荡之意，倒似春寒料峭，夜雨芭蕉，一片凄楚。

我们每人饮了大约半坛酒，几个酒量不佳的百夫长已有醉意，苦于不能请辞，看他们渐渐已不以宴饮为乐了。我的酒量不算太小，但也有点头晕，眼角看去，蒲安礼却气定神闲。那也难怪，酒不是寻常百姓喝得起的，只有蒲安礼这等世家子弟才能自幼便时饮美酒，不至于喝到烂醉如泥。

武侯也微有醉意，忽然笑道："扫平共和叛贼，诸位将军都立下战功。过几日大军班师，今日请大家放浪形骸。来人，再添酒来。"

此言一出，贪杯的面有喜色，酒量浅的却暗自苦笑。我的注意力却全放在了武侯漏出的那句话上了。他说"过几日"便要班师，那么，他已默许了陆经渔的逃亡吧。武侯这等似乎不近人情的人，心中也有常人一般的感情。

不知过了多久，我也只觉头有点痛了。待宴会散去，我们二十个醉醺醺的百夫长走出营帐，等在外面的亲兵和什长纷纷围上来，扶住自己的主将。南疆地气温暖，可毕竟只是初春，夜深了犹有寒意。外面的冷风一吹，倒舒服些。祈烈迎上来道："楚将军，你能骑马么？"

我笑道："你也太看不起我了吧。"

虽然我有点醉，但骑马还没问题。我踩镫上鞍，却手一松，差点摔下来。祈烈在下扶住我，说道："楚将军，若不能骑马，还是让我到德洋大人那儿借辆车来。"

我摇摇头，说道："德洋大人只怕早入睡了，你别去招人嫌。"

骑在马上，走上回自己营房的路。十万大军，四门各自分驻两万，我们这批武侯的嫡系则驻在城中。这两天屠城，已从城南屠到城北，夜色中还听得到女人的哭喊、孩子的尖叫。我抬起头，看着天，真有点不知身处何世之感。纵然心有不忍，也只能装作听不见。

天空中，星月迷离，几丝浮云飘荡在深蓝的天空。只是因为城中还有四起的烈火，把天空烧得也似血红。

屠城还要持续两天吧。两天后，我们将满载金珠、女子以及工匠班师。列次屠城，虽说不杀年轻女子和工匠，但屠城之时哪管得了这么多，两个帝国军争夺一个女子，两不相让，以至于将那女子砍成两半大家分了这种损人不利己的事也时常有，不用说什么工匠了。不知为何，我总是想起自己放走的那个女子。她从城头坠下，身上带着斜阳的余晖，那时的情景让我久不能忘，此际也依然历历在目。

她为什么宁可一死也不肯跟我走？难道不相信我么？共和，究竟有什么魔力能让人如此追随？我又是好奇，又是不解。在马上胡思乱想着，祈烈和那十个什长跟在我身后，不紧不慢地相随。他们也都分了几杯酒，大概都陶醉在那一点微醺中吧。有一个人嘴里忽然哼起一支小调，也不知唱些什么，夹杂在那些时而出现的哭叫声中，让人觉得心底也有凉意。

正昏头昏脑地在马上走着，身后两个什长忽然吵了起来，声音越来越响，似乎是争论前面一幢屋角上的一个吻兽是什么。一个说那是一条龙，一个却说是鼠虎。

我转头道："你们说的是什么？"

那什长道："你看那边。"

暮色中，远处一幢屋子的顶上伸出一道长长的影子，说不上到底是什么，略具人形，可也不太像是人。我笑道："这有什么好争的，看看便知。"

那什长道："太暗了，哪里看得清？"

我道："小烈，我的贯日弓拿来了么？"

我的弓术不算很强，不过那把弓还是头一次屠城得来的一件宝物。平常弓只能射二百步左右，强弓最多只能射到四百步，这把弓据说开满了可以射到八百步。只是我最多只能射到五百步左右。现在离那吻兽不过百步之遥，要射到那儿，自不在话下。

祈烈道："哎呀，今天可没带来。"

什长中的神箭手谭青道："将军，我带了弓来了。"

他把弓交给我，我试了试，比我的贯日弓软了些，但也可用。谭青以百步穿杨著称，准头比我好得多，不过力量却不及我了。他向来弓不离身，所以现在也带着弓。

我道："把一支火把绑在箭头上，待我把这箭射过去，让你们看个清楚。"

众人都叫起好来。这一带已被屠过两次，不会再有人了，营房离这儿也远，周围已被拆成一片白地，便是着火也烧不过去的。我把箭头上绑了一支火把的箭扣在弦上，拉满了，只见暗夜中如一道闪电，那支箭直射向那个东西。

祈烈和众人都叫起好来，眼看那箭已到了那东西前，忽然见那东西动了起来，"啪"一声，那支箭被击得飞向别处，不知落到什么地方了。

喝采声戛然而止。刚才火把照过的一瞬间，我们都看见了那个东西。那是一张古怪的人脸，身上穿着绿油油的鳞甲，在刚才的一瞬间，那张脸显得狰狞可怖，不似人间所有。

我打了个寒战，说道："你们看清那是什么？"

他们都面面相觑。要说那是个人，怎么会在房上？而且看上去也太矮了点，倒像只有半截身子一般。忽然祈烈道："我想明白了，那是个共和军的余党，平常躲在房顶和藻井之间，他在房顶挖了个洞，探出半个身子来查看，被我们发现了。"

这话倒也说得通。我心头却已燃起战意，说道："快，抓住他，别让他跑了！"

如果是平常，我连屠城都不愿参加了，更不必说这么一个晚上去搜捕共和军余党。但此时我已是半醉，只觉浑身都是杀气，恨不能立刻杀一两个人试试刀锋。

他们身上的杀气也被我点燃了，谭青道："他在动了！我们守住各个出口，别让他跑了！"

这几幢房子孤立在这一片白地正中，若是四周各有一个人守着，里面跑出什么来都能看到。屋顶那人果然正缩回那屋子去，我道："谭青、孔开平、申屠毅、王东，你们四人守在外面，其他人跟我去搜！"

我翻身下马，只觉适才所饮之酒也似在身上烧了起来，身体开始发热。

踩着满地的瓦砾，我握着百辟刀，带着七个人向那屋子冲去。这一片屋子以前想必是富人聚居之地，也被屠得最早，屋子却高大坚固，不少还很完整。我左手握着火把，找着在外面看到的那幢屋子，祈烈跑过来道："将军，是那间。"

我们跑了过去，一进院子，却见一侧有扇屋门紧闭。那种大门是向外开的，里面想必有门闩。祈烈上前拉了拉，却拉不开。这在屠城过后的地方倒是件奇事，我喝道："让开！"

我上前，伸出百辟刀，插进门缝，向上一划，果然划到了门闩。这种门闩两头有销，若已用销子销住，那只能破门而入了。我试了试，却觉这门闩却没销住，用力一挑，将门闩挑开，说道："拉门。"

祈烈上前拉开了门。

那门才拉开，只觉一股血腥的恶臭气扑面而来，如噩梦一般，一个骷髅一般的人直向我扑过来！

我大吃一惊，想不到此际还有人敢来伏击我。我向后一跳，百辟刀已然出手，几乎连声音也没有，那刀如破腐木，一挥而过，那个扑向我的人一下子头飞了起来。

若是平常人，定然有血从腔子里直喷出来。可是那人的头被我砍下，居然一滴血也没有，只是向前扑倒在地，那颗头也落在地上直滚过来。此时，我们才看见那人原来早已死了，身后有一个很大的伤口，刚才那尸体是扑在门上的，想必他在想逃出门时，正要拔门闩，被人从身后杀死。

祈烈上前照了照，说道："死了已经有一段时间了，他身上的皮肉几乎都已烂尽，想是城未破时便已死了。"

围城三月，城中粮草尽后，只坚持了十来天，也曾有城丁将女人就在城头洗剥干净煮成肉汤，那副样子我在城下时看了也觉不忍。想必，这人因此而死的吧。只是他身上衣服还在，不似被割过肉的样子。

祈烈道："将军，你听到有声音么？"

我侧耳倾听，却也听不出什么，外面所见之人只怕还在屋里。我照了照，这本是正堂，并无藻井，照上去，黑黝黝的屋顶下，是横七竖八的梁栋。我道："到里面看看。"

我们分成两批，各到左右的内室去看看。我往左走，才进内屋，刚一照，一个什长已捂住嘴，吐了出来。

里面，有几个女人的遗骸。说是几个，那也实在分不清谁是谁了，只能看到几只断手，床上摊了一堆半腐的肚肠，还有一些似被啃过的白骨，倒似有猛兽来过，拣软嫩的吃了，把剩下的扔在一边。我们尽管都可说已身经百战，每个人都杀了不下十个人了，但如此恶心恐怖的场景也是第一次看到。

祈烈站在我身边，问道："将军，这是怎么回事？"

他倒不觉得害怕。我把刀握得紧紧的，左手的火把照了照上下，小声道："叫弟兄们小心。"

还不等我说完，右边的有人发出了一声怪叫。我只道发生了什么事，和几人一下冲过去，一进右边内室，只见那里的三个什长正挤作一团，瑟瑟发抖。

屋里，有一男一女两个人，都已死了，半躺在床上，下半身伸出床外。尸首虽较完整，但脸色发青，骨头都有戳出皮肉来的。他们脸上还带着极端的惧色，好像是有一匹大布把他们慢慢生生勒死，以至于骨头都断裂。而他们的两条腿，都已经成了白骨，血淋淋的骨上带着肉丝，好像用刀子刮过一样。

祈烈小声道："真是残忍。为什么要做这等事？"

我看看他，没说什么。帝国军似乎谈不上有指责别人残忍的资格，可杀人杀到如此地步，那简直不像是杀人，而是借杀人玩乐了。祈烈和这几个什长都杀过人，只是看到如此诡异的死尸，他们都有点受不了。

我看着周围。那两具尸首身下有些黏液未干，我凑上前去，祈烈在一边道："将军，小心点。"

我用刀尖挑了一点，那些黏液是一股腥臭之味，像是什么爬虫类的唾液。我道："那人一定还在屋里，小心。"

我们不敢分开，搜了几间屋子。这家人只怕是户大家庭，上上下下有数十人，而这数十人都已死了，没有一具尸首是完整干净的。

搜完一遍，我们聚集在大堂中，祈烈道："将军，怎么办？"

此时我的酒意都已成为冷汗，尽从背上流走了。我道："把这些尸首烧了吧，小心别烧到别处去。"

祈烈点点头，他们找了些长长的棒子，把那些零零碎碎的尸体都堆在大堂上，床上那些尸块也用被子或床单包到一处。这足足几十具尸体堆得如小山一般，我打着了火镰，点燃那堆尸体。

不论这些人中有谁，或主或奴，现在都要成为同样一堆灰烬，再无法辨认了。

我拿过一根他们找来的木棒，把那些掉出火堆的尸块推进去。

正烧着，忽然听得头顶有一种奇怪的声音，像是粗重的喘息，紧接着，祈烈叫道："将军，小心！"

一股劲风从头顶扑来。

我的左手还抓着那木棒，已用力在地上一撑。那股劲风来得太急，我不敢抬头看，只怕看得一看便躲不过了。

左手的力量虽然不是太大，但借了这股力量，我在地上打了个滚，移开了两尺。此时，"砰"一声，一支枪正刺到我刚才站的地方，地砖被这一枪扎得粉碎，火堆也震得火星四射。如果我缓得一步，这一枪足以从我头顶扎到脚心。

我心头涌上怒意，左手在地上一按，右手的百辟刀已横着斩去。我算定了，他这一枪发出，力量如此之大，自然接着人也要跳下来了。我现在这一刀斩出，实是以逸待劳，他绝对逃不过的。

哪知这一刀斩过，却斩到了枪杆上，又是"砰"的一声，震得我手也发麻，那支枪也一下缩回梁上。那人居然没有下来。这让我不由大吃一惊。那枪只不过半人高，是支短枪，而房梁离地足有一丈多，那人的手绝不会那么长的。难道他是把枪脱手掷下的么？可我在滚动时，眼角明明看见了那人抓枪的手了。

我爬起身，只见祈烈和几个什长正目瞪口呆，动也不动，我怒道："你们做什么？快动手！"

刚才那人在梁上，我们一烧，热气上涌，他肯定受不了了，现在只怕在找阴凉些的地方，大概马上便又要攻击。

哪知我这一声喝，祈烈和那七个什长都只是呆呆的，我喝道："快给我醒醒，睡觉么？"

祈烈这才像是回过神来，他看着我，喃喃道："是鬼！是鬼啊！"

我被他说得莫名其妙。祈烈不是第一次出阵，为什么怕成这样子？我左手一个耳光打在他脸上，说道："别说傻话，别让他跑了，守住出口。"

我正在说话，注意力却还放在上面，这时已瞟到那人的影子，在梁间，下面火光熊熊，照得上面忽明忽暗，却也看不清楚。这时，那人又发出了一枪。

这一枪我已有防备，亲眼见他探下大梁，人直直地扑向我头顶。就算他的脚用绳子绑在梁上，这一回也不能轻易回去了。我等那枪快到我跟前，刀又是一推，那枪顺着我身体又向下插去，刀锋刮着枪杆，发出让人牙酸的难听声音。

这时，我已与他打了个照面。

此时我才算看清他的样子。这时，我才明白为什么祈烈他们这批杀人不眨眼的魔王居然会感到害怕。

那根本不是人，一张脸虽有人形，但眼周是光光的，脸上有些鳞片，也没嘴唇，鼻子只是脸上的两个小孔。这还不算什么，最为可怕的是，那个人的下半身，不是两条腿，而是盘在梁上的一段蛇身！

即便是我，也吓得浑身一阵激灵，不愿再与他照面，人跳后一步，手里抓着刀，喝道："你到底是什么人？"

那个怪物挂在梁上，用枪在火堆里一挑，想是要把火堆挑得矮一些，可是却挑得满天都是火星。它发出一声叫，又缩回梁上，已向上穿过屋顶。

它是受不了那热气，想要逃了。

我道："退后，在门口守着。"

我们走出大门，正好看见那怪物游出屋顶，正盘在上面。原来刚才它露出了半截身子，才会让人误以为那是个吻兽的。现在它盘在屋顶上，倒显出原来身形不算小。它作势便向边上的屋顶游去。要是被它游到另外的房里，只怕又是难找。它在上面跑来跑去很是方便，我们在下追着却太吃力。

我叫道："快，让我借借力！"

祈烈和一个什长相对把拳互相握好，我一脚踩到他们拳上，他们已用力向上一抬，我一跃而起，跳上了屋顶。

屋顶上是厚厚的瓦片，但踩在上面有点滑。那个怪物正盘在前面要向前游去，我喝道："哪里走！"

那怪物回过头，两只眼睛是浑浊的黄色，没一点神情。它上半身长着两条和人相差无几的手臂，下半身却完全是一段蛇身。它提着那支枪，盯着我，我不由得心头发毛。

忽然，它弓起上半身，猛地向我扑过来，那支枪使得力贯枪尖，居然不下于军中的勇士。我只觉脚下有点发滑，情知不能和它久战，看准了它刺来的枪尖，百辟刀已然劈向那枪头。"当"一声，当我感到刀身上已有沉甸甸之感，人已借力跃起，竟跳得比它还高。

这怪物万料不到我有这一手，它两只手伸得长长的，这一枪却刺了个空，我一刀已落，"嚓"一声，这一刀正砍断了它的两只手，那杆枪登时滚下屋去。

它疼得浑身动了起来，我正在欣喜，正要再一刀，却只觉身后一阵寒意，那怪物的下半身已抬了起来，像一根绳子一样卷住我的双肩。此时刀虽在我手上，却也无法再送出去半步。

它已缠住了我！

这怪物的力量大得吓人，缠在我身上时，我只觉眼前金星乱冒，气也渐渐透不过来。我的刀在乱挥着，肩头以下已被它缠住，两只手只能在自己身前动动，碰不到它半寸。此时它卷着我凑到跟前，张开了嘴。

它的嘴里，有一排白色的牙。和人的牙不一样，这些牙非常尖利，像是两排小刀。我一下想起了屋里残缺不全的那些尸首。也许那都是它的食物。

它的嘴里发出一股恶臭，下半身卷着我，似乎要送到它嘴里。我拼命挣扎，可它那截蛇身像是铁铸的一般，根本动不了分毫。

完了。

此时我才感到死亡来临。真想不到，我居然会是这等死法，这反让我有点好笑。可好笑归好笑，现在这情形却实在不好笑。

这时，一支短箭发出一声尖啸，一下刺入它的左眼。它万料不到忽然有这等事，卷着我的下半身一下松了，我落到屋顶，只觉浑身的骨节都像拆碎了一样，一阵疼痛。

这时，又是一支短箭射来。这是谭青所发，他的箭术在前锋营是有名的，虽然离得较远，还是箭无虚发。如果由我来发，虽也能射中，但当时我和那怪物相距如此之近，稍有不慎，只怕这一箭要先刺入我的脑袋的。

这一箭却射不中那怪物了，它的头一摆，那箭从它头边掠过。可是它这一动，却露出胸前的一片白色。刚才落下时我正在它身边，此时见机会难得，一刀向它胸前扎去，却只觉脚下一滑。屋顶本是斜坡，平时我要站稳了也不易，现在我浑身疼痛，已然站不住。

这一刀才扎到它胸口，我的人已向下滑去，屋顶上稀里哗啦一阵响，我的人已滑到了房下。

这一掉下去，非摔个半死不可。我正在担心，只觉身后一沉，却是祈烈和另两个什长接住了我。此时我们看不清上面的情景，只听得上面一阵乱响，不知怎么一回事，正在纳闷时，忽然一声巨响，那个怪物穿过屋顶，摔了下来。

刚才我这一刀，竟然将它的肚子划开了。这怪物负痛，在屋顶一阵扑打，屋顶哪里受得了它那么大的力量，瓦片一下碎了一大片，它掉了下来。

大门正开着，这怪物在梁柱间磕磕碰碰，又是"砰"一声，正落入那堆熊熊燃烧的火堆中，马上浑身都烧了起来。

这时，身后有脚步声，我们回头一看，却是刚才守在外面的谭青他们四个什长。

那怪物在火中烧着，被我拉开的肚子里，内脏也流了出来，里面居然还有一整个的小孩尸身，大概是先前被这怪物吞了未化尽的。火势本旺，它一阵挣扎，只让火头更大，一会儿，便再也不能动了，被烧作一段焦炭。

看着这情景，谭青打了个寒战，喃喃道："将军，这到底是什么东西？"

我不知该怎么说，只是也打了个寒战。

抬头看看天，月色居然是鲜红的。

第三章 修罗场

武侯看着我们拖到营帐门口的焦尸，沉吟了半日，忽道："大鹰，你去叫高参军过来看看。"

武侯身后的一个亲兵道："是。"

高参军名叫高铁冲，他本是士人，后来从军，是武侯幕府中的第一个谋士，据说他身有残疾，不能见阳光，很少露面，这更让人觉得神秘。武侯此番用兵，四将合围之计，便是由他首先提出的。

一会儿，武侯帐左的一个小营帐里，有人推了一辆小轮椅出来，车上坐着一个戴大帽子的人，帽檐上挂着青纱，看不清那人的脸。

这人到了武侯跟前，说道："君侯，卑职高铁冲，请大人吩咐。"

武侯道："高参军，你看看这个。"

那具焦尸已经烧得很不像样了，发出阵阵恶臭。他的亲兵推着他的轮椅走到那焦尸前，他弯下腰看了看，说道："给我把刀。"

那亲兵拔出佩刀递给高铁冲，他用刀拨了下那焦尸，又割开那焦尸的嘴看了看，忽然叫道："天啊！是蛇人！"

蛇人？我有点莫名其妙，武侯道："高参军，你可确定？别弄错了！"

高铁冲道："禀君侯，不会有错。当年天机法师留下的那本书中有蛇人的图形，嘴中舌头分叉，这焦尸与那书上的图形一般无二。"

他站起身，一个亲兵递上一块白绢，他擦擦手道："五十多年前，先帝还是储君时，曾周游天下，至南疆捕得一个半蛇半人的怪物。那时天机法师是太子少保，随先帝出行,回来写了一本《皇舆周行记》,里面便有那个蛇人的图像。据当时陪伴先帝的前代苍月公说,这种怪物偶尔可在无人山中一见,能生吞鼠虎,想必是上古异兽苗裔。"

武侯道:"真是浑账东西,这时候来添乱。呵呵,碰到了前锋营勇冠三军的楚将军,这蛇人也算是运气不好。"

得武侯夸奖,我心中自有点高兴,跪下道:"君侯过奖。"

可是,我心中却远没有武侯那么轻松。那个蛇人根本不像是野兽,它能伏击我,而且会用长枪,更像是一个人。如果只有一两个,自然没什么好担心的,可要是有十几个一块儿来,恐怕就不是一小队人马可以对付的。

辞别了武侯,我心中还是有些惴惴不安。祈烈还在武侯营外等候,见我出来,说道:"君侯大人怎么说?"

我道:"君侯不太在意。好了,今天也太晚了,大家回去休息吧。"

祈烈笑道:"自然,今日是楚将军春宵,被那怪物浪费了大半宿,回去吧。"

众人都一下笑了起来。我治军没有武侯那么严明,因为我年纪还轻,有几个什长已过了三十岁了,我也不好对他们太过严厉。战阵上他们自不敢对我无礼,但平时,他们不太把我当成百夫长看的。只是,那个女子……

想到那女子,我心头又一阵迷茫。我道:"回去睡吧,明天不要去屠城了。"

祈烈怔了怔,马上道:"就是,明日好好歇歇吧,屠了三日城,大家也累了。"

谭青道:"这高鹫城的城民也当真勇悍,饿得站都站不稳,居然还会跟我们巷战。昨天我带我的九个弟兄冲进一家大户人家里,那里只剩了五个男人和两个女人,居然还守了半个时辰,连女人也不肯投降。唉,可惜,里面有一个年轻女人好漂亮,却让我一箭射穿了颈子。"

他还要喋喋不休地说下去,我忽然大喝道:"别说了!"

他们都是一怔,有点呆呆地看着我。我没有说什么,也无话可说。对于行伍中人,胜利后的屠城已是一种奖赏,我自己在跟随武侯攻破头几座城时也带他们屠过城。可是现在我却已经厌恶流血了,甚至在为自己手上的血腥感到内疚。可是这些话能对他们说么?同样满手血腥的我根本没资格对他们多说什么。

我跳上马,无言地走着。天已快亮,东边有一些发白,可是,黎明前的那一瞬却是最黑暗的。

他们都回了营帐，我独自一个人住在营帐外，走进屋中，点亮了油灯，看着这间很干净的屋子，突然，一种突如其来的孤独感抓住了我。

这屋子以前的主人，想必已经成为一具尸体，在国民广场上烧成枯骨了吧。生命，总是那么脆弱，说没就没了，在这乱世中更是微不足道，谁都不关心，也根本不会有人注意。

我全无睡意，坐在那儿越来越清醒，索性走出了屋子。营帐那边灯火通明，传出一阵阵喧哗。前锋营的人在屠城时甚至有三日三夜不合眼的，白天杀人，晚上玩女人、赌钱，几乎成了破城后的通例，也不知他们哪来那么旺盛的精力。只是他们精力越旺盛，对战败者来说就是更大的不幸。

我走出屋子，向营帐走去。

今天门口轮到第一营站岗。第一营百夫长路恭行今年二十七岁，是我在军校时的师兄，兼前锋营统制。前锋营的编制一向如此，统制兼任第一营百夫长，那是武侯传下的规矩。武侯有命，任何军官在战场上不得停留在后方，连他自己的中军，也是时常冲杀在前。

路恭行是虎威伯路翔的儿子，也是世家子弟。不过，他倒不属蒲安礼那一帮人，与我们这些平民出身的军官也处得很好，算是前锋营持中那一派的首领。他属下那两个站岗的士兵见我过来，站正了行了一礼，说道："楚将军好。"

我回了一礼，说道："你们路统制睡下了么？"

一个士兵道："不曾呢，还在和德洋大人商议。"

我走进营帐，周围不时传来女人的哭喊和那些男人的嬉笑。屠城后，照例由中军派人将掳来妇女中的绝色选出纳入中军，其他都归各军自有。武侯也不怎么爱女色，只是帝君有过吩咐，要求班师后贡上美女和金银。之前那班款待我们的女乐也是为帝君预备的吧。

不知怎么，我却又想到了那个面无表情弹琵琶的女子。她逃过这一劫，入宫后却不见得比如今好多少。想到这儿，我的心便是微微一痛。

这种感觉从来也没有过。我摇了摇头。

前面是路恭行的营帐。他不像我那么特立独行，还是和下属住在一处。我在门口大声道："路统制在么？"

路恭行走了出来，一见我，笑道："楚将军，你真是好酒量，我现在头还有点晕，你一点事也没了。呵呵，来，进去坐。"

我不禁苦笑。我的酒量哪里有他那样的世家子弟好，只是任谁碰到过那样的怪物，醉意也都会被完全吓飞了。

里面，德洋正拿着一杯酒，喝得脸也有点红，一个十分美丽的女子侍立在一边，想必是他屠城得来的战果。我不为人觉察地皱了皱眉，德洋却叫道："楚将军，你也来了，来，喝酒，喝酒。"

我坐下了，那女子送上一杯酒来。路恭行道："楚将军怎么有兴来我这儿坐坐了？"

我把酒杯放在桌上，说道："路统制，你知道有种怪物叫蛇人么？"

这话刚一出口，边上的德洋却一下睁大了眼，插嘴道："是不是像蛇一样的人？"

我道："是。"

路恭行道："你也知道么？我和德大人正在聊这个事。"

我吃了一惊道："你们也知道了？"

路恭行道："白天，我营中弟兄碰到了一个，十几个人围攻它，还让它逃了，还伤了我们两个人。"

我道："你们在哪里碰到的？"

路恭行道："是在城西。"

城西是忠义伯沈西平的防区。沈西平与陆经渔齐名，号称军中双璧，公论武侯麾下的两员勇将，陆经渔智勇双全，而沈西平却是如烈火疾风，有"火虎"的绰号。攻城战他并不擅长，但野战却无人能敌，文侯对他们两人下过一个评语，攻则陆稍不及沈，守则沈远不及陆。但如各统百人迎战，沈西平的冲锋之术，却是天下无双。这次四将合围，沈西平统右路军攻城西，武侯也生怕沈西平不遵军令，严令他不得妄自行动，只能在城外严防，所以他的部队接战最少。大概是部队憋得久了，入城后的屠城却是屠得最凶的，因此城西也最为破败。路恭行又道："楚将军，你与那蛇人怎么碰到的？"

我把刚才与蛇人遭遇的事说了一遍，说完了，却见路恭行神色凝重，一副若有所思的样子。我道："我已禀报君侯，君侯却还不怎么放在心上。"

路恭行沉吟了一会儿，转身道："德大人，你先坐一会儿，我与楚将军一起去城西看看。"

走出营帐，路恭行让部下备了两匹马，我们一起向西门走去。天已开始放亮了。这一片地方除了俘虏来的女子与工匠，已无平民，只听得到前锋各营的兵丁正在大声喧哗。前锋营的战力极强，但军纪也不是甚好，便是我这个百夫长有时也弹压不下本部人马。我骑着马，一边想着事，嘴里道："路将军，那蛇人真的如此令人担心么？"

路恭行抬头看了看天空。东边已有了一片曙色，一钩眉月却还斜挂在天边，几颗星模糊不清。他看着天，沉声道："家祖当年与天机法师交厚，天机法师羽化前曾将一部手稿留在舍下，我小时看过，里面大多是天机法师游历见闻，看了很长见识。"

我不知路恭行说这些做什么。我没看过多少书，做书本的那种纸张的制法已经失传，现在的书多半用的是皮纸，是把牛羊之皮细细打磨脱色，一本书厚一点就要用到五六头羊的羊皮，相当于一般三口之家一月的用度了，所以很多人甚至连书都没见过。路恭行说这话，当然不是炫耀他有很多书，但我心里还是有点不舒服。

他又道："在那书中，天机法师对蛇人记得很是详细，后面还说，当初他伴随太子周游天下，在南疆捕捉蛇人时，用了两百禁卫军和一百苍月公的卫队，即使如此还是大费周折。那蛇人力量大得惊人，伤了十几个人才将它捉住。天机法师曾向太子献策说，若能驯养一支满万的蛇人军，只怕是天下无敌。只是当时天下承平，而蛇人又难得一见，先帝便没把天机法师的建议当一回事。"

我道："这个建议也确实不太可行吧，那种蛇人如此凶猛，要驯化只怕也是空言，何况数量如此之少，要驯一支满万的大军，那也太难了。"

路恭行道："不管如何，我听得德洋大人说起入城时曾见过屋顶上有个人影，不知怎的便想到了蛇人。现在城中果然有蛇人的影踪，听你一说还不止一个，那么山野之中，只怕更多。"

我道："多也没什么大不了的，反正三军就要班师，这儿都没人烟了，又有什么要紧？"

路恭行顿了顿，说道："有备无患，以防万一。"他抖了抖缰绳，马加快步子向前走去。

周围是大片破败的房屋，残垣断壁间，到处是瓦砾和血迹，时而见到一两个不完整的腐烂尸首，大概是屠城后懒得收拾留下的。营盘附近，那些尸首搬得还算干净，这儿离营盘有些远了，收拾残局的辎重营也懒了。大灾之后，必有瘟疫，便是因为死尸不及时收殓的缘故。现在城里死了那么多人，辎重营根本收拾不过来，只怕过几月必会发生大瘟疫。只是我们马上便要班师回京，这儿的死活也没人放在心上了。我看着路恭行的背影，不知为什么，感到一阵寒意。我与这个前锋营统制共事已有两年，突然间他似乎像一个陌生人一样。我也抖了抖缰绳，追了上去。

如果说陆经渔像是万载不化的寒冰，一进他的防区便感得到那种森严肃杀，那么沈西平就是旷野中已成燎原之势的烈火。他的右军，战阵上军纪严到苛刻，每伍由伍长负责，战阵上若有一人回退，全伍皆斩于阵前，因此几次冲锋，右路军都是一往无前。可战后，沈西平部的军纪却也极坏，屠城五日封刀，第六日往往还有右路军在废城中找人乱砍，被发现后沈西平还十分护短。有这样的长官，我们一到城西右军的营盘附近，便听得到里边沸反盈天，比菜市场还吵，门口也没人站岗。我们前锋营算军纪松懈的，这儿却比前锋营还不如。

一进营中，却见到处都是些醉醺醺的兵丁。高鹫城当初以出产一种木竹子酒闻名。木竹子是特产于帝国南部的一种水果，略似枇杷，比枇杷大一些，成熟于秋冬，却远比枇杷甘美，只是贮存期很短，三日后便败坏。帝君曾点名要苍月公每年秋冬贡上木竹子百斤，可这种水果既难以贮存又怕颠簸，每年苍月公都以特急飞脚传递。这木竹子在南疆也算平常果品，并不太贵，可运到雾云城，一斤木竹子差不多都要抵得上一斤黄金的价格了，这也是苍月公反叛的一个原因。

每年秋冬，高鹫城中的木竹子产量极丰，土人甚至有以之当茶饭的。不知哪一年起，有人试着以之造酒，造出的酒据天机法师的《皇舆周行记》中记载，"明黄如金，清澄如水，异香中人。一户造酒，门外行人皆陶然有醉意"。当然，这木竹子酒也是帝国点名要的贡品。这酒在雾云城中也很好销，是达官贵人宴客的必备之物，不少南疆人便是靠贩运木竹子酒发家的。高鹫城全盛之日，城中有酒坊三十家，其中最大的十九家位于城西，当初天机法师随太子至此，吟过"木竹酒香初着雨，半城人在醉醒中"的句子。昨夜武侯宴客，用的便是木竹子酒，连掳来的工匠也有近一半是造酒坊里的人。

我们跳下马，路恭行看着一片混乱，拉住一个正走得东倒西歪的兵丁道："我是前锋营统制路恭行，请问忠义伯的中军在何处？"

那兵丁喝得舌头都有些短了，模糊不清地道："你问沈大人啊，大人现在不见客。"

我看着周围。右军营中，实在是乱糟糟一片，兵士大多都喝得烂醉。这两万人大概把酒坊的存货都喝个精光，不少人怀里搂着女子，一手还抓着盛酒的葫芦，一边喝，一边赌着。这乐事也只有右军也才享受吧，另外诸军就算想喝也喝不到那么多酒。

路恭行耐下性子道："那么你们中军官在么？"

那兵丁道："你说田将军？喏，在那里。"

他指了指不远处一个营帐，那里是一帮军官，身上还穿着软甲，正团团围坐在一张放在空地上的大圆桌前赌钱，一个个都是怀中抱着女子，手中抓着酒葫芦。

路恭行和我把马拴到了边上的拴马石上，向那帮人走去。到了边上，那些人一个个头也不抬。路恭行道："请问，田中军在么？"

有个满脸胡子的人抬起头道："我便是。你是谁？"

中军官的职责是辅佐主将，最紧要的是精干，勇力倒是余事。只是这个田中军如此粗豪，看来实是勇力有余而精干不足，可知沈西平对部下一味地看重勇力。路恭行道："我是前锋营统制兼一营百夫长路恭行，这位是五营百夫长楚休红。"

那人听得我的名字，却推开怀中的女子，站了起来道："是楚将军啊，哈，我是右军中军官田威。你的名字现在传遍了全军，可人却长得太不威风了。"

我注意到路恭行有点不悦之色。这田威的话算是奉承，可话中再怎么听也没什么尊敬我的意思。我道："田将军取笑了。我们有事找沈将军，请问能找到他么？"

田威笑道："大人现在不见客，除非你们有君侯的将令。"

我和路恭行面面相觑。我们只不过想来问问，哪会有什么将令？为了这事去讨将令，只怕也会碰一鼻子灰。坐在田威下首的一个军官这时不耐烦道："田胡子，该轮到你了，你要不掷那可算你输了。"

田威道："来了来了。"他顾不得再搭理我们，伸手先揽过站在一边的那个女子，另一只手去抓几颗骰子。

他们玩的是帝国很流行的三骰赌。这种赌博古已有之，用的三个骰子，骰子的各面刻了一到六个小坑，一点的涂成红色。三颗骰子掷在碗中，若三颗相同，称作豹子，六点豹子号称至尊豹，是最大的，下面还有一些杂花，名色很是繁复，除了久赌之人，一般也记不住。这种赌博在军中最流行，因为简单，赌具也携带方便。他们用的是骨制的骰子，大概是新做的，还很白。

路恭行还要说什么，田威已经伸手把骰子掷在碗中，嘴里叫道："至尊！至尊！"

三颗骰子在碗里滚了一会，却只是杂色，我不好赌，也不知这花色到底有多大，但看着另外几个军官齐声欢呼，便知一定是很小的，定然要通赔。

一个军官笑道："田胡子，你的这手气可有点背啊。"

田威喃喃道："果然，还是换换手气吧。"

他说着，忽地把怀中那女子的一只手按在桌上，极快地拔出腰刀。他的刀法果然很不错，居然不比我的拔刀术慢多少，我见他突然拔刀还有点莫名其妙，眼见他一刀向那女子的手砍去，差点便要叫出声来。只是尚来不及惊呼，他的刀已然重重剁在桌上，"啪"一声，竟把那女子的左手剁了下来。那个女子发出一声惨叫，人已瘫倒在桌边，血一下喷得田威满脸都是。田威抹了把满脸的血，把那女子推在一边，伸手把那只剁下来的手扔给边上一个工兵，叫道："薛工正，做三个新骰子！"

他们玩的骰子，竟然是用人骨做的！

我已怒不可遏，喝道："田将军！"

田威也没想到我会呵斥他，斜眼看看我，冷笑道："楚将军有什么指教么？"

我不顾路恭行在一边对我使眼色，骂道："禽兽！"

田威一下站了起来，喝道："楚休红，你别以为你是君侯跟前的红人我们就怕你！老子战场上什么世面没见过，轮得到你这小子来骂人？"

我只觉浑身发热，也不顾一切道："田威！你还算是人么？便是禽兽，也不会干这等无耻的事！"

田威也有点发怒，说道："姓楚的！你若再不干不净骂人，老子可要对你不客气了。前锋营厉害，我们右军也不是吃素的！"

路恭行拉住我道："楚将军，你别冲动……"

我一把甩开他的手，说道："路统制，便是要受君侯责罚，我也不管。"

我看了看那个被剁去一只手的女子。被俘的女子，若能有几分姿色，可能还会有一个好一点的结果。那个女子相貌不差，但现在少了一只手，只怕她已没有生存的本钱了。她坐在地上，一只手握着那断腕，却像与己无关一样，动也不动。我摸了摸怀中，也没有什么布条，拔出刀来在衣服下摆上割下一条，走到那女子边上，将伤口紧紧扎住。

如果不这么扎住，她马上会因流血过多而死的。但我这么做，却肯定让田威下不了台。只是我根本不去想这些，只是机械地做好。

好像，这样也能让我心里平静一些。

等我给她包扎好，刚站起身，眼前忽然有刀光闪过。

这一刀相当快，我全无防备，伸手去腰间要拔出百辟刀来，手刚搭到刀柄上，那刀光便已消失，那个女子的头却已滚落在地上。

我回过头，田威正吹着刀锋上的血。那一滴血在泛着蓝色的刀锋上，像一颗珠子一样滚动，他的眼里却满是冷冷的嘲讽。

我按着刀，说道："田将军，请你准备好。"

我心头怒极，话语倒显得平静了。刚见田威时，他奉承了我一句，我对他的观感自然也不会太差。但眼见他残忍至此，现在剩下的只有厌恶与痛恨。而他出刀斩断了那女子的头，自然也是因为我为她包扎断腕的缘故，成心要给我点颜色看。现在我脑中一热，已然不顾一切，只想着与田威一决生死。

田威笑道："好啊，为了痛快点，我们还是立下生死状吧。"

我喝道："立就立！"

边上那些人都开始起哄，围上了一大批人。路恭行也料不得事态会发展到这等地步，说道："楚将军，你别那么冲动……"

我道："路统制，请你给我做保人吧。"

路恭行脸上现出了一点怒色，喝道："楚将军，放肆！"

路恭行是我的直接长官。他虽是世家子弟，但向来平易近人，待人接物都彬彬有礼，对我说话从没那么严厉过。我顿住了，看了看他，发热的头总算有点冷静了。

路恭行对田威道："田将军，楚将军无礼，请你海涵。"说罢又转身道："前锋五营百夫长楚休红，向田将军致歉。"

他直呼我的官职，那是用职位来压我了。最初的莽撞过去，现在我也已经冷静下来。在军纪差著称的右军里，我就算真能杀了田威，那些桀骜不驯的右军军官们定然会马上将我乱刀分尸，根本不会顾忌什么生死状。而我若被田威杀了，那自是白死。尽管心头一千一万个不服，但想通了前因后果，我不敢再逞血气之勇了，走上一步拱手道:"田将军,请你原谅,我太失礼了。"

我不像浦安礼那么有后台,从不敢对长官有什么失礼,这些话说来也并不觉得难堪。听得我服软,田威的脸上露出笑意:"楚将军别在意,女人么,原本只是件玩物,别把她们当人看。路统制,你们可也要来玩两手?"

路恭行道:"不了。田将军,我们来是想问问,你们见过一种上半身像人,下半身像蛇的怪物没有?"

这本是我们的来意,却直到现在才问出来。田威此时倒还客气,说道:"路统制,你们也见过么?"

我们都吃了一惊,几乎齐声道:"你们见过?"

田威道:"那也没什么大不了的。昨日曾见有一个要逃出城去,我们追了半天追不上。想必是这城里养的什么怪物吧,南边人古怪多。"

他说得轻描淡写,我们心头却沉重之极。

城中的蛇人,看来并不是凤毛麟角的少数。那些怪物绝不会那么简单,已经会用武器,那几乎已是个人了。

离开城西时,我心头还有点气恼。路恭行道:"楚将军,你还在对我不满吧?"

我道:"路统制,你是长官,我不敢说什么。只是大帝当年得国时,明令不许杀降,我们现在不把俘虏当人看,又如何能得民心?此次叛乱已被平定,日后若再有此等事,只怕我们再难令人投降了。"

路恭行叹了口气,说道:"我何尝不知。不过武侯也有他的道理,现在国中谣言四起,如果一味妇人之仁,又如何能慑服四方?一时有一时的局势,大帝当年下此命令是因为得国未久,故要以仁德服众。现在天下承平日久,在这个时代,便只有强者才能赢得尊敬。楚将军,你战阵上勇猛无敌,不过说句实话,性子不免有点懦弱,只怕要在这上面吃亏。"

我半晌无语。路恭行的话,和武侯批评我的话可说是如出一辙。也许,我的性格里,还是懦弱占据本质,尽管战场上可以舍生忘死,但平时却显露出来了。也许,这也注定了我做不了统军大将吧。事实上,陆经渔便是前车之鉴。只是我恐怕永远都不能如武侯所说的那样斩断妇人之仁。

路恭行道:"你先回去吧,我向君侯禀报此事,希望能引起他的注意。"

我看了看天，说道："还早，我陪你一块儿去吧，我在外面等着便是。"

路恭行道："也好。我总觉得，那些蛇人绝不会是些无足轻重的怪物。"

我道："蛇人虽然厉害，可不会掀起什么大波浪吧？你怕是共和军在驯养蛇人么？"

路恭行道："是啊。城中蛇人不是一条两条，而且已会用兵器，如果在山外某处，共和军驯养了一支蛇人军，我真想不出该如何对付。"

我笑道："就算他们在驯养，想必也没什么成果。至少，我们攻城时，那些蛇人并不曾助战。而且那些蛇人凶悍如此，恐怕没人能驯养，驯蛇人头一个要被蛇人吃掉。"

这时，已到武侯营帐外。路恭行跳下马，说道："楚将军，你等一下吧。"

武侯的军令严厉之极，下级军官不得传唤，不能进入中军帐。昨天我一时情急，求见武侯，武侯也许带着酒意也不曾怪罪我。现在我再为这事进去，只怕武侯会着恼的。

过了半天，路恭行满面颓唐，走了出来。我道："怎么了？"

路恭行道："武侯正在饮酒，我进去禀报此事，他只当笑谈。"

我道："你说我懦弱我承认，我也要说你有点多疑。呵呵。"

路恭行平常没什么架子，虽然他是前锋营统制，但与我们一起时，他一向只将自己看作是个百夫长，我们也常和他说笑。此时，他却只是叹了口气，说道："希望只是我多疑吧。"

我看看天，太阳正挂在天心，时值正午。从昨晚开始，我还不曾休息过。我打了个哈欠，说道："我累坏了，路将军，你不去休息么？"

他也打了个哈欠道："好吧。昨晚一肚子酒，我到现在也没合过眼，也该休息了。"

到了他的营房门口，他道："我去睡了。你还回你那小屋里？"

我道："是啊。"

路恭行打了个哈哈道："你倒能耐得寂寞，那小屋里你也住得下？"

我道："不管你怎么说我，我嫌这儿吵。"

把马还给路恭行，我一个人回到小屋，已是下午。周围有点安静了，就算帝国军士是铁打的，无昏无晓地屠城屠到第三天，毕竟还是有很多人累了。现在，只能零星听到远处传来一些人的哭喊声，断断续续的，好像一些有着尖利锋刃的碎片。

不知睡了多久，等我醒来时，只觉肚子饿得要命，伸手在干粮袋里摸了几个干饼，又把盛水的葫芦拿出来。窗外，天色已暗，一天又过了。

五日屠城，还剩了两天。我第一个想法倒是这个。也许是因为厌恶那种无休止的杀戮吧，我无法阻止屠城，那只好盼望早一点结束。

我拿着干粮和葫芦走出小屋，外面，夕阳如烧。南国天黑得晚，不似京城，天说黑就黑了。一轮落日挂在西边，染得云层也似血滴一般。在夕阳下，城头那些残破的雉堞看过去只剩了些影子，显得苍凉万分。

我伸了伸懒腰，走上城头，嘴里啃了几口干饼。城里搜出来堆积如山的财物，可食物还是少得可怜，军中也只好仍然吃干粮度日。也实在有点佩服守城的共和军，在如此艰苦的条件下，居然还守了那么多天。

南门是中军驻守之地。我踩着一地瓦砾，走上城头。向下看去，城门附近营帐鳞次栉比，排得整整齐齐。能与中军的军纪军容相提并论的，也只有陆经渔的左军了。

我拣了块干净些的雉堞坐下，喝了口水。干硬的大饼在嘴里被濡湿了，虽然只有点咸味，却也能让人有饱食的舒服感。我小口小口地啃着饼，看着太阳一点点沉没。

帝君号称太阳王，只是他的光芒只照在那些达官贵人和后宫佳丽身上吧。我有点解嘲地想着。一个平民百姓要歌颂皇恩浩荡，那也太违心了。可如果要忠于帝君，是不是也一定要成为武侯这般心肠如铁、杀人如麻的人？不愿意这么做的人，能有别的选择么？这么想来，苍月公的反叛，也许是情有可原吧。

我停住了手里的动作。这种想法就是不忠么？我的心有点剧烈地跳着。也许，如果我处于苍月公的地位，也会反叛吧。

我看了看手里的饼，那块饼已被我咬得只剩了一小块了。我叹了口气，放在嘴里咀嚼着。硬而干的大饼碎渣实在有如沙砾。我拔出盛水葫芦的塞子，喝了一口水。

天已暗了下来了。太阳有一半没入山背，天空中的血色更似凝结了一般，天地之间，却似有一片烟云翻滚。

我正喝着水，忽然，城下的营盘里发出了一阵声响，有人乱成一片。

发生什么事了？

我吃了一惊，把葫芦塞好了挂在腰边，跑下城去。

一下城头，却见一匹马泼风也似向中军大帐跑去。营盘门口，一群士兵正挤作一堆。我跑过去，说道："发生什么事了？"

有个小军官看了看我。鉴于那天被蒲安礼的部下偷袭，我生怕再被错认了，一直穿着软甲。那小军官看看我道："你是……"

我摸出自己的令牌道："我是前锋五营百夫长楚休红。发生什么事了？"

那小军官肃然起敬，说道："是楚将军啊，你的名字这几天可以说是人尽皆知了。"

我有点不耐烦，但别人恭维我，也不好太没礼貌。我道："多谢。到底出什么事了？"

那人道："西南边，烟尘漫天，似有大军过来了。"

"什么？"

我大吃一惊。高鹫城西南一带是无人的山岭，鼠虎很多，只有一些零星的猎户住在山脚，武侯定四将合围之计时，也曾派斥候兵前去探查过，确定没有伏兵。何况，我们围城那么多日，若共和军有伏兵，早杀出来了，不至于到今天才出来。可如不是共和军，那这支队伍又是从哪里来的？

这时，中军帐里突然响起了号角。那是紧急集合令。听到这号角，各军必须立刻回到原位，高级军官立刻入中军帐议事。

我顾不上再和那军官说话，人飞奔向前锋营营盘。

一到营盘门口，正碰上路恭行飞马出来。他也顾不上和我打招呼，在我身边疾驰而过。我一进营盘，前锋各营外出之人正纷纷赶回来。我找到自己的营房，祈烈已在里面，正手忙脚乱地收拾一些乱七八糟的东西，大概刚才正在赌吧，边上一个女子面无人色，大概是祈烈掳来的。我倒没想到他年纪不大，居然也学人去掳女子了。

祈烈一见我，叫道："谢天谢地，将军，你来了。"

我道："快点收拾，有一支大军向这里过来了。"

他也吓了一跳，说道："什么？是什么人？"

我道："我不知道。快让弟兄们集合。"

祈烈道："是。"他推了推那女子，柔声道："快，去辎重营等一会吧。要是没事的话，我就来接你。"

历次屠城所收降虏，工匠全都关在中军营盘，各营中的俘虏尽是些女子。可就算女子还是得防着，所以要是有什么紧急命令，那些女子都由辎重营看管。这是文侯定下的规矩，我本觉得这未免管得太细，现在看来，文侯实在是深谋远虑，连这等事都想到了。

我走出营房，只见外面已站立了几十个五营的弟兄。五营还有八十三人。这一趟出师，全军共减员四千余，其中前锋营减员大约五百。前锋营一共才两千人，可以说是元气大伤了，我这一营算减员最少的。班师后自然会补充新兵的，现在也只有如此了。我看看几个站在前面的什长，还有三个什没来，其中就有神箭手谭青。

五营十个什，人人都有马匹，用的也都是长枪，但还是各有偏重。七个什是进攻用的，攻城时都用大斧，冲锋在最前面，第八第九两个什是盾牌军，谭青所领的第那个什是箭手。野战时，先以长箭远攻，盾牌军护卫，接近后主要靠前七个什了。不过谭青所领的十个箭手个个都是百步穿杨的好手，这也是先前我能率先攻入城中的一个原因。

我看了看这些人。这几天一个个屠城屠得眼睛通红，身上的战甲也不整齐。这倒也不好说他们，我自己也只穿了软甲，没穿铁甲。

这时，听得吵吵闹闹地过来一帮人，正是谭青他们三个什。谭青那个什是满员的，另两个却减员很多，三个什一共只剩二十四个人。那也是他们一块儿外出的缘故。谭青一见我，便叫道："楚将军，听说有人攻来了？"

我道："我也不知，只是有支队伍向这里开来。等命令吧。"

等了半天，忽然听得一个大嗓门在外面叫道："前锋营将士听了，武侯有令，战马备齐，全军上城。"那是中军的传令兵雷百辉。他的嗓子在军中是出名的，以至于人们都叫他"雷鼓"而不称其名。

营中登时一阵嘈杂，都不知发生了什么事。这时，雷鼓早已跑过，向下一个营盘传令去了，却听得路恭行的声音道："全营依序上城，不得喧哗。"

他的声音并不大，但听来却有种威严。营中一下静了下来，我们一营营依序登上城头。

我小声对祈烈道："小烈，你去我那屋中一趟。"

祈烈冲我挤挤眼，笑道："是那个女子吧？楚将军，你也真不懂怜香惜玉，把她一个人丢下就算了。"

我面色一沉，说道："我是让你把我的战甲拿来。那女子那天就死了。"

他吓了一跳，嘴张了张，大概还想问我那女子是怎么死的，看我一脸冰冷，没敢再说，扭头跑向我那小屋。

这次集合由于太过突然，许多人战甲都不整，我们把战马牵在城头下，看到城头上很多人都在整理战甲。我一上城头，便极目向西南方看去。天已黑了下来，什么也看不清。城头虽然火把林立，却也照不了多远，反而使得城下更如沉没在黑暗里了。

祈烈将战甲取来，我在城头穿好，这时隐隐地已能听到一阵隆隆的声息。这声音越来越近，自是那队人马正在逼近。这时，雷鼓又在城头跑着马，一路叫道："各军注意，刀枪出鞘，严加防备，不得有误。"

我倚在墙边。周围，火把将一个个人映得有如鬼魅，那些铁甲也久不擦拭，血迹和铁锈间，时不时有暗哑的反光。这一切，让我觉得真如梦寐。

也不知这暗夜里向高鹫城扑来的是支什么军队。若真是敌军，那城防已残破不堪，而军粮也支持不了几天，恰好是处在围城时共和军的地位。每个人心里都有种惴惴不安。只是更多的，却是好奇。

那支队伍已到离城约五里远了。暗地里看不清，却感得到大地也似在震颤。我正竭力向黑暗里看着，身后有人忽道："君侯大人！"

我扭头一看，却见武侯和他那两个亲兵正走上城头。我们齐齐跪下，喊道："君侯。"

武侯看了看我们，挥挥手道："请起。"

他面沉似水，眼里带着一股森然的杀意。看了看跪着的路恭行，武侯沉声道："路将军，前锋营准备得如何？"

路恭行道："前锋营现员一千四百七十三人，已全数在此。"

武侯道："好。"

他看了看下面，哼了一声，说道："不管你是什么人，倒要让你尝尝我帝国军铁骑的厉害。"

我的心头翻了个个。听武侯的意思，那是要与这支来路不明的军队野战了。从兵法来说，这并没有错。虽然南疆地势不平，不适合战马奔驰，但这城已被我们攻得到处都是残垣断壁，我们在城中采取守势，等于无用，那还不如野战，趁现在士气还在，一举击溃来犯之敌。只是这支部队恰好在我们破城不久时袭来，时间把握得恰到好处，在兵法上是很高明的击其不备之计。他们到底是怎么把握得这么准的？不知怎么，我又想起先前见到的那蛇人来了。如果我们发现的这几个蛇人乃是细作的话……

想到这儿，我自己也不禁有点想笑。真是听风就是雨，这种想法也太匪夷所思了。来的这队人马声势浩大，如果共和军真驯出这般庞大一支蛇人队伍，也不可能直到现在才正式投入战场。

这时，武侯的亲兵营在城头扎了个帐。他幕府中的参军谋士也都进去了。我注意到，其中并没有高铁冲。也许高铁冲行动不便，武侯特许他留在中军吧。

这时，雷鼓已骑着马疾驰过来。到了武侯那临时大帐前，他跳下马跪倒在地，高声道："禀君侯，职已通报四门，诸军俱已做好准备。"

武侯在内道："好。你先下去歇息。"

雷鼓还没下去，这时，一个斥候兵跑上来，跪到大帐前，上气不接下气地道："报君侯，那支队伍在离城二里处扎下寨来，前锋继续前进。"

我们在城头也能感受得到大地的震动。这种响动，起码有十万人以上了。我胡乱想着，脑子里却自然地想起了军圣那庭天《行军七要》里的一段话："骄兵不可攻，疲兵不可守。"这次武侯出师，全军不过十万人，一路杀来，势如破竹，损兵极少，前后仅仅减员四千，可以说是全师而返。可现在全军毕竟也不到十万人了。如果对方也有十万人，而我们却已是疲兵兼骄兵，那胜负可难说了。只是看样子，那支队伍似乎还到不了这般庞大的规模，真不知是怎么回事。

我看了看周围，所有人面色凝重，却并没有太大的不安。

那也好吧。我想着，要是人人都是我这种悲观的想法，那只怕不消接战，胜负已定。

我咬了咬牙。无论如何，到了现在这地步，便是骄兵，也要硬冲一冲。

我摸到了腰间的百辟刀，不知为什么，想起了那两句话："唯刀百辟，唯心不易。"

第四章 地狱变相

那支军队的前锋已抵达城外二里了。很奇怪，他们居然不点火把，可如果说是想来偷袭，那不该发出那么大声息来。

夜还深，但城中诸军已不敢入睡，中军全部驻在南门外，几乎所有人都在猜测那支来历不明的军队到底如何。因为看不清，越发显得那支队伍高深莫测。

武侯已派出许多斥候兵，此时那些斥候一个个轮流回来报讯。那支队伍在距城约摸二里外扎下阵营，全军大部继续前进。他们也打着旗号，黑夜中看不清，他们也没有派传令兵过来通报，而派过去的传令兵却如泥牛入海，再无消息。现在能唯一肯定的，便是来者必是敌人。

这时，一个斥候兵连滚带爬地冲上城头，嘴里叫道："君侯，不好了不好了，那是鬼怪！"

武侯在帐中斥道："大鹰，将这个扰乱军心的无用之人斩了！"

那斥候吓了一跳，说道："君侯，君侯，那些不是人，都是些妖怪啊！"

蛇人！那是蛇人军！我几乎要叫出来，不然这斥候为什么要说什么妖怪？我看了看站在第一营边的路恭行，他的脸上也有震惊之色。大概他也在怀疑那是一支蛇人军。祈烈他们也有点惊恐，只是他们总还不至于像我那么震惊。

武侯在帐中却只是沉沉道："斩！"大鹰已走出帐来，一把揪住了那个斥候的头发，那个斥候惊叫道："君侯，君侯，我没说谎……"

大鹰不让他说完，拔出刀来，一刀将他的头斩下。大鹰的刀法利落之极，刀也锋利无比，刀锋掠过，人头已然被砍下，那斥候脖腔里的血直喷出来，洒了一地。大鹰将人头递给守在营帐边的一个兵士道:"将这人头悬在城头号令,以儆敢乱军心者!"

这时,武侯走出帐来。一见武侯出来,我们齐齐跪在地上,他凛然看着我们,高声道:"前锋营将士,来的不管是什么人,你们可有信心将之击溃?"

前锋营里发出一声整齐划一的喊声:"有!"

我也在喊着,可是,我心中却实在有点忐忑不安。一个蛇人便已如此难以应付,如果真是十万个蛇人,那我们岂不是死无葬身之地了?

谭青等与我一同斩杀过那个蛇人的什长此时也平静下来。只听武侯道:"开城,前锋营与之接战,中军在后压住阵脚。"

武侯高大的身躯挺立在城头,凛凛如天神。就算真的是些地狱来的恶鬼,在武侯面前,也会当者辟易吧。我讪笑了笑,自己也觉得自己未免太过怯懦了。武侯果然是想要我们发起第一次冲锋,以最精锐的前锋营给这支敌人一个下马威。

前锋营依序下城,上马,井井有条地出城。这时,城下有一骑飞奔过来。马上这人一身黑甲,看样子也是个高级军官了。

此时已是三、四两营在下城,我正带着五营的兄弟准备下城集合,那黑甲骑士已向城头奔来,显得匆匆忙忙。只见他冲进城头,跪在武侯跟前,说道:"君侯,沈西平有一事求君侯成全。"

他就是沈西平?上回我去他营中,也没能见到他本人,现在才算真正看到,我不禁小小地吃了一惊。沈西平虽然交战时冲锋在前,但我这么个小小的百夫长却从没在近处看到过他。听人说沈西平为人勇猛无匹,但长相却十分清俊。此时他近在咫尺,看上去确实不像一个有"火虎"之称的猛将,倒似个饱读的士人。只是他长相清雅,身上却有种凛然之威,令人不禁胆寒。不知在这个时候他来找君侯会有什么事。

武侯道:"西平,你有什么话?"

这时,已轮到我们下城了。我带着八十三个五营的弟兄下城,已听不清身后沈西平说了些什么。刚到城下,却看见边上黑压压地站了一片骑兵,也有五六百个的样子。领头的正是田威。他一见我,居然还对我笑了笑,算是打招呼。

我此时一下明白沈西平的来意了了。沈西平有五百龙鳞铁骑,在右军中相当于武侯的前锋营,一向被称作是帝国的锋芒之军。以前沈西平有什么平乱之役,这支龙鳞军便是他冲锋取胜的法宝。这次平定共和军,一路大多是攻拔城池的战役,很少有野战,他这支龙鳞军几乎没什么用,功劳簿上,属于右军的也最少。这次要野战了,沈西平大概要抢这个功劳。

我们跨上战马,走出门去。中军已在城门下驻扎齐整。等前锋营尽数集合完备,雷鼓又跑了出来,在前锋营前大声道:"前锋营将士听真,武侯有令,由忠义伯沈西平将军充任前锋,前锋营暂退一百步,为沈将军掠阵。"

果然来了。我不禁有点恼怒。也许,是田威的傲慢无礼还让我着恼吧。我看着沈西平带着他那五百龙鳞军穿过我们的阵营向前走去。

虽然有点恼怒,但看到龙鳞军过来,我也不禁心折。不带偏见地看,龙鳞军的确是一支难得的强兵。这五百人一个个都身强力壮,全部和沈西平一样身穿黑盔黑甲。不过他们的兵器与我们有些不同,有一半人拿的是俗称"双手带"的长柄刀。也许龙鳞军最擅长的就是冲锋,而冲锋时用长枪威力就不及大刀了。

天边已蒙蒙发亮,火把的光看上去不那么明亮了。在城头上看下去,那支军队已经很近,但在城下看来,还有一段不短的距离。远远看去,尘烟滚滚,几乎弥漫在整条地平线上,使得那支军队如同从黑暗中冲出来的一样。

沈西平的龙鳞军在我们阵前百步远处,立了个方阵。百步之外,他这一小支兵马与远处那一长线烟尘比起来,真如沧海一粟,但又带着无坚不摧的锋芒。

沈西平马鞍前挂着支长枪,却有两个步兵扛着一捆长枪,侍立在他身边。

沈西平战场上惯用投枪。用投枪的将领不算太少,我们在军校里也练习过投枪。不过要用投枪,必须有马童跟随左右,这自然不是寻常的低级将领做得到的,所以实战时用投枪的全是高级军官。一般这些人用的投枪都是些小枪,与其说是枪,不如说是粗长些的箭。沈西平用的投枪却是一般步兵用的步下枪,枪长五尺五寸。平时他有三个马童,一个替他扛一丈多长的大枪,另两个各扛二十杆投枪。翰罗灭族之役他也参加了,听说在最后的大决战中,龙鳞军承担第一次冲锋的重任,他冲锋在前,那一战四十支投枪全数投出,每枪必杀一人,使得翰罗军军心动摇,阵脚大乱,帝国军趁势发动总攻。若不是那一场战争陆经渔功绩太大,战后论功,必定是沈西平居第一了。只是这回用惯的马童可能战死了,所以大枪他自己拿着,两个步兵扛着投枪侍立。

此时,龙鳞军如铁铸一般立在阵前,阵中一杆大旗迎风猎猎而展。我心头却突然有点惴惴。

我与蛇人面对面对敌过，知道蛇人的力量，那实在不是平常人能对付的。如果那些真是蛇人，沈西平还能不能再一展他烈火疾风的雄姿？

那支军队已经近了。

天也开始放亮，这时我才看清那支军队。一看清楚，很多人都"咦"了一声，因为这军队居然是以战车居前。

战车并不是很稀奇的物事，南疆不利战马驰骋，因此骑兵不太多，马多用来拖战车。但战车转动不灵，利于守而不利于攻，从没军队用作前锋的。据说上古时曾有车战，但后来骑兵崛起，对车兵显示出绝对的优势，因此战车用得越来越少。

在龙鳞军三百步外，那支兵马停住了。

曙色中，那一带长长的队伍也不知有多少人。那些，真的是蛇人军么？我竭力看过去，在飞扬的尘土中，却什么也看不清，隐隐只见许多刀枪的寒光，在一片尘烟滚滚中，但如夹杂在暮色中的星光。

如果此时他们借这前进之势冲过来，就算我们以逸待劳，是不是真能抵挡得了那种雷霆万钧之势？我不禁有点担心。我不知道沈西平的龙鳞军是否真有传说中的实力，我自忖以前锋营之力，纵不至于一败涂地，也会阵脚大乱的。

那支军队却一动不动。很奇怪，尽管那支军队很是混乱，根本没队形，可是在曙色中看来，却如铜墙铁壁一般，岿然不动。半晌，那队伍中出来一辆战车。

这战车上，打着一面大旗，正迎风招展。

天已开始亮了。我们已能很清楚地看到那辆战车，车上只有一个顶盔贯甲的人。他一手擎着大旗，一手拉着丝缰，这车到了离龙鳞军一百多步外停住了，那车上的人伸手将大旗往地上一插，连我这儿也听得到"嚓"的一声，这旗深深插入土中。我深吸了一口气，几乎所有人也都低低地惊呼了一声。

旗被风扬开，那旗上，绘着两个上古衣冠的人，只是，他们的下半身，都是蛇躯。

那并不算什么大不了的，他们这旗上的图案并不令人害怕。让人惊呼的是那个人。

那人戴着头盔，身上也穿着战甲，在车上时没什么异样，但当他下车时，我们却发现，他的下半身，与那旗上一模一样，也是蛇身！

真的是蛇人！

尽管我已有预感，但真的面对一支蛇人军时，我还是震惊得几乎在一瞬间忘了呼吸。果然是蛇人军，怪不得声势与十万人大军相仿，而实际规模却没那么大。路恭行说过，蛇人满万，便天下无敌。现在这支蛇人军何止万人，纵没有十万，也有两三万，难道我们这趟真要死无葬身之地了么？

那个蛇人直起身子。刚才它下半身的那段蛇身全在地上，立起来的高度只有全身长的四分之一，和一个平常人差不多高。此时他只有三分之一的蛇身在地上，便一下比人还要高出几倍。那和人一模一样的上半身更显得妖异。

那蛇人的手里拿着一把长枪。此时他用长枪指了指我们，这动作便是不上战场的人也知道，是挑战。只是这蛇人一声不吭，也不知是不屑一说还是不会说。

沈西平忽然大声道："田中军，你有信心么？"

田威一打马，到了沈西平身侧，也大声道："沈大人，田威必不让您失望！"

他的嗓门本来就不小，现在更是特别响。他喊那么响，自是想让我们听到。

我们前锋营二十个营紧贴在龙鳞军后面。田威向阵前走去时，龙鳞军中沉稳而有节奏地喊道："田威！田威！"几乎是同时，前锋营中也跟着喊起来，像一个焦雷滚过，后面中军大阵里也发出了喊声。想来，田威的武勇之名也不算小。

天已亮了。曙色映来，照得田威的影子长长的。他此时可说是占了上风，那蛇人在西边，面朝太阳，视力多少会受影响。而田威先声夺人，我虽然只见他一个横枪立马的背影，却也感觉得到他那种睥睨八方的气概。

只是，我却没他那样的乐观。

两军交战，单挑其实很少发生，我也是头一回见到单挑。蛇人为什么不发动冲锋，却要先派一个人来挑战？也许，这是蛇人第一次与帝国军交战，他们也要试探试探对手的实力吧。可以说，三军士气已系于田威一身，我对田威没什么好感，但也希望他能一鼓而胜。

这时，田威把长枪在头顶舞了个枪花，喝道："怪物，试试我的枪！"

他的枪很是沉重，舞花时也破风有声。借着枪势一催马，已猛然向那蛇人冲去。他一身黑甲，马又快，冲锋之势真有如迅雷不及掩耳。这田威虽然无礼狂妄，倒确实有几分本领，若昨日我真个与他决斗，也没有必胜的把握。看样子，那蛇人不会占到什么便宜。怪不得沈西平那么有信心，让田威去打头阵。

此时田威已到了那蛇人跟前。蛇人在步下，上半身和一段腹都直立起来，与骑马的田威差不多高。田威叫道："怪物，死吧！"他手中的枪已向那蛇人刺去。

武昭教我们枪术时，说起过，枪术有刺、砸、碰、掠、戳几种手法，而刺枪术最能发挥枪的威力。武昭曾向我们演示过，全神贯注的一枪，可以刺穿十块叠在一起的两寸厚木板。不过武昭老师虽号称天下第一枪，年纪毕竟老了，而田威年富力强，这一枪并不比武昭全力施为逊色。

枪若疾电，那蛇人忽然伸出左手抓向田威的枪杆。这种手法如果不是两人实力相差太大，绝不敢用。田威这一枪，力量绝不会小，要以单手之力抓住枪尖，那它的力量起码要比田威大一倍。这蛇人的力量难道真的大到这种程度么？我不禁大吃一惊。

说时迟，那时快，田威的枪已到了蛇人跟前。那蛇人力量虽大，却还是抓不住他的枪，只是把田威的枪推开了一些。这一枪如风驰电掣，正扎在蛇人肩上，"嚓"一声，竟然透甲而入。

有点血流出来。

蛇人的肩比人要窄得多，田威这一枪，最多擦破了那个蛇人的皮肤。但这一枪却使得万军阵中齐声欢呼，毕竟，是田威先刺中了对手，对士气是个莫大的鼓舞。

欢呼声还未落，那个蛇人忽然右手一枪向田威刺来。看它这一枪，竟然较田威的那枪没半分逊色。田威在马上似要努力将枪抽回来，可是蛇人的左手抓住了枪杆，他的脸涨得通红也抽不回枪来。眼看蛇人那一枪就要到他面门，田威在马上已无计可施。尽管隔得那么远，又是背对着我，我也猜得到他定已一脸惊慌。

这时田威突然双手弃枪，人猛地后仰，蛇人的这一枪正擦他面上掠过。这是没有办法的办法，但这一招变得极快，因此纵然田威是弃枪，还是有不少人喝了声彩。只是彩声未落，那蛇人的长枪却忽然往下一压，这一招快得如同电闪雷鸣，田威在马上发出了一声大叫，人已被压得脱镫滚下马来。

阵中几乎马上鸦雀无声。田威刚才虽然先刺中了蛇人，但这蛇人的反击却让人胆战心惊，仅仅单手压下，便让田威没有还手之力。现在不管是谁，都只能说田威是一败涂地了。

我看了看立马在阵前的沈西平，他的脸却一如既往，声色不动。我心中一动，难道，田威还有反败为胜的手段么？

那个蛇人现在双手都有枪,它的右手枪已压在田威马背上,那马突然发出一声哀嘶,两条前腿跪到地上,它的左手枪却一转,本来这枪是倒持的,此时枪尖已向前,枪脱手而出,射向躺在地上的田威。

这一枪之快,实在有如迅雷不及掩耳。龙鳞军和前锋营同时发出了惊呼,田威的手伸出来,一把抓住枪尖。他出手快是快了,可就算抓住了枪头,却仍然阻止不了长枪的势头,那支长枪带着那个蛇人全身之力,一下刺入他的前胸,将田威钉在地上。

就在这时,龙鳞军中一骑突如闪电般射出。祈烈在身边小声叫道:"是沈西平!"

他的话音里,有着按捺不住的兴奋。

那正是沈西平。沈西平的马极快,他的那两个侍从因为是步行的,一时间自跟不上他。眨眼间,他到了那蛇人跟前,我们几乎什么都没看清,便听得沈西平喝道:"怪物,受死吧!"

他手中仿佛有闪电射出,一支长枪脱手而出,直取那蛇人前心。那蛇人将田威钉死在地,右手还握着一支枪,但沈西平来得如此之快,这蛇人力量纵大,速度却跟不上,它的枪刚举了举,想必是要格挡,却根本碰不上沈西平的长枪,随着那蛇人的一声怪叫,沈西平投出的长枪已将那蛇人穿胸而过,它也被钉在地上,和田威几乎一模一样。不过蛇人的生命力倒也极强,田威被钉住后便动弹不得,它被钉住后却在地上不住嘶吼扭动,长长的身体缠住了枪杆,但沈西平这一枪力量只怕不比蛇人小多少,已几有一半没入土里,除非把这枪杆弄断,不然根本拔不出来。

那个蛇人扭动一下,忽然,身体虹一样弓了起来,任那枪穿过它的身体,从枪柄那头脱离之后,它居然又站了起来,只是,地上直直的那杆枪像是从血湖里捞起来的一样,从枪尾处还有血淌下来,从我的位置望过去,一把枪全成了暗红色。

沈西平把马带着退了一步,突然吼道:"死吧!"

他的马鞍前还挂着两支枪,定是冲出之前从侍从手中拿的。他摘下投枪,双枪同时掷出。扎住那蛇人的是他平时用的大枪,这两支枪要短一些,不过那蛇人本已不灵活了,两枪齐中,它又被钉在地上。这回,它再也挣不脱了。

方才那蛇人在与田威单挑,沈西平这样的做法其实很没道义,完全是偷袭,说起来甚失武者体面。但两军阵中却没人指责他,毕竟是对付那样的怪物。刚才还在为田威的败阵有点沮丧的军心,一下子又提升起来。

沈西平没有理睬还在地上微微抽搐的田威，他一勒丝缰，马人立起来。他大喝道："龙鳞军的好汉们，冲锋！"

这像是晴空中打下的一个霹雳，龙鳞军中一下子发出了一声大吼，那五百黑甲骑士像潮水一样奔涌而上。

五百人，在大军对阵时，实在是微不足道。但龙鳞军却让人觉得，那简直是一道不可一世的洪流，势不可挡。那些黑得发亮的盔甲，在旭日下闪闪发光，使得整支队伍都像一根长箭，直刺入敌军阵中。

随着龙鳞军的冲锋，我们身后的中军已经冲了上去。可是，路恭行还没有发冲锋令。我看着身后中军在冲上来，不禁有些着急。临阵退却者斩，这是武侯的军令。而不随大军冲锋，那也是死罪。我拍马上前几步，急道："路统制，为什么不冲锋？"

我这样做，实是有违军纪了。不过事急从权，总不能眼看着后面全军都冲上来，前锋营却仍是按兵不动。只见路恭行正在马上盯着冲入蛇人军中的龙鳞军，我实在担心他是不是看得出神，把正事都忘了。听得我说话，他回过头道："楚将军，你觉得现在是冲锋的时机么？"

我一怔。现在全军都冲上去了，这都不是时机，还有什么时机？我看了看对面。龙鳞军的冲锋像滔天的巨浪，似乎要把任何挡路的东西都碾作齑粉，可是那么混乱的蛇人军却没有什么变化。那支压住了地平线的军队，真如一个深不可测的深潭，可以将任何投到里面的东西吞没。我有点狐疑地道："路统制，你是说……它们没用全力？"

路恭行沉重地点了点头，说道："它们似乎还在试探。"

"为什么它们不先发动进攻？它们到现在还在试探，那实在已失先机了。"

路恭行缓缓道："不知道。我觉得，驯化这些蛇人，实在是个了不起的人物。"

我惊愕地发现他眼中突然闪过了一丝惧意。正在这时，中军已冲了上来，距前锋营不过几十步了。我叫道："路统制，你再不冲锋，那在武侯跟前就不好交代了！"

路恭行痛苦地垂下头，说道："我不能。"

"为什么？"

我有点奇怪，这时，蒲安礼也过来，叫道："路统制，为什么不冲锋？"

路恭行看了我们一眼，咬了咬牙，说道："好，冲锋！"

我们牵回马，都不禁有点兴奋，蒲安礼甚至还对我一笑。这时，我听得路恭行大声道："弟兄们，冲锋，要小心了！"

冲锋时从来不会有什么"要小心"之类的话，我有点恼怒。不管路恭行想到了什么，这时说这些泄气的话，实在是有乱军心。我将马带到祈烈边上，说道："冲了！"

路恭行是在恐惧么？按理说，他是个比我更成熟的军人，同样经历过生死关，不至于临阵退缩，可现在他的做法无论如何都可以说是畏敌。这时前锋一营的号兵吹起了冲锋号。前锋营的冲锋号是用一只大牛角特制的，吹起来低沉浑厚，吹得好的话，声浪一波接一波，一波比一波高。此时一吹响，真个如同一个焦雷在人群头顶滚动，身后冲上来的中军发出沉重喧嚣的声音，也根本掩不住那一阵阵号角。

我一带马，高声道："小烈，快跟上我！"

我的贯日弓太大，也太重，因此平常只让他拿着，我的马上只挂了一杆长枪和一柄攻城斧，背着十支箭。攻城斧现在没什么大用，不过万一要用到长弓，非让他跟在身边不可。

我冲上去时，却赶上了蒲安礼三营，已和路恭行的一营接上了。前锋营冲锋时，都是排的四排三角阵，一营在最前锋，二、三两营紧随其后，四、五、六三营再次，后面再跟三个营，再依次下去，最后两排各是四个营。这正是那庭天《行军七要》第五卷《阵图》中记载的冲锋阵。但现在冲锋阵已乱了，后面诸营居然比前锋更快。

路恭行到底在做什么？

我心中不由燃起了怒气。难道他真的被蛇人吓怕了么？

眨眼间，我们已冲到了蛇人阵前。离得远时还看不太清，这时已能看清蛇人时，我不禁打了个寒战。那些蛇人穿盔甲的并不多，大多还露着一身绿油油的鳞片，手上却握着奇怪的武器，几乎什么都有，甚至有些是赤手空拳的。龙鳞军正在浴血苦战，却看得出已是后力不支，全军被分割成几段，沈西平周围的黑甲骑士已只剩了几十人，另外的都各自为战。虽然阵亡的并不多，但已再冲不上半步。

如果说龙鳞军是一支钉子，那这支钉子现在打入的是一块生铁。究竟钉子是钉入生铁，还是被生铁折断，马上就要见分晓了。只是那些怪物难道真的这么厉害么？连名满天下的强兵龙鳞军也尝到了苦头。我既有点心惊，心底却多少有点幸灾乐祸。

前锋营冲入阵中时，我们齐齐地大喝了一声。这喊声使得龙鳞军都是一震，路恭行叫道:"前锋营的弟兄,先护住沈将军。"

他的话音方落,蒲安礼却叫道:"有胆子的,跟我冲,攻破这批怪物的中军去!"

蒲安礼似乎也对路恭行怯战有点不满了。他一声呼喝,有好几队应声跟着他冲去。那支蛇人军的中军围在阵中央,也不知有多少蛇人围着。要攻破那中军,不异痴人说梦。但由不得我迟疑,蒲安礼已冲上去了。

第五营本已冲到了第二层,蒲安礼冲上前去,他那一党的几个百夫长从后面也冲过来了。我脑子里转了转,一挥枪,说道:"弟兄们,冲上去!"

路恭行的第一营已在与蛇人接战。我们冲过去时,正看见第一营的一个士兵被一个蛇人一枪扎透前胸,摔下马来。我咬了咬牙,一催马,人猛地冲过去。

那蛇人的长枪上还挑着那个一营的士兵,像是很轻松用下半身站在地上。一般人根本做不到这一点,一个人再轻也有一百多斤,挂在枪头,要这样轻松地拿着,手臂上必须有千斤以上的力量了。那士兵还没死,却口鼻流血,肯定活不了了。

我的马向它冲去时,我双手握住枪,已把浑身的力量都用在了枪上。

如果比力量,我绝对不是蛇人的对手,那天我被蛇人缠住时,就像被铁链捆着一样,根本不能动。但我知道,我的速度却在蛇人之上。此时,我只能用自身的速度和马的速度加到一起,才能有几分胜算。

那蛇人见我冲过来,头转到了我这边。它的两眼是淡黄色的,不太像人的眼,冷得像是两颗冰块。它把枪一甩,枪头上那个一营的士兵突然极快地向我飞来。

如果我用枪将这尸体拨掉,那么这速度必然会减缓。我在向那蛇人冲去时,就已料到它会有这一手了。我的腿夹住马背,人猛地向马右侧倒下,人紧紧侧在马的右腹上,此时,那具尸体忽地一下从马背上飞过。如果我慢得一步,那这尸体就正砸在我身上了。

那尸体飞过马背时,我几乎和这尸体打了个照面。那士兵脸上都是惊愕和恐惧,也许死前也在害怕吧。只是已由不得我多想了,这时马已冲到那蛇人身边,我也没有直起身子,一枪向蛇人当胸刺去。

我自身的力量并不太大,但借了马的冲力,我自信一定不会逊色于沈西平的投枪。那蛇人却慢了慢,也许它根本没料到,或者根本不会想,甩出的那具尸体一点也没让我放慢速度,还反应不过来,我的枪已到它胸前。

那蛇人的枪横着往前一送，似乎想将我的枪封出去。但我枪比它快得多，力量也大得多，它的枪刚举起来，我的枪已到了它面前，枪头正搁在它的枪杆上。

在这样的距离，即使它将自己的枪举起，我的枪头也已经刺中它的头了。它大概也发现自己到了绝境，那冷冷的眼里，居然也闪过一丝惧意。

和人一样。

我正想着，"噗"一声，枪尖已扎进什么坚硬的东西里。

那是蛇人的左臂。它在最后关头一闪身，闪过了要害，却闪不过左臂了。

我这支枪的枪头比一般的要长一些，枪头几乎像一柄双刃的厚尖刀。我的左手向前一送，枪杆搁在了左臂上，右手一压枪柄，我的枪一下挑起，"嚓"一声，它的左臂被我齐根划下，只剩了点皮连着。

它的血飞溅开来，有几滴溅到了我脸上，却是冷的。

那蛇人的左臂已废，自已握不住枪。此时我的马已与那蛇人交在一处，我一抽枪，趁着那蛇人有点木然，回手一枪刺去。

这一枪已借不了马力，速度已慢了许多了。我的枪刚刺去，却觉得手上突然像有千钧重物在牵扯，几乎要把我拖下马来。我一夹马背，坐骑却无法再向前跑了，马一下人立起来。

是扎到木头上了么？我用力一扯枪，这枪却如生根了一般，反有一股向后的拉力。

我回头看了一眼，却是那蛇人，用仅存的右手抓住了我的枪头。

如果是个人，一条手臂被断，命也只剩半条了，只是那蛇人的力量居然还如此之大，这让我大吃一惊。它用力一扯，我被它扯得几乎要落马，心知比力气是比不过它了，趁势手一松，枪已被它夺走。我不等那蛇人用我的枪再向我刺来，伸手摸到挂在马前的攻城斧，双脚脱出了马镫，用力一跃，人站在了马鞍上，用力趁势劈出。

这一斧正中那蛇人的脖子。

蛇人的脖子很粗很短，但我这一斧也是用足了全身之力，"嚓"一声，已砍开了蛇人的脖子。它这时再没办法反击了，从脖子的伤口处又喷出了血。

仍然是凉的血，只是稍带些热意。不知为什么，我突然有点嘲讽地想着，若是蛇人也如人一般有什么"热血少年"的说法，那说不定得叫"冷血少年"吧。

由不得我胡思乱想，我刚砍死这个蛇人，一支长枪已从边上向我刺来。这时我的马还没站稳,我还是站在马背上的,这一枪刺向我的小腹,我心知已躲不开了,人在马上一侧身,沾着蛇人血的攻城斧一下又转过来,一声响,已将那枪头砍断。那蛇人却根本不迟疑,没有枪头的枪还向我扎来。这一枪力量很大,不然我也不能那么干脆就把枪头砍断了。那蛇人如果会想的话,一定也觉得,单用一根木棍,也能将我刺个对穿吧。

此时我已坐在了马上。我本以为这一斧可以将那枪挡出去,可没想到居然将枪头给砍下来。这时再想躲,根本已来不及了,用斧回手来挡,力量肯定不够。我一咬牙,趁势将攻城斧甩了出去,同时,将身子侧了侧。

我的攻城斧一下劈中那个蛇人的头。刚才这一连串的动作做下来时并不觉得如何,但我一身重甲,此时突然觉得筋疲力尽。攻城斧虽然将它的头劈成了两半,但几乎是同时,那断了枪头的枪也刺中我的左腹。我因为及时侧了侧身子,这一枪沿着甲叶划了过去,但隔着战甲,我只觉得自己的小腹像被人划了一刀一样,一阵钻心也似的刺痛。不等我再动,马头前忽然出现了一个蛇人。

这蛇人像刚才出来挑战的那个蛇人一样,只有三分之一的身体在地上,此时,它比我坐在马上还要高出大半截去。我的攻城斧已经出手,下意识地伸手去摸马前挂枪的地方,却只摸了个空,才突然想到,我那支枪刚才杀第一个蛇人时便被它夺走了。

此时,我是手无寸铁。

看着那个蛇人,我只觉浑身一下冰冷。那蛇人手里拿着长枪,马上要对准我。我自知我的力量绝没有蛇人的大,现在马也站定了,无法再借马力与蛇人较力,而刚才太过用力,现在有点脱力,只怕想闪也闪不掉。

我闭上了眼。

耳边,突然听到祈烈道:"将军,小心!小心!"我唬了一跳,马上睁开眼,却见那蛇人正向我倒来。我一拉马缰,马一下退了几步,那蛇人"砰"一声,摔倒在地上。

它背上插着一支投枪!

是沈西平救了我。我不禁有点感激地看过去,却见沈西平就在我跟前十几步外。

十几步平常只是一蹴而就的距离,但能发出如此威力巨大的投枪,除沈西平外,也没有第二个人了。这时祈烈拣起了我的长枪,递过来道:"将军……"我伸手接过长枪,却见有四个蛇人一齐向沈西平攻去。

大概因为刚投枪救我吧,沈西平还是单手持枪,那四个蛇人的枪从四个方向同时向他刺去。我只听得他边上一个龙鳞军士兵叫道:"大人,小心!"

那龙鳞军手里握的是一把大刀。他本在沈西平右边,一刀劈下,右边的一个蛇人被他一刀劈中头部,但另外三支枪却同时刺入沈西平的甲叶,有一支枪甚至透过他的身体,穿出背后。

我大叫了一声,龙鳞军也几乎同时发出了惊叫。却见沈西平在马上晃了晃,伸手要去拔佩刀,可是,手一放到腰上,上半身一斜,人从马上翻了下来。

沈西平战死!

这几乎像是一个霹雳一样。尽管我也不觉得龙鳞军一定能胜,但沈西平方才救了我一命,我总想着以他的本领,应当自保有余,谁知就算他也闪不过那四个蛇人的合力一击。我惊得呆了,一时间一动也不动。不仅是我,周围一刹那也仿佛冻结了,人人都在惊愕之中吧。

突然,龙鳞军中,有个军官哭喊道:"大人!大人阵亡了!"这句话仿佛是一条无形的绳索,缚住了刚才还在奋战的龙鳞军手脚。马上,战阵中发出了不少人的痛叫,多半是手上一停顿的龙鳞军被蛇人砍落下马。龙鳞军虽然已落下风,但本来还能支持,只是沈西平的战死使得他们个个惊慌失措,再没有还手之力。我情知若不能稳住阵脚,那大势去矣,马上会引发崩溃,也不知身上哪里来的力量,厉声叫道:"快跟我来!"拍马冲了上去。

现在只有以攻对攻,重新鼓起士气,庶几可以冲淡一些沈西平战死的冲击。但蛇人大概也知道我们的大将阵亡,一下子全都向这里游过来。我挑开两个蛇人的兵器,已冲到沈西平阵亡的地方,见沈西平的尸身已被一个蛇人抓在手里,有两个龙鳞军正冲上去要抢回来,另有十几个蛇人已挡住他们的去路。我道:"小烈,给我贯日弓!"

祈烈在我身后将贯日弓扔了过来。我一接过便一跃而起,人在空中,也来不及抽箭,便将枪搭在弓上,用尽浑身力量拉开了,对准那个抓着沈西平尸身的蛇人,喝道:"破!"

我的弓术并不算好,不过这样的距离,这一箭射出来绝对比沈西平的投枪力量更大。那支枪离弦飞出,正中那蛇人,一下将它钉在了地上。我坐回了马上,将弓向祈烈一扔，回头道："给我斧子！"

方才这一箭实在耗掉了我大半力量，想要再拉开一次贯日弓，多半已不可能。祈烈接过弓，又拿着攻城斧，却不知该如何给我。我叫道："扔过来！"

此时我已冲到沈西平尸身边，两个蛇人挺枪拦住我，它们两柄枪同时刺出。我去势太急，手上又没武器，一拉马缰，马刚立定，那蛇人的两枪已刺入战马前胸。战马嘶叫一声，我不等马倒下，两脚一踢，退出了马镫。此时却听得带着风声，那柄战斧从头顶盘旋而过。只是，我现在是在步下，这斧子扔得如此之高，我如何拿得到？

这时空中忽然发出"砰"的一声，那两个蛇人也不由得抬头去看。只见一支短箭正射中那攻城斧，斧子一下失去盘旋之势，却还是向前飞去。我听得谭青在一边叫道："将军，接着！"话音甫落，谭青也扔了一柄攻城斧过来。

那是第五营的弟兄接应我来了。之前我几乎是孤军奋战，此时却心头一定。我一把抓住谭青扔过来的战斧，人猛地向前冲去。

蛇人本为与我在马上接战，都竖得很高，但此时我却在步下了，它们的枪反而不好刺向我。我趁它们的枪还刺在马身上，一斧便砍向左边的那蛇人。这一斧砍落，正中它的身躯，差点把它砍成两段，那蛇人发出了一声怪异的叫声，又大又长的身躯直向后倒去。另一个蛇人正待反击，却有三四支箭同时射上它的头，有两箭正中它的双眼，不等我再动手，一支长枪从边上刺来，正刺入它的前胸，耳边听得路恭行道："楚将军，你没事吧？"

是前锋营都上来了！我心头一喜，正要说话，却见有个手里握着扫刀的蛇人拖着沈西平的尸身向后退去。

若让它退入蛇人大队中，只怕我们再夺不回来了。

我们大概都有这个心思，几乎尽数向那蛇人冲去。我和路恭行离得最近，路恭行在马上，行进得反倒不便，倒是我，蛇人的进攻多数被边上的龙鳞军和前锋营接去了，反而是头一个赶到沈西平尸身边上。

那蛇人两臂夹着沈西平的头，正向后拖去。我一把抓住沈西平的脚，右手的攻城斧已脱手飞出。我心知只消将沈西平抓住，自有人会帮我料理其他蛇人的进攻的。

那蛇人见我的斧飞来，双手却突然一下松开。我本用全力拉着沈西平，这一下反倒让我向后一个踉跄。我正要用力将沈西平的尸身再拖过来,却见那蛇人一把抓住沈西平的盔甲,一刀砍下,竟将沈西平的头砍了下来。

我大叫一声,正要冲上前去,将沈西平的首级夺回来,那蛇人猛地一退,闪入冲上来的蛇人群中。在退走前,居然咧开嘴向我笑了笑。

也许并不是笑,那蛇人只是咧开了嘴,但我心头不禁浮起一阵寒意。这时路恭行已冲了过来,边上有个小军带着一匹空马,他道:"楚将军,带上沈大人,快退!"

路恭行真是良将,短短一刻就考虑到了这个。我抱着沈西平的尸身翻身上马,路恭行叫道:"诸军退后,前锋营压阵!"

此时,他的话已是至高无上的命令。我们纷纷退去,那些蛇人要向前冲来,却有前锋营拼命抵住。诸军且战且走,已到了城下。龙鳞军的残部护着我退入城中。我们一到护城河边,城头已箭如雨下。蛇人至此,才慢慢退去。

在城头上,我从肩上卸下沈西平那无头的尸身,交给一个龙鳞军军官。那军官正要接过沈西平的尸身,突然跪下哭道:"大人!"

龙鳞军此时还只剩残兵二百余,现在都在城头。他们齐齐跪下,齐声道:"大人!"他们自是向沈西平的尸身下跪,但我还扶着尸身,便如向我跪着一般。我大感局促,可他们并不是跪我,我也不好要他们别跪。抬头看去,只见武侯立在城头,面沉似水,不知想些什么。

沈西平的战死也让他为之动容吧。这时中军带兵统领威远伯莫振武跑上城头,跪下道:"君侯……"

武侯只是挥了挥手道:"商量沈将军的后事吧。"

他的脸上带着寒意,却也有几分落寞。我只觉武侯此时似有许多话要说,却又一言不发。武侯看了我一眼,没说什么,转身走进他的营帐,那两个形影不离的亲兵大鹰小鹰跟着他进去。

莫振武带了两个士兵过来从我手上接过沈西平的无头尸身,龙鳞军跟着他离去,我才算脱出身来。回头看了看,此时诸军已退入城中,城门正慢慢关上。不知为什么,我眼前又浮现起那个砍落沈西平头颅的蛇人。退走前那蛇人的一笑,似乎和人阴险的笑没什么不同。

即使是时近正午,我也不由得浑身阴寒。

城头上望下去，那一片空地上，交错的都是些蛇人和帝国军士兵的尸身，到处是破碎的兵器，似乎将土地盖住了，都看不出原来的颜色，血流得到处都是。我身上的战甲也凝结了血迹，像在铁甲外披了一层暗红的披风。虽然帝国军士兵战死得比蛇人多，但蛇人也战死了不少。

　　不管是人的热血，还是蛇人那种只带一点暖意的冷血，混在一起时，也没什么不同。

第五章 疾风烈火

蛇人已退到营中,我不知道它们什么时候会再次攻上来。虽然此役我军与蛇人军伤亡约略相等,但沈西平阵亡让军中人人胆落,恐怕暂时已无人再敢与蛇人野战了。武侯也想到了这一点吧,我们在外面接战时,他已命辎重营的工匠加紧修整工事。

龙鳞军这次元气大伤,五百人只剩两百二十一人。前锋营这次有也有所伤亡,现在只剩下一千两百多人,二十个百夫长战死了三个,其中有两个是新提拔上来的,有一个还是朝中户部侍郎的儿子,不知武侯回去该如何交代。我的第五营里,战死了两个什长,申屠毅那个什已无噍类,全军覆没。现在,五营只剩了五十七人了,几乎只剩一半。这不是最惨的,蒲安礼那几个冲在最前的营,每个都减员一半以上,蒲安礼的三营现在只剩三十一人了。

如果不是路恭行的谨慎,只怕我们也会像龙鳞军一样的下场,连一半都剩不下了。

我看着排成一队的前锋营。虽然还带着锐气,但毕竟像一把用过太多的刀,锋刃上也缺口累累了。不知有多少人已葬身在他乡,再不能回到故里?可是,这次的战争还只是刚刚开始,接下去不知有多少人要埋骨异地。

我正点着退入城中的五营士兵,这时,有人突然惊叫道:"沈将军!"

我吓了一跳,还以为是沈西平的鬼魂出现了。扭过头,却见一营的几个士兵指着远处蛇人的阵营。

极目望去,现在正是下午,蛇人阵营中还是尘土飞扬,看不清里面有什么。但阵前已树了一支旗杆,上面飘扬着那面有两个人首蛇身图案的大旗,旗下,挂着一个人头。隔那么远当然看不清面目,可谁都猜得到,那准是沈西平的人头。

如果沈西平不是为了救我的话，可能不会死吧。想到这里，我的心头一疼。紧接着，腰上却也像被砍了一刀，突然一阵剧痛。我咬紧牙关，想要硬顶着，可那疼痛却还是一阵阵地袭来，让我冷汗直冒。

在一边的祈烈看到我的样子，说道："将军，怎么了？"

我用手抚了下腰上，说道："没什么大碍。"

这话刚说出，我只觉得疼得立都立不住，人一歪，便要倒下。祈烈一把扶住我，吓得叫道："将军！将军！"第五营的几个什长听得祈烈的叫声，都不顾军令围了上来。这时正在后几个营点名的路恭行走了过来道："出什么事了？"

祈烈有点惊慌地说："路统制，楚将军他突然摔倒了。"

我道："我没事。"说着挣扎着想要站起，可是一动弹，腰上又是一阵钻心的痛楚，却让我直不起身来，只能虾米一样蜷曲着，人几乎要弯到地上。路恭行走过来，撩开我的战甲看了看，惊叫道："你受伤了！别动，你们快把楚将军送回辎重营，叫医官医治！"

这个时候若是若无其事地挥挥手说两句场面话，自是能让我的部下们个个心折。我也有心要说，可腰间的疼痛却让我一个字都说不出来。祈烈和谭青卸下我的盔甲，扶着我向辎重营走去，我几乎是被他们架着走，只觉有点丢脸，却也只能由他们。

医营也在辎重营里。这一仗让医营里堆满了人，这还只是重伤员，轻伤的顶多包扎一下便回去了。我一进医营，那二十几个医官正忙得团团转。祈烈扶着我躺在一张榻上，大声道："快，医官！快给我们将军看看。"

边上一个医官正在给一个肩头受了刀伤的小军官包扎。他头也不抬，说道："稍等一会儿。"

祈烈怒道："你快点，我们将军……"

我强忍住痛楚道："小烈，你别打扰人家。"

祈烈道："将军，你痛成这样，不能耽搁的。"

那个正在包肩头的小军官受伤不轻，却气定神闲。这时，他冷冷地道："也没什么大不了的伤，用得着大呼小叫么？"

祈烈怒道："闭嘴！你受这么点刀伤逞什么英雄，你知道我们将军是谁么？"

我有点生气，说道："小烈，不许胡说什么，让人家先来，我扛得住。"

虽然说扛得住，可说了两句话，腰间的疼痛还是让我冷汗直冒，强忍着才不至于龇牙咧嘴，不然更要让那小军官看不起了。好容易等那小军官包完了，那医官过来道："伤哪儿了？"

我话也说不上来，用手指了指腰间。那医官解开我的外袍，见里面的衣服已被血渗透。这连我自己也吓了一跳，在战场上我根本没想到居然已经受伤，还这么重。

那个医官剪开衣服看了看，说道："是被钝器挫伤。这伤只是皮外伤，不严重，不过很疼，你也真忍得住。"

祈烈有点得意地道："我们将军可是第一个冲入城中的楚休红将军啊。"

第一个冲入高鹫城，那实在是很值得夸耀吧，到今天祈烈还在当成骄傲的资本。我不禁有点脸红，却突然见那小军官走到我跟前，跪了下来行了一礼道："您就是楚将军？小将无礼了。"

我有点诧异，这小军官前倨后恭到这种地步，倒也奇怪。我道："你是……"

他道："小将龙鳞军前哨哨官秦权，刚才对楚将军无礼，实在惭愧。"

我是前锋营的百夫长，这是十三级武官中的第十一级，属下级军官。龙鳞军前哨的哨官其实论军衔至少也是个百夫长，官阶不会比我低，说不定还要高些。虽然前锋营有点特殊，但他对我却如见上级，实是有点谦卑过分。我道："秦将军，请别客气，我们只是平级。"

秦权道："楚将军，我是为了沈大人才对你下跪。"

我脸不禁一红。沈西平几乎可以说是为了救我而死。就算那四个蛇人的偷袭他全神贯注也不一定能撑住，可毕竟发出那支投枪也使他注意力分散。不管怎么说，我对沈西平都有一种感激之情。我有点哽咽地道："沈大人是位英雄，我没能保住他的全尸，心中有愧，你不用感激我。"

秦权笑了笑道："我们是沈大人一手训练出来的龙鳞军，绝不会让大人身首异处的，楚将军你放心。"

我吃了一惊，用肘撑着榻想要坐起来，这时医官在一边叫道："你别动，不想好是么？"

秦权道："楚将军，你好好养伤吧。"

他的左肩已包了层纱布，此时却似没事人一般，抓起脱在一边的战甲披上，一边系着战甲的系绳，一边道："沈将军的首级，我们一定会抢回来。"

那医官正在清洗我的伤口。那蛇人是隔了战甲用没有枪头的枪刺中我的，却也让我的小腹上有了一道深达二分的伤口，虽只是皮肉伤而已，看着却甚是怕人，蛇人的臂力实在令人生畏。那医官在我伤口上洒上些药粉，用一根针把伤口缝起来。这样子实在很瘆人，不过我好像连一点痛觉都没有。我只是有点吃惊，说道："你们想偷袭蛇人阵营？"

秦权只是一笑，向我行了一礼，走出了营帐。

医官给我用纱布一圈圈地包上。包好后，说道："将军，好了，没什么大事。这几日你要好好休息，吃得好点，若恢复得快，明天就可以结口。"

我苦笑了一下。休息？要是蛇人不进攻，那倒可以休息几天的。我摸摸腰上，缠着纱布，倒像围了个铁箍，不太舒服。不过伤口只是有点隐隐作痛，倒也不是很厉害。我动了动，说道："医官，你的手艺当真了得，我都不太痛了。"

那医官道："你别拿自己性命当玩笑，我给你撒上了忘忧果的粉，所以你才不太痛。等明天这药力散了，你说不定会痛得爹妈都叫出来的。"

这医官倒有张不肯饶人的刀子嘴。我苦笑道："那今天总不会痛吧？"那医官还没答话，谭青和祈烈同时道："将军，你想做什么？"

我道："到时再说。"我看着他们愕然地样子，"怎么了？是不是以为我会在晚上去偷沈将军的头？"

他们没说话，但我知道他们准是这么想的。我笑了笑，说道："我没把自己的命看得那么贱。"

他们都舒了一口气。祈烈道："将军，我真怕你做得出来。"

他们却不知，刚才我确是有这想法。但我也知道，以我现在这状态，跑都跑不快，去蛇人营中，那简直是送死。只是沈西平的头被悬在蛇人营中，不仅龙鳞军，全军都深以为耻。

沈将军，我一定会让你回来的。我默默地下了这个决心。

这时只听得雷鼓骑马而过，在外面叫道："武侯有令，全军封刀，城中尚存的居民，三日内来国民广场集合，君侯保证你们的安全。若逾期再有藏匿不出者，格杀勿论。"

他一路喊来，又一路喊去。

听到他的话，我长吁了一口气。屠城提前结束了，武侯在此时也不敢内外树敌吧。尽管多半只是武侯的权宜之计，我却一阵欣慰。

城中不知还剩下多少人？不算掳来的工匠和女子的话，可能已不到十万人了。可不管如何，这十万人终于可以逃离屠刀，留得一条性命了。

回到城头，全军还在加紧整修工事，蛇人倒还没有发动进攻。但我们都知道，那就像一场暴风雨前的平静，蛇人随时都可能攻来。武侯下令驻守四门的诸军加紧修整城防。今天那场大战，规模虽然不大，可就连武侯也失去信心了吧。

诸军都在加紧整修工事，前锋营也不例外。北门和西门抽调了两千士兵过来，东门因为尚无敌情，而且陆经渔不在，现在由左军副主将卜武指挥。卜武是那种很谨慎的人，不擅直接攻守，却极擅调度兵员，武侯临时将左军调了一万来增守南门。现在，中军兵员已达五万余，可以说全军有一多半在南门。由于破城时主攻南门，城中的共和军虽然不是最多，却也守得极为顽强，我们攻进去时，城门便是我亲手劈破的，南门在四门中破损最为严重。现在辎重营的工匠正在加紧修理那扇大门。

祈烈给我搬了个大椅子，死活不让我去修城。我坐在城头看着他们忙忙碌碌，那个医官的嘴不饶人，手段也当真高明，现在我居然一点痛楚也没有了，只是伤口处有点麻。武侯的临时营帐设在第十营的位置，武侯现在也坐在一张高大的靠背椅上，正在督阵，他那两个亲兵侍立在他身后。

忽然，城外正在检修城墙破损处的士兵起了一阵骚乱。武侯猛地站起身，喝道："什么事？"

有人在边上叫道："不好了，它们攻过来了！"

这时候蛇人又进攻了？周围一下子喧闹起来。我望向远处，果然，蛇人的本阵又扬起了一片尘土，远远望去，也不知有多少兵卒杀过来了。

武侯大声道："传令下去，准备迎战！"

他又坐回椅子上，动也不动。这时，雷鼓已在城头上跳上马，一边跑一边喊道："诸军将士，不要惊慌，敌人前来攻城，大家准备迎战。"

蛇人的攻击，自是在武侯预计之中，所以他也不惊慌吧。我看了看城门，那扇大门两面已各被密密地钉上了一层木板，比原先倒厚了一半。其实这也只能让人心里有点安全感，若蛇人已冲到城门下，那么就算铁门也是没用的。

没有多久，几乎是城外的士兵刚退回城里，第一批蛇人军已逼近了护城河。那些蛇人本来都坐在车上，到了离护城河还有几十步，便纷纷下车。它们在地上也和蛇一样游动，速度却不是很快。

这时祈烈道："将军，你先下城去吧，这里有我们顶着。"

我站起身来，说道："岂有大战来临却后退的道理。"

祈烈道："可你的伤……"

我动了动手臂，说道："不碍事。"

五营的什长还剩七人，不过一共才五十几个人，可以说没有"什"这个编制了。我从边上的兵器架上取过一杆长枪。这枪比我用惯的那杆枪的枪头要小一些，也还算顺手。我把枪挥了两下，虽然腰间包着绷带多少有点碍事，但还不至于有大碍。那医官说药力过了会很疼，可这当口也顾不得了，只能顾着眼下。

城下，那些蛇人的前锋已到了护城河边，却不再前进。看着蛇人，祈烈在我身后小声道："将军，它们要做什么？"

我摇了摇头道："别管它们要做什么，准备接战。"

这时蛇人军中突然爆发出一声呐喊，真想不到，蛇人居然也会有这等嗓门。随之，蛇人尽数冲了过来，从城头看下去，南门外遍地都是，像是一道绿色的洪水。我看得发毛，抓紧了枪喝道："小烈，把我的贯日弓拿过来！"

祈烈递给我贯日弓，我从背后的箭囊里抽出一支箭，喝道："大家准备，等它们一到护城河里就放箭！"

其实也不用我命令，城头的人已全都举起了弓箭。我看了看边上，谭青那个什的十个人经过上午的大战，居然一个人也没死。这些士兵个个都是神箭手，这也让我的心多少定了一些。

此时，蛇人已纷纷下水。蛇人似乎天生会水，我的话话音未落，已经有几个蛇人极快游过护城河，逼近了城门。我对准了最前面那个蛇人，一箭射去。城头上像是接到命令一般，顿时箭如雨下。那几个蛇人想必也没料到我们的动作竟会如此整齐划一，有几个挥着手里的刀枪，似要挡格，却哪里挡得住？上岸的那几个蛇人身上一下子插满了箭，河里的蛇人也有不少中箭。只见在河里的蛇人已很快地回到南岸，后退了几十步，似都有些惊魂未定，河里，留下了几十条蛇人的尸首。

城头发出了欢呼。这次,我们一人不损,蛇人却死了几十个,实在可算胜仗。

可我没那么乐观。我们出征时,辎重营带了一百万支箭。经过历次攻城,虽然也时有补充,但也已损失了一半。刚才发出了有数千箭,但那些蛇人顽强之极,没有中到要害的,回到岸上后拔出箭便似什么事也没了。照这么算,我们这五十万支箭,最多只能伤它们一两千。何况,刚才是打了蛇人一个措手不及,以后未必还能如此有效。

想到这儿,我不由打了个寒战。说不定,蛇人刚才这次莽莽撞撞的进攻正是为了消耗我们的箭。虽然那些蛇人看上去蠢笨之极,却未必不会有这种意图。

我转身道:"下一次蛇人的进攻,大家要小心,定要瞄准了再射。"

但蛇人没有再攻击,却见那面大旗招展了一下,那批蛇人缓缓退去。

尽管蛇人军毫无章法,但这支蠕蠕而动的大军,任谁见了都会心头发毛。我们都有些纳闷,我也本以为蛇人像是生番一类,只知不要命地进攻,却原来还知道有进有退,似乎甚谙兵法。这一轮进攻多半也是试探性的吧,进攻的蛇人并不太多,约略只有五千。

训练这支蛇人军的,到底是什么人?是不是在蛇人军中?

我正想着,城头已发出了一阵欢呼。

毕竟,是我们胜了一仗。

晚上,我们都不敢入睡。前锋营守到月上中天,才由中军中的一支兵马接替,其他人下城去歇息一番。

祈烈把我的东西从那小屋子里搬到了营里,现在我可不敢再一个人住在外面了。祈烈掳来的那个女子还由辎重营看管,祈烈送了些吃的给她。祈烈说辎重营里还看管着不少被捉来的女俘,只是祈烈还知道给自己的女俘送吃的,有些人大概也顾不上了,那些女子饿得受不了,居然去偷吃马料。

被帝国军当俘虏的,自然都是些有几分姿色的年轻女子。她们在不久以前都还是各自家里的掌上明珠,现在却比战马都要低贱了。我不禁感慨,刚解下重重的战甲,这时,突然从营中心发出一声巨响。

蛇人已经攻进城来了?

我大吃一惊,一下从床上跳起来。本来伤口已没什么感觉,被一牵动就有点隐隐作痛,大概是药效快要过了,不过我想我也不至于痛得哭爹喊妈。我冲出帐篷,却见前锋营里不少人都出来了，有人在议论着："怎么回事？"

这时，我听得德洋在叫道："列位将军，没什么大碍，是我辎重营里有人在烧炉子，炸开了。"

那些前锋营的士兵骂骂咧咧地回去睡觉。我朝德洋望去，却见他骂道："张呆！你好事不干，怎么尽闯祸？都什么时候，还来添乱。妈的，这回我也保不了你了。你们，把他砍了！"

德洋长得有点富态，平时也总是和颜悦色的，这时却有些气急败坏。我走过去道："德大人，怎么了？"

德洋回头，见是我，忙道："楚将军啊，你也被吵醒了吧？不要紧的，没什么事。"

我见他身边有两个士兵摁着一个满脸都黑乎乎的人，这人衣服也被燎得都是破洞，脸上全是黑灰，却还看得出一脸的惊恐。我道："他是谁？"

德洋道："他是辎重营的一个士兵，叫张龙友，绰号叫呆子。他老鼓捣些怪东西，以前见他手脚麻利，我也没开革他。今天搞出这种事来，我非砍了他不可。"

我道："他怎么弄出这种响动来的？"

德洋道："谁知道。他整天在烧东西，结果刚才发出那么大声响。扰乱军心，于律当斩。"

德洋虽不是上战场的人，但他是辎重官，辎重营里，他也有生杀之权，更不消说现在这非常时刻。我走到那张龙友跟前，见他年纪很轻，个子矮矮的，一看便不像能成将官的人，天知道怎么会从军。只是他的眼睛很是灵活，看样子却不呆。

我道："德洋大人，现在正是用人之际，让他加入前锋营吧，别杀他了。"

德洋一怔，小声道："你真要他么？他可上不了战阵。"

我道："在营里打个下手也好。德大人不会不给我这个面子吧？"

德洋道："楚将军有这意思当然好。张呆，快谢谢楚将军。"

张龙友一被放开，却不卑不亢地向我行了一礼，说道："楚将军，多谢。"

德洋怒道："呆子，饶了你你还大模大样的，真嫌命长是吧？"

我道："德大人，别和他一般见识了。张龙友，你把东西整理一下，明天来我营中见我。"说罢，打了个哈欠，便回去睡了。其实我也不是真个要这张龙友来营里打下手，不过眼看德洋要杀他，救他一命总是好的。

一觉醒来，天已大亮。我倒吃了一惊，历次战役，从无如此平静的夜晚。我走出营帐，却见祈烈已在外面练着拳，一见我，说道："将军，起来了？伤口好点了么？"

我隔着纱布轻轻按了按。还有些痛，但并不太厉害，看来那医官说得也不准。我道："小烈，昨晚上没事么？"

祈烈道："没有集合令，想必没事。"

这一晚上，蛇人居然没来骚扰，这倒也是怪事。我舒展一下身体，说："小烈，把我的软甲拿来。"

穿着战甲很是劳累。好在就算再战，也是守城，软甲也足够了。祈烈从里面取出了软甲，给我穿上了，我道："叫他们集合，我们得去换班了。"

才走到城头下，有个只穿着战袍的年轻人忽然跑到我跟前，说道："楚将军，我来了。"

我打量了他一下，却不认识。我道："你是谁？"

他道："我是张龙友啊。昨天晚上你让我跟着你的。"

昨晚上他一脸黑乎乎的，眼睛鼻子都看不清，现在洗干净了，看长相还也很端正。我道："你来这儿做什么？先回去，等晚上我回来了再和你说。"

张龙友却道："楚将军，我也会用武器的，让我上去吧。"

他大概不知道前锋营是战损率最高的部队吧？我正要说，这时城墙上突然发出一阵惊呼，有人叫道："怪物又攻来了！"

又攻来了？我吃了一惊。现在天亮，蛇人不趁晚上天黑时攻城，却白天来，难道是要来送死么？可就算我们占了地利，要击退蛇人，还是不容易的。

由不得我多想，城外已发出了隆隆的声息。我向城上跑去，一边对张龙友道："不怕死，上来吧。搬点石头也好。"我跑了几步，扭头道，"小烈，有多的战甲，你快给他一件。"

张龙友这时候到我营中，不收他也不成了。他就算做不成事，好坏递点东西总行吧。我跑上城头，此时那批蛇人已又到了护城河边。这次攻城的蛇人比上回更多，黑压压的一片，可能那批蛇人已有半数都前来攻城了。

他们还要重复昨天的一幕么？

我正想着，却见蛇人军中一片骚动，不知发生了什么事。这时，前排蛇人忽然闪开了，从后面冲出了许多木制圆牌。

那是些盾牌！

尽管制作很粗糙，但那确实是盾牌。那批蛇人把那些圆牌举过头顶，已开始渡河。

蛇人一渡河，城头又射出箭去。这次，那些箭都扎在盾牌上，竟一支也射不到蛇人身上。

蛇人这么快就有了对策了？我一阵愕然。上一次蛇人攻来时，对弓箭毫无防备，被我们一轮强弓射退，这一次它们居然做了这许多盾牌过来。我挥了挥枪道："用长枪，把战斧放在边上，大家小心。"

蛇人有了盾牌，再射箭也只是浪费箭矢，唯有准备白刃战了。这时，我听得张龙友有点怯怯地道："楚将军，我要待在哪儿？"

第一批的几百个蛇人已渡过了护城河。我回过头，看了看他。他身上穿了件不太合身的软甲，手里握着一柄长枪，却没什么样子，实在不像是个士兵。我叹了口气，说道："你在后面，帮我搬石头。"

这次已是短兵相接。我们守城时，在城头上用得最多的武器倒是石块，每一营都得派出人手来搬石块，叫张龙友干这事，也算一展所长吧。

蛇人已到了城边，将木盾扔过护城河，开始攀上城来。刚爬上城墙，城头上的砖石便如雨点般砸下。那几个蛇人却坚忍之极，死也不退却。但石块太密，一个蛇人攀上了一半，终于被砸下去了。但那些蛇人一个接一个，毫无退意，就算摔下城去，也只是翻了个身，便重又爬上来。

这时，一个蛇人已攀到了五营驻守的这段城头。向它扔去的石块，那蛇人居然理也不理。我见它已快到城头，提起一边的长枪，对准了它，喝道："下去，你们这些怪物！"

我的长枪刺落，那个蛇人本来从城壁上游上来便很困难，我这一枪刺下，它根本没办法躲闪，只是用黄亮的眼睛扫了我一眼。

那和人一模一样啊。

我不禁心头一寒，手上却不松，一枪刺了下去。枪尖才到那蛇人跟前，它突然伸出一只手来，一把抓住了，用力向下夺去。

这力量大得异乎寻常，我被它牵得差点摔下城，一个踉跄，几乎抓不住那枪，这时边上有两支枪刺来。三支枪齐向那蛇人刺去，连这蛇人也挡不住了。它右手握着的一杆大刀一挥，我一下放手，它一手抓着我的枪，身体却向城下落去。这一落，却"劈里啪啦"地把它身后的几个蛇人也撞了下去。若是人从这般高处摔下，定会摔个半死，这几个蛇人一落地，却又没事一样重又向城头爬上来。

城上，到处都传来了刀枪撞击的声音。唯一可庆幸的是蛇人在爬墙时很不熟练，它们只有两条前肢，没有脚，这城虽然到处是凹坑，但蛇人攀上城头还是勉为其难了。我又抓过一支长枪，奋力将迫上城来的蛇人逼退，但越战越是心惊。蛇人确实不擅攻城，如果它们攻城时像野战一样凶狠，这城恐怕早就陷落了。上次我们不曾一败涂地，也实在是靠龙鳞军的冲锋撼动了蛇人的胆魄吧。

我手上的长枪已没办法再放下，那些蛇人已一个接一个，几乎连成了一串。它们的攻势明显增强了。我逼退了几个，这时，却有五六个蛇人同时向城上爬来。它们也学了乖，当先一个手持木盾，后面几个成一长串跟在它后面。这头一个手上不带武器，只拿着那木盾当伞一样罩在头上，任城头矢石如雨，它们一步步逼上来。若让一个蛇人上得城头，那必要缠住十几个士兵的。如此一来，城防必然会被它们撕开一个缺口，后果只怕不堪设想。我把那杆枪横在边上，从边上搬起准备好的砖石，向下砸去。那个蛇人倒也坚忍，石头将那木盾砸得如同击鼓，它却寸步不让，仍在慢慢攀上来。另外的蛇人看样学样，有不少蛇人也这般向城头攻来，九营那边，已经有一个蛇人上了城头，正与九营兵丁缠斗，中军已被急速调上城来增援。

随着石块砸落，那些蛇人的攻势越来越急。城下已积起了一堆石块，更有利于蛇人的攀爬。我暗暗担心。现在城下的石块还只是积了有及膝的高度，若再积下去，只怕那些蛇人在城下一长身便可够到城头了。可若不砸石块，只怕我们连一时半刻也守不住。

我的心脏在剧烈地跳动，似乎要跳出口来。就算我身经百战，至此时也有点心慌了。

这时，城下又冲上来一批中军士兵前来助战。前锋营守御的这段城墙是最为吃紧的，蛇人进攻最为激烈，武侯一定也看到了。百忙中，我抬头看了看，武侯正站在城上的谯楼栏边，一手长枪拄地，一手扶着栏杆，看着战况，传令兵像蚂蚁一样络绎不绝地跑上跑下。

武侯正在指挥作战啊。我的心中不由一定，伸手一摸，想抓起边上的石块，却摸了个空。原本张龙友在后面帮我搬运石块，现在却不知哪儿去了。我手上只这么一松，那几个蛇人又攀上了几尺。边上一些搬运石块的士兵见到事态危急，也加入到守城中来，将手中的石块砸下。但城头上能投掷的石块已不多了，若蛇人再这么攻上来，只怕难以为继。我有点心焦，喝道："张龙友！呆子！你在哪儿？"

这时，却听得张龙友道："将军，我来了。"

我眼角一瞥，却见张龙友提着两桶水走上城来。隔了还有一段距离，却闻得到里面满溢着的酒气。看来，那是两桶酒。我心头怒不可遏。看来，德洋称他是"呆子"，实在没叫错。他拿酒来做什么？若说为战后庆功，现在还不知哪一方会在战后庆功呢。我刚想狠斥他一顿，却听得祈烈惊叫道："将军！"

他的声音惊恐之极，我也只觉一股厉风扑向头顶，也不回头看，人一斜，向侧闪出几步。却听得"砰"一声，却是一个顶着盾牌的蛇人已攀上了城头，挥着盾牌向我砸下。

蛇人虽不擅攀爬，但有一点却很占便宜。它们的身体全长比人要长得多，又可以盘起来，我们乍一见它们离城头还远，稍一放松，它一伸长身子，便已到了城头了。刚才我一分心，那个蛇人马上便冲上了城头。

这蛇人的下半截身子还在城外，这一下是两手砸下，那木盾顿时被砸得四分五裂。这时它背后又同时冒出了两个蛇人，看上去，倒似外面有个三头的怪兽爬上来一般。我心中一寒，看了看边上，只有那攻城斧恰在手边，我一把拾起，喝道："上！"刚要扑上，哪知一长身，腰间却一阵刺痛。

那伤口早不发作晚不发作，此时却痛起来。痛楚像是一根绳子，一下绊住我的脚步，我一个踉跄，那第二个持长枪的蛇人已将整个身子盘在了雉堞上了。

五营的所有人都迫了上去。

前锋营全是用的长枪，此时有十多人同时围成一个半圆形，围住那蛇人，从他们口中发出一声怒喝，那十多支枪同时刺出。"当"一声，正刺中那蛇人胸甲。

这十多枪齐发，那蛇人的胸甲也挡不住，我看得清楚，有两三枪已透甲而入，只是入得不深，那蛇人动了动，手中的长枪已刺出。这一枪快如闪电，左边的那人刚要举起手中的长枪挡格，哪里来得及，一下被刺了个对穿，嘴里发出一声惨叫，人被那蛇人挑了起来。那蛇人甩了甩手，尸体像串在草茎上的小虫一般，被扔下城去。

那人是什长王东。

其他几人不由自主地后退了一步。前锋营中可以说是没一个弱者，以前混战中阵亡，还可说是寡不敌众，但现在我们是以众击寡，王东还是轻易便被刺死。蛇人的实力，到底有多深？

自加入前锋营，我们便知道性命随时都可能结束。但王东被这蛇人轻描淡写地就杀了，实在让人惊骇。我心知事已不妙，此时，边上几个营也看出我们这边吃紧，过来支持我们了。我刚要冲上前去，却见张龙友已冲了上来。他将一桶酒放在地上，双手捧了另一桶，"哗"一下，将那三个蛇人全身都浇了个湿。

空气中，满是酒香。

他是疯了么？

我正在纳闷，却见张龙友从怀中摸出了打火石，拼命打着。这时，那个当先的蛇人抹了把脸，手中的长枪已像棍子一样，向张龙友砸来。

张龙友也吓呆了，手还在机械地打着，人却不闪开。我见势不好，冲了上去，举起了战斧，双手举着。"砰"一声，我只觉小腹上一痛，浑身也是一麻，人也不禁跪倒在地上。

但这一枪，还是接住了。

这时，张龙友一下打着了火绒。他将这一团火向那蛇人一扔。

我不禁哭笑不得。他难道想用这团火烧死蛇人么？这点火，两根手指就可以掐灭的。却也奇怪，那蛇人一见火，便退了退，眼中似出现了一点惧意。这时，那团火已扔到那蛇人身上，只听得"呼"一声，那蛇人浑身一下烧了起来，像一支蜡烛一般，只是冒出的却是蓝火。

我大吃一惊，也不知张龙友变的是什么戏法，却听得边上有人道："楚将军，快闪开！"

我低头一看，只见一团火像活物一般，在地上蜿蜒着爬过来。那是张龙友浇下的酒正淌过来。我跳开一步，闪开了，心中的疑惑却越来越深。

那三个蛇人已一块儿烧了起来。本来这火也不是很大，可是它们却中了邪似的一动不动，忽然发出了一声怪叫，三个蛇人缠在一起，摔了下去。我们立刻冲到城边往下看，却见那一堆蛇人将正在爬城的几个蛇人也撞了下去，被撞倒的那几个蛇人没有烧起来，却一样惊叫着，向后爬去，根本不去救助同伴。而那三个着火的蛇人正在地上打滚，本来滚进护城河就可以灭火，可是蛇人长长的身躯卷作一堆，一时间也拆不开，反而使得火势更旺。边上还有几个蛇人似乎想要上前救护，却又畏缩不前。

我不由有点呆了，张龙友却冲过来，将另一桶酒往城下那一堆浇了下去。酒液一入火堆，火一下升腾上一倍。这回，连靠得近的几个蛇人也烧了起来。它们发出了一种凄厉的惨叫，挣扎着想退后，有一个退得快，已游入护城河中，身上的火也一下灭了，另两个却没那么聪明，反而向城墙靠来。我抓起了放在城边的那杆长枪，喝道："哪里走！"

我的投枪术比不上沈西平，但现在是居高临下，这一枪力量也大得异乎寻常，这一枪正扎到一个蛇人下半身，将它钉在了地上。那蛇人发出一声惨叫，整个身体一下直立起来，在那枪上缠着绕了几个圈，像一支火把一样熊熊燃烧。

这一声惨叫实在太响了，攻守双方都扭头来看。火光中，那个蛇人张大了嘴，还在摇摇摆摆，身上无处不冒出火来，真如传说里的火龙一样。这副模样既妖异，又诡诞。这时只听得"噼啪"连声，那些攀在城墙上的蛇人一下离开了城墙，飞也似的退去，几个已经上了城墙的蛇人也似要逃走，但边上的士兵哪里容得它走，那些城上的蛇人反而因为心神不定，登时已被全数斩杀。

几乎一下子，胜负就已易手。方才我们还岌岌可危，只不过一转眼竟大获全胜。这胜利来得太莫名其妙了，我抹了一把脸，仍然有点不相信。看看周围，却见人人都有点惊愕。若不是那些蛇人狼狈而逃的身影和那个缠在枪杆上烧着的蛇人，真要以为刚才只是个噩梦了。

半晌，城头发出了震耳欲聋的欢呼。远远地望去，却见蛇人狼狈而逃，带着一地的烟尘。

按理我们该出城追击，以扩大战果，但武侯却不下令。我看着路恭行，他正望着退去的蛇人，面上隐隐有种忧色。

这时，我听得蒲安礼冲过来大声道："路将军，为什么不追击？"

路恭行转过头，说道："你能有必胜的把握么？"

蒲安礼道："那些怪物怕火的，我们可以用火攻！"

突然间我脑子里一亮。蒲安礼这话倒是一语中的，蛇人虽然力大无穷，生命力顽强，但它们也有个致命的弱点，就是怕火。怪不得它们从不在晚上发动进攻，因为天黑时军中到处都点着火把。看来蛇人虽然已经很像人了，仍是不脱兽性，依然怕火。刚才我们不过烧死了一个蛇人，斩杀的也没多少，真正战果几近于零，自身伤亡远比蛇人要大，但蛇人还是见鬼一样，逃个无影无踪了。蒲安礼这句话，说不定正说中了我们唯一的胜机。我在一边插嘴道："路将军，蒲将军说得很对，让前锋营每人带一个火把，赶快追击。"

蛇人失去了战车，在地上行进得不快，但也已退走了一段距离。再不追击，便失去这个机会了。路恭行肯定也想到了蛇人怕火这个弱点，但他的眉头紧皱，似乎还是下不了这个决心。沈西平的败亡，实在已让每个人都失去信心。他正在犹豫，身后突然有人道："说得对！点起火把，追击！"

这是武侯的声音！我们回头看去，却见武侯正大踏步走过来，身后还跟着那两个形影不离的亲兵大鹰小鹰。他定是见我们莫名其妙地胜了，过来看看情形，听到了我们和路恭行的话。见武侯前来，我们齐齐跪倒在地道："君侯！"

武侯扫了我们一眼，说道："快去吧！"

路恭行似变了个样子，直起身大声道："前锋营的勇士，每人带一个火把，点着了冲！"

本来在城头就有许多火把。我带着五营的士兵冲下城去，跳上战马。城下已有几支队伍冲了出去。武侯那如雷鸣般的声音，让人觉得血液也似燃烧起来。

我跳上马，却见一边的张龙友有点神色慌张。他大概没有马。我道："张龙友，你在边上歇着吧。"

说着，我已带马冲出城去。

第一批冲出城去的是中军的锐步营。那是些步军，虽然比我们先出城，但前锋营人人有马，我冲出去时，蒲安礼已在最前面，大声呼喝着："让开！让开！"城门口的锐步营已经给我们让出了一条道。

前锋营只剩一千余人了，但这一千余人还是一支锐不可当的强兵。尤其是昨天那一仗，前锋营因有路恭行约束，虽败不乱，几乎可说是没怎么接战，人人心中都憋了一股气。而守城时马匹几乎无用，战马歇息足了，冲得更快，没多久我们便已追上了蛇人。却见殿后的蛇人反身站定了，似乎准备接战。见这情形，路恭行带住马叫道："将火把抛到蛇人阵中！"

最先冲到的是前锋营中的几个营，有两三百人。这两三百人手中的火把扔出，将蛇人队伍最后的几十人与本阵隔开。那些火把都浸透了油，落到地上也不会熄，反而把地上一些去年的枯草点燃了，形成了一道不太高的火墙。

蛇人果然是怕火的。被这道火墙隔开的蛇人一见火，吓得纷纷退后。本来那火并不太大，直如儿戏，但这道儿戏似的火墙也把蛇人困下了几十个，大队蛇人根本不理那些落后的蛇人，仍在加紧退却。而后来追到的一些人也学我们的样，纷纷将火把扔出，将那堵火墙添得更高了。被火把困住的几十个蛇人见已无退路，都回过身来，它们手里的刀枪也举了起来。尽管我们有不少人手里还拿着火把，它们被那道火墙逼得无路可走，也不那么害怕我们的火把了。路恭行喝道："它们要孤注一掷了，小心！"

他的话音未落，一骑马如闪电般飞出，一枪刺向一个蛇人。那蛇人似还想挡一挡，这一枪已中它前胸，那人的力量也大得吓人，竟然将那蛇人挑了起来，"呼"一声，扔进了火堆。那人喝道："混账的怪物！"

那是蒲安礼。虽然他这一枪是借了马的力量，但这一枪能将蛇人挑出去，本身的力量也大得惊人了。被蒲安礼的这一枪鼓动，诸军发出一声欢呼，齐齐冲上。我冲在最前面，只见一个蛇人已将枪对准了我。我手中的火把还没扔掉，喝道："死吧！"

我把火把一下向那蛇人扔去，左手的长枪交到右手。火把向那蛇人飞去，火星四射，尽管还是白天，还是看得到那些血似的火舌。那个蛇人倒似呆了，一动也不动，我一枪向它刺去，枪头才到那蛇人身上，边上已有几支长枪同时刺入蛇人的身体。

现在单是前锋营，就比蛇人多得多了，还有锐步营的步兵也已冲了上来。此时，战场已成了一场单方面的杀戮。

"今天蛇人不会再发动攻击了，大家回去休息，随时待命。辛苦了。"

集合后，路恭行向我们大声宣布了解散令。这一战我们的伤亡和蛇人相比其实并不占便宜，但知道蛇人有这么个致命弱点，每个人都回复了点自信，有人也开始谈着击败蛇人后要做些什么事了。我们正要走，却听得路恭行过来道："楚将军，刚才是谁把那蛇人烧死的？"

我指了指张龙友道:"就是他。"

路恭行看了看张龙友,说道:"真看不出。你叫什么?"

张龙友面上有几分得意之色,站直了道:"报告将军,我叫张龙友,是前锋五营成员。"

路恭行笑了笑,说道:"你该谢谢楚将军,他给你带来了好运。君侯已听过了你的事,他要招你入幕府。"

"什么?"我和张龙友同时吃了一惊。武侯的幕府,可说是集一时俊彦,为武侯出谋划策,在军中也地位超然。幕府成员也有军衔,但见到官职比他们高的军官,不必行礼。张龙友一步登天,一下子从一个后勤兵跳到了武侯幕府,那也是没有先例的。

张龙友结结巴巴地道:"我……我没听错吧?"

路恭行道:"当然没错,武侯让你马上去。你不会让武侯等得生气吧。"

张龙友兴奋地一点头,说道:"谢路统制。"

他也顾不上和我打招呼,转身向武侯营中跑去。我不禁又是妒忌又是愤愤,说道:"这小子,运气也太好了点。"

路恭行看着他,说道:"楚将军,他是你营中的人么?我以前好像没见过他。"

我道:"他本是辎重营的人,昨天晚上闯了祸,你听没听到那一声巨响?"

路恭行道:"是他搞出来的?"

我点了点头,说道:"德洋大人要杀他,我向德洋大人求情,让他来前锋营。没想到,他真有几分鬼门道,实话说,若不是他弄来那两桶酒,只怕方才我们就难办了。"

路恭行皱皱眉道:"酒都烧不起来的。我读过古书,古书上说,有一种酒可以烧起来,可那种酒的制法已经失传了。难道,他又找到了那种方法了?"

我恍然大悟,说道:"君侯把他收入幕府,是要他造那种能烧起来的酒吧?"

武侯好美酒,好名马,好宝刀,那是众人皆知,破城后,武侯掳得的工匠有一半是酿酒师。路恭行却道:"武侯不会因为这种小事就把他收入幕府的。说不定……"他顿了顿,看着城头。夕阳在山,一带残霞如同血滴一般红,南疆天黑得迟,现在还只是黄昏。他转过头道:"说不定,这一场战争的胜负,将会系于他一身。"

第六章 进退两难

蛇人连续两次进攻都被我们击退了,军中多少有了点信心,加上发现了蛇人的弱点,尽管是大白天,城头上也放满了火把。

然而,沈西平的死,仍然如一个不祥的符咒,挂在我们头上。

在今天的守城战中,前锋营的损失很大。尽管后来的追击得到了一点战果,但战后统计,帝国军的损失比蛇人大约在六成对四成之间。换而言之,六个帝国士兵,才换来四个蛇人的首级。如果是平常,守城守成这样,那是一个大败仗了。但军中却洋溢着阵阵喜气,好像我们真的是打了一个大胜仗,不少右路军的中高级将领前来向武侯请令,要求夜袭蛇人,武侯一概不准,不过武侯下令,将沈西平灵柩移回营帐,一路上,全军都要为沈西平致哀。

沈西平的尸身由龙鳞军的几个残存军官扶灵,右路军代主将栾鹏前引,武侯亲自压阵,抬到了右路军他原先的营帐中。战将阵亡,本也是常事,沈西平自己也知道这个下场的吧。一路上,我们默默地看着沈西平的灵柩抬过,心中为这声名赫赫的勇将致哀。

帝国的丧礼并不隆重,尤其是军人。但帝国人都相信,人的灵魂在头里,若失去头颅,灵魂便不能归位,因此沈西平没有下葬,而武侯也没有说何时归葬,只是这么停着。也许,武侯希望能在击退蛇人后夺回沈西平的首级,带回帝都吧——可是,在蛇人那种潮水般的攻势前,这个希望好像成了一个妄想。

沈西平的尸身抬入城西右路军防区时,右路军中发出一阵哭喊。

如果对照陆经渔,沈西平一军几乎可以说是军纪败坏的典型,甚至帝国其他诸军,见了沈西平的军队也大感头痛。可奇怪的是,每当上阵,沈西平那如一盘散沙的军队立刻有了铁一般的纪律,丝毫也不逊于陆经渔的左军。

也许治军之道并不是一成不变的吧,我有些感慨地想着。就我个人而言,我更属意陆经渔那种治军的方略,但这也无损于我对沈西平的敬意。

有朝一日,我也会成为一个名将的。目送着沈西平的灵柩远去,我在心底暗暗发誓。

前锋营在今天的守城战中担当了中坚的角色,阵亡了二十几人。我的营中,除了王东以外,还阵亡了两个士兵。他们当然享受不到沈西平那样的哀荣,而是由我们营中的弟兄们抬着,葬入了城中的一块空地。那一带已成了战死者的墓地,边上胡乱埋了不少共和军和屠城时被杀的平民的骨灰,当中则是帝国军的阵亡将士。

沈西平至少还能尸骨还乡,你们却连尸骨也回不到家乡了。

我把一壶酒倒在坟头,心头却不禁一阵酸楚。

坟前竖着一些简陋的木板,上面写着墓中人的姓名。过不了几年,这些木板也会烂尽,那时,谁也弄不清里面埋的是谁了。

我把倒完酒的酒壶放到一边,领着剩下的五十四人跪了下来。旁边还有另外几个前锋营的百夫长在葬战死者。不知是谁,沉声唱起了帝国的葬歌《国之殇》,几乎所有人都应和起来。

墓地里,《国之殇》的歌声如同一阵隐隐的雷鸣:

身既死矣,归葬山阳,
山何巍巍,天何苍苍,
山有木兮国有殇,
魂兮归来,以瞻家邦。

这是大帝开国时的第一功臣,后来为人尊为军圣的那庭天暮年在帝都的华表山"国殇碑"前所作的歌,这已成了军中的葬歌,旋律悲壮雄浑,虽然音调简单,却似有排山倒海之势,可是我唱到"魂兮归来,以瞻家邦",却隐隐地觉得,其中似乎含着无限的痛苦。

那庭天的百战百胜背后，也有着成千上万的尸骨吧。军圣在暮年时也对那些战死者感到内疚么？江山变色，换来的只是一个新朝新主，却要战死数以万计的百姓和士兵。那些人能得到些什么呢？纵然大帝得国之初，政治清平，百姓安居乐业，可为了这些，就真的要付出这么大的代价？

我的心头不禁一阵痛楚。

遥遥望去，暮色苍茫，又是一日将尽。

我回到自己的营帐，准备去换一下腰间的纱布。刚走到大营门口，只听得一边有人道："楚将军！"

我扭过头，却见张龙友正走过来。现在他穿了一袭参军的长衫，倒一下子很有几分中级军官的气度了。参军的军衔一般在十三级军衔的第九级到第六级之间，张龙友原本没有军衔，现在肯定也不会马上就授衔，但回去的话，至少也是第九级的备将衔，比我还高了两级——只要他还能活着回去。不管怎么说，他一天之内就从我营中的小兵成了我的长官，我脾气再好也有点妒忌。我想装着没听见，张龙友已经过来了，到我跟前施了个大礼道："楚将军，张龙友拜见。"

他这礼行得太大了，是下级向上级行的，我唬了一跳，说道："张先生，别客气，现在你比我职位还高，我该向你行礼才是。"

张龙友道："龙友不敢忘楚将军的大恩，若无将军，昨天我便已被德洋处斩，岂有今日？"

我又吓了一跳。他参军的职位与德洋至少是平级，但他已是幕府中的人了，要给德洋找麻烦，并不是难事。我道："你别怪德洋大人……"

他笑了起来，说道："当然不会怪德洋大人的，楚将军请放心。"

他虽叫我放心，我却不敢真个放心。我道："张先生，你回来收拾东西么？"我本叫他把东西搬到我的营中，可他还没搬来，马上就要去武侯那儿了。

张龙友道："我有一些丹炉和药物得搬过去。"

"君侯尚未给你护兵么？"

他道："尚未，不过君侯说，明日便抽调一个护兵给我。"

我道："我陪你去拿东西吧。"不等他推辞，转过头对祈烈道，"小烈，你回营给我烧点水，我陪张先生去一趟便回。"

张龙友道："楚将军，你还是不要叫我张先生吧，叫我张龙友便是。"

我笑道："岂敢岂敢。"

德洋的辎重营与前锋营本来就在一个大营里。走进辎重营，便听得一阵阵女子的哭声，那是掳来的女子被临时集中关押在这里。她们被关在一个个大木笼中，看上去都蓬头垢面，神情呆滞。其实，这些女子都是百里挑一的美女，只有美女才可能活到现在。只是她们被俘虏了后，等于一件物品，有些被玩腻了后大概都已被忘在脑后，任由她们自生自灭。走过那些女子时，我有些不忍，只能强装着没听见什么。张龙友也似有些不忍心，喃喃道："两军交战，最苦的，还是平头百姓啊。"

他嘴里说出这句话来，我几乎有些吃惊。刚想回一句，他已急匆匆地走了过去。

他本来的营帐已经被烧得满是破洞。张龙友一走到帐前，一个辎重营的士兵道："张呆，你怎么回来了？"看见我跟在他后面，却不由一愕。张龙友只是微笑道："拿点东西。"边上另一个士兵却小声道："别乱说，人家是君侯跟前的参军了，跟我们德洋大人平级。"

那两个士兵都有点敬畏地看着我跟着张龙友走进那破帐。他们大概觉得我军职比张龙友低了，可能我是被张龙友差来办事的。其实百夫长虽然一般比参军要低两级，但前锋营较为特殊，除了武侯本人，谁也不能指挥的。只是这话也不能跟那两个士兵去说明，我也只好当作没听到。

一进张龙友原先的营帐，一个半卧在床上的士兵翻身起来，说道："张……张大人……"

他百忙中想必听到了外面的对话了，平时跟张龙友大概也是张呆长张呆短，可现在张龙友一步登天，他都不知该怎么称呼了。张龙友道："小朱，没什么事，我来拿点东西，你睡吧。"

那个小朱哪里敢睡下，只能站在一边。人生的际遇也真是奇妙，前两天，张龙友可能还在这营帐中被他们呼来喝去，可一受武侯赏识，人也似乎一下有了威严。

张龙友东西并不多，只是有几个奇形怪状的炉子和锅子，还有两袋砂子。我拎起一个炉子，只见炉底也烧得黑黑的，边上有个已经炸裂的碎锅子。我收拾好了，一把拎着，说道："好了么？"

张龙友正把那两袋东西扛在背上，说道："好了好了，另外没东西了。"

辎重营里有不少小车。借了一辆，把东西放上后，我帮他拉着车，并肩走出辎重营。我忽然觉得自己不免有点傻。看样子，张龙友不是会对德洋不利的那种人，就算他有报复之心，也未必会做什么事，我也是多心了。但既然说了要帮张龙友拿东西，我也不好再半路脱逃。我道："张先生……"

张龙友道："你又来，楚将军，你别叫我先生。"

我道："好吧，张龙友，你要那些炉子做什么的？"

张龙友道："那是丹炉。我是上清丹鼎派的弟子。"

上清丹鼎派，是现在两大国师之一的真归子所属那一派。以前天机法师那一派不相信这种烧炼的事，认为丹鼎须以人自身为炉鼎，所炼大丹方是正道，因此他们是被称为"清虚吐纳派"。真归子与天机法师恰好完全相反，他那一派觉得烧炼出丹药，人服后便能白日飞升。这些年来，两派国师虽不至于和市井小人一样打得脸红脖子粗，却也暗地里斗个不住。然而近百年来，清虚吐纳派的法师虽然没有白日飞升，一代代大法师都活到了高年，都可以当成人瑞的。而上清丹鼎派的法师却连活过四十岁的都少有，现在少有人再信了。自天机法师被加封太子少保后，上清丹鼎派愈趋式微，清虚吐纳派在朝中已有一统之势。若不是当今帝君时不时要让真归子进丹药以固精培元，这个上清丹鼎派只怕已灭亡了。

我道："失敬，原来你是法统的人。那为什么从军来了？"

张龙友道："我炼的丹要一味丹砂，这东西北地很少见，就出在南疆的，听说你们要南征，我就来了。"

我笑道："炼丹？想成仙么？"

张龙友摇摇头，说道："我不信那些。家师曾属意我当下一代法师，但我不愿意，所以没有出家。"

我道："你不信还入什么上清丹鼎派？"

张龙友道："我很喜欢丹鼎派那种鼎器。我觉得，其中必定有一些上古传下来的奥秘在内，只是我们知其然而不知其所以然，我想穷研此道，说不定，"说到这儿，他脸上有点发亮，像是有些激动，"说不定，日后我张龙友会以此青史留名的。"

虽然现在笑出声来有些失礼，但我还是憋不住，"噗嗤"一声笑了出来。他倒没有在意，我自己有点过意不去，岔开话头道："昨天你在做什么，发出这么大的声响？"

张龙友道："昨天那个事啊，昨天我本想烧炼五才丹，谁知不小心让明火进了未济炉，结果一下着了起来。"

我皱了皱眉，说道："有那么大声响么？"

张龙友道："那五才丹是要养在炉中的，封口要用六一泥。这儿六一泥不足了，应该是没封好，结果明火进去了，炉子一下都炸了。好在我只炼了二十粒五才丹，炉子只是炸裂，没有炸飞。要是炼了两百粒，也不用德洋大人杀我，我自己早被炸死了。"

我吃了一惊道："那五才丹能炸死人么？"

张龙友道："会的啊。我有个师叔，当初就是被五才丹炸死的。他一炉中炼了五百丸，结果把半间屋都炸飞了，自己更是连点渣都不剩。"

他说自己师叔被炸死的事时轻描淡写，似乎根本没想到他自己也险些被炸死。我却一下站住了，说道："这五才丹有这么大的威力？怎么炼的？容易炼么？"

张龙友见我站住了，那小车里"咣啷啷"地一阵响，急着道："小心！小心我的丹炉！"

我急道："快说，是什么做的？"

张龙友有点疑惑地道："那是硫磺、墙硝和蜂蜜加上草木灰，再和上几种草药，炼制出来的一种丸药，可以治积食的。怎么了？"

我道："那东西要炼多久能炼成？"

张龙友扶住了车，有点疑惑地看着我，说道："楚将军，你也要炼丹么？"

这张龙友这时候婆婆妈妈的，尽说些有的没的，我大是着急，说道："我才不要炼丹。你快告诉我，那五才丹要多久能炼好？"

"七天。"

我差点没摔倒在地。炼那么点东西得七天？七天后，只怕蛇人已破城而入了。我有点颓唐，喃喃道："那太久了，来不及了。"

张龙友莫名其妙道："什么来不及？"他突然"啊"了一声，"楚将军，你是想用到战阵上去么？"

张龙友被他们呆子呆子的叫，我却发现他其实十分敏锐，反应也甚快，绝非呆子。

我道:"是啊,你说二十颗丹就有那么大威力,如果多炼一些,对战时扔出去,岂不是威力无比?只是你说要七天才能炼好,只怕太难。"

张龙友笑道:"五才丹扔出去可没用的,除非你想治人家的积食。你只要那种一碰火就会烧的药吧?那个不用炼的,是配的,马上就能好。"

他这话让我又惊又喜,我把那小车放在地上,说道:"怎么配的?快跟我说。"

张龙友叫道:"小心我的丹炉!"他扶住了车,说道,"那是我自己配出来的,你只消将硫磺、硝石和炭粉研至极细,然后用炭粉一份,硫、硝各六份,混在一起就行了。不过你在研时要小心,不能沾铁器。"

我道:"太好了,你马上帮我配一份出来。"

张龙友的营帐还很简陋。他也不敢在营帐里研,只是把硫粉和硝粉各一斤给我,说道:"炭粉你自己去研吧。小心点,这种药很厉害的,若是沾到明火,一下子就会烧起来。研得越细越好,然后混在一起。记着啊,千万不能碰五金之器,只能用木杵来研。"

我拿着那两包沉甸甸的药粉,说道:"张龙友,张先生,若这种药真的灵验,你可又立下一道大功了。"

他道:"你别想得太轻易,那是些粉,风一吹就吹跑了,没什么大用处的。"

我笑道:"我自有用处。"

走出他的营帐时,我转过头,对他道:"这种药你起过名字么?"

张龙友正支着丹炉,他抬起头道:"这种药会发火,我便叫他火药。楚将军你若有别个好名字,自然也可以取一个。"

我道:"火药这名字挺好的,就叫火药吧。"

张龙友其实根本不是个军人,他也根本没想到这火药的真正意义,我却是欣喜若狂。回到前锋营的营帐,我刚进门,祈烈道:"楚将军,你回来了,路将军正找你呢。"

我把那两包药粉放在一边,说道:"有什么事么?"

祈烈道:"似乎有什么要事要商议。他交待了,要你一回来便去他的营帐。"

难道有什么要紧事么?我有点担心,转身便出了营帐。出门时,转过身对祈烈道:"小烈,你给我找些木炭来,碾成粉,越细越好。弄上一斤左右。"

祈烈有点莫名其妙，说道："要那个做什么？"

我也没解释，只是道："你办好便是了。"说完便向路恭行的营帐走去。我不知道路恭行此时召集我们到底会有什么要事。蛇人不知何时又会进攻，前锋营担负着中军武侯的守备工作，也许，路恭行是为了准备下一步的计划吧。

一到路恭行的营帐，还在门口，便听得蒲安礼叫道："不成！我们前锋营，宁可战死，也不能退却！"

他的声音很是响亮，却有点气急败坏，似是在跟谁争吵。我有点吃惊，快步走到帐前，撩开帘子走了进去。

路恭行的营帐也和我们的一样大，现在里面连路恭行在内已坐了十六个百夫长，有点拥挤，蒲安礼却从座上站了起来，一张脸涨得通红，眼珠子也瞪着。路恭行见我进来，点了点头，口中却还在对蒲安礼道："蒲将军，见机行事，不是对敌示弱。我军这次发兵，粮草本就不是很够，如今若困守孤城，只能坐以待毙。我觉得，当务之急，不如暂且退兵，将高鹫这座空城让给蛇人，而后我们重整旗鼓，再与蛇人一决雌雄。"

蒲安礼居然在和路恭行吵架？我有点诧异。蒲安礼自恃是蒲尚书之子，向来眼高于顶，但路恭行的父亲是兵部尚书，身份比他还高，能力也比他强，蒲安礼对这个统制向来十分恭敬，今天怎么会跟路恭行吵起来？我小声问第七营的百夫长钱文义道："怎么了？"

钱文义和我是军校同班同学，与我一样，也是平民出身的军官。他小声道："路统制想向武侯禀报，要求退兵，想征求一下前锋营所有百夫长的意见。"

虽然在军机大事上没什么发言权，但我觉得，现在这种局势，实在不可与蛇人恋战，我也赞成退兵。却听蒲安礼道："粮草虽不是小事，但可派人外出押粮。如今蛇人兵临城下，我们在城中尚可守御，若不将其击溃便退兵，一旦它们尾随追击，我们岂不是自坏士气，甚至会全军覆没？"

蒲安礼虽然粗鲁不文，但他这话却也没错。高鹫城虽然残破，但我们在城中还能倚城一战。一旦我们离开了高鹫城，蛇人若是尾随追击上来，我们只怕毫无胜算，只能任由蛇人屠杀了。只是困守在孤城里，却也是等死而已，他这话实是太一厢情愿，顾此不顾彼了。果然，路恭行道："蒲将军的话虽不无道理，但我已想好计较，蛇人畏火，若后军一路设火障，蛇人必不敢迫近的。好了，列位将军，还是举手表决吧，同意在城中与蛇人决战的有几人？"

蒲安礼的手举了起来，说道："弟兄们，若此时退却，那前锋营百战百胜的名声就败坏在我们手上了，我们回去，又有何脸面见前辈的将军们？"

他的话很有点蛊惑力，有五六只手举了起来。但帐中一共有十七人，这些人自是少数。路恭行道："既然如此，那赞成退兵的多数。我这就向武侯禀报，前锋营同意退兵。"

蒲安礼有点悻悻地坐下了。这时，却听得第十三营的百夫长劳国基道："路统制，我不同意在城中与蛇人缠斗，却也不同意马上撤兵。"

路恭行皱了皱眉，说道："劳将军，你有什么高见？"

劳国基是我之前五届的军校师兄。在他那一届毕业生里，是号称"地火水风"的四个优秀生之一。其中"火""水""风"三人都是世家子弟，毕业后在朝中由小军官做起，现在已是文侯军中的中级将领，只有这个排名第一的劳国基，因为出身很低，也有点过分持重，加上投到武侯军中，现在也只升到一个百夫长。不过前锋营里风传，二十个百夫长中，智勇双全、才堪大用的，除了路恭行，便是劳国基了。像蒲安礼和我，虽然也有出类拔萃之名，却都只有一个勇而无谋的风评。劳国基的话，路恭行也要听听的。

劳国基道："路统制，我也觉与蛇人争此一城的得失，实无必要，也是不智。但正如蒲将军说的，此时我们还退不得。除了退后不好向国人交代以外，那些蛇人若尾随追击，也实在是件很讨厌的事。此事，实在有待从长计议。"

我有点好笑。他那"从长计议"，实在是两可之言，现在又如何从长计议？路恭行道："既然如此，那么再看看，同意现在退兵的有几人？"

"呼啦啦"一阵，举起了十只手来，我也举起了手。路恭行道："好，十人同意退兵，六人反对，一人从长计议。既然如此，从今日起，前锋营便同意退兵，我这便向君侯禀报，大家回去休息，随时准备迎战蛇人的攻击。"

蒲安礼站了起来，和他那一帮人走出营帐。在门口，却回过头来向我们啐了一口，说道："懦夫！蒲安礼大好男儿，羞与你们为伍！"

虽然他官职在路恭行之下，但也是尚书之子，路恭行不好多说什么。人们都走了出去，我也准备退出去，路恭行道："楚将军，请留步。"

等人都散去了，路恭行对我道："楚将军，你陪我去见武侯吧。"

我有点担忧，说道："路将军，我只是百夫长，无权求见君侯的。"

路恭行道："无妨，陪我走走。"

我们牵了两匹马，两人并排出营，向武侯的中军大营走去。路恭行突然道："楚将军，多谢你支持我，我本以为你会反对退兵的。"

我道："若有胜算，我也觉得应该将蛇人击溃后再撤军，但现在看来，要击溃蛇人，只怕很难。"

路恭行诧道："你觉得很难么？这话似乎不该由你这个勇将来说。"

我苦笑了一下。我也知道我在军中有一个"有勇无谋"的评价，路恭行也把我与蒲安礼归为一类了吧。只是他本来认为我会反对他的，仍然将我叫去开会，确实是个坦荡无私之人。我道："识时务者，方为俊杰。路将军，蛇人力量远过于我们，虽然还是些兽类，但毫不畏死，除了怕火以外没什么弱点了，我实在想不出我们有什么切实有效的取胜办法。就算蛇人畏火，我们要对它们用火攻，实在太难。"

我脑子里，却还在想着张龙友那火药。蛇人畏火，火药可能就是它们的克星。但我没有试过，以我低微的官职，实在不敢对军机大事多嘴。

路恭行抬头看了看天，说道："蒲安礼想得实在太简单了，似乎一发现蛇人畏火，便稳操左券。其实，南疆的雨季就要来了。"

雨季！

这两个字像铁锤一样重重敲在我心上。我也根本没想到气候问题，的确，南疆不像帝都，立春后雨水很多。我们冬日发兵，这一路没遇上几场雨水，围攻高鹭城两个月，也没下过几场雨，蛇人攻来这几天，更是一滴雨也没下过。可一旦进入雨季，南疆阴雨连绵，听说连着下两三个月都不稀奇，那时，又如何用火攻？只怕退却时连火障也设不了。怪不得路恭行会想着退兵，现在实在已是全师撤退的最后机会了。

我道："那你为什么不跟他们明说？"

他苦笑了一下，说道："如今的士气，怎好再说此事？武侯也一定察觉了，我在他神情中已见退意。只是，不知他肯不肯放下百战百胜的虚名，趁早退却，不然，只怕想退都退不了了。"

我不语。的确，形势也如暴雨将至，我也实在不知下一步该如何走了。刚才对火药的一点信心，也不知扔到了哪里。

到了中军帐，我等候在外，路恭行进去向武侯禀报。等他出来，却垂头丧气的。我道："君侯怎么说？"

他叹了口气，说道："君侯不同意撤军。"

我道："是啊。对君侯来说，沈西平将军的首级还被敌人挂着，回去你叫他如何向国人交代？"

路恭行深深地叹了一口气，说道："多半是这个原因。唉，君侯睿智过人，但还是放不下虚名。若不趁早撤退，恐怕会有更多的人战死。那些死在战阵上的士兵，连个名字也留不下，他们的家人又向谁要个交代去？"

他这话，实是在抱怨武侯了。他跳上马，默默地向前走去。斜阳未落，云却密密地排在天际。

初春还有点冷，软甲贴在身上，那些皮革也有点坚硬，不过还不至于妨碍手足的运动。我试了试，将手中的长绳绕在雉堞上，另一头往城下放去，低声对一边的祈烈道："看着点。"

祈烈也小声道："楚将军，你真要去？你的伤碍不碍事？"

他的声音有点发颤，只是我心意已决，伸手按了按腰间道："没事，不用担心。"

腰上又用了些从那个嘴很厉害的医官那里要来的忘忧果粉。那医官说过，忘忧果粉不能多用，不过止痛却有奇效，除了腰间有点硬硬的，其他也没什么不适。反正我也只需要顶过这一阵子，不会多用的。我知道如果不能将沈西平的头颅弄回来，武侯只怕宁可全军覆没也不会退兵的。尽管不太甘心，但我也知道，我们最多也不过困守孤城，想要反击蛇人，将其击溃，那可能性实在太过渺茫。现在，要让武侯有个台阶下，恐怕也只有这一条路了。

也只有如此，才能让近十万帝国军回到帝都吧。

祈烈看了看城下远处的蛇人营地，小声道："那我也去。"

我沉下脸，说道："胡闹，那是九死一生的事，你去了只能碍手碍脚，我们两个都回不来了。"

这话并不是推托，祈烈是我护兵，他的本领虽然也不算差，不过他的步下本领远远不及我，如果他真个去了，肯定不能活着回来，只会害得我也无法遁形。我拉住绳子，试试强度，两手抓紧绳子，人挂在城墙上。由于是轻装前进，我只带了把百辟刀，再就是一包刚配好的火药了。配好后也没来得及试，不知灵不灵验，反正无论如何也只能硬干这一回。

正是残月之期，天色暗得什么也看不清。城头上有几处火把光，是士兵正在夜巡。虽然蛇人从不夜袭，但武侯也不敢掉以轻心，每天都让前锋营轮回巡逻。这一带城头是前锋营防区，今晚也正好是五营巡夜，我才能神不知鬼不觉地出城。

缒下城时，突然有一阵迷惘。抬头看了看祈烈，他好像认定我会死了一样，哭丧着脸，从城墙上探出头来看着我。我骂道："小烈，别摆着那副面孔，好像我死定了。"

祈烈苦笑了一下道："将军，小心哪。"

护城河和城墙之间有一块三尺宽的土地。白天蛇人的一场攻击，城墙根部到处都坑坑凹凹的，还堆了不少石块。我把绳子放到底，脚触到了泥土，一脚用力一蹬，人像绑在一根长绳上的小石子一样向外甩出去，手里同时往外放绳子。看着已越过了护城河，我一下松开手里的绳子，落到地上，无声无息的。

要不是在这种时候，我都有点得意自己身轻如燕的本事了，只是现在当然不好自己夸自己。我回头看了看，那根绳子正收回去，祈烈想必也知道我已越过护城河了。我和他说好，天亮以前，不管事情成败，我一定会赶回来的，到时他把绳子用箭射过来，好让我抓着攀上城去。只是我没有跟他说，如果回不来该怎么办。

希望我好运气吧。我抬头看了看天，那一钩残月已到天边，夜正深。这种天气，最适合偷营了，只是帝国军上下，现在大概没人敢去偷蛇人的营。

蛇人的大营在二里外。白天进攻时，它们在距城七八百步外扎过一个临时阵营，我走过那个阵营时，却只见到处都一片狼藉，沈西平的右军算是军纪不严了，却也不至于乱成这样子，蛇人确实顶多只能算半人半兽。

二里地，并不是很远。过了这块地，便是一大片树林。高鹫城前有这么大一片平地，在南疆也算难得的，所以第一代城主才选在这里筑城吧，如果有人攻来，远远便能看见。南疆有一些城，三面都是密密的树林，我们打过好几次伏击，往往到了城下城中还没一点知觉。到了那树林前，我回过头看了一眼高鹫城，在昏暗的星月光下，只能看到一个淡淡城池轮廓，倒显得静谧安详。有一种突如其来的忧伤涌上心头。

难道我真的回不来了？

我低下头，向前走着。

不知为什么，我感到忧伤时，想到的不是父母，不是军中的弟兄，而是那个女子。

那个在武侯宴上见过一次的弹琵琶女子。

在树林里，月光更暗了，根本看不清什么。那条路只显出一道有点发白的痕迹，我小心地向前走着，还是不免有点磕磕碰碰。走了一程，前面突然有了一些亮光。

早出的虫声如同沸腾了一般在耳边聒噪。我拉开一根树枝，忽然听得身后有一些低低的声音。

有人！

我纵身一跃，扳住了头顶一根粗大的树枝，人已翻身蹲在那树枝上。一连串动作无声无息，连自己也有些得意。

我刚蹲好，有个人小声道："是什么？"

像是应和他的声音，我身边"呼"一声飞起一只什么鸟。尽管那人声音很轻，我还是一下分辨出，那正是秦权。

龙鳞军的前哨哨官秦权。

边上有人道："是夜枭。"

那人的声音倒听不出是谁，想必也是龙鳞军中的人。他们也是要来盗取沈西平的头颅吧。我倒希望他们能成功，这样也省得我去冒险了。正在犹豫着是不是招呼他们一声，好一同有个照应，秦权忽道："蛇人营中怎么会有火光？"

听他这般一说，我忽然想了起来。刚看到亮光时，我根本没有多心，只以为前方是蛇人的阵营，而阵营中一定会有火把。但蛇人是怕火的，怎么会有火把的光？蹲在树枝上望去，我不觉有些担忧。另一个龙鳞军小声道："别管那些了，走吧。"

他们已经轻轻地向前走去。

他们没有发现我，一个接一个地从我身下走过，一共有五个人，秦权和那个人是领头的，后面三个跟在他俩后边。我正在想着是不是该叫他们，就怕他们突然间听到我的声音会方寸大乱，这儿离蛇人营帐太近，万一走漏了风声可不得了。只这么一犹豫，走在最前的秦权已经走过了好一段路了。我正想跳下树枝来追上前去，忽然在他们身后落下了两道黑影。

那是蛇人！

我没想到前方树上居然有蛇人，吓得出了一身的冷汗。也不知这两个蛇人有没有发现我，但秦权他们马上察觉了身后有异，走在最后面两人刚一回头，从树上跳下的两个蛇人已一下缠住他们的脖子。

隔得那么远，我也听得到他们发出了痛苦的叫喊，但很快便传来了骨骼断裂的声音。我几乎可以看见，蛇人那绿色的躯干像一根粗绳索一样紧紧地勒住他们的脖子，一寸寸收紧，直到脖子断裂。

那是蛇人的巡营兵吧。我的背上像有条毛虫爬过一样，一阵寒意。这些蛇人竟然还派出了巡营兵，那还是些被驯化的野兽么？几乎和人一样了。

秦权走在最前面。当那两个蛇人杀了两个龙鳞军时，他"锵"一声抽出了刀，猛地向那蛇人冲去，也许还想从那两个蛇人身体下救出人来。那两个蛇人带的也是刀，秦权冲到他们跟前时，一个蛇人的刀已猛地劈下，秦权似乎不敢用刀去硬碰，人侧了侧，猛地跃起，人抓住了头顶的一根树枝，一个倒踢，身体便翻上去，人站在那树枝上。

那个动作和我刚才的差不多，不过他抓的那树枝比我抓的要低一些，因此也更快一些。想必，秦权想从那些蛇人头顶逃走。

的确，退路已被封死，那么只有死中求活了。

那个蛇人却没料到秦权还有这一手，有点呆呆地看着他，居然也不上前。这时，从营帐中又冲出了几个蛇人，另外两个同来的龙鳞军士兵慢得一步，有一个被蛇人一刀几乎从肩头劈到了腰部，嘴里发出一声长长的惨叫。听到这声音，秦权攀住树枝的手一缓，他本从这树枝上借力向后跳来，只慢得一慢，那个蛇人一下直立起来，一刀劈向秦权的背心。

蛇人直立起来，本就有三个人那么高，那蛇人更是一手攀住树枝，一下子比秦权还高。秦权已是慢得一慢，那一刀正中他后心，他本正要借那树枝之力跃出，被这一刀劈得如同一粒石子一般落了下来，重重地摔在地上。

那个蛇人已落下地，下半身着地，便又和一个人差不多高了。它游过来，一把抓住了秦权的脚。秦权的背上中了一刀，人却还在挣扎，那个蛇人的刀按在他背上，用力割下去。

秦权发出了凄厉的叫声。那把刀又阔又大，倒是厨中切肉的刀一般，割开他的软甲，没入他背部，秦权的背像是一个包一样被打开了。那蛇人的左手伸进了秦权的身体，在里面摸着，秦权此时只是不停地抽搐，那蛇人在他体内摸出了一颗圆圆的东西，一下扔进嘴里。

我的头"嗡"一声炸响。

那个蛇人竟然吃掉了秦权的心！在树林中漏下的极淡月光下，只能看见那个蛇人嘴角流下黑黑的液体。

在高鹫城里，我已知道蛇人会吃人，就连共和军最后也在吃人，可这么活生生血淋淋地吃人，却还是第一次看到。我咬紧嘴唇，努力让自己不发出号叫。

那个蛇人咀嚼了一阵，拖着秦权的尸首向外游去。五个龙鳞军，连还手的功夫也没有，就全军覆没，几乎只是一瞬间的事。那些蛇人拖着五具残缺不全的尸首，什么声音也没有，静悄悄地退回营中，周围只剩下一点淡淡的血腥气。

此时周围没有一个蛇人。也许秦权他们被杀，那些蛇人以为不会再有人来，防守也松懈了。我知道方才那两个在树上的蛇人肯定已经发现我了，只是秦权他们恰好从我身后过来，它们以为我是那五人中的一个，所以没有再来搜查，否则我也难逃一死。

天边已有点发亮，如果不赶快，那我更没有机会了。而我的机会，可以说是秦权他们五个人用生命换来的，更不能错失。

大不了，和秦权他们一个下场。我想着，可是想到方才秦权如此惨死，我还是不由自主地打了个寒战，咬了咬牙，翻身跳下了树枝向前走去。因为有秦权的前车之鉴，我不敢再在路上走，几乎每一步都贴着树，尽量不发出一点声音。

前面便是蛇人的营帐了。没有栅栏，布局也很乱，但那些营帐和帝国军营帐的样子一模一样，定是蛇人从哪里抢来的。只是它们这些半人半兽的怪物居然也会搭营帐，实在令人难以置信。走得近了，我才发现那些火把光其实只是些松明，光很微弱，不知有什么用。

也许，蛇人只是害怕燃烧剧烈的火，对微火并不害怕。可是上午蛇人攻来的时候，张龙友烧着了一个蛇人，那火虽然很大，可就算离得很远的蛇人也马上吓得逃走，又是怎么一回事？

蛇人的营帐前连个蛇人的影子也没有，整个营地都像死了一般，刚才那几个巡逻的蛇人进去后,就像被吞没了一般,再没声息。

要不要进去?

刚才秦权他们的死还在让我心悸,要这样冒冒失失闯进去,我实在有点迟疑。营帐看似平静,谁知里面是什么样子。我看了看天边,天已快亮了,东边微微透出些曙色,可因为月亮已西斜,头顶的天空却更黑暗了。

这是黎明前最黑暗的一刻,也是我最后的机会了。蛇人营帐中还是死一般寂静。按经验,如果这么安静的话,要么军纪严到无以复加,要么就是个空营了。我当然不会相信蛇人一下逃光了,但如此寂静,不免古怪。我犹豫了一下,闪身进了蛇人营中,小心翼翼地不发出一点声音。

挂着沈西平头颅的旗杆在大营正中。那旗杆高得很,竖在一个很大的架子上,真不知蛇人怎么做出这些东西来的。旗杆顶上,那面大旗正迎风招展,天太暗了,上面的图案也看不清。

我看了看四周,还是没一点声音。我在旗杆下伸手摸了摸,上面有一根很粗的绳子,那是悬着人头的绳子吧,绷得笔直的。

我小心地抽出百辟刀,压在绳子上,轻轻一挑,绳子一下断了。

可是,并不是我想象的那样,是沈西平的人头掉下来,却是那面旗子呼啦啦地带着风,直往下坠。

我呆住了,暗骂自己的愚蠢。人头和旗子绝不会绑在一根绳子上。这绳子这般粗,而且只有一根,显然不是用来挂人头的。蛇人身体细长,定然很擅长爬杆,自是爬上去直接将人头挂在了旗杆上。我却先入为主,结果割断了这根系着旗的绳子。眼见旗子在拼命往下坠,我一跃而起,抓住那截正被下坠的大旗带得疾升的绳头,一把攥下来。

哪知我不抓还好,一抓住,旗杆顶上的滑轮发出刺耳的"吱呀"声音,几乎像是一支极糟糕的鼓乐队在三更半夜吹奏。我把绳头胡乱在旗杆上一缚,刚才寂静如死的蛇人阵营已经发出了一阵喧哗,夹杂着一些生硬的帝国语,有个声音喊着:"有人来夺旗!"

我不由失笑。蛇人那面怪模怪样的旗,我要来做什么?何况那么笨重,带了也逃不出蛇人阵营的。可是我还没笑出声来,一根长枪"呼"一声飞过来,直射向我的面门。

好厉害的投枪!

我不由吃了一惊。沈西平的投枪自然也有这么大的力量,但蛇人中平平常常的一个士兵,投出的枪竟然也有这种威力。只是这投枪力量虽大,准头却不灵,我闪过枪头,一把握住枪尾,刚要用力回夺,却只觉那枪上附着一股极大的力量,我用力不是太大,那枪柄在我掌中一下脱手而出,"当"一声,正击在旗杆的石座上。石座上火星四射,那支枪的枪尖竟有一半没入了石中。

蛇人正纷纷从一个个营帐中钻出来。战阵上蛇人身披甲胄,上半身很似人类,可营帐里出来的蛇人全是光溜溜的。在人看来,蛇人当然不会有衣冠不整之说,可看着那些半人半蛇的怪物一个个从帐中游出来,我还是不禁发毛。

蛇人行动却也甚快,眨眼便已在旗杆着围成了一个大圈。有几个持长枪的蛇人向我扑了过来,刚才向我投来一枪的那蛇人离我最近,一枪击空后也不知从哪里又取过一支长枪,七八个蛇人同时冲向我。

走投无路了。

我第一个念头便是如此。如果落到蛇人手里,也会像秦权一样被掏出心脏来么?不由我胡思乱想,那最近的蛇人已游到我身前,一支长枪刺向我胸口,而我身后几个蛇人也向我刺来。

不论如何,坐以待毙我总不肯,就算死也要拉几个垫背。当先这蛇人出枪之力虽大,但枪法十分笨拙,和先前与田威单挑的那蛇人不可同日而语。我把百辟刀交到左手,右手一边探出,让过枪头,一把抓住枪头下尺许之处,人靠着长枪踏上了两步,已贴近了那蛇人。此时它的长枪已被我夹在胁下,我左手的刀在手中转了个圈,一刀斩落。

这是步下单刀破枪式,那个蛇人肯定没学过刀术,全然不备。它的双手还抓在枪上,正拼命往回扯。但我已踏进它身前,这支枪已被我卷住,要是它把枪拉进怀里,那等于把我也拉过去,让我那一刀的力量更大。

这蛇人大概不那么聪明,可这些一定也知道。只是就算知道了,它也已来不及了。这时我借着它一扯之势又上前一步,与它靠得很近,我甚至可以看见那蛇人嘴角淌下的一些血,也不知刚才吃过些什么,我心头一阵发毛,嘴里大吼一声,一刀劈向它的头顶。

可能这是我最后一刀吧。这一刀那蛇人是躲不过了，只是斩死了它，身后蛇人的那些长枪一定会把我刺个对穿的。但此时我已什么也不管了，就算要死，死前也要杀掉一个。

那蛇人的眼里还是冷漠之极，难道它不知生死的区别么？只是没等我的刀落下，我却觉身体一轻，整个人竟然飞了起来。

那个蛇人居然将枪抬了起来！

我挂在枪头上，人一下离地而起，手中的百辟刀已是劈了个空，身后那几支长枪却也从我脚下刺过。我有百来斤重，蛇人要这样把我挑起来，手上只怕要有千余斤的力量了。

蛇人的力量，的确是惊人之极。

我心中骇然，知道若是挂在枪头上，那就只能任人宰割，可又无计可施。这时那枪已抬得举过了那蛇人的头顶，它忽然一松，我又往下落去。显然，那蛇人力量虽大，亦有尽时，此时便将力量用尽了。

如果落到地上，那定是不等我明白过来便会被斩成肉泥的。我眼角向下瞟了一眼，刚才攻击我身后的那几个蛇人的枪还没收回去，我已看准了，手松开了那蛇人的长枪，跳了下来。

身后那几支长枪正交叉在一起尚未分开，我一踩在那几支枪的交叉点上，那几个蛇人一定也吃了一惊，下意识地便往上一挑。我只觉脚下又吃到了分量，不等它们发力，猛地一跳，便跳向那旗杆。

那旗杆离我并不远，但此时我哪里能看得很准，这一跳并没有对得很准，偏了有一两尺。眼看要从那旗杆左边掠过，我伸长了右手，拼命想抓住旗杆，指尖却忽然触到我刚才胡乱绑在旗杆上的那根绳子，我一把抓住，右手已飞快地转了两转，将那绳子在我手腕上围了几圈，此时，我的人已掠过了旗杆，但右手已抓住了绳子，人又荡了回来。

我把百辟刀咬在了嘴里，等荡回来，左手一把扶住旗杆。这根旗杆足有我胳膊那么粗，此时只觉坚实异常。我的左手一扶住，左脚尖一下点住旗杆，右手又转了几圈，把那绳子更收紧了一些。

终于攀到旗杆上了。

我手脚并用，拼命向上爬去，只听得下面发出了一阵惊呼，头顶却也"吱呀吱呀"地响，却是那面旗在绳子松了后正往下滑。它的分量一定很重，我向上爬时也感觉那旗子正坠着我的手，倒似有人在拉着我一般，让我爬得更轻易一些。爬到一半时，那旗子已黑压压地正悬在我头顶，被风吹得直往外鼓，"哗哗"作响。我一把抓住，左手从嘴里取下刀来，正想将绳子割断，却听得下面又是一阵惊呼，扭头一看，下面黑压压的已全是蛇人，一个个抬着头，呆呆地看着我，也不知有多少。
　　白天看来，不过有点令人害怕，现在看来，却更令人觉得诡异。

第七章 插翅而飞

不能将旗割掉。

我脑海中突然转过了这个念头。我有一种直觉，那些蛇人在从临时营地退却时都没忘了将这面大旗带走，那么它们一定将这旗看得比命还重。现在，它们的惊呼也似只因为那旗子要被我割下。

如果确实是这样，那我无疑有了一件护身符，大为有利了。我右手转了几转，将绳子又在手腕上缠了几圈，把那大旗拉上一些，人接着向上爬。

这旗杆在下面看时高得很，但从上往下看，倒也不觉得太高。我将那大旗在杆顶上绑住了，省得万一掉下去我便少了个护身符。沈西平的头颅正挂在在旗杆顶上，被风吹得乱动。我割断了拴住沈西平头颅的绳子，伸手将头颅拴在了腰间。

天风猎猎，旗杆顶上颇有几分凉意。此时我才稍稍定下心来，双腿盘在旗杆上让自己稳当一些，打量着四周。

蛇人的营帐是扎在树林中的一片空地上。从上面看去，绵延数里，也不知有多少蛇人。那些营帐排列得整整齐齐，一直连到远处，但照帝国军的惯例来看，这点营帐最多只能容纳一两万人。不过蛇人的营帐大概能容纳多一些，我看见有一个营帐里足足游出了三十几个蛇人。

暗淡的暮色中，也看不清到底有多少营帐。大约两三个营帐点一支松明，星星点点的，我飞快地数了一下，约摸总有几千个。如此算来，那些蛇人就算不上十万，也有五六万么？可为什么几次进攻它们都不出全力？我不禁生疑。如果蛇人第一次便用全力，那我们大概已经抵挡不住了。只是它们的进攻仿佛总是在试探，究竟试探什么？

风有些冷。那面大旗被风吹得笔直，"哗哗"作响，倒似流水之声。我极目往东北方望去。那些蛇人见我不再割旗，都似松了一口气，几个蛇人围在一起，似乎正商量什么。

蛇人也会说话么？我突然想起刚才听到的那一句话。那话是帝国语，说得不是很纯正，但毕竟是帝国语。那么，蛇人是会说话的。

会说话的，还是野兽么？

我不禁打了个寒战。以前总觉得自己在和一批野兽对阵，不太看得起它们，现在看来，蛇人和人除了外形的区别外，还有什么不同？蛇人残忍么？号称以人为尚的共和军，在城中绝粮时也会吃人，不用说杀人如乱麻的帝国军了，那么人又有什么值得骄傲的？而背后指挥蛇人的，不是共和军的话，又会是什么人？

这时一个蛇人沿着旗杆爬了上来。它的下半身缠在旗杆上，双手握着一柄长枪，爬得不是很快，但比我要稳当太多了。我的百辟刀是柄腰刀，只有一肘长，长度上根本不能与蛇人的长枪相比。那蛇人虽然从下攻上，地势不利，但它的长枪可以攻到我，我却只有防守的份，长久了我肯定不是它的对手。蛇人的枪术纵然不佳，可它在旗杆上这般稳法，我是根本做不到的。此时形势已万分危急，我心头灵机一动，伸过刀来，在那根粗绳上割下了一段一人长的绳子，一头在刀环上打了个死结，一头在腕上打了个圈结，手握着刀柄，盯着那个正往上爬来的蛇人。

那蛇人在距我还有几尺远的地方停住了，抬头盯着我。它的眼睛是黄浊色的，带着一种冷漠，倒似死人的眼睛，忽然，它双手一送，一枪刺了过来。

这一枪刺向我的小腹。我双腿盘在旗杆上，等枪尖过来时，左手抓住旗杆，脚猛地一点旗杆，人借力荡了开去。

这是很冒险的一步。虽然我左手还抓着旗杆，但万一失手，人自是会掉下去，可我还是成功了。那蛇人的一枪刺了个空，已把枪像木棍一样向外抡去。

我现在只有左手抓着旗杆，整个身体都荡在空中，已躲无可躲，那蛇人大概也觉得我已是必死无疑了，这一枪抡得毫无顾忌。

我看准它的枪尖，左手猛地脱离旗杆，一把抓住枪尖下的一段枪杆，两脚此时荡回旗杆。一觉得脚尖碰到了旗杆上，便将两脚一个交叉，紧紧地扣在旗杆上。

此时，我整个身体几乎是水平状的，与那杆枪正好形成一个三角形。蛇人用力将枪向外抢去，想把我甩离旗杆，但它抓着枪尾，我用一分力，它必须用十分力才能敌过我的力量，哪里动得了？

这道理蛇人自然不会懂得，它只是用尽蛮力想与我对抗，我不禁冷笑了一下。就算蛇人已经变成了人，那也只是些生番，到底不够聪明。话虽如此，那蛇人的力量仍是大得惊人，我只觉单手之力已经有点敌不住它了。不等枪脱手，我大喝一声："中！"右手的刀猛地向下掷去。

这几下发生在极短时间里，那蛇人两手正抓着枪，面门全部暴露在外，它也根本料不到我会有这一手，百辟刀带着风雷之声下落，它发出一声惊呼，两手离开枪，一把抓住刀刃。百辟刀吹毛断发，这一刀下落，一下割掉它两根手指，却已被它一下用两个手掌夹住。

我左手的长枪下面一下失了借力，单靠两脚，哪里能保持身体的水平？人也猛地下落。我两脚紧紧夹着旗杆，拼命想用腿来夹住，但身体还在下落。本来那蛇人距我不过三四尺，现在我一下就到了那蛇人跟前。

那个蛇人的双手还夹住百辟刀，我伸开右掌，一把按住了刀柄，猛地向下一推。

这一下除了我本身的力量，还带着我的体重，那蛇人这回已夹不住刀了，百辟刀一下没入它的两眼中间，直刺入脑。那蛇人大叫一声，巨大的身躯向下滑落，我右手一收，手腕上的绳子带着百辟刀脱出那蛇人面门，蛇人的血直喷出来，身体滑下，血涂得旗杆也血淋淋的。我借了这一掌之力，止住了下落之势，两腿已夹住旗杆，也来不及将刀抓回手中，便翻身倒过来，右手抓住旗杆，重又头朝上，向杆顶上爬了两步。

这一次攻守，只是瞬息间，但对我来说却有如过了许久，心头也止不住地狂跳。但毕竟我还是胜了，而且夺了一杆长枪来，可说是大获全胜。只是这胜利还能撑到几时？我也不知道。

那批蛇人围了过来抬起那个已半死的蛇人，有几个向上望了望。天还暗，曙色微茫，却也看得出那几个蛇人眼中也有了点惧意。这倒是头一回，我还以为它们这些野兽是从不知道害怕的。我左手臂抱住旗杆，身体也贴紧了旗杆，右手抖了抖，百辟刀划了个弧线跳了起来，我一把抓住刀柄。刀刃上血不沾锋，只在上面流动。我在那面怪模怪样的旗上擦了擦，定定神，心中升腾起前所未有的豪气。

如果说以前我心底对蛇人十分忌惮，此时已惧意全去。也是因为面临绝境，人反而更将生死置之度外了吧。

看到我在旗上擦血，下面的蛇人有不少都鼓噪起来，不过都是些怪叫。这时又有一个蛇人越众而出，向旗杆上攀来。这时我已确定，那面大旗对它们来说重要之极，可能，那些蛇人杀我是次，夺旗反而是主。不然它们若是将旗杆砍倒，我准会摔成肉饼，根本不用那么麻烦了。蛇人笨虽笨，不会连这也想不到的。我不由庆幸自己选择正确，若是爬上另外的高架，只怕已早变成齑粉了。

那蛇人慢慢往上爬。刚才那蛇人被我利刀刺脑而死，鲜血尽涂在旗杆上，现在肯定打滑了，就连蛇人也爬得有点费力，但那蛇人一步步上来，丝毫不犹豫。

鉴于刚才那蛇人的遭遇，这个蛇人一定大存戒心。它每一步都小心之极，双眼也不敢离开我，双手持的长枪枪头在它头顶不离须臾，万一我再次掷刀进攻，它也可马上格挡反击。

我左手的长枪对准它，右手的百辟刀仍是蓄势待发。蛇人是用身体缠住旗杆的，双手可以脱空，可是我只靠两腿盘住旗杆的话自是大不灵活，不能再像刚才一样闪过它的枪了，那么只有将那蛇人击杀于能威胁我之前。话如此说，要击杀这个蛇人，当然不会是容易的事。

那蛇人的身体一伸一缩，跟蛇一模一样，正慢慢地爬上来。现在旗杆上的血已有些干了，它的身体不会如刚爬上来时那么容易打滑，而且血干了后摩擦力变大，它爬得应该更省力，只是它爬得却更慢了。待到了离我五尺许的地方，那蛇人停住了。

长枪有七尺长，在这个位置已能击中我，而我的长枪跟它的一样长，我同样也可以击中它。不同的是，它只能刺中我的腿部，而我却能击中它的头部。

这个蛇人肯定比先前那个要聪明些，它看出了这点，正在迟疑。看来，变得和人一样自是有好处，却也少了野兽那种不畏死的悍勇。我不等它多想，一枪向它头上刺去。我在上，它在下，我占了地利，再加上先下手为强，它纵是力量大过我几倍的蛇人，也难以应付。

那蛇人的下半身卷在旗杆上，忽然将上半身向外移开，仿佛树上长出的一根斜枝一般。我这一枪刺空，马上收回，又是一枪刺下。我这一枪本就没用全力，它的上半身闪过我的长枪，却也无法再刺到我，这第二枪是刺向它的胸口的。

蛇人的胸口虽没有人那么宽，但也不是容易闪开的。它上半身斜斜伸出旗杆，胸口正好露在我面前，等于给我当靶子一般，我这一枪刺出，虽然只是一只左手，但从上刺向下，它也不敢硬接，整个身体又退下一段。

我收回枪，歇了歇力。我在旗杆上，地势上极为有利，那些蛇人要攻击我也只能一个接一个地上来。单打独斗，我自信在地势不占优时都能格杀它们，何况是在这种地方。唯一的担心就是那些蛇人若不再顾忌这面怪旗，那么我这有利地势便是作茧自缚，只有等死的份了。好在那些蛇人看样子对这旗极为尊崇，我把蛇人的血涂在旗上时，它们一个个都愤懑不平，这个爬上来的蛇人注意力也几乎全在那旗上，与杀我相比，它更注重的应该是护旗。

那蛇人退下几步后，又开始蠕蠕而上。它肯定不甘于这么被我逼退。蛇人尽管有些像人了，也有了害怕之心，但终究比人要悍勇得多。只是这个蛇人小心之极，我要格杀它，倒不是容易的事。

我看了看旗杆顶上，那旗杆顶上和帝国军的旗杆没什么不同，最上面有个滑轮，做得很精致，绳子穿过那滑轮绑在旗杆上，打成了一个粗大的结，我的脚正踩在那绳结上。

那蛇人已又逼上了两步，此时它双手握枪，紧盯着我。我左手握枪，右手握着刀，右手臂还环抱着旗杆，它一时也不动作，只是一动不动地盯着我。

我不禁打了个寒战。蛇人细看起来实在和人相差太远，我们现在几乎是面对面，我也不敢多看，只觉蛇人那黄色的眼珠如同两朵火苗，似乎即将燃起。也不知怎么一回事，只一会儿我便觉得头昏脑涨，眼皮忍不住地想要合上。正迷迷糊糊的，我脑中一凛，情知不好，只是头像灌了铅水一般，重得抬不起来。

就算我又困又累，也不至于会这样的。我睁了睁眼，却实在睁不开，内心深处却也知道，若再这样子，那形同等死，在一阵昏沉中，我的手指动了动。

手指也像被什么绑着一样，但多少还能动。右手一动，百辟刀脱手而出。尽管是半睡半醒，我也不禁惊叫一声，只觉腿上微微一阵刺痛，却也并不很明显，但这微微一痛，让我猛地一激灵，像是被劈头浇上了一桶冰水，一下睁开眼。

一睁开眼，就见那长枪已经刺向我面前。大概是那蛇人发现了我的百辟刀脱手，知道这是个良机吧。

我右手已空，幸好左手还抓着长枪，伸手一挡，"啪"一声，两支枪撞在一起，我只觉周身猛震了一下，人也差点掉下来，本能地双手一下抱住旗杆，那支枪却被那蛇人格得飞了出去。

武器一脱手，我但知不好，那蛇人的长枪已一下刺上来，枪尖上带着些轻轻的尖厉的哨声。

那是枪尖破空掠出的声音。这一枪刺中我，肯定是个对穿。我一咬牙，手一松，猛地跳离旗杆，像块石子一样往下掉。

掉下两尺，我已与那蛇人的枪尖平行了，马上伸过右手去抓那枪杆。这和刚才几乎一模一样，可是这蛇人却比刚才那个动作快，我的手刚伸出，这枪便缩了回去，我的右手一下抓了个空。

要死了么？

我的右手却比我想得还快，一把正抓住了拴旗的绳子。这绳子很长，在旗杆上盘成一个大绳结，我一把抓住绳结上那一段，蛇人的枪又已刺了上来。

这一次，蛇人连身体也攻了上来。我的长枪一丢下，它一定觉得我已是山穷水尽，只有等死的份了，这一枪再不留手，却是刺向我的小腹。在这蛇人心目中，一定觉得那怪旗远比我重要，所以也根本不用留我这个活口。

此时我只有右手单手抓着绳子，左手已是空手，偏生那百辟刀是拴在我右手腕上的，我的左手虽能抓住刀柄，但由于拴在刀上的绳子只有一人长，这刀最多也只能刺到我大腿的距离。

此时，蛇人的长枪已到了我小腹前。

我不知哪里来的力量，左手拿刀猛地反手一割，想割断缚住那刀的绳子，谁知我动作太猛，这一刀反而割到了旗杆上的绳结。百辟刀吹毛断发，这一刀将那绳结割得寸寸碎裂，右手拉着的绳子一下松了，人在空中晃晃悠悠。

那蛇人的枪刺到，但我已闪无可闪，单靠右手抓住那段绳子，也只是苟延残喘。我脑中一闪，脚猛地一踢，一下踢中了那枪杆，我的身体像是绑在一根绳子上的小石头一样，向外飞了出去，蛇人的这一枪也刺空了。

那个蛇人已一反刚才的谨慎小心，身体也猛一蹿，一下蹿上了旗杆顶，已比我还高，这时，它单手将长枪举过头顶，作势要向我刺来。

这时，我地形之利已丧失殆尽，一只手还抓着绳子，正秋千似的荡回来，它这一枪，便是等着我。

等我荡到旗杆边上，那蛇人猛地一枪刺落，我猛地一甩，想让过这一枪，但来势太急，只让过头顶，蛇人这一枪刺在我左臂上，"噗"一声，竟然刺了个对穿，枪尖在左臂另一头穿出两寸，血登时如水一般射出来，左臂上像是被一下打进一个大钉子，又像被放上了一团火，奇怪的是，却并不怎么觉得疼。

那一定是忘忧果粉的作用吧。来时我向医官要了些忘忧果粉，一半敷在伤口，一半服下。医官说其实这忘忧果粉并无合拢伤口的效果，只有止痛奇效，服下后效果更佳，但容易上瘾，不可多服。我来时只要伤口不再疼痛，哪管什么上不上瘾，服了不少，现在药效仍在，果然是有奇效。

刚才这一甩，我像在风浪中一样摇摆不定。可是这一枪刺中我，却让我灵机一动，登时有了个主意。我一咬牙，脚在旗杆上一点。那蛇人此时将枪收回，枪拔出我左臂带得血肉模糊，我也顾不得了，人猛地向一边一晃，一下子，陀螺也似的绕着旗杆转了一圈。

我的右手还抓着绳子，这一圈，那绳子正好将那蛇人绑了一圈。这蛇人想必也明白了我的想法，左手要来拉缠在它身上的绳子，但这时我已转过了第二圈，这圈绳子反将它的左手也绑在里面了。

因为我整个身体都挂在绳子上，这两圈绕得很紧，那个蛇人力量虽大，竟然也挣不开。我只听得它发出了一声闷喝，不等它再有什么反应，脚一点旗杆，又绕着旗杆荡了两圈。

那怪旗很是沉重，要拴住那大旗，这根绳子自然也是极为结实，缠了四圈后，我已升高了许多，已到了那蛇人的胸口了。我抬头看时，只见它的双手都被缠着，动也动不了，只剩一个头还可以乱动，正吐出血红的分叉舌头，露出一嘴白色的利牙，似乎想咬我，但头以下已被绳子缠得死死的，连人带枪被缠住后更是动弹不得，而蛇人的头与人类颇为不同，并不能低下来，因此它虽在发狠，却毫无威胁。不过这模样实在让人胆寒，我心头一凛，却只觉身子一轻，人向相反方向甩了出去。

留下来这一段绳子不太长，绕了四圈后已然到底，此时便有向反向松开之势。我身体一动时，便觉不妙，左手一把抓住挂在肋下的百辟刀，想要刺入那蛇人的胸口，但才刺入那蛇人的鳞下寸许，却听得那蛇人发出一声大叫，我只觉手臂无力，加上身子转动之势已急，哪里还刺得下去？那一枪已刺穿了我左臂，虽然我并不怎么觉得痛，但受了那么重的伤，自是用不出力来。

绳索已带着我腾云驾雾地向反向转去。刚才那缠着蛇人的几圈也前功尽弃，左手的刀转过半圈碰到了旗杆，抽出来后重又扎进，偏生死活插不下去，眼前眼花缭乱，也什么都看不清，只见蛇人那一身绿色的鳞片在我眼前乱晃，只能任由绳子一圈圈地松开。

等转过第三圈，我叹了一口气，知道已无回天之力，颓然将左手松开，百辟刀又落下去。这刀本悬在我右手腕上，掉下去后正与我膝盖平齐。看下去，刀已无力，两腿也一样的无力，只见大腿上有一道不算很浅的伤口，那正是我刚才我在迷迷糊糊中感到的一点刺痛吧。

这时却只见那蛇人的身体正在往下滑。它是要下来劈死我么？我不禁闭上眼，只道死到临头，只等着马上来的致命一枪了。

谁知那蛇人下滑的声音还在响。我睁开眼，正好蛇人手中的长枪枪尾在我跟前，我左手一把抓住，那蛇人也不用力回夺，只是滑下去，滑过的地方，也是血糊糊一片。

这时怎么回事？

我有点莫名其妙，却听得下面的蛇人营中发出一声惊呼，但这时我的当务之急是尽快立稳脚跟。我双脚缠住旗杆，只觉杆上一股血腥气。一缠在旗杆上，那旗子的分量便显现出来了，我右手像被人用力扯着一样。我将那绳子在旗杆上又打了个结缚住，看了看身上的伤口。

除了腹上的伤，腿上的伤已经结口，左臂上却仍是血肉模糊，伤口的皮肉都翻了出来。还好腿上的伤并不碍事，我松开双手，右手一抖，百辟刀回到了手中。

此时，旭日东升，那面旗正迎风招展。我拉过来，顺手在旗上割下一条布，包在伤口上。我一割下旗上的布，下面的蛇人更又发出一阵又惊又怒的低呼，我却只觉得好笑。

这时，几个蛇人抬开那个蛇人。这时曙色已微明，我在旗杆顶上也可以看见下面的仔细情形了。下面黑压压的一片，全是蛇人，至少也有上千个。说是黑压压的，其实该说是绿莹莹的，像是阴沟里的水色。那个刚才滑下去的蛇人正躺在地上，身体还在抽动，但整个身体已几乎断成两截，内脏也从伤口滑出来。

我初时还有点纳闷，马上恍然大悟。刚才我绕着那蛇人在转动时，百辟刀虽然扎不进去，但沿着它割了好几遍，这蛇人被绳子缠着，动也动不了，身体竟被我割得只有里面一根脊骨连着了。

原来如此，真是侥幸。我方才还觉得自己是死定了，现在只在暗自庆幸。

这时，蛇人忽然又潮水似的分作两边。

那是有什么人要来了么？

我定睛望去，却见蛇人营后边驶来了一辆战车，车上却有一个蛇人。

我一向以为蛇人长得都一个模样，但仔细看看，蛇人面貌各有不同。来的这个蛇人甚至可以说有几分英俊。当然不是人的那种英俊，它的身材很匀称，身上披着一件软甲，这在蛇人中并不多见，大概只有那些地位较高的蛇人才穿软甲。对于它们来说，那一身绿油油的鳞片其实就顶得上一件软甲了。

这个蛇人来到旗杆下，跳下车来，其他蛇人都伏在地上。这蛇人看了看地上的蛇人尸首，又抬起头看了看我。

那是怎样的一双眼啊！那简直如两团火焰，会一下燃烧起来。我没有动，那蛇人忽然指着我，喝道："你杀了巴吞！"

这蛇人会说话！

尽管我早就猜到了，但当面看见时，还是一阵惊愕。

它说的是帝国语，虽然有些不太标准，但也不是很听得出来口音，倒像是从书本上学来的，算是相当流利了。我道："哪个叫巴吞？"

它没有理我，只是道："你知不知道，你玷污了伏羲圣幡，你的死期到了！"

我不知它说的是什么意思，那个蛇人已不再转向我，大声对那些蛇人喝道："搬柴！"

这时，边上一个蛇人抬起头，说道："山都将军，柴的要烧？"

这蛇人说的也是帝国语，却比那个叫山都将军的蛇人差远了，只算勉强听得懂。我在旗杆顶上不由吓了一跳，只道自己听错了，山都喝道："对，搬柴！伏羲圣幡已被他玷污了，只有请祝融大神来洁净。"

那个蛇人结结巴巴道："山都将军，天法师说的，圣幡不得……那个毁。"

我看了看那有点破了的怪旗子。天亮了，已能看清旗上的图案，却见这旗上两个人头蛇身、身穿古衣冠的人正在旗上被风吹得乱动，倒似活物。现在旗子被我割掉一条，旗上的人更显得古怪了。不过和蛇人相比，这两个怪物的上半身完全和人一样，甚至还穿着衣服。

对于蛇人来说，这是圣物吧。帝国也有许多圣物，这一点上蛇人又更像人了。

山都喝道："天法师宝训第十七条，还曾说过，圣物若被玷污，便要借祝融之力来浣洗。快去搬柴来。"

那些蛇人有些呆呆地看着他，有几个已去搬了些柴草来。那些柴草什么样的都有，大概也是当场砍来的，堆在架子上，马上便堆成了足有半人高的一堆。

山都抬起头看着我，喝道："把圣火拿来！"

他这话出口，却没有一个蛇人动。山都等了一会儿，怒道："你们聆听天法师宝训那么久，难道还怕祝融之威么？"

有个蛇人迟迟疑疑地从一个营帐边取下一支松明。这松明的火光很微弱，只有豆粒一般大。这么小的火光，大约也不是为照明用的，只是为了让蛇人不再怕火吧。那个蛇人连这么一点火也怕得胆战心惊，拿到山都跟前时，几乎要晕倒。

蛇人要烧旗杆了？

那个拿着火的蛇人胆战心惊，我也吓得快要晕过去。蛇人的确是怕火的，然而我没想到的是它们竟然在一点点地适应，怪不得营中要点些微弱的松明。我盘在旗杆上，心知到了千钧一发之时。不知武侯知道那些蛇人正在努力适应火光后有什么感想，而我更不知能不能逃出这营帐去。

我摸了摸怀里。怀里那包火药包得严严实实，像个饭团。这时，山都将那松明凑到柴草堆前去点，边上的蛇人像是见到了极危险的东西，躲得远远的。

只有这一个办法了。

我用右手摸出那包火药，放在手中，嘴咬住包着火药的布，一下撕开一个口子，往下一倒，黑黑的火药像一条细线垂下，洒在那柴草堆上。

山都正在点火，那点松明实在太小，柴草又不是很干，只点着了一点小火，那些火药一落到柴草堆上，山都还抬起头看了看，大概不知是什么东西。

柴草没什么异样。难道那火药没有张龙友说得那么神么？

我正有点失望，忽然柴草堆中发出"嘶"的一声响，一团火像活物一般蹿出来，升腾起足有一人高。山都也吓了一大跳，长长的身躯居然一跃而起，向后跳出。但即使如此，它身上还是被燎着了几处。

火已将那堆柴草全部点着。这火药的威力竟然如此之大，如果任由它烧下去，这旗杆马上会被烧断。此时，旗杆周围的蛇人已霎时退开了十来步，似乎都在害怕火光，但与那日见到火光吓得魂飞魄散的样子却不可同日而语了。

不管怎么说，它们现在还是怕火的。我手一松，人马上滑了下去。旗杆上，半干的血黏乎乎的，滑下去时擦得我软甲上也红红的一条。滑到那火头上，我将长枪往地下一杵，"砰"一声，止住了下落之势，伸过长枪便去挑开柴草。

蛇人应该仍不太会用火，柴草堆得很松，胡乱放在那木头架子上。我的长枪一扎入柴草堆，只是一甩，那些着火的柴草堆四散飞开，架子上马上只剩了些零星柴草，哪里还烧得起来？

蛇人见火光四溅，又向外散开了一些。只是这些柴草就算烧也马上就能烧完，我咬了咬牙，把剩下的火药包好，扎在枪头上，往架子下小火苗上一探，布条马上烧着了。

现在还没烧进里面的火药，但马上就会烧着了。我看看四周，已打定了主意，将那长枪举起，猛地掷向边上一个营帐。

长枪刚一飞出，枪尖上的火药包"嘶"一声炸开了。这声音不响，但就如同一块巨石扔进水里一样，火花四溅，炸得四处都是。附近的几个营帐一下被点着了，有些火花溅到了离得不太远的蛇人身上，那些蛇人定然做梦都想不到我还有这一手，纷纷怪叫着向外挤去。正在一片大乱中，忽然听得那山都吼道："不要乱！左营灭火，右营上前，捉下那怪物！"

我是怪物？这时我也有点哭笑不得。不过对蛇人来说，我这种没有尾巴长着脚的人确实是怪物。山都的吼声让那些蛇人多少镇定了一些，有几个蛇人已转向那些着火的营帐，壮着胆子拼命地拍打，另外一批蛇人则向我迫了上来。

那些蛇人还有点害怕地上燃着的火，但向前移动得很是坚定。

这个山都虽然是个怪模怪样的蛇人，居然大有名将之风。我也不禁有点赞叹，帝国军中如此令下如山倒的将领，也不过武侯、陆经渔、沈西平区区几人而已，没想到这蛇人中也有。这个叫山都的蛇人，一定就是这支蛇人军的首领了？难道蛇人并没有人类在指挥？

两个蛇人已到了旗杆边上。架子下还有点火在燃着，这两个蛇人似乎也有点畏缩，山都喝道："快上！"

它自己已猛地向上冲来。

刚才它被火舌燎了一下，身上的软甲有几处焦痕，一张脸也黑一块青一块。它冲得很快，那两个蛇人在最前面，山都这一步却蹿得比它们更前，一枪向我扎来。我手足并用，猛地向上攀去，闪过这一枪，山都却喝道："把刀拿来！"

边上一个蛇人道："山都将军，天法师明训，不论何时，圣幡……那个不能碰地的。"

这个蛇人的话说得却也算流利，身上也披着软甲，一定也是蛇人中的首领吧。山都道："来四个，扶住旗杆，一段段砍下来。"

我吃了一惊，一把抓住那面大旗，喝道："你们住手，不然我就把这旗割成碎片。"

山都抬起头，说道："割吧，圣幡已被你这怪物玷污，不能再号令全军了。"

边上一个蛇人递过一柄刀来。蛇人的刀与帝国形制一般无二，山都接过了，说道："你们扶住了。"

边上，四个蛇人围成一圈，扶住旗杆，山都开始砍架子上那一段旗杆。

旗杆很粗，也是用很牢固的木头做的，山都要砍也不是说断就断。但它一刀砍下，我在旗杆顶上就被震得一动，伸手抱住了旗杆，让自己不掉下去。

一刀只在旗杆上留下了一条刀痕，但这么砍下去，旗杆迟早要被砍断的。

我夺来的长枪已掷出去了，现在那些蛇人不再强攻，恐怕也夺不到长枪了。而我不论有多狂妄，也不信自己下去后能击败五个围在一起的蛇人，何况边上还有那么多虎视眈眈的蛇人围着。

难道，真是走投无路了么？

我抬起头，看了看天。旭日东升，天也放亮了。远处那片树林如一个绿色的池塘，隔开了高鹫城。在旗杆顶上看，那似乎只是一段一蹴而就的距离。我低头又看了看挂在腰间的沈西平的首级。他的首级已被风干了，脸也有点变形，却仍能看出那号令一军的威势。

不论是声名赫赫的一代名将，还是一个无名小卒，死了都一样啊。

我有点苦笑。我死了后,首级会不会也被挂在旗杆上呢?说不定武侯会给我追加几级。只是那时我连尸身也回不去,追加上十级也是空的。

我咬咬牙,摸着右手的百辟刀。

就算死,也不能让那些蛇人那么容易就割下我的首级。

我弯了弯腰,准备松开手。

那四个蛇人挤作一堆,都扶着旗杆,没有武器。我要防的,只是山都一个。

想到这儿,我也不禁失笑。

我也想得太简单了。现在我身上三处有伤,就算只有一个赤手空拳的蛇人,也不一定打得过,可能一跳下去,不等我动手,便要被蛇人撕成两半。

这时我的手已松开,人也滑下了几尺。边上有个蛇人叫道:"山都将军,怪物小……心!"

山都抬起头,我已喝道:"中!"

百辟刀脱手飞出,直取它的头部。这一刀迅雷不及掩耳,也可以说是我最后的攻击了。山都呆了呆,伸手要用刀来格,但却来不及了。眼看这一刀便要刺入它的头部,边上一个蛇人忽地长身,一手抓住了刀刃。我手一抖,拴在百辟刀上的绳子一下绷得笔直,我用力一夺,那蛇人的手被刀刃划过,两个指头一下飞了起来。

但如此一来,已击不中山都了。我不等它们再攻击,马上又往上爬回,一个蛇人作势要攀上来,山都喝道:"不要上!"

即使是蛇人的脸,也能看得出山都按捺不住的怒火。它喝道:"再来两个,防着这怪物!"低头又开始去砍旗杆。

它也料不到本应等死的我到这时还会攻击吧。

两个手持长枪的蛇人游了过来,围在外面,那个手受了伤的蛇人退了下去,换了一个。只听得山都的刀在旗杆上"砰砰"地响。

这时,突然从远处传来一声巨响,有个蛇人从树林那边过来,叫道:"山都将军,攻……"

这蛇人话不利落,攻了半天,说不出攻什么。我看了看,却见高鹫城头一支军马飞驰过来,看旗号,正是前锋营。

愚蠢!

我不禁暗骂。这般攻击，龙鳞军也一败涂地，前锋营纵然勇猛，不见得能比龙鳞军强多少，还不是一样要败？他们到底为什么要发动这等自杀一般的攻击？难道是前锋营见我不归，不顾一切，来救我么？只是他们又怎知我被困在这旗杆顶上？

山都停住手，喝道："左营，在这儿守着，接着砍，右营随我迎战！"

它的话音很沉稳，但我也听到了一丝慌乱。就算前锋营敌不过蛇人军，这次攻击也打了它们一个措手不及。

山都抛下了刀，带着一大队蛇人向树林里冲去。这时，一个身披软甲的蛇人接过刀，接着来砍旗杆。因为刚才吃过一次亏，护住它的那几个蛇人仍是严阵以待，防备我突然又落下来攻击。

路恭行这次进攻，也是白费吧。我有点颓唐地想着。

那蛇人才砍了几刀，忽然有几个蛇人发出一声惊呼，纷纷抬起头来。我不知发生了什么事，仰头看去。

只见那树林边上，空中腾起一只黑色的巨大怪物，长长的，像是一条游动的大蛇，正向这儿飞过来。

那不是怪物。我马上发现，那居然是一个巨大的皮制风筝，上面看样子有一个人。

风筝也是种从远古传下来的玩具。每年初春的踏青节，帝国上下都到野外祭祀先人的坟墓，那些孩子都在放风筝。现在虽然还没到踏青节，但风已不小，风筝已可以飞起来了。

但这只风筝绝非玩具。

蛇人也弄不清那是什么东西，有一个忽然伏倒在地上，叫道："伏……神！"

它大概叫的是"伏羲大神"吧。这一声像是传染了似的，那些蛇人一下伏倒在地，一个个顶礼膜拜，连那个正在砍旗杆的蛇人也放下刀，伏在地上。

那蛇形风筝到了旗杆边上，我已看清了，那上面确实有一个人。

忽然，那风筝上飞过一支箭来。

这风筝在空中动个不停，这支箭却有百步穿杨之妙，竟然不偏不倚，直向我射过来。箭尾上，还带着一根细绳。

这支箭已到了我跟前，却还差得三尺。我心知定是有些道理，手头也没什么东西，不由分说，一把抓起那面旗子迎风一展，"哗"一声，旗子展开了，旗上那两个人首蛇身的怪物像平铺在天幕上一般展现在那些蛇人面前，那支箭也被旗子卷住，正射在旗面上。

我收了回来，抓住那支箭。

那是支去掉箭头的箭，箭杆上刻了一个"青"字。这"青"上半部刻成羽毛样，下面是封口的，成个箭头的样子。

这是谭青的箭！怪不得，这种情形下也能射得这么准。

我一阵激动，却见那细绳子上又有一根粗绳连着。是要用风筝带我出去么？我真有点钦佩那个想出这主意的人。这人当真了得，这主意匪夷所思，却也完全可行，既然谭青能乘风筝过来，我当然也能乘着出去。我飞快地捯着绳子，将那粗绳抓到了手中。这时却听得刚才在砍旗杆那个蛇人喝道："是妖魔化成了伏羲大神的样子，快放箭！"

它的喊声很响，但那些蛇人正此起彼伏，发出一些怪异的叫声，它的喊声淹没在一片嘈杂里了。它见没人理自己，索性扔刀不砍，跳下了旗杆架子，取出一张弓来，叫道："放箭！"

蛇人的箭我倒是头一次见，这蛇人力量虽大，拉弓的姿势却很是糟糕，大概射出的箭还不及我远。果然，这蛇人一箭射出，那支箭歪歪斜斜，飞近了那风筝便射不上去了，掉了下来。

怪不得蛇人很少用箭，恐怕它们不擅长射箭。

这时，谭青在风筝上忽然也一箭射落。他的一箭从上射下，可与蛇人的那箭不可同日而语，这一箭直射向那蛇人，那个蛇人张开嘴，一条鲜红的舌头吐在外面，似是吓得一动不动。"啪"一声，这一箭射在离它只有一尺远的地上。以谭青那等高超的箭术，在风筝上射箭，准头还是偏了一些。

我正觉得可惜，手上却不慢，将那粗绳子抓在手中，试了试。

本以为这绳子一定绷得很紧，但这么一拉，却拉得那风筝下沉了一些。

那风筝承不住两个人的分量！

此时我心头如同一桶冰水浇下。本以为绝处逢生，但这么一来，前功尽弃，除非谭青自己跳下来，我才能逃走。可谭青真能舍身救我么？就算我有这个心，也说不出这等话来。

这时下面的蛇人已纷纷站起，有一些也取出弓来向那风筝射去。它们的箭术还不及刚才那蛇人，谭青虽被我拉得沉下许多，却也仍没一支箭能射到他身边的。我绞尽脑汁，仍想不出一个能让那风筝承受两个人分量的办法。这时，忽然听得一声尖利的破空之声，却见一支长枪射了上来。

这支长枪比箭长了许多，正对着谭青射去，才到那风筝边，却被一下击飞，斜斜坠下。但如此一来，一下子又有好几个蛇人将长枪当箭射上去。幸好，不是所有蛇人都有那么强的射术，几支枪射得比箭更低便落下来了，但也有一两支枪到了谭青身边。若不是蛇人的准头太差，这两枪已足以将他射死。

这时，一支长枪正从我身边掠过。这支长枪正是那身披软甲的蛇人射的，劲力颇强。我右手一甩，百辟刀脱手掷出，正绕过那长枪，在枪杆上绕了几圈。

那一瞬，我的手臂像要被拔出一般，浑身一震，肩胛处痛得几乎无法忍受。不仅肩上，连周身都开始疼痛。那忘忧果到现在已失去效力了吧？

我将刀收回来，左手抓住了长枪，人也不住气喘。虽然抢到了这杆长枪，但我也已无法再用。我顺手将风筝上垂下的那根绳子绑在长枪上，方便自己抓住。

如果再想不到逃走的办法，我也只好放手了，不能再让谭青在半空里盘旋。

这时，箭已如雨下，不过都避开了旗杆这边。它们仍不想让这旗损伤吧？我看着那面正迎风招展的大旗，现在已被风扯得笔直，好像一块木板也似。

这时，忽然听得蛇人们发出一声欢呼，我抬头望去，却见那风筝上扎了一支长枪，看样子，竟是已射穿了谭青的身体。

我大吃一惊。那支长枪在风筝上动也不动，风筝却已开始盘旋，正不住往下掉。谭青已被射死了？我不禁仰天叫道："谭青！"

像是响应我的叫声，一个人影一下从风筝上掉了下来。

谭青掉下来了！

我只觉心也要跳出喉咙口，他掉的地方就在旗杆边上，这一掉下来，我手中的长枪被风筝带得猛往上一升，几乎脱出手去。可是我手里只有一杆长枪，怎么才能挡住他？

我也没有多想，将长枪的一头扎进那面旗的左上角，左下角和长枪枪杆捏在一起，也来不及捆到一处，便伸出去。

那旗子右边有一根木棍插着,升旗的绳子便绑在那木棍上。我在左边这么插上一支长枪,约略有点像个担架床的样子。我没有想过,谭青从那么高的地上掉下来,我用这么一个简陋之极的担架床如何接得住他?就算接住了,他掉下来的势头也会连我也带下去的。但此时我根本没想这些,只是将旗子伸出去,只想把他接住。

"呼"一声,谭青的身子从旗子边掠过,枪杆根本没碰到他。

几乎只如闪电过眼那么短的时间,可是我却觉得如同有一天、一年那么长久。

谭青的胸口插了一支长枪,右手上还握着一把短弓,眼已闭着,脸上,还有点淡淡的笑容。

"谭青!"

我大叫着,可是,他的身体已"砰"一声摔在地上。一落地,蛇人便如潮水般涌上,我看不见下面的样子,却听得到刀枪刺入皮肉的声音。

我握紧了拳,关节也发白,只想狠狠一拳打出,可这拳却没有地方好打,只觉得眼角湿润。

一阵风猛地卷过,那面旗已展开了,兜风,这一阵风让我的身体也在旗杆顶上摇了摇。

谭青已掉下来了。现在风筝没有人控制,就算只有我一个人,也同样没办法飞走,除非我能爬到那风筝上。只是,风筝若降到只有旗杆那么高,那恐怕便飞不出去。现在不是伤心的时候,当务之急,便是带着沈西平的首级逃出去,否则谭青死也只是白死。

我看着那面旗子,又是一阵风吹过,那旗子像瓦片一样被吹得鼓起,我紧紧地抓着,忽然,脑子里跳出了一个主意!

谭青,多亏你。

我看着旗杆下,默然无语。谭青落下的地方,只剩了一堆血肉模糊的痕迹了。

我一刀砍下一段绳子,将那旗子左边的两角绑在了长枪上,试了试,让风筝上垂下的那根绳子移到正中。

谭青,我一定会为你报仇,杀尽这帮蛇人。

我在心底喃喃地说着,一刀砍断了那根升旗的绳子,然后一手抓着长枪的一头,将长枪横在肩上,猛地站了起来。

在旗杆顶上,要保持这个姿势是很困难的。但我只消那短短的一刻就行了。

我一站直了，左脚一下钩住那旗子的一角，趁着一阵风吹过，猛地向外一跳，右脚钩住了旗子的另一个角。现在那旗子平平地背在我身上，也正好形成了一个风筝的样子。旗子一兜住风，分量顿时千百倍地减轻，头顶那风筝便猛地升上天去，带着我直冲上天。

下面只留下那些蛇人的一阵惊呼。我只觉身下那旗杆如一块石子一样飞快下落，我眨眼间便升上了十几丈高。

第八章 智者胜

风鼓动着我背上的大旗，我像一只鸟一般越飞越高，下面，蛇人的阵营已一览无余。

蛇人驻扎的地方，其实是一个山谷。南疆多山，丛林茂密，人口却不多，多半住在平原一带的城郭和村落中，山里只有一些零星的猎户。

在空中，我已转了好多念头。这山谷很大，两边山壁如刀削，从两边攻下来是不可能的。前面有那片树林，要是用火攻，也只能烧掉树林，烧不到它们的营帐。而有那树林阻挡，帝国的骑兵也无所用其长。在这地方扎营，攻守两便，那蛇人军的首脑当真深通兵法。

可为什么蛇人不全军攻过来？

我只觉奇怪。蛇人的每一次攻击都不超过万人，可看它们来时的尘头，却起码有好几万。在旗杆上，我看到蛇人的阵营绵延数里，可是出来的蛇人最多不过几千人。就算没有全部出来，蛇人也不至于那么少。

难道，那是伪兵之计？

我心头不禁一寒。蛇人难道真能定下这等计策么？若蛇人真个不过万人，却将我们十万大军缠在这里，那真是笑话了。

此时我高高在上，两军一览无余，看得到冲出来迎战的蛇人正潮水一般涌出树林，带着我飞的风筝被一个黑甲骑士牵着绳子，正向城中跑去。树林外，已有数千帝国军严阵以待。

这批帝国军几乎全部是前锋营，当中夹杂着一些龙鳞军残军。他们到了树林边，却不再攻入，想必也知道在树林不利骑兵，绝对不会是蛇人的对手。可蛇人的攻击有如狂风骤雨，他们采取守势又能坚持多久？

此时，牵着我的那黑甲骑士已放慢了步子，风筝降下了许多。那人控风筝的手法极是高明，我也曾见过小孩放风筝，收下来时常一头栽下。若这风筝也一头栽下，我仍然难逃一死，可这人慢慢收回绳索，那风筝一点点降低，极是平稳。

风筝降到十余丈高处，我挂在风筝下，已离地还有八九丈。那黑甲骑士向我招了招手，示意我收起那面旗帜。我手一攀，抓住了绳子，将那长枪从旗上退出来。

此时，我左肩一阵疼痛。那一枪刺穿我的手臂，伤势不轻，这时忘忧果药效已过，伤口一阵阵钻心地疼痛。那黑甲骑士大约也知道我伤势不轻，招招手，边上几个龙鳞军围上来，帮他拉绳索，另几个作势准备接住我。

等我降到离地还有一丈多高，却听得树林里的蛇人忽然发出一阵呐喊，黑压压的一片蛇人冲了出来。

前锋营岿然不动，那几个龙鳞军加紧拉着绳索，似乎对前锋营信心百倍。几个人加力拉扯，那风筝一低，下落之势便急了起来，我直冲下地。眼看要一头栽到地上，虽然这高度摔不死人，也要摔个七荤八素，几个龙鳞军冲过来，一下扶住我的双脚，一个叫道："楚将军，放手！"

我双手一松，他们抬起我向前跑了几步，消去了我前冲之势。等我双足一落地，人刚站稳，只觉左臂疼得像是裂开一般，人也一下摔倒在地上。那几个龙鳞军围在我身边，有一个扶起我叫道："楚将军！楚将军！"

我从腰间解下沈西平的头颅，递给边上一个龙鳞军，说道："这是沈将军的首级……"

我还等说什么，那几个龙鳞军忽然直直跪倒在地，说道："楚将军，日后楚将军有命，我龙鳞军将士定万死不辞。"

我说不出话来，边上却听得祈烈叫道："将军！"

他的声音欣喜若狂。我扭头一看，只见他牵着我的战马，正向我跑过来。等他到我跟前，我道："谁要出来迎战蛇人的？疯了么？"

祈烈想必也知道我会这么问，答道："将军，你放心，那是路统制和张先生定下的计策，我也出了点主意。"

我看了看那些一字排开的前锋营,他们跟前堆放着一些树枝搭成的工事,路恭行立在全军正中,手中持着一面旗帜。我心头一亮,说道:"用火药?"

他一笑道:"正是。"

我挣扎着起来,祈烈给我臂上包了一下,扶着我上了马,说道:"将军,快回去吧。"

我道:"龙鳞军的弟兄,你们先把沈将军的首级带回去,我还想再看看。"

那几个龙鳞军又向我躬身一礼,跳上马向城中跑去。我带转马头,看着在树林边列阵相迎的前锋营。冲在最前的蛇人距前锋营不过数丈之遥了,不知路恭行打什么主意,那些柴草烧起来的话,恐怕已挡不住蛇人的攻势。

路恭行的大旗一挥,全军登时井井有条地后退,将那工事全部让给蛇人。

他到底想做什么?

不等我问话,最先冲上来的一批蛇人已到了那工事边。祈烈却有点坐立不安,说道:"千万不要出事情。"

像是应和他的话,忽然,在那头发出一声巨响,大地都仿佛在震颤,我的坐骑虽然久经战阵,也惊得人立起来。我一把拉住缰绳,带住了马,却见祈烈兴奋地叫道:"将军,成了!成了!"

刚才的工事那边浓烟滚滚,那些柴草也燃烧起来。地上到处都是蛇人的残肢,有几个蛇人浑身带火,冲出来,但身上火势太旺,没几步便被烧成一堆。只有一两个蛇人冲破火阵,但却到了严阵以待的前锋营阵前。蛇人便是再蠢,此时也不敢再冲了。

我的马被这一声巨响惊得打着转。我勒了勒缰绳,马停住了,祈烈在一边帮我带住马,说道:"将军,不要紧吧?"

我喃喃道:"好个张龙友。"

火药的威力竟然如此之大,我也始料未及。此时烟尘已散去了一些,看得清刚才发出巨响的地方。那里刚才还平平整整,现在却多了条深沟,上百个蛇人的尸首堆在一处,火舌不时喷出。隔着那两丈宽的一带地方,一群张皇失措的蛇人正张望着,欲进不进。

这等威势,攻守两方都不曾想到吧。

这时,路恭行道:"全军听令,依次退入城中,不得混乱。"

前锋营已到了我跟前。与我交好的几个百夫长向我点头示意,眼中也掩不住笑意,连蒲安礼对我也隐隐有点敬意了。

路恭行退在最后。最后的一排前锋营手持长枪，不敢怠慢，只是蛇人却吓傻了似的，追也不追，几个冲出火阵的蛇人茫然立在火堆前。杀这几个蛇人自是举手之劳，却也实无必要了。

路恭行一见我，笑道："楚将军，恭喜你全身而退，已获全功。"

我道："路将军，你们怎么将时机把握得如此好？"

他笑了笑，说道："现在不是说话之时，回去吧。"

退入城门，刚将城门掩上，却只听得雷鼓的声音有若雷声炸响："前锋营统制路恭行，五营百夫长楚休红，速至中军帐中。"

我们一惊，却见雷鼓正站在城头上，手中捧着一支令牌。我小声道："路将军，武侯知道我们外出么？"

他苦笑一下道："我不曾请令，是私发兵马的。"

"什么？"

我又是一惊。私发兵马，那可不是小罪。我道："为什么不请令？"

"事情紧急，来不及了。"

他只说了一句话，便向中军帐中走去。我跟在他身后，有点惴惴不安。武侯的消息也当真灵通，可能龙鳞军向他汇报过了。我想，纵然我们有私自出动之罪，可这一场胜仗也足以抵消了。

如果能尽快退兵，那也是值得的。

一进中军帐中，我和路恭行跪了下来，行礼道："君侯万安。"

武侯道："站起来说话吧。"

我们谢过了武侯，站直身体。站起来后，我才发现帐中侍立着好几个中军的参将，上回没见到的高铁冲这回也在，仍坐在他那张轮椅上，戴着垂纱幕的斗笠，张龙友也在一边，脸色也无异样。我的心定了定，心知定无大碍，那堆火药准是张龙友拿出来的，他现在是武侯很赏识的人，爱屋及乌，也不至于会对我们加罪。

我正想着，只听武侯喝道："路恭行，谁给你权力私自发兵，前去交战？"

路恭行抬起头来，说道："君侯，此役事出突然，卑职无暇请令，只得先斩后奏，确是有违军令，请君侯责罚。"

武侯从座椅上走了下来，身后还跟着那大鹰小鹰。他站在我们跟前，扫视了一眼。我在一边看着武侯，生怕他会说出"将路恭行拿下"之类的话。

好一会，武侯道："前锋营统制路恭行，前锋五营百夫长楚休红。"

我一惊。难道我也在责罚之列么？的确，我私自出营，一样犯了军令了。但我想武侯多半不会责罚我的，最多只是无功。如果能让十万大军早日班师，那么一点功劳又算什么？

武侯道："路恭行，你不遵号令，私发前锋营与龙鳞军，本当处斩。但军情紧急，为将之道，事急当随机应变，你做得很好，故功过两抵，退下吧。"

路恭行道："多谢武侯。"

武侯看看我，又道："前锋五营百夫长楚休红，违抗军令，罪在不赦，杀了！"

我大吃一惊，做梦也想不到武侯竟会如此处置。路恭行也吓了一跳，他大声道："君侯！"

武侯看了看我，说道："楚休红，你可有话说？"

我垂下头道："武侯处置得极是。军人若有令不遵，如何谈得上军人？纵末将立下大功，却也犯下了弥天之罪。只望武侯能让这十万大军早日班师，不至于埋骨他乡，楚休红死亦无憾。"

话虽如此说，我却深知武侯定不会杀我。当初陆经渔如此大罪，一样默认他逃亡，何况我还有功劳？武侯看着我，突然笑道："好，好。你知道便好。"

他走过来，扶起我道："楚将军，破城之日，我见你有些妇人之仁。为将之道，绝不可对敌人有一丝怜悯，今日你可要知道军令如山的分量。"

我刚站起来，武侯忽然从我腰间抽出了百辟刀，一刀劈向我的脖子。

这一刀快如闪电，我做梦也想不到武侯谈笑间突然动手，不禁一闭眼。

脖子上一凉，却不觉得痛苦，耳边倒听得周围一阵惊呼。我睁开眼，却见武侯的刀停在我脖子上，没有砍下去。

他喝道："前锋五营百夫长楚休红听令！"

我一下跪倒，说道："末将在。"

武侯道："楚休红，你违抗军令，从今日起，不得再列入前锋营名册。"

这是要开革我？我这才真的一惊，说道："君侯……"

武侯将刀插回我腰间鞘中,摆了摆手,说道:"楚将军,你从今日起,为龙鳞军统领,我准你在诸军中抽调人手,重建龙鳞军。"

竟是如此么?我不禁又惊又喜,说道:"多谢君侯。"

话音甫落,却觉得左臂一阵剧痛。刚才我强忍着,此时心底一宽,再也忍受不住,身子一歪,便倒了下来。

等醒过来,我发觉自己躺在一张软床上。刚一睁开眼,只听得边上有个女子道:"楚将军醒来了!"

怎么会有女子?我心头有点诧异,眼前仍有点模糊。定睛看时,却发现自己躺在一个帐篷里,边上有两个女子,一个正用湿布搭在我头上,另一个正看着我,脸露喜色。有趣的是,这两个女子长得一模一样,连衣服也一样。

我挣扎着想坐起来,那两个女子忙扶着我,一个把我额上的湿布拿开。我刚想问话,帐篷外有人进来,依稀记得那正是我逃出蛇人营地时,拉着风筝绳子的龙鳞军军官。

这人来到我跟前,跪下道:"统领,末将龙鳞军中军哨官金千石参见。"

我已到了龙鳞军阵中了?我道:"金将军起来吧。这儿是龙鳞军的营房?"

金千石道:"是。楚统领,请你好好将养,武侯已下令,后日大胜后即班师回朝。"

后日大胜?我不禁皱了皱眉。武侯难道已有了破敌之策?金千石似也知道我的疑问,说道:"这是前锋营的劳国基将军计策,抽调了我军中的薛文亦,定能大获全胜。"

我道:"薛文亦是谁?"

金千石正待回话,我对那两个女子道:"喂,你们给金将军搬把椅子过来,别让人家站着。"

一个女子忙不迭搬了椅子过来。动作太急,到床边时碰了一下我的左肩,我只觉一痛,差点叫出声来,却见金千石手按钢刀,对那女子喝道:"出去!"

那个女子面如土色,小声道:"将军……"

我道:"金将军,怎么回事?"

金千石跪下道:"统领,末将万死,这个女子竟然伤到了统领,我必要将她碎尸万段。"

我吓了一跳。那天我和路恭行来右军询问蛇人的事，便曾见田威将那女子的手砍下来做骰子，后来又一刀砍落那女子首级，那一次我便差点与他决斗。本以为不过是田威此人骄横残暴，但听金千石的话，似乎右军中大多如此。我暗自叹了一口气，说道："金将军，请你给我个面子，不要难为她吧，她本是无心。"

金千石道："统领有话，末将岂敢有违。"

我对那两女子道："你们到一边休息去吧。"

她们退下时，我见她们眼中似都有些泪光。等她们退走，我不禁叹出了一口气。龙鳞军固然强悍，但沈西平这种带兵方法，实非我能。不过事已至此，我总不能马上向武侯辞职吧。也许在武侯心中，我也算是他亲信了，任命我为龙鳞军统领，自是为了将这支强兵纳入自己帐下。以前的沈西平地位太高，又太过强梁，失去了他的指挥，龙鳞军这支难得的强兵说不定一蹶不振。难得有我这么个得龙鳞军上下之心的人在，自是要用在刀口上。我对金千石道："金将军起来吧，我这个人实在有点婆婆妈妈，请金将军不要介意。对了，你说的薛文亦是何人？"

金千石坐到椅子上，说道："薛文亦是我右军的工正。他有个外号叫薛妙手，极擅机关之学。对了，统领将沈大人的首级夺回时，乘的那只风筝便是他做的。"

我道："那天，你们怎的会备好那东西？知道我陷在那里了么？"

金千石笑了笑，说道："那日我们本不知统领也去，本是为前哨秦权将军和左哨陈亦凡将军预备的。因为事急，薛妙手也只做了一个。不曾想，他们失手了，统领却一战成功，天下英雄，也不是尽在龙鳞一军啊。"

我也听得出他话语间的自大之意。但他至少已许我为英雄，我不禁淡淡一笑，说道："可你们怎么把握时机的？"

金千石道："这便是薛妙手的奇技了。统领，你现在能走动么？"

我试了试。现在我身上有三处大伤，腹上的已经结口，问题不大了，腿上只是皮肉之伤，只有左臂仍是疼痛不堪，倒无碍行走。我道："行啊。"

"那请统领跟我来吧。"

我有点好奇，翻身要下床，金千石一边喝道："喂，快出来帮统领下床。"

那两个女子慌慌张张地跑出来，到床边小心翼翼地扶住我。我站定了，向她们微微一笑道："谢谢。"这似是什么叫人害怕的话一般，她们一下子有点局促不安，手脚都不知怎么放。

我也没有再理她们，跟着金千石出去。一走出帐篷，我道："那两个女子是哪里来的？"

金千石道："那是属下的两个俘虏。统领不喜欢么？末将见她们长得一模一样，倒也好玩。若统领不喜欢，我帐中还有五个，都可以算绝色，不过比她们也不会好。"

我不禁又暗暗叹了一口气，说道："龙鳞军中女子可多？"

金千石道："每个人都有一两个吧。统领别见笑，末将别无所好，也只有这酒色两字。"他说着，脸上居然还微微一红，大概也多少觉得有些不好意思。

我正色道："金将军，请你向龙鳞军的弟兄们说说，以后待她们好点吧。"

金千石脸色一变，便又跪下道："末将万死，起初末将曾有十个侍妾，被我杀了三个了。以后一定待她们好一点。"

我单手扶起他道："金将军年纪大过我，我不过是侥幸得居此位，大家都是弟兄，战阵上望将军听我号令，平时请将军也不必太拘礼，叫我名字也便成。"

金千石站起来，脸上也有点异样，倒似有些摸不着头脑。也许，沈西平治军，军纪很乱，却极为讲究上下尊卑。碰上我这个为上不尊的统领，让他也摸不着头脑。

慢慢来吧。

我看了看天。天色也有点晚了，西门这一带很是平静。武侯的封刀令已下了四天，右军也不敢不遵，更何况城中残存的民众已是不多了。国民广场中已聚了五六万城民，真没想到，这几日竟然已被屠灭了极大多数。围城之初，城中大概有八十万军民啊。

有七十多万人死了。这七十多万里，可能饿死的和共和军自己杀来吃的占了一半。就算如此，也起码有三四十万死在帝国军的屠城中。算起来，十万大军，谁的手上没染过鲜血呢？

这时，金千石道："统领，就是那个。"

他指着一个箭楼。我抬起头，却见箭楼上伸出一个长长的竹筒。

"那是什么？"

金千石道："上去看看便知。"

他走了上去，我刚踏上一步，却觉肩头又是一阵痛，身子也晃了晃。金千石跳下台阶，扶住我道："末将该死，忘了统领伤还没好。"

我道:"没什么大碍的,多谢金将军了。"

我说没什么大碍,一半当然是要强,另一半倒也不是虚言。那个嘴很不饶人的医官叫叶台,是天机法师的再传弟子。张龙友的上清丹鼎派崇尚炼丹,也炼出一些药来,清虚吐纳派不尚炼丹,不过他们更注重医道,其中有些人更是本末倒置,反而将医道置于修炼飞升之上了。叶台的医术便源出那一派,因为在军中,对伤科尤有心得。我伤得不轻,但今天已觉疼痛中有点痒酥酥的,那是伤口正在愈合之兆。路上我向金千石问起劳国基所定之计,他也知之不详,只知中军正在准备,在各军挑选身材矮小的死士,也不知有什么用。

一走上箭楼,有两个小兵正坐在边上。见金千石和我上来,他们一下站定,说道:"金将军。"

金千石道:"这位是新来的龙鳞军统领楚休红将军,你们前来参见。"

那两个小兵也唬了一跳,齐声道:"楚统领好。"

他们话如此说,脸上却依稀有点不服之色。那也难怪,右军由沈西平统领时,独立性很大,很多人都只知沈西平,甚至不知有武侯。我一个外人来统领这些精锐中的精锐,自然有些人不服。武侯也因为右军有点尾大不掉,才会借这名目来让我统军吧。

金千石道:"这是薛妙手做的,他取了一个名字叫望远镜。"

望远镜?我看了看那东西。那是一个很粗大的毛竹筒,搁在当中一个架子上。因为太长,有一半伸出了箭楼。两头不知镶嵌着什么,有点亮闪闪的发光。金千石扶住了那望远镜,说道:"统领,你在这头看。"

我走到那一头,往里看了看。

乍一看有点模糊,但马上,我看见了一片营帐,有一根光秃秃的旗杆伸在前面。看样子,那营帐只竖在几十丈开外。尽管模糊,却仍能看清。

那是什么人的营帐?我不禁一阵狐疑。

这望远镜正对着西南面,几十丈外,也就是南门的西北面。可那儿明明是一片空地,蛇人攻击也一向只攻南门,并不曾攻到西门来。

"那是什么人的营帐?"

金千石道:"蛇人的。"

"什么?"

我大吃一惊。蛇人还在数里之外，可从那竹筒里看来，却近了好几倍。怪不得叫望远镜。我又凑上去看了看，果然，看得到在那营帐前，有一片树林，正是蛇人营前的树林。

金千石在一边道："昨日晚间，我们在树林外一直等着秦权的信号，却一直等不到。还好薛妙手早上看见了统领你在那旗杆顶上，我们立时出发接应，碰到了你那个正急得不可开交的护兵，他们正好有那种可以发火的药。本来我们还怕蛇人冲出来不好对付，准备血战一场，泼出命去也要保住沈大人首级，正好合兵一处，各展所长。哈哈，这一仗也算打得最痛快的，我们无一人伤亡。"

他说得眉飞色舞，那两个小兵也听得神驰目移，我却仍在看着那望远镜，心中暗想着：不要说没有伤亡。秦权他们几个龙鳞军便已战死，我的前锋五营的神箭手谭青也死在蛇人阵中了。只不过后来交战时，我们确是一个伤亡都没有，难怪让金千石如此兴奋。

这时，忽有人叫道："楚将军在这里么？"正是祈烈的声音。

金千石停住话头，从箭楼边探出头去，说道："在这里。你们是什么人？"

我放下那望远镜，也走到箭楼边，却见祈烈和仅存的几个什长扛着一包东西过来。一见我，祈烈叫道："将军，你在这儿啊。"

他冲上箭楼，在我跟前一下跪倒，说道："将军，你可安好？"

我的左手还用绷带吊着，只是用右手拍拍他的肩。他的软甲上已挂上了百夫长的记号，我笑道："你升了？"

祈烈道："路统制任命我为五营百夫长了。"他的话语里有按捺不住的得意。他是去年军校毕业的，今年只有十九岁，过年也才二十。升到百夫长，比我当百夫长时还年轻。我笑道："好好干。"

祈烈道："对了，你的营帐在哪儿？君侯劳军，赐给前锋营每人白米十斤，我把这些带给你。"

我看了看金千石，他有点尴尬。龙鳞军此役功劳也不小，却不曾有什么赏赐。毕竟，前锋营是武侯嫡系，不比龙鳞军。

我道："金将军，请你把这白米带到伙房，晚上给弟兄们煮粥喝。"

攻破高鹫城，得到的粮食却不多，虽然每个人都拿了一大堆财物，现在却换不了吃喝。我们平常的伙食只是些粗糙的干饼,高级军官偶尔才有点白米吃。武侯赐给前锋营每人十斤白米,一下子要拿出一万多斤来,也算大手笔了。这堆米准不止十斤,三十斤都要有了,恐怕是祈烈他们从自己的犒劳中省下来添进去的。

金千石有点呆,说道:"这个……"

我道:"什么这个那个,有福同享,有难同当。"

我扭头对祈烈道:"来,请兄弟们到我营中歇歇去吧。"

一进营帐,祈烈不禁赞叹道:"哎呀,将军,你现在住得可真不错。"

的确,右军攻破的西城是高鹫城中最富庶的,龙鳞军的待遇比前锋营还要好。何况龙鳞军很讲究上下尊卑之分,因此我住的营房又大又舒适。我们坐下了,我道:"小烈,君侯要发动反击么?"

金千石知道得不清楚,但这次反击,前锋营必定知晓内情。祈烈道:"是啊。劳将军曾见你坐着风筝从那蛇人营中飞出,他献上一计,做许多火药包,让人在风筝上扔到蛇人营中,要以火攻取胜。"

怪不得要矮小的死士,还把薛文亦调去啊。我不禁赞叹劳国基智谋。现在是初春,正起东北风,风刮向西南,也正好到蛇人营地上。在平地上攻蛇人,只怕胜算极微,但这般火攻,居高临下,便是蛇人已不是很怕火,也非一败涂地不可。只是这条计策也太过凶险,那些到蛇人营上空掷火药包的死士,生命也都系在一根小小的绳子上,只怕会有一多半回不来了。

我道:"几时出发?"

祈烈道:"已调动所有工匠加紧做那种大风筝。右军的薛工正说,到晚间最多只能做出五十个来。"

我道:"五十个人?那火药够么?"

"张先生道,北门外那火云洞便出产硫磺,硝粉可在那些旧墙上刮取。准备每人携带一斤火药,再带上一桶那种能烧起来的酒,这些却并不难办。"

我想了想,也觉得这计划的确很是可行。火药的威力我们都见过,加上那种一碰火便燃起的酒,便是神仙也逃不脱了。这般从天降下大火,蛇人再强,一把火也要烧个干净。武侯也实在抗拒不了那种一举击溃蛇人的诱惑吧。只是,在内心里,我却隐隐地觉得有点不妥,可实在说不出来哪方面有什么不妥。毕竟,这计策亘古未有,除了冒险，实在想不出有什么破绽。

说了一阵话，我便与祈烈分手了。送他们出门后，金千石又带了些龙鳞军残存的军官来见我。龙鳞军编制分前后左右中五哨，每哨设哨长一名。经过那次大败，龙鳞军哨长只剩金千石一人了。

辞别了他们，回到帐中，那两个服侍我的女子已侍立在一边，说道："将军，请用餐。"

桌案上放着两碗热气腾腾的白米粥，还有一些煮烂了的干牛肉。干牛肉本是从京城里带出来的，又干又硬，实在没什么滋味，煮烂了却也有些香气。我一只手端起碗，想要喝，可烫了点，另一只手又动不了，正有点不知所措，一个女子端起碗，另一个用一个小勺子舀起一勺喂给我。以前在前锋营中，祈烈当我护兵时也曾给我端过碗，但他端碗实在不能和女子相比，怪不得注重享受的龙鳞军要女子来服侍。

香甜的米粒入口，只觉得与平时吃的那些干饼实有天壤之别。这种白米粥在京城里本不是什么了不得的东西，南方出米，更不稀奇了。只是如今战火纷飞，能吃到这个，实已是极大的享受。我忽然想到，被拘禁在国民广场中的那些城民不知能吃到什么。

刚吃了两口，我忽道："你们吃过了么？"

一个女子有点局促，说道："将军，我们……"

我此时才注意看了看她们。她们一模一样的脸上，都有点憔悴的神色。我道："你们也吃吧。"

那两个女子互相看了看，那个端着碗的女子把碗放在桌上，另一个把勺子放在碗里，两人同时跪下道："将军，我们不敢。"

我道："有什么敢不敢的。你们平常吃什么？"

她们面面相觑，半天，一个才道："以前，金将军给我们那种干饼。"

想象着她们吃那种难以下咽的干饼，我不禁失笑。她们不知我笑什么，都有点害怕，我道："再拿两个碗来。"

她们拿出两个碗，我把两碗粥分成三碗，有意把一碗留得少点，说道："来，一人一碗，不够的话把干饼泡在里面，好吃点。"说罢，把最少的那碗拿到我跟前，从怀里摸出一块干饼，说道："来，帮我撕碎了泡在里面。"

吃罢了粥，只觉身上也舒服了很多。她们两个已去歇息了。恐怕，被俘后她们没有一天不担惊受怕吧，虽然她们还有些怕，多少面上已有了些笑容，两人告诉我，她们一个叫白薇，一个叫紫蓼，是共和军中一个中级官员的孪生女儿。

　　看着她们歇息的那个小帐篷，我不觉叹息。如果苍月公不曾谋反，她们必是两个养尊处优的名媛，周围围着一大批公子哥，像我这等小军官，想要她们假以颜色都难，现在她们却像两个柔顺的奴仆一般服侍我。

　　今夜要发动反击，我实在睡不着。走出门去，暮色已临。远处，蛇人的阵营中也没有什么声息。我又到了那箭楼上，却看了看那个望远镜。那两个小兵也认识我了，很恭敬地向我行了一礼。

　　从望远镜中看去，模模糊糊的，也没什么异动。只是让我有点担心的是，蛇人营中已亮了些。也许，蛇人也在渐渐适应火光，一天比一天不怕火。

　　我看了一会儿，眼有点酸痛。正想离开，忽然，眼角一瞟，似乎看到在那望远镜里有一个黑色的影子在动。

　　那是什么？

　　我又伏到望远镜前。那望远镜本就不太清楚，加上已是暮色苍茫，更看不清了。刚才见那影子约略是在树林前，但现在看去，什么也不见。

　　是我眼花么？

　　我慢慢走下箭楼。城头上，夜巡的士兵仍在四处巡视。每一个人都不准解甲，休息也只是偷空打个盹。这样的日子，也快到头了吧。

　　师老厌战。《行军七要》中也告诫过这一点。我们发兵以来，都是势如破竹，一直没有这种迹象。但如今与蛇人相持在高鹜城中，却让人一下有了厌战之心。以武侯之能，不会看不到这点。他仍要再战一场后退兵，那也是欲收全功，以全他盖世名将之名吧。

　　名将。我不禁一笑。古往今来，出过多少名将？所谓的名将，无非杀的人多而已。陆经渔跟我说过的"无非杀人有方"，也是厌倦也征战的感慨吧。战场上，除了杀和被杀，就没有第三种选择了。

　　我长长地叹了口气。天空中，月亮升起，淡淡的一牙。去年此时，高鹜城中也许正歌舞升平，准备过年；今年，绝大部分人都已成为尸骨。仅仅一年而已，便是截然不同的两个世界了。

我走下城头，正想回自己的帐中休息，忽然，城中响起了幽渺的箫声。

那箫声起的地方也不远，似是南门城头。箫声清雅，也不知吹的是支什么曲子，十分悦耳动听。曲调却十分繁复，便如一根细细的长丝，千回百转，却又分毫不乱。

听着那箫声，仿佛身体内外都流动着洁净的清水，什么都不再想，竟飘飘然有欲飞之感。我在城下听得也有点呆了，只盼那箫声响得久一些。

正听得入神，忽然箫声中插入了一道笛声。这笛声极是嘹亮，突兀而来，有如利刃破空，却与那如丝一般绵密的箫声配合得天衣无缝，倒似本该如此一般。

那响亮的笛声越吹越响，终于，箫声再应和不了笛声，已是欲断欲续，这时，忽然铮钹一声，响起了一串琵琶之声。

这琵琶声一响起，我心头也一震。

尽管我不懂音律，但一听这声音，便知那是谁弹的。

雪白的手指，如泣如诉的曲调。那一日的红灯绿酒间，如惊鸿一瞥，只留下一个纤弱的身影。

我向南门走去。走了几步，嫌走得太慢，又跑了几步，但一跑，肩头却有点疼痛。此时我却管不了那些，自顾自向前跑着。

西门到南门也有一段距离，但听那声音，并不在正南门，而是南门偏西的城头上。

那是武侯的临时阵营啊。不知为什么，我只想再看一眼那在弦上飞舞的手指，只想再听一下那种让人泫然的曲调。

箫声早已跟不上了，笛声和琵琶的声音犹在一处。连我这等人也听得出，笛声中浑是一片杀伐之象，那琵琶声平和中正，却带着一点柔弱。弹得一刻，笛声又越拔越高，琵琶声也似要跟不上了。

柔美的琵琶声，仿佛杂花生树，似是一个与世无争的山谷，与日月同生共长。笛声却像是一柄闪电般击来的快刀，一队风驰电掣般冲来的铁骑，击破了和平的迷梦。刀光闪闪，地上流淌着鲜血，四处都是烈火和人的哭喊。

我奔跑着，任那曲调如浮云般绕在我周围。不知何时，我觉得眼中已有了泪水。

战场上，不论什么解民倒悬的正义之战还是开疆拓土的不义之争，死得最多的，仍是无辜百姓。便是冲杀在前线的士兵，战死后又能留下什么？胜方的亡魂，称为国殇，还有点哀荣。败方的战死者，却只能遭人唾骂，谁想过他们家中一样有妻儿老小，他们临死时，也许和那些最爱和平的人一样，只想着给自己家人一点温暖。

跑到了那个城头，我已是气喘吁吁。毕竟，我伤势不算很轻，这一通跑让我有点脱力。我深深地吸了一口气，慢慢拾级而上。

此时笛声已压倒了琵琶声，便如一条在天际间飞舞的蛟龙，忽焉在东，忽焉在西，不可一世，似乎指挥着千军万马，在战场中冲杀，当者披靡。

忽然，在高亢的笛声中起了一个转折，似是水面绽出一圈小小的涟漪，隐隐地有些孤寂之意。

那是什么人？

我想着，踏上了城头。

我看见了她。

她坐在一队女乐中，仍是穿着那一袭黄衫，怀中抱着琵琶，五指在弦上拨动。尽管笛声嘹亮干云，琵琶的声音却如草尖上的露水，纵然铁蹄踏过，依然晶莹闪亮。

吹笛的，竟然是武侯！

我不禁有点目瞪口呆。我做梦也想不到，武侯居然也深通音律。他放在唇边吹奏的，也不是一般的竹笛，而是一支磨得发亮的铁笛。此时他也似沉浸在笛声中，双目紧闭，对周围毫不关心。他那形影不离的两个护兵大鹰小鹰也侍立在下首。

月光下，一群人有似泥塑木雕。

我不敢近前，远远地看着。城头上，巡视的士兵手扶长枪，也听得如痴如醉，恍入梦境。

笛声渐杳，显得琵琶声重又突兀于外。但这时的琵琶声已不成曲调，便似大军过后，一片狼藉，那宁静祥和的村庄中已无噍类，只剩一片残垣断壁。

武侯猛地睁开眼，铁笛在手掌上一击，"啪"一声。她一惊，手指从琵琶上移开了，一众女乐离座，跪倒在武侯座前。

武侯笑道："起来吧。"

她们都坐回座位上。武侯道："你的琵琶是跟谁学的？"

这是跟她说的。她敛衽道："回君侯，我幼时随穆善才学的琵琶。"

这是我第一次听到她开口。她的声音清越婉脆，却又不卑不亢。此时她的身份只是个女俘，话语间却依然如与武侯平等。

"穆善才啊。"武侯低下头。

这穆善才是南国琵琶圣手，听说我们围城时便在高鹫城中，后来不知所踪了，多半也已死在围城中。

武侯抬起头，似是自言自语道："四十多年前，我与穆善才在帝都会过一面，他传给我以琵琶指法吹笛之技。不知不觉，四十多年了啊，怪不得你的琵琶竟能与我这支《马上横戈曲》相应和。"

她忽道："君侯的笛曲妙可入神，但兵刃之气过重，我最后已散乱不堪，难乎为继了。"

这话既可说是恭维，也可说指摘。武侯却也不以为忤，说道："正是啊。我自知久在行伍，只怕血中流出来也是刀锋的寒意了。唉。"

最后那一叹如同从心底发出。

深沉难测的武侯竟然还是这样一个人？我惊讶不已。不过也怪不得吧，帝国立国以来的战将，军圣那庭天自无人可及，但据说百战百胜的武侯也可排到前十位了。如果仅凭勇力，那大概永远也成不了名将。

发现自己想的居然是这些，我突然有点对不起她的感觉。

也许她的父兄便是死在我的刀下。现在，她已成了要送给帝君的女乐之一了。不知为什么，我心头忽然涌起一阵对战争的痛恨。

如果，战争没有发生，南国依然是一个行省，人们安居乐业，那有多么好啊。这样，她不会成为女奴，不会过着现在这样朝不保夕的日子。

我站在城墙边，正胡思乱想着，忽然，西南边发出了一阵巨响。武侯站起身，眺望着远处，说道："反击开始了！"

西南边，火光飞起，烟焰蔽天。几乎所有城头的士兵都涌到城墙边看着那处。

对蛇人的反击终于开始了！

第九章 突如其来

火光直冲云霄，远远望去，只见星星点点的火光升腾，夹杂着一声声响。每次一丛火光冲天而起，周围的人便发出一阵欢呼。可是，武侯的眉头却皱紧了。忽然，他喝道："斥候！斥候回来没有？"

有什么不对吗？我扭头望向那边的火光，忽然，心底一阵莫名的惊慌。

我自己也扔过火药包，那一包火药不知多少，但也有一斤左右，火光却绝没有冲得那么高。可是从眼前景象看来，那火药似乎并不是在地上炸开，而是在空中便烧起来了。

想到这里，我打了个寒噤。难道有哪个死士心急，在空中便点着了火药？可就算走火，也不至于变得那么大。

我已心急如焚，恨不得到跟前去看个究竟。马上，我想到了薛文亦做的那个望远镜。尽管那东西并不清楚，多少也可以看到些究竟。可这时火光旋起旋落，已然一片平静，现在再赶到那儿，也看不到什么了。

这时，城下一片喧哗，城门一拉开，一骑马飞也似冲进城来，有个人直冲上城头。

那正是个斥候兵。

他冲过我身边，也根本没有注意到我，一上城头，跪倒在地，说道："禀君侯，事情……事情不妙！"

他的话上气不接下气，这一路并不远，但赶得太急，让他累得够呛。

武侯道："出什么事了？"

那斥候道："禀武侯，锐步营……全军覆没！"

什么？我在一边也惊得变色。锐步营总数有五千人，经减员，仍还有三千多，那斥候说锐步营全军覆没，自是指这次派出的一千。武侯的脸上却没有什么变化，说道："进去说吧。"他挥了挥手，大鹰小鹰护着他进了帐中，那斥候也跟了进去。

女乐由辎重营的一个将领带下城。那个将领与我也认识，走过我时向我打了声招呼。我也向他行了一礼，却只是注意着她。

她的黄衫在夜风中被吹起。春夜，风犹料峭，看着她怀抱琵琶，飘然而去，脸上仍木然无神色，我的心头不禁微微一疼。

下了城，正赶上南门有一些锐步营残军回来。出发时是一千零五十，回来却只剩了一百来人，的确算得上是全军覆没。

这一趟攻击，本就要神不知鬼不觉，本来前锋营请令要求出战，但武侯说前锋营多是骑兵，响声太大，因此发了一千锐步营出去。锐步营是步军中精锐，攻击力虽较前锋营有所不如，但更善防御。锐步营的纪律，比自认为高人一等的前锋营要严明得多，这次火攻，的确是他们更适合。

战死一千人，于全军战力并无大碍，但本以为必胜之计全然无功，反让蛇人将计就计，对军心却影响甚巨。一些城门口的士兵不顾禁令，围着那批残军问着。

这次行动本来机密之至，直到出发，城门口的兵丁才知道有一支队伍前去偷袭，攻击之法也是闻所未闻，他们自也以为是必胜，没想到结局竟是如此，自是要围着问个究竟。我走到人群边，也听着。

那支锐步营由营中的一个营官管弘带队，来到林边，初时一切如常。待风筝升空，林中突然杀出了大队蛇人。此时空中风筝尚未到蛇人营头，若管弘立时退却，无非将那五十个士兵弃了不顾而已，全军尚能安全回返。但管弘死战不退，还想着撑到风筝掷下火药，一战成功，便是死亦无憾。开始这战略亦甚奏效，在锐步营的坚壁阵前，蛇人虽然数量占据优势，却一直没能一举击溃锐步营防守。正当风筝到了蛇人阵上，哪知蛇人营地里忽然飞上大片身上带火的飞鸟，那五十个风筝立时在空中都被引燃。锐步营的斗志至此全部瓦解，五十个在风筝上的兵丁无一人回返，锐步营的一千人也被屠戮殆尽。

那些残存士兵惊魂未定的述说中还带着恐惧。管弘那种宁死不屈的勇者风范也没能感染他们，他们心底只剩下对蛇人的恐慌。

我越听越是心寒。武侯本来是想打个胜仗后收兵,谁知弄巧成拙,以后的事怎么办?

我抬起头看看天。天已快亮了,城门口仍挤了一大堆士兵。这时,一个骑着马的将领过来喝道:"说什么!快就位,擅离职守者,斩!"

的确,再这么挤作一堆,只会让军心不稳。现在不少中级中军也挤在人群中,似乎没想到整束军纪。此人雷厉风行,甚有大将之风。守城的士兵都回到了原位,退回来的锐步营向自己营帐走去。我正想走,那将领过来道:"喂,你是哪个营的,怎的不走?"

我看了看这人的号衣,是中军的巡官。我尚未回话,他翻身下马,到我跟前行了一礼,说道:"楚将军,末将苑可祥见过。恕末将失礼。"

我道:"你说得没错,我马上归队。"

苑可祥道:"楚将军,你骑我的马去吧,过一会我来楚将军营中带马便是。"

我的臂上正一阵阵疼痛。赶过来时太过性急,也不曾骑马。我原先骑的坐骑已在龙鳞军与蛇人的第一战中战死,现在的坐骑一直养在龙鳞军马厩中。我也不客气,向他行了一礼,说道:"有劳了。"

那苑可祥向我行过一礼,扭头巡视各处去了。我打了下马,向龙鳞军营中走去。一路只见到处都有士兵在交头接耳。

武侯这一战彻底地失败了。这一战的失败,使得武侯以全胜之势回师的计划破灭,不知武侯会不会吞下这颗苦果,忍辱回师。其实,从全局来看,现在退兵仍是上策。可是,这一战到底怎么会败了呢?那种以火药攻击敌营的策略,可以说是帝国征战史上的第一次,以蛇人那种生番似的脑子,绝对不会想到的。唯一的可能,就是我们军中有了内奸。

我几乎马上就想到那个影子。见到那个影子正是在锐步营出发前,难道那就是内奸?我不禁打了个寒战。内奸自然不会是蛇人,可如果是个人,那这个人会是谁?如果是以前,我肯定马上断定是共和军的余党。但现在想想,说共和军的余党不免疑点太多。如果他潜伏在帝国军中,为什么在围城时不出现,却要等共和军被击灭后才出来?

我在马上想着,这时,忽听得有人叫道:"统领!楚统领!"

我抬起头,是金千石在前面,正牵着我的马。我跳下马,说道:"金将军,好。"

金千石到马边，帮我拉着马，我道："那是中军的一位苑可祥将军的坐骑，等一会他会来取回的。金将军，有什么事么？"

金千石道："刚才雷鼓前来通报，君侯命你速至中军，商议军情。"

我一时还有点莫名其妙，但马上意识到，我现在已是龙鳞军的统领了，虽然军衔仍是百夫长，不过论军职，却已可与路恭行平起平坐，自然也有权列席军机会议。我跳上自己的坐骑，说道："我马上去。"

打马刚要走，回过头来道："金将军，麻烦你跟我帐中的白薇、紫蓼说，我早饭不吃了，让她们吃光吧。"

我打了一鞭。虽然单手控马，但还是游刃有余。路上想着金千石最后的那副表情，我突然觉得自己有点好笑。让金千石对两个过去的侍妾和颜悦色说什么早饭的事，也实在有点难为他吧。

赶到武侯军帐，已有一些亲兵队在帐口恭迎。我进去后，一个通事官叫道："龙鳞军统领楚休红到。"

我还是第一次参加这种会议，一个马弁引我到位置上。帐中已坐了十来个各军的军官，最前排是中军的带兵统领威远伯莫振武和后军主将罗经纬。他们边上便是左军副主将卜武和右军代主将栾鹏。本来他们要坐在左军陆经渔和右军沈西平身后，但那两个绝世名将都没有在座，他们便提了一位。后面还有二十多个座位，坐着左、中、右、后四级的中级将领。本来中军的将领有十来个有资格列席军机会议的，现在已战死了五六个，那五六个座位便空着。我的座位正好和中军的相邻，边上正是路恭行。坐下时，他对我一颔首，也没有说话。我也行了一礼，坐了下来。武侯的位置还空着，要等我们都到齐了他才出来吧。

又等了一会，应列席的已全部到齐。武侯的军机会，必须在一炷香里全部到席，否则要受责罚。我不禁暗叫侥幸。如果不是苑可祥借我那匹马，我平生第一次参加的军机会只怕要误卯了。

等到齐后，几个马弁下了营帐的门帘，那个通事官道："君侯升帐，列位请起。"我们齐齐站起，向武侯行了一礼，武侯摆了摆手，坐了下来。

都坐定后，武侯道："列位将军大概已都知晓了，这番夜袭，我军彻底失败，一千零五十名弟兄，逃归一百零二人，其余尽数战死。"

谁也没有说话。这事传得极快，除了那些消息太不灵通的，全军上下大多已经知晓。武侯端起酒杯，说道："此计本是由前锋营前锋十三营百夫长劳国基所献，我亦首肯。此役失败，我难辞其咎。"

他将酒杯在案上一顿，说道："眼下三军已无战意，列位将军以为当如何进退？"

武侯要班师了。

我立刻想到了这个。路恭行前两天已提议班师，碰了一鼻子灰，此时武侯终于采纳了他的建议。的确，按当前形势，确是班师为上。但南疆甫定，局面仍是不稳。此时退却，加上蛇人犹在城外，只怕平共和军之役，要落个前功尽弃。可这也没办法，蛇人出现谁也料不到，早点退去总好过在这儿全军覆没吧。

这时，莫振武站起来道："禀君侯，职以为，平叛之役已获全功，蛇人不过疥癣小疾，无足挂齿。当务之急，实是班师回朝，以做休整。"

这也是许多人的想法吧。毕竟，攻破高鹜城，帝国军就像用尽了浑身力量击出一拳，实在没什么力量再做第二次雷霆之击了。莫振武是中军的带兵统领，他的话，其实也是武侯的意思，只不过武侯自己不太好开口说退兵，只能借莫振武的嘴说出来。

德洋也站起来道："禀君侯，莫将军所言极是。三军出征，已将近一年。现在正值初春，粮草难以为继，若无补给，三军口粮只能支持一个月左右了。卑职也同意莫将军之言，不如先行班师为上。"

莫振武可以说代表武侯的意思，而德洋则表明了后勤的倾向。这两个人的话，几乎可以代表一切了。不论从哪个角度说，也确是退兵为上，我也这么想。等他们坐下，右军一个将领站了起来，说道："禀君侯，如今蛇人犹在城外，若不扫平他们，万一坐大，那如何是好？"

我小声问边上的路恭行道："路将军，此人是谁？"

我虽然已是右军的一员，但还未和右军几位将领见过面。我只是龙鳞军统领，到了右军营中便要养伤，反而不如路恭行熟识。路恭行道："他是右军万夫长柴胜相。"

他就是柴胜相？我暗自点了点头。沈西平的右军里有两个万夫长，一个是栾鹏，另一个便是柴胜相。这两人都是惯于冲锋陷阵的勇将，栾鹏较为持重，官职也比柴胜相高半级。柴胜相上阵，自恃勇力，总是一味冲杀，不是大胜便是大败，我们出兵之初，有一次他的一万人追杀逃窜的共和军，竟然两日未归，弄得沈西平在武侯面前也不好交代。好在那一回他是大胜而归，逃走的五六万共和军军民被他杀得鸡犬不留，每个回来的士兵都带着两三个首级。军功本是以斩级数而定，那次他这万人队斩得实在太多，其中又有大半只是平民，实在无法确定，若全记上去，他这万人队要尽数升上一级不可，那样得打乱全军的升迁秩序，弄得记功的德洋叫苦不迭。还好那次他因为误了将令，将功折罪，才没让德洋为难。军中一些口齿轻薄的戏称是军中正宗爵位自以武侯为高，但口头上却是柴胜相最高。武侯不过被尊为"君侯"，叫到柴胜相却是"王"——"杀生王"。

这个杀生王的风评不佳，这话却不无道理。只是他这话也有点不识时务，武侯岂有不知养虎为患之理，但也要看有无实力。现在我们是被蛇人逼在城中，哪里有能力扫平蛇人？武侯也怕他调到中军后乱来，因此前些时守城调的两千人是栾鹏那一军的。

武侯对这个杀生王的话倒也没有轻视，说道："柴将军之言，亦有是处。但如今三军实已无余力再战，如之奈何。"

武侯的话很平静，对于我们来说却不啻惊雷。武侯此言，竟是明言如今帝国军不是蛇人的对手。尽管我们也都隐隐觉得，这般打下去，我们实是处于下风，但武侯这般公然承认，令人大感意外。

柴胜相道："君侯太灭自家威风了。胜相不才，愿统本部万人队，为君侯扫平妖邪。"

他的话音才落，路恭行已是很小声地说："大言不惭。"周围的诸将也发出了一阵细语声，多半也是一个意思。的确，右军主将，当今的两大名将之一，火虎沈西平也战死在蛇人阵中，只有好杀之名的柴胜相说出这些话来，实在是吹牛。而说什么只要一万人便能击败蛇人，几乎是在取笑用五万人守南门的武侯不会用兵了。

武侯倒没说什么，只是道："柴将军勇武绝伦，确是军中栋梁。有谁愿与柴将军联袂出战？"

武侯也会说这等讥讽话么？我不由暗自好笑。中军自不会有那种不识时务的人要与柴胜相一起出战迎敌，左军现在由卜武主持，卜武比陆经渔更持重，愈加不会了。而罗经纬与沈西平一向不睦，罗经纬自认功劳甚高，却连爵位也没有，所统的后军战斗力也最差，绝不会与柴胜相联手。想到此处，我却有点慌。万一栾鹏脑子一热，说要用右军的两个万人队去迎敌，岂不是连我这个刚到右军的新统领也搭进去了？

谁知怕什么来什么，栾鹏站了起来道："禀君侯，末将有话要说。"

武侯道："说吧。"

这时我拼命拜求诸天大神别让栾鹏说什么"愿与柴将军共进退"之类的话来。尽管我也不觉得我们未必就敌不过蛇人，但这般斗下去，就算击破蛇人，大小三军至少要有一半死在战场上。尽管我很想在军功上记一笔，但不想在官阶前加上"追封"两字。

栾鹏道："君侯，柴将军勇气可嘉，但为将之道，当智勇相济，方能百战百胜。"

他这第一句话说出来，我就暗自松了口气，不禁对他刮目相看。没想到，在尚勇斗狠的右军中，还有这等人物，看来沈西平自己算是有勇无谋，但也知人善任。

栾鹏道："如今与蛇人势同胶着，这等局面看来已难打开，若妄逞匹夫之勇，实为不智。卑职以为，莫将军和德大人的班师之议，实是上策。"

他也同意退兵！我不禁舒了口气。尽管我在他后面，只看得到他的背影，却觉得他的背影一下高大了起来。

卜武持重得有点过分，绝对赞同退兵，现在四军中的三位主将都主张退兵，就算罗经纬不同意，也没用了。武侯道："罗将军以为如何？"

罗经纬站了起来，躬身一礼道："经纬也觉得，适时而退，不失为上策。共和军全军已灭，蛇人难成气候。就算蛇人猖獗，再发兵南征也不迟。"

武侯道："既然如此，那么定下来，今日回去后便准备班师，中军准备断后。"

这时，柴胜相忽然叫道："君侯！左军的陆将军十日之期未到，还不能班师。"

他这话说出口，几乎有一半人要怒目而视。陆经渔定是倦于行伍，恐怕带着他的亲随不知隐居到什么地方去了，武侯当初答应他将功折罪，也不过堵堵人的嘴，这些哪会有人不知？虽然陆经渔离去距今不到十日，但十日中他肯定找不到苍月公了，哪里还会回来？也只有柴胜相这种蠢材才会叫嚷出来。我也暗自骂着："蠢材，这么想死，让你断后，被蛇人杀了算了。"

武侯面上却毫无异样，说道："柴将军说得甚是，明日便是第十日，罗将军的后军今日便可从北门出城，而后辎重营再走，以下依次为左右两军，中军断后，至明日晚间撤尽。明日陆经渔若不归队，便是死罪难逃，不必管他了。列位将军退军时，务必要井然有序，不得混乱，中军、右军必要加强戒备，以防蛇人攻击。"我也只是暗笑。武侯这话其实等于没说，表面好像听了柴胜相的话，其实仍是今日便开始退兵。

十万大军，如今还剩九万有余，加上几千个工匠和女子，以及各军将士自己俘来的女子，加一块大概总有十一二万，要退出城去，也起码得一天时间。但武侯说得很是婉转，倒似是等候陆经渔才要拖到明日。他也已定好，右军倒数第二个走，那便是让右军也断后的意思了。

路恭行忽站起来道："禀君侯，城中尚有城民五万余，这些人该如何办？"

柴胜相道："怎么办？杀了便是。君侯，末将愿请命，半日内定将他们杀光，留着也浪费粮草，还得担心他们闹事。"

我的心头一动，却不知说什么好。若单从备战这面想，自是杀了他们最为干净，既扑灭了共和军的余烬，也省得一天要吃掉我们的一半口粮。但要我像柴胜相这般毫无顾忌地说杀人，却也说不出来。毕竟，那是五万条人命。

武侯想了想，叹了口气，说道："多杀无益。从今日起，东门每日开两个时辰，让他们逃生去吧。散会。"

我们齐齐站起，向武侯行了一礼。谁也没多说什么，尽管都已有了厌战之意，但真的要败退，却依然很是不安。何况，南门外还驻着那一支蛇人军队，若我们撤军之时蛇人突然攻来，那又如何是好？

走出中军帐，向路恭行告辞，我跳上马要回城西。才上马，却听得有人道："是龙鳞军的新统领楚将军么？请一块走吧。"

我扭头看了看，正是右军代主将栾鹏。他和柴胜相并马而行，边上跟着些弁兵。我来得太急，护兵也没给我配好，只有独自一人，和他们相比，实在显得寒酸。他是我现在的主将，我拍了拍马走近他们，在马上行了一礼道："栾将军，柴将军，末将楚休红见过两位大人。"

龙鳞军本是沈西平的亲兵，虽然身份也有点特殊，但他们毕竟是右军的最高指挥官，我可不敢失了礼数。

柴胜相在一边看了看我道："听说前锋营楚休红勇冠三军，是君侯跟前的红人，原来也只是个少年人。"

若是以前，只怕我会觉得他这话中有讥讽之意。但此时我却不觉得他有什么恶意，连武侯面前他也会不识时务地乱说，对我这种下属他自然不知道客气二字。我道："禀柴将军，末将也不过运气稍好而已。"

栾鹏只是微微一笑，说道："一次是运气好，两次三次却不一定了。楚将军少年英俊，的确是不凡。"

他这般赞扬，我倒不好多说。正想谦逊几句，柴胜相忽道："鹏哥，你为什么不帮我说话？君侯也有点婆婆妈妈了，那些俘虏，杀了便是，还放他们做什么。斩草不除根，日后也难办。他娘的罗经纬，他本是后军，冲在最后，逃在最先，上辈子定是老鼠变的。"

栾鹏只是一笑。后军战斗力较差，但罗经纬殊非弱者，每次全军冲锋时，后军也总能跟上，全靠罗经纬的带兵能力。在柴胜相看来，主要承担打扫战场、保护辎重营任务的后军，实在是支无足道哉的部队吧。

栾鹏看了看我，笑道："君侯大人已有成竹在胸，我们下属自也不便多加置喙。"

听他话语，似乎是因为我在边上，不好发牢骚。柴胜相却不顾一切，说道："鹏哥，沈大人在世时，我们兄弟冲锋陷阵，在他麾下建过多少功劳。如今他一死，你怎的小心成这样子？不像你了。"

栾鹏道："为将之道，令行禁止。君侯有令，我们下面的人遵令而行便是。"

我也不禁有点想笑。这柴胜相当真是蠢得可以，栾鹏看样子城府甚深，在我跟前总是说些有令必遵的话，他们也许都不想退兵吧。

回到营中，向右军的两位万夫长告辞，我回到自己营中。金千石正候在帐外，一见我，说道："统领，你回来了。君侯有何将令？"

我跳下马，说道："君侯下令，后日班师，你也去准备一下吧。"

金千石道："班师？那城外的蛇人呢？"

我道："当然先不去理它们了。到时恐怕君侯会让我们断后，你去通知弟兄们做好准备。"

金千石面露喜色，说道："好啊。这鬼地方，除了女人，想吃什么都吃不到，白弄了一大袋子钱财。"

我不由苦笑。高鹫城以前可是南疆重镇，与广阳省的五羊城齐名，号称"天南无双第一繁华"，吃喝玩乐，什么没有？到今天这个地步，还不是因为我们的原因？守着这么个残破之城，实在也无必要。剩下的五万城民，武侯也放他们一条生路了。

我道："正式命令马上就会下来，你让弟兄们早点备好。"

这般退走，自算不得全功，甚至有点灰溜溜败北的意思，武侯回到帝京，只怕也寝食难安。但至少十万大军有九万安然回去，除了于他声名有损外，没别的可指责的。

回到帐中，白薇和紫蓼已等候在一边。我道："来，帮我穿上战甲。"

撤退时不知会发生什么事，也只能穿着战甲，以备蛇人的攻击。因为左臂还打着绷带，要没她们帮忙，我只怕得束手无策。等她们帮我穿好战甲，我对她们道："要班师了，你们愿意和我回帝都么？"

她们看看我，眼里一阵惊慌，不知我这话是什么意思。的确，她们算我的侍妾了，不带走她们难道是要把她们就地杀掉么？有不少帝国军士兵便是嫌俘来的女子不好带，一杀了之，她们就算没见过，也应听到过了。我心知她们可能多心，忙接道："我是问，你们在这儿还有什么可以投奔的亲戚么？"

她们对视了一下，半晌，白薇嗫嚅道："我们在五羊城还有一个舅舅。"

五羊城也是南疆的名城，不过离这儿有三百里，城中商人极多，有"五羊万商"之称。因为和远域那些客商交往得多，民风好利，其他什么也不管，京都人说起南边那种贪利忘义的小人，总是拿五羊城来当例子。因为五羊太富庶了，情形又复杂，帝君允许他们自治，每年上交租税。这次苍月公反叛，五羊城却一直保持中立，不曾加入反叛。武侯发兵曾经过那儿，五羊城主也曾为我们补充辎重，算是重归帝国统治，全城除了多了些灾民，治安有点不好，倒没受什么影响。可是我们班师并不经过五羊城，想不出什么好办法送她们去。

我叹了口气道："附近没有亲戚了？"

这话一出口，我也知道自己说得没道理。高鹜城里已经残破不堪，边上的村落也一扫而空，方圆百里，已无人烟，就算她们有亲戚，也找不到了。

白薇忽道："将军，你真要放我们走？"

我道："怎么不真。你们还怕我骗你？"

紫蓼忽然流下泪水，哽咽道："将军，你……"

看着她楚楚动人的样子，我心头也一疼，脸上却笑道："哭什么，难道你们还舍不得我么？我可是你们的仇人，说不定你的亲戚朋友就是被我杀掉的，不恨我么？"

白薇叹了口气道："那也不能怪你。"

我一阵哑然，半晌，也叹了口气道："你们也收拾一下吧。一有机会，我马上送你们去五羊城。"

白薇道:"将军,你真要放我们走,就给我们一辆车吧,我们自己走。"

我看了看她,她面上已无那种逆来顺受的神色,此时眼中神采奕奕。我却有点失望,她好像求之不得想离开我。尽管我想让她们走,可她急不可耐的样子总让我不舒服。

我道:"你们会赶车么?"

紫蓼道:"姐姐会骑马。"

我苦笑了一下,说道:"好吧,我给你们安排一下车马,你们备一点粮食路上吃,换上男子的衣服,马上就走。"

我心想要出去就得趁早,武侯虽然下令放战俘们走,但万一蛇人趁乱攻城,她们就再走不出去了,因此索性直接带她们去了辎重营。

带着她们到了中军,我让她们在辎重营门口候着,自己走了进去。里面德洋正在清点战俘,我跳下马向他走去。

那些都是俘来的工匠。每次破城,工匠和年轻女子不杀,作为战利品带回帝都。这次破高鹫城,捉到的工匠足有三四千人,比辎重营的人还多一些。德洋正拿着帛册点名,把工匠按行业分开。这些工匠各行各业都有,其中酒匠就有好几百,回到帝都也够开几个大酒坊了。罗经纬的后军已在陆续撤离。每撤一万人便要耗去几个时辰,后军撤完天也快黑了,紧接着便是德洋的辎重营。辎重营不比后军,后军战斗力虽差,终是打仗的队伍,动作还是快的,辎重营杂七杂八的事情多,俘来的女子有一些要弃掉,工匠只要没生病,则大多要带回京都去。这几千个工匠和一两千女子,便够他忙的。武侯所谓的要等陆经渔一日,本也要耗一日的时间才能撤完。

我见他正点得忙,叫道:"德大人,忙啊。"他回过头,一见是我,笑道:"楚将军,你来了。辎重营再过两个时辰便得出发,你也知道,辎重营可不比罗将军的后军,说走就走的。你不去准备一下么?"

我道:"正要准备,要问你讨辆车。坐人的,不用太大,两个人坐便够了。"

德洋道:"好办。"他喊过一个辎重营的士兵,说道:"小朱,你给楚将军找辆车。"

那个小朱我还记得,就是和张龙友住一块的那个。他去牵了匹马出来,后头挂着辆车,说道:"楚将军,这行么?"

这辆车不大,本来是装货的,腾出来后坐两个人倒绰绰有余。我道:"行。德大人,方不方便?"

德洋把名册交给边上一个士兵,说道:"粮草已经用掉大半,连五羊城里征来的粮草也用得差不多,空出不少车来了。楚将军有那么多东西么?"

我也不好说是为了送白薇和紫蓼去五羊城,只是含糊答应了一句。辞别了他,带着我的马,赶着车出来。

天还没黑,辎重营里乱成一片。我对正东张西望的她们道:"好了,你们走吧,干粮备好了么?"

干粮当然仍是那种干硬的大饼,吃是不好吃,总可以充饥。这儿去五羊城如果快马疾赶,也要一天多路程,她们坐车去,只怕得两三天。白薇道:"已经准备好了。"

她拿着一个小包,我接过来看了看,里面只有三块大饼。我从身边的干粮袋里取出一块来放进去,说道:"备多点。虽然不好吃,可还得吃,不然没力气赶路。走吧。"

走出门,我跳上马,向城东走去。白薇赶着马,却很是熟练,想必过去骑过不少次马。一路上马车辚辚而行,穿过了一片断垣残壁。身后的中军营地里,仍是喧哗不已。

忽然,坐在后头的紫蓼"呀"一声叫了起来,我也吃了一惊,不知她看见了什么。却见她面无血色,指着路边一堆碎瓦。我催马过去,却见一具女尸仰天卧着,身上带着刀痕。看样子是刚死的。大概是哪个人嫌这女俘不好,带着又不便,弄到这儿来杀了。

我看着这女尸。她眼还睁着,目光里还带着恐惧,似是死了仍然在害怕。我叹了口气,伸出手将她的眼合上了。

对于她,也已做不了别的什么事了。我把马带回来,说道:"走吧。"

见到这么个死人,紫蓼已吓得说不出话来,白薇却依然很平静地驾着车。这姐妹俩,白薇大概只比紫蓼大一小会,性格却大大的不同。金千石可能也不喜欢白薇那么刚强的性格,要杀了她却又不太舍得,所以干脆做个人情送给我了。

车也不慢,过了一程,便到了东门。东门现在是卜武主持,但陆经渔麾下军纪比另一军好多了。尽管也有点乱,却没像中军那么开了锅似的吵,门口也仍有人在站岗。城门口已经挤了一大批被俘的城民,他们只准带些少量财物和干粮,正挨个接受检查后鱼贯出城。我听一个士兵喝道:"站住!是什么人?"

我带住马,说道:"龙鳞军统领楚休红,何中大人在不在?"

那士兵道:"是楚将军?把腰牌拿出来。"

我苦笑了一下。这士兵很是无礼,大约是当初我领人来捉拿陆经渔,让他们怀恨在心了。我跳下马,摸出腰牌,说道:"请看吧。"

这腰牌还是新的,旧腰牌已经上缴,这块新的腰牌做得很仓促。那士兵看上看下,倒看不出什么来。他瞄着车上的白薇和紫蓼道:"他们是什么人?"

我道:"是我的侍妾。送她们去舅舅家。"

那士兵道:"待我去请示何大人,你等着。"

他走了进去,另一个士兵面无表情,仍直立不动。里面也时而有人在争吵,大概是分赃不匀吧。就算是陆经渔的部队,屠城时也一样杀人取财,最多有纪律些而已。

过了一会,却听得有人道:"是楚将军啊,请进请进。"

我行了一礼,说道:"何将军,我想送我的侍妾去五羊城,请何将军方便。"

何中看了看车上的白薇和紫蓼,说道:"她们都是女子?一路方便么?"

我一怔,不觉看了看她们。她们虽然穿着男子衣服,还是一眼能看出是女子。现在城中放出了五万城民,这些人本来也是良民,在城中也不敢有什么异动,但一旦出城,天知道会做出些什么来。她们坐着马车,只怕一出城便会遭人抢。若不是何中提醒,我都没想到这些。

白薇道:"将军,请不用为我们担心,人生有命,生死在天。"

她还是一副平静之极的样子。何中倒吃了一惊,说道:"你们不怕么?"

白薇道:"当然怕,但总还有点希望。"

何中点了点头,说道:"好吧。我叫人送你们先出去。等等。"

他像是想起了什么,走到边上一个营帐中。我不知他要做些什么,耐着性子等着。一会儿,他捧着一个小包出来,说道:"两位小姐,你们要是能到五羊城,请把这东西代我交给城主好么?"

何中和五羊城的城主还有联系?但此时我也不愿多想,白薇道:"好的,一定为将军办到。"

何中笑了笑,说道:"如果到不了也没关系。"他拉开小包,里面却是一块玉佩和两柄腰刀。他道:"这两柄腰刀给你们防身,这块玉佩就请你们交给城主吧。"

白薇接了过来,我向何中单手行了一礼,说道:"多谢。"

送了她们出去,却见城外已全是逃出去的城民。这些人大多衣衫褴褛,时而发出几声干哭,也许是终日担惊受怕,终于看到生路,高兴得不知如何是好。看着他们,我也不禁百感交集。若不是蛇人,只怕他们没几个人能逃走,这么一想,他们倒该感谢蛇人了。

东门外过了护城河有一条大路,直通五羊城的官道。这条官道因为失修,有点坑坑凹凹的,马车在上面也有点颠簸,紫蓼有点不好受,白薇却仍是不动声色。一出城,周围尽是惶恐不安的城民,走了一程,路上的人便少了,只是零星几个。马车虽慢,也比这批饿昏头的灾民走得快。我带住马,说道:"我得回去了,保重。"

和她们不过相处了一天多一些,本不该有什么惜别之情。我带转马头,忽然听得白薇道:"将军!等等!"

我带住马,只见她跳下车直向我跑过来。我跳下马,说道:"还有什么事?"

她跑到我跟前,忽然揽住我的头在我唇上一吻,脸一红,却又跑了回去,一言不发。一上车,便打马疾行,那辆马车被她赶得哗哗作响,也不知颠得车里的紫蓼成了个什么模样。

我伸出手指摸了摸嘴唇。唇上似犹有她的口脂余香,刚才她那柔软的嘴唇虽然只是极快地一点,却仿佛在我嘴上留下了一个印记。那辆马车越行越快,终于转过一个拐角,被一带树林遮住了,再看不到。

走好吧。

我默默地说着。与她们不过相聚短短时日,实在谈不上有什么深厚感情,是因为我放走了她姐妹两人,白薇才在临走时吻我一下吧。只是不知她们在那条路上还会碰到什么艰险,只希望她们能平安到达五羊城。

回到城中,东门仍挤了不少城民。五万人要出城,便是冲出去也要好一会,不用说这般一个个走了。我带着马,又自东门向西门走去。

当初,城中数十万人家,到处是曲曲折折的巷子,从东门到西门也得好一会,现在却都成了一片瓦砾,一路畅通无阻,近了许多。

城中心是国民广场,边上便是中军营帐。广场中心本是用方方正正的大青石块铺成的，每块青石都足有六尺见方，按理，另外几大城池中类似的广场都叫帝国广场，第一代苍月公筑城后却起名叫国民广场，也预示着后来的反叛。这广场号称天南第一，大石板每块都有半尺厚，磨得光可鉴人，便是帝都也没那么好的石板。这些天不知在这里焚烧了多少死尸，如今这些大石块都被烧得斑斑驳驳，有些已烧裂了。真佩服中军，边上那种焦臭味，他们居然还能待得下。

这时我只觉肩头一阵奇痒，让人几乎忍受不了。叶台说过，伤口愈合时会有一阵痒，那么现在正在愈合吧？他的医术当真神奇，我受此伤不过两天，居然这么快便愈合了。腿上受到的那条刀伤是皮外伤，他只是浅浅包扎一下，现在拆掉了，也不过两天，结的痂都快掉了，除了在腿上留下一条长长的伤疤外，没什么后遗症。

正是有许多叶台这样的医官，这次与共和军一战，才会以如此小的损失取得那么大成果吧。只是如果是和平时期，他们不必把精力耗费在刀剑之伤上，岂不是更好？我胡乱想着，这时忽觉得脸边一凉，颊上有点湿漉漉的。

是我的泪水么？

我摸了把脸，掌心有点湿，但我知道那绝不会是泪水。白薇最后的那一吻的确有些让我心动，但没感动到那种程度，她并不是不舍，只是感激而已。毕竟，我是攻破高鹜城的帝国军一员。

那是下雨了。

一想到这是天在下雨，我的身体猛地一震。南疆要进入雨季了，那么，本来定好退兵时用火墙阻挡的战术便不能用。而且若此时蛇人攻击，那该如何是好？

几乎是同时，城中四处发出了呼喊，当中夹着人们声嘶力竭的叫声："蛇人来了！"

蛇人攻城也有好多次了，但这一次却像是已到末日，四处都传来地震一般的震动，带着人们的哭叫。中军营中，几支正在营房休息的部队也冲了出去。中军分前锋、锐步、铁壁、铜城、虎尾五营，前锋营最为精锐，步兵中锐步营最强，以前攻击时这两支部队总是冲锋在前，现在这两支最强的部队已经都减员一半，战斗力大损，也只能依靠另三营充当主力军了。今天轮到铜城营休息，从营中冲出来的步兵一个个甲衣不整，大概也正在整理抢夺来的财物。我加了一鞭，穿过他们，冲向西城。

蛇人已经三天未攻城了。尽管锐步营在空中火攻失败，但那次攻击肯定也让蛇人有点胆寒，万料不到我们被围居然还敢攻出城来。这一次，蛇人一定也发现下雨了，抓住这个良机又发起了进攻。

刚跑到西门,却见城头下聚集了一批批士兵,正依次上城。金千石正点着人马,一见我便叫道:"楚统领回来了!"

龙鳞军中不少人还没见过我,这时他们都一下跪倒在地道:"楚统领。"

如果我没有夺回沈西平的头颅,这批桀骜不驯的士兵也肯定不会对我如此心服。我看了他们一眼,说道:"请起。大战在即,弟兄们多加小心。"

因为守城,马匹都牵在城下。龙鳞军也是骑兵。军中马匹本不多,四军中骑兵占的分量也小,连杀生王柴胜相的万人队里,也只有三千骑军,龙鳞军却人人都有战马。龙鳞军本已只剩两百多,武侯命我挑选士兵补充到龙鳞军中,时间太急,只挑了一百多人,现在全军共三百零七人,连我在内。

我们正要上城,忽然,一骑从城南飞驰而来。离了好远,便听得马上人道:"龙鳞军统领在么?"

那是雷鼓。我勒住马,等雷鼓过来,说道:"我是龙鳞军统领楚休红。"

雷鼓带着马,那匹马跑得急了,站也站不定,不住咆哮。雨滴不时落下,但那一人一马都同着了火似的,浑身冒着白汽。雷鼓喝道:"龙鳞军统领楚休红听令,武侯有令,北门告急,龙鳞军速去援救,快去!"

我吃了一惊,说道:"北门外也有蛇人?"雷鼓却没有理我,飞快向东门跑去。

我看了看金千石,他也一脸愕然。我突然想到,现在罗经纬已退出城去,若蛇人此时攻来,可真是大事不妙。我冲着金千石喝道:"快走!"

去北门本有一条大道,是自南门直通北门。我们从西门出发,却是要从小路里穿过去。我带着三百人走过一堆残砖碎瓦,踏上了那条大道。

这条大道号称"十马大道",可以并排驰十匹马。经历了这一劫,用石板铺成的路面仍是很平整。在这大道上,便可以疾驰了。

一上大道,便听得身后一阵如疾风骤雨的马蹄声。我回头一看,却见路恭行一马当先,带着前锋营也过来了。

北门到底出了什么事?

雨开始下得大了。在疾驰的马上,透过雨帘,只觉得眼前一切都仿佛梦境,有种不祥之感。

第十章 大军压境

没到北门,便听得那里传来了一阵嘈杂,倒似地面都翻了个个儿。金千石惊道:"统领,不好,似乎已经在交手了。"

我侧耳听了听,说道:"快走,后军似乎抵不住了。"

我拍了拍马,向前冲去。左臂没好,但已经不再疼痛,想来已无大碍。

我们已冲到了北门口,却见门口人山人海,不知有多少士兵正在向里挤,乱成了一锅粥。有些士兵被挤得倒在地上,后面的人哪里管那些,仍然冲进来,地上的人被踩得痛叫,而后面的却似充耳不闻,仍是拼命向里挤,当中却还夹杂几个衣衫褴褛的城民。天已暗了下来,周围的火把光用木板盖着,使得人们的脸也忽明忽暗。

外面到底发生什么事了?

这时,一个小军官挤出人群,向我这儿跑过来。我向他喝道:"站着。"

他站定了,抬起头看着我。我道:"你是何人?"

那小军官不自觉地立定了,说道:"后军小校吴万龄,见过将军。"

我道:"到底出什么事了?罗经纬将军呢?"

吴万龄道:"罗将军将军营扎在城外,正安排辎重营出发,哪知突然漫山遍野地来了不知多少个蛇人,我们退回城里,哪知先前放出城去的城民有不少又跑回城来,与部队争道……"

我喝道:"不管如何,先整肃军纪,不得混乱。城门口这一军谁军阶最高?"

吴万龄道:"我们是后军第五营,两位万夫长都在罗将军身边,不曾入城。"

我道:"你先下令,命城门口诸军不得慌乱,让城民先进,然后依次入城。再有不遵号令者，立斩。"

我话虽如此说，心中却有点惴惴。后军原非我能号令之地，若士兵仍是不听，我也无法真的立斩几个立威。但那吴万龄却镇定下来，转过身喝道："城门口的兵丁听着，依序入城，若有敢违者，立斩不赦。"

他的嗓门却也不逊于雷鼓。这一声喊过，门口的恐慌如同一道得到宣泄的洪水，人群立刻平静下来。吴万龄喝道："立定！城民入城后，各部依次进城。"

城门口的兵丁本是群龙无首，此时吴万龄一声令下，登时井井有条，倒也不需杀几个人立威了。

一有秩序，入城就快得多。门口大约有两三千溃兵和几百个城民，那几百个城民从东门出城后应该是想往北去，哪知被蛇人拦回，明知是饮鸩止渴，也只得逃回来。这几百城民一进城，已有士兵将他们带到一边，一时也不好安排，将他们都关入城头的一个残破箭楼。好在只有几百人，挤在一个箭楼里，有十来人守住出口便也够了。他们也许是被关得麻木了，也不多说什么，一个个向里走。他们走过时，我看见那些人群中大多是妇孺老弱，几乎没什么青年。他们大多扛着包裹，那也只怕是些吃的和穿的，值钱的东西也带不出城的。有个老头，甚至还抱着面琵琶。

看到那琵琶，我只觉眼前一下暗淡下来。

不知道，她现在怎么样？她会不会知道一个没见过她几面的小军官对她有那样的感觉？

这时，吴万龄高声道："快，不要磨蹭，依序进来。"我看了看城门口，那些城民已全部进来了，现在是部队入城。城民一入城，剩下的部队依序而入，速度便更快，城门口一下空了出来。正看着，路恭行带着前锋营也来了。他看看周围，高声道："楚将军，罗将军在何处？"

我道："罗将军还在接战。路将军，我们该如何做？"

此时我也有点茫然。后军本身还有两万人，抽走两千守南门，剩了一万八千。纵然后军战斗力不强，终究人数比我们多得多。龙鳞军和前锋营加一起不过两千多人，就算我们全冲出去与蛇人野战，也无济于事。

路恭行道："你在门口稳住军心，我去将罗将军接回来。"

他话音刚落，前锋诸营已冲出门去。我道："路将军，行不行？"他也没回答我，一马已出了城门，泼风也似冲过吊桥。几个以前的同僚也已出城，路过我时向我点头示意，祈烈在马上还向我行了一礼，诸人便已冲出去。

金千石道："楚将军，怎么办？"

我看了看，说道："上城。"

城门口已退入了几千人，罗经纬在外所统大约不到一万五千人。不知那支来犯的蛇人有多少，既要护着辎重营，又要接战，他也实在不易取胜。

我们刚上城头，却见城外尘烟滚滚，一支部队退了下来。我看了看，这支部队夹杂着大量兵车，大约是辎重营。我道："金将军，你让几个人守着吊桥，千万小心。"

辎重营已退到城下。看过去极是狼狈。辎重营本不是战斗部队，虽然也有弹压俘虏之责，毕竟与真个上阵冲杀不同。德洋在后阵断后，他也穿着软甲，但甲上已有破洞，身上斑斑的都是血迹。

他们一进城，我叫道："德洋！德洋大人！"德洋抬起头，看见是我，说道："楚将军，你们要当心，蛇人有好几万！"

好几万！

我心头猛一跳。南门外那支蛇人部队，来时也是声势浩大，但真正出战的却总只有几千人。难道，它们的真正目的是要围城么？我道："罗将军现在如何？"

德洋道："罗将军正在苦战。若无路将军支援，只怕已抵不住了。"

像回应我的话一样，前面发出"轰"的一声巨响，只觉大地也在震动。北边约摸二里外，一道浓烟冲天而起，也不知发生什么事了。

那是火药的爆炸声。是路恭行在用火药么？怪不得他那么自信。当初他曾说张龙友可能是胜负的关键，说不定那时他便已想到，单凭刀枪已难以抵敌蛇人，一定要用那种新的武器了吧。我不禁有点佩服路恭行。他能让眼高于顶的前锋营服他这个统制，的确是名下无虚。

金千石这时将一柄伞递过来，说道："将军，打伞吧。"

我接了过来。现在我左臂没法动，靠单手自然没法作战，也只能在城头指挥而已。可武侯不知怎么想的，为什么把仅有三百人的龙鳞军派到北门来？

这时金千石道："统领，他们退下来了。"

退下来的是杂七杂八的队伍，最前头还夹着几辆辎重车，真可说"狼狈"两字。

后军的战斗力果然不行,退进来的还有一万余人,大多已是盔歪甲散,恐怕一触即溃。我心头一寒,万一这溃兵又堵在城门口,只怕难办了,连断后的前锋营也进不来。

没等我多想,便听得城门口有人喝道:"门外诸军,依次入城,混乱者斩!"

那是吴万龄的声音。刚才我让他整顿秩序,他现在还在那儿。金千石在一边看了看我,说道:"这人相当不错。"

的确。我想着。我想起了中军的苑可祥,还有这儿的吴万龄,这批人若能吸收入龙鳞军来整顿军纪,定能让龙鳞军的战斗力提升一个档次。只是龙鳞军也尽是些桀骜之人,若马上让一个外人来整顿,他们肯定不服,因此也不急在一时。

这时,门口传来了一阵喧哗,我道:"怎么了?"

金千石趴在城头往下看了看,说道:"是罗将军回来了。他受了重伤。"

罗经纬进来了?怪不得吴万龄发号施令能如此有效。金千石的话里,幸灾乐祸之中不无赞叹之意。诸军本是一军看不起另一军,中军表面上没人敢看不起,背后却被称作"少爷兵",因为很多出身世家的军官都在中军。而左右两军的统兵大将本是齐名,他们都自认是此战第一强兵。陆经渔走后,左军一下失去了底气。但右军自沈西平死后也同样很有种失落感,尤其是这支沈西平的嫡系龙鳞军,真有种丧家之犬的感觉。但他们还是一样的看不起后军,觉得后军顶多是充数的一军。

武侯出师之时,点兵到左右二军,再找不出什么强兵了,勉强弄了些还看得过去的人凑成后军。不少人都有这等看法,口齿轻薄之辈还在背后称罗经纬为"罗竟尾",说后军样样都落在最后。现在后军这一番苦战,却让最为自负的龙鳞军也有点赞叹了。

罗经纬的担架抬上了城头。我走过去,将伞递给抬担架的人,跪在担架前道:"禀罗将军,龙鳞军统领楚休红助战来迟,死罪。"

罗经纬在担架上抬起身子,说道:"楚将军请起。经纬败下阵来,让楚将军齿冷了。"

他的话中,满是萧索之意。

我也不好说什么。罗经纬本是与陆经渔、沈西平他们同一批的勇将,当初平定翰罗海贼,同样的立功甚大,但他一直没能封爵。这次平叛,他统的也是后军,一般只做些打扫战场的事,仍立不了什么功。罗经纬心头,一定有股不平之气,之后沈西平战死,陆经渔出走,让他觉得自己未必不会出头。可当真一战,却让他雄心顿消了。

我道:"罗将军,你好好养伤,不必多想了。"

罗经纬在担架上道:"胡中军。"

边上的一个中军官跪了下来,说道:"胡仕安在。"

罗经纬道:"胡中军,你协助楚将军,定要守住北门。"

胡仕安道:"遵命。"

他话音方落,门外又是一阵响。刚才似乎还在二里外,这回的响动已不到一里了。

那是路恭行在且战且退吧。以不满两千之数,独挡蛇人,即使是借助火药之力,路恭行也可当得名将之称了。我也不禁羡慕路恭行,这场大功又让他独占了。

有张龙友在武侯幕府,他立功更容易吧。

这时,门外已发出了一阵响动,极目望去,北门外半里已是人头攒动,前面一支军马正急速后退。

大雨中,马蹄声仍似激越的鼓点,响个不住。听那声息,每近一些,我的心头也沉重一些。

路恭行的前锋营也补充了一些人员,经此一战,不知又要损折多少了。

尽管我已不是前锋营成员,但心底仍是很关切这支部队。

这时,退下来的前锋营已近了。他们的战甲被雨打得透湿,闪闪发亮。

"这么大的雨,他们怎么还能用火药?"我不禁有点诧异说道。此时已没时间多想了,一个骑士冲在最前,喝道:"小心了,蛇人追过来了。"

那是前锋营第十六营的百夫长邢铁风。他是清宽伯邢历的儿子,邢历本是文官,官拜户部尚书,邢铁风是他第三个儿子,却自幼好武,十九岁军校毕业便投入了武侯军中。他也是蒲安礼一党,本与我不甚相得,在军校里虽是同学,却连话都没怎么说过,此时我看到他,却只觉一阵欣喜。因为看他的样子并不如何狼狈,显然前锋营没有吃亏。我对金千石道:"金将军,快让人准备,前锋营一进城便拉起吊桥来。"

金千石答应一声,带了几个士兵过去了。此时前锋营正鱼贯冲入城中,让我有点欣慰的是看来前锋营并没有折损多少人。只是他们身后不过二三十丈远还有一批人马尾随而至,夜雨中看不清,但见中间有些战车,定然是蛇人追兵了。这批蛇人秩序井然,隐隐的与以前的蛇人大不相同。我突然想起,这还是蛇人的第一次夜袭。

夜晚的蛇人看来比白天要危险百倍。

等前锋营一入城,我一扬手,金千石和几个士兵拼命拉着吊桥。吊桥才拉得一半,蛇人的先头部队已到。那批蛇人排成一个方阵，最前一排已到了护城河边，一个蛇人一长身，上半身已搭在吊桥上。它手中握着柄短刀，一刀扎入吊桥的木板，下半身一缩，全身已趴在了吊桥上。吊桥头上一下增大了那么大分量，拉起的速度一下慢了起来。

若是让它砍断吊桥的绳索，那便难办了。我正想呼喝，龙鳞军中忽然飞出一箭，直取那蛇人。

这一箭势若奔雷，就算是我用贯日弓射出的也不过如此。我不禁吃了一惊，龙鳞军中竟还有这等人才！

不等我惊叹，那一箭已到。那蛇人正在吊桥桥板上摇摇晃晃，准备直起身子，这一箭已到它跟前。它的动作极快，刀扁着一挡，"当"一声，那箭竟然刺入刀身，白色的箭羽还在颤颤。

不等那蛇人再有什么动作，另一支箭又已飞到。这一箭几乎紧接着前一支，那个蛇人在吊桥上本已站不稳，哪里还能阻挡，一箭入脑，它身体一仰，摔下吊桥来。趁这吊桥一轻，金千石已大力摇动辘轳，将吊桥拉起。

城外的蛇人已立定了。从城头上看去，黑压压一片，竟不知有多少。德洋说有好几万，看来是毫不夸张，起码也有两三万。

以前蛇人攻南门，不过五六千个。武侯有五万人在守南门，现在北门只剩下不到两万人，真正还能一战的只怕还不到此数的一半，还能守得住么？

我心头也有了惧意。

这时，只听得路恭行道："楚将军！楚将军！"

我回头一看，路恭行已带着前锋营上城来。我行了一礼，说道："路将军。"

他看了看我道："此番蛇人与以前大不相同，要小心了。"

他只说了这一句话，便没再理我，在城头上分派前锋诸营。前锋营现在也有一千七八百人了，他重整此军比我重整龙鳞军有成效得多。不知他将龙鳞军放在四营和五营之间是什么意思，也许，是方便我和祈烈互相照应吧。

城头布防已毕，祈烈过来向我行了一礼，说道："楚将军。"

他升上了百夫长，人也成熟了许多。我笑了笑，说道："小心点。"

他道："将军你也要小心。"

他说了一句也转身走了。不知为什么，我总觉得他这话里有话。

难道，前锋营中有想对我不利的人么？我扫视了一眼四周，前锋营的人都全神贯注地注视城下。城门这一段由前锋营和龙鳞军守卫，罗经纬带回的后军也军心已定，胡仕安正在四处巡视打气。

那是我多疑吧。我摇摇头，蛇人已集结在城下，黑压压的一片。

这批蛇人与以前最大的不同就是纪律严明。以前的蛇人各自为战，野战时这等战法如疾风骤雨，势不可挡，攻城时却相互掣肘，可眼前这些蛇人竟似一支训练有素的强兵，它们攻城时的攻击力不知有多大？

雨落下来，把我的头发打湿了，脸上也满是雨水。我捋了一把，说道："金将军。"

金千石过来道："统领，怎么？"

我道："刚才放箭那人是谁？请他过来。"

金千石道："他叫江在轩，是龙鳞军第一神箭手，大概也是全军第一吧。"

全军第一？我不禁有点失笑。他们并不认识谭青，谭青绝对也有他那样的箭法，而谭青告诉我，他在军中曾与文侯手下的一个小军官比试过箭法，五百步外射游靶，他一般是一百箭八十五六中，那人却至少能九十多中。那等箭法，才庶几可称"百发百中"。龙鳞军可能不算第一强兵，却可以说是第一自负吧。不过我现在是龙鳞军统领，自不好灭自家威风，只是道："快请他来吧。"

金千石大声道："江在轩，江在轩！过来见统领！"

一个身材不高的年轻人应声走了过来，在我跟前跪下道："江在轩叩见统领。"

我道："江将军请起。"

我只有右手可以动，伸出一只手扶起他。这江在轩年纪跟我差不多，也只有二十出头，身材虽不高，却十分壮实。他背后背着一张短弓，只有一肘长。

这等短弓，也能射出如此大力的箭来么？我自己惯用那张贯日弓，谭青曾跟我说，弓力太强，准头就极难把握，用力不当，反而不如软弓得力。可我用惯了那等硬弓，射术也实在难有寸进，这等高妙处是体会不到了。这江在轩，也许会是个和谭青一样得力的人。

人尽其才。军校中兵法教官包括陆经渔在内都如此说，这也是为将之道的真谛。

我道："江将军，你的箭术很强，龙鳞军中还有能与你比肩的人么？"

江在轩道："有五六个。"

我道:"你将他们集结在一处,在后守卫,若蛇人攻上城来,你们用箭压制住它们。"

江在轩抬起头,脸上有点兴奋之色,说道:"禀统领,在轩愿誓死一战。"

我笑了笑,说道:"能不死,还是不死的好。"

龙鳞军惯于冲锋,以前像他那种神箭手,自然不能在冲锋中一展其长,所以如此一个神箭手也屈于行伍,只能当个普通小兵。我看着他带着六个人走上箭楼,心头一阵凄楚。

我们这样的军人,除了杀人,还有什么本事?

这时,城下的蛇人发出了一声巨吼。蛇似乎并不会叫,可这些蛇人都吼得很是响亮,虽比不上雷鼓,喊得比我可响得多。

蛇人要进攻了!我喝道:"大家小心,不能让蛇人攀上城头!"

后军尚未和蛇人正式交战过,退入城的溃兵已是军心不整。如果不是前锋和龙鳞两军来首当其冲,我怕后军全军会立时崩溃,那个胡仕安根本没法镇住他们。我一声令下,龙鳞军的士兵已排在城墙边,我也走到边上,盯着下面。

城下的蛇人排列的整整齐齐,头一排都拿着大盾。它们的盾牌不是南门的山都攻城时用的那种木板,而是真正的盾牌,每一个都几乎有我们通常所用的两倍大,第一排的蛇人在盾牌后躲得严严实实的,风雨不透,我们根本别想用箭射中他们。若是他们这般步步为营,实在难以抵挡。

我的右边正是祈烈所统的前锋五营。五营现在有七十多人了,祈烈站在五营最左边,离我只有一步之遥。以前当我的护兵时,他还像个大孩子,现在面上竟是不动声色,渊停岳峙,颇有大将之风。我小心道:"小烈,你有把握么?"

祈烈转过头,笑了笑道:"将军,不用担心,我们有张先生做的火雷弹,只怕它们不攻上来。"

火雷弹?我登时想到了张龙友做的那种火药。大概是用火药做的一种武器吧?

这时,第一批蛇人忽然从中展开,有一队蛇人从后急速插上,推着一辆很长的车子。那车子其实也是一些小车组成,上面搁着一条长长的木板。

那是要做什么?但我马上就想到,那是架桥车。

架桥车在帝国军中也有,在越过河道、沟堑时用,不过蛇人的比起帝国军的架桥车来显得粗笨之极,如果让人来推动,只怕得要几十人,蛇人也要十几人同时推进。

只是正因为笨重,也坚固得多。它们有了架桥车,要过护城河便不费吹灰之力了。

这排架桥车一到护城河边,只听得路恭行喝道:"全军放箭!"

城头上,登时箭如雨下。箭矢虽然很少能让蛇人一箭毙命,但蛇人也不敢怠慢。也还好,蛇人似是天生不会射箭,对箭术也同样难以抵挡。这时那批持着盾牌的蛇人就像两扇门一般合拢,护住了推车的蛇人。它们的动作整齐划一,竟似训练有素的士兵。箭虽如急雨,射得盾牌上如同刺猬一般,却极少有能透过缝隙射中那些蛇人的。龙鳞军的士兵不禁有点急躁,我看了看站在高处的路恭行,他扫视着下方,面色如常。

一定也有对付之策,不然武侯不会只派我们两军这两千多人来援北门的。我离开前锋营没几天,这几天里,可能张龙友已做了不少新武器,祈烈所说的"火雷弹"可能不过其中之一。

架桥车推到了护城河边,那批蛇人猛地一推。它们的架桥车其实是一块长木板搁在两辆小车上,这般一推,前面的车已是悬空在护城河上,后面十几个蛇人压住后端,前端翘起,似个杠杆的样子。那块木板足有半尺厚,两尺宽,上面刻了一条凹槽,也不知派什么用。这样的分量,在后头单靠十几个蛇人的体重肯定压不住,想必后端有些什么重物。这样的设计已是相当精巧,我也实在不敢相信以蛇人吃人生番一般的模样居然也能想出这等器械来。

这时,我想起了那时在旗杆顶上所见的那个滑轮。那滑轮也一样做得很是精巧,不是一般人做得出来的。

蛇人到底是属于哪一方的?如果它们背后有人在控制,那么这个人到底是谁?而且,蛇人的援军也越来越强,如果只凭蛇人,不相信会在短期内有那么大的差别。

难道,山都那支部队只是蛇人探路的先头军?可是,山都那一军来时,声势也是浩大之极,若十万人只属先头部队,后续部队又该有多少?而山都攻击时发兵也不过五六千,又不知该做何解释。

蛇人已将两块木板架在护城河上。此时,蛇人阵中突然发出一阵呼喝,一面大旗招展不休,后面又有一辆车缓缓过来。

不知是哪个眼尖的惊叫道:"攻城车!"

果然,那是一辆巨大的攻城车。这攻城车与帝国军的攻城车别无二致,都是在一根巨大的原木上装上巨轮,头部砑尖后包上铁皮。只是,这辆攻城车比帝国军最大的攻城车"无敌号"还大上三分之一。"无敌号"足要两三百人才能推动,蛇人虽比人力量大得多,这辆攻城车边上也密密麻麻地围满推车的蛇人。

这么巨大的攻城车,只怕不用两三下便可将城门撞开,便是撞城墙也足够了。怪不得那木板上有凹轨,正是为了用这攻城车吧。几乎所有人都一阵心寒,我看了看路恭行,他也有点愕然。

以前的蛇人攻城只凭强攻,帝国军单打独斗不及它们,但只要人多,要守住也并不太难。可这回的蛇人却是纪律严明,盔甲整齐,而且攻城器械如此齐全,攻城方式也有章有法,便是帝国军的最强部队也不过如此。开始,我们尽管担心,但之前已守住那么多次蛇人的进攻,也不会太害怕。可这时,不管是谁,信心都已摇摇欲坠。

太惊愕了,城头几乎一下子变得死一样寂静。

这时,城头上突然响起了"铮铮"两声琵琶。接着,是一连串曲调。在一片大雨中,这声音出奇的清晰,便似在耳边响起一般。

仿佛兜头一盆凉水浇来,我浑身都只觉得一清,耳边便听得路恭行高声喝道:"谁去将那蛇人桥板炸毁?"

琵琶声已越来越急,但每一个音符都丝毫不乱,入耳便如万千铁蹄奔驰,却又辨得出每一片蹄铁击在地上的声息。

路恭行此时已完全恢复了刚才那等从容,指挥若定。这时琵琶声中忽然响起一个老者高亢嘹亮的歌声:

> 豪情冲霄上,
> 登高望,
> 江山万里何苍茫。
> 好男儿,
> 岂惧青山葬。

这歌声悲怆激昂,那老者的声音虽然苍老,却仿佛有着巨大的力量,让每个人都热血沸腾。在歌声中,有个人喝道:"有胆一战的,跟我来!"随着喊声,一个人从城头垂下绳索吊了下去。

正是劳国基!

他手下的第十三营士兵原本就是守着正城门的,此时纷纷跟随他冲下城去。他这一营原本减员甚多,虽然有补充,现在也只有五十几人。这五十几人都可算得是中军的精英,个个身手矫健。这时下城,几乎可以说是有去无回,但他们一个个都义无反顾,冲到了护城河边,这时,那攻城车已快到护城河边了。

河对岸的蛇人队中忽然有十几个跳下水,泅泳过来。蛇人天生会水,它们一入水,也不等我下令,守在箭楼上的江在轩他们已然发箭。在箭楼上居高临下放箭,他们又都是神箭手,一轮箭射下,那十几个蛇人登时被射死一半。在这当口,劳国基已冲到那两块木板前,他们几人想要搬动那木板,可这木板实在太过厚重,他们几个人根本动不了分毫。劳国基喝道:"用火雷弹!"

我终于能看见火雷弹了!

劳国基和边上几个士兵同时从怀里摸出一个拳头大的小罐,又拿出火镰敲击。可是,雨下得太大,他们怎么敲也敲不着,路恭行在城头叫道:"劳将军,你们将火雷弹放在在那木板上!"

劳国基还想试着打打火镰,这时,祈烈叫道:"劳将军,当心!攻城车过来了!"

那辆巨大的攻城车前轮已滚上了那木板的导轨,许多蛇人正拼命向前推,城头上,箭如雨下,边上持盾牌的蛇人紧紧地护着,时而有一支箭透过缝隙射入,那些蛇人却前赴后继,根本不顾伤亡。

攻城车压在那木板时,两块木板同时发出震动,咯咯作响。由于有雨水,这车虽然笨重,速度却越来越快。劳国基喝道:"快,先把火雷弹放在上面!"

他冲上了木板,根本不顾那即将冲过来的攻城车。另一个士兵上了另一块,岸上的士兵将火雷弹扔到他们手中,劳国基将那些火雷弹飞快地放在上面的凹轨中,有的因为不小心掉进水里,他也不管。

眨眼间,那木板上已各堆了十几个火雷弹。

这名字威风之极,可样子却一点不起眼的火雷弹放在木板上,活像两堆小酒罐,大概本也是用小酒罐改装的。不知为什么,我有点想笑,这时,劳国基已跳回岸上,又摸出一个火雷弹拼命想打燃,可是,城下没一点遮挡,他也根本打不着。城头上也掷下几个火雷弹,但那木板虽然有两尺宽,要正好掷中却不容易。有几个掷中了,却没炸开，大多直接落入水中，响也不响一个。

路恭行在城头叫道："别浪费火雷弹，快，用火箭射！"

他已将一支绑上松明的箭搭在了弦上。那些松明正熊熊燃烧，他拉开弓，一箭射落。

这一箭不偏不倚，正射在那堆火雷弹中。可是雨太大，那火苗一下子被扑灭。

城头上的士兵如梦方醒，纷纷将箭头绑上松明射下。以前知道蛇人畏火，城头上到处都是火把。但雨太大，那些箭虽有不少射中那木板，却一下就灭了。

我一手还吊着绷带，没法射箭。那攻城车这时已到了那堆火雷弹跟前，眼看那巨轮马上便要碾上那些火雷弹，劳国基叫道："城上，给我个火把！"

城头有人扔下一个火把。劳国基接到手中，叫道："谁还有火雷弹？"

边上一个士兵递上一个，劳国基接过来，人猛地跳上木板，向那轮下冲去。

他是要舍身去炸掉那木板！

城头上，几乎所有人都惊呆了。劳国基简直不把自己的命当一回事，根本不管那辆攻城车正以不可一世之势压过来，在木板上一把点燃了那个火雷弹，向那堆火雷弹扔去。

他离那轮子只有一两步远，如果不能引爆，劳国基已没法再跳开了，准会被轮子从身体中间碾成两半。尽管战士当视死如归，但这等死法，恐怕没人会有勇气的。

这时，那轮子已经碾上了那些火雷弹，我已听得那罐子破碎之声。几乎同时，轮下发出了一声巨响，几乎连城墙也震动了一下，"轰"一声，下面升起一股浓烟，左边的那块木板断成两截，那辆巨大的攻城车一歪，一下倒了下来，横亘在护城河上，发出一声山崩地裂的巨响。

这回，那些蛇人力气再大，恐怕也没办法再推动攻城车了。

这攻城车一倒，城头发出一阵欢呼，蛇人军中也发出了一声厉吼。那队手持盾牌的蛇人攀上了已倒在河上的攻城车，把攻城车当成桥梁冲了过来。箭楼上，羽箭不时飞下，那些蛇人举着盾牌，不顾一切地冲来。

路恭行喝道："快！快把劳将军拉上来！"他人已冲到城边，伸手抓着垂下的绳子。我这时才看见，劳国基已瘫倒在一边，浑身是血。

他受伤了么？

我不知道那火雷弹的威力如何，听声音，威力也不小。我也跑到城墙边，用一只手拉着绳子。下城的几十个人都正抓着绳子拼命向上攀来。

要是在城下，谁也不敢说是蛇人的对手。幸好，蛇人在那攻城车上攀得不快，箭楼上飞下的箭也阻得他们更慢。

将下城去的前锋十三营全部拉上城后，路恭行道："快将劳将军送到医营疗治，其他人准备火雷弹，不能让蛇人爬上城墙。"

但那些蛇人并没有再进攻，已经攀上攻城车的蛇人见下城的帝国军都上了城，便随着蛇人营中一阵响亮的锣声快速地退了下去。

进退合宜，这队蛇人真的像一支训练有素的强兵啊。

我看了看路恭行，他脸上有一股忧虑之色，也许也在想着这个问题。当初城中出现第一个蛇人时，他就有这种忧虑，可惜那时武侯根本不当一回事。现在想来，那些蛇人定也是斥候一类的角色，等我们一攻破城池就马上发出消息，所以那批蛇人才能适时进攻。如果那时及时做好准备，或者在蛇人第一次攻来时便及时班师，不至于落到这种地步吧。只是时机已然失去，现在我们越来越被动，击退蛇人的进攻也越来越难了。

看着蛇人退去，城头的后军士兵都发出欢呼。他们没有领教过蛇人的攻击力，而守城时我们也几乎没有伤亡，他们自是觉得我们胜利了。可是，他们没有想过，要是这一次没有路恭行的前锋营带来火雷弹，这城绝对是守不住的。

何况，蛇人像是聪明了许多。

这时胡仕安兴高采烈地走了过来，说道："两位将军，罗将军请你们过去。"他脸上也是按捺不住的喜色。

路恭行看了我一眼，说道："好吧，我们马上就去。楚将军，我们走吧。"

他的目光有点怪，但我也不在意这些，说道："路将军请。"

罗经纬的担架在一个箭楼里。我们一到他跟前便跪下道："末将叩见罗将军。"

罗经纬努力半坐起来，说道："两位将军请起。"他说话很吃力，这么一动，脸上也泛起一片潮红。我们站了起来，罗经纬道："路将军，楚将军，此番守城，全赖两位将军之力。经纬在此向两将军致意。"

他在担架上向我们致了一礼，我们站定了，也向罗经纬回了一礼。可是，罗经纬眼中却没有胡仕安那样的喜色，而有些忧虑。

他也许也明白这样子守城绝非长久之计吧。这一战,后军的两个万夫长全部战死,损兵起码有五千许。以后该怎么办,谁也说不上来。

这样一个破城能守到今天,也算是个奇迹。如果不是武侯,我想说不定蛇人第一次攻击时大家就乱了阵脚,哪里还能支撑得下去?罗经纬也是名将,他不会不明白这个道理的。可是如今有三门被围,东门也不知有无战事,贸然出去,说不定也会像这次北门撤军一样吃个大亏。而今已经失去了撤退的良机,我也不知道以后该如何是好。

路恭行道:"罗将军,我想问一下,你们是如何碰到蛇人进攻的?"

罗经纬刚想开口,便咳了两声,胡仕安一边道:"我们遵君侯将令在城外扎营,等候辎重营出城。辎重营正在出城时,斥候兵来报,北边大路上突然开来一支大军,旗号不清。我们开始不曾想到是蛇人,下令严阵以待,哪知这支蛇人军来得极快,已成突击之势,虽然百般防御,仍是不敌。若非路将军及时来援,我们定要全军覆没。"

我们都有些心情沉重。蛇人的攻击力越来越强,而我们的士气却渐渐低落。此消彼长下,只怕城破之日也不远矣。

我忽道:"罗将军,我想问你讨一个人。"

罗经纬道:"楚将军想要哪个?"他的话不免有点迟疑,我在这时来向他要人,不免有点挖人墙脚的意思。

我道:"贵军五营小校吴万龄。"

他松了一口气。吴万龄只不过是个小校,大概他也不认识。我没向他要后军的中坚大将,自也没什么好紧张的。他道:"好吧,楚将军将他带走便是。"

辞别了罗经纬,回到城头,城头上还有些欢声笑语,但那都是后军的。他们认为自己是打了个胜仗,因为守城时没有伤亡。可是我不知道那些蛇人第二次攻击时会怎样。

回到自己的防区,正看见后军把那箭楼里的人赶下来。那些衣衫不整的城民一个个都面无人色,他们也不知道刚捡得的这条性命是不是还得丢在这儿,走得东倒西歪,一个后军士兵不耐烦,伸着枪柄要打,路恭行喝道:"住手!"

那个士兵看了看路恭行,有点惊慌地收回枪柄。路恭行走过去,说道:"刚才是哪位在弹琵琶?"

一个半老的女人看了看后面，叫道："将爷，我们让那老头子不要弹的，可他不听。"

这时，一个老人正从箭楼里走出来，那女人道："老穆，你真要害死我们了！"

路恭行喝道："住嘴！"他快步走上前，说道："老人家，请走好。"

一个帝国军将领对共和军的城民如此客气，恐怕战争后从来没有过。那个女人有点目瞪口呆，不知道路恭行吃错了什么药。那老人看了看路恭行，叹道："抱歉，我愧对大公。我没想到你们这帮禽兽也听得懂我们的葬歌。"

他还是一副桀骜不驯的语气。没想到这老头子气性那么大，而且他唱的是共和军的葬歌么？他的话一出口，边上的士兵一下将枪对准了他，只怕马上要捅他个对穿。

路恭行只是一笑，说道："老人家，帝国军和共和军，都只是人而已。来人，让他们从东门出去，每人发一块干粮，不得留难。"

他下完令，转身便走了。

我有点呆呆的。我以为只有我才会那么婆婆妈妈的心肠发软，没想到这个铁石一般的路恭行，竟然也说出这种话来。如果帝国军和共和军都是人，那战争是谁对谁错？

我有点苦恼地摇摇头。这时，金千石道："统领，我们回去缴令吧？"

我道："好吧。我去向路统领辞别。"

我走到他身后，小声叫了声："路将军。"

他正看着在退下的前锋营，听到我的声音，转过头来道："楚将军啊。"

我道："我要回去缴令，告辞了。"

他点了点头，说道："是，我也得去了。"我正要走，他忽然道："楚将军，这些日子你千万当心。"

"什么？"

我一时还没听懂他的意思，他已回身到自己的营中点名去了。我拍了拍头，说道："金将军，我们也点名，回去缴令。"

这一趟守城主要是前锋营的功劳，但能让溃兵井井有条地入城，我们龙鳞军的功劳也不算小，没让蛇人抢夺吊桥，更是件大功。

金千石点了名，说道："禀统领，龙鳞军应到三百零六人，实到三百零五人，前哨士兵伍克清失踪。"

那个伍克清是新选进来的士兵，多半已战死了吧？每次总有一些人失踪，过不了多久就会发现已将腐烂的尸首。这一次只损折了一人，实在不算什么。可不管怎么说，有一个生命就此结束了，我不禁有些伤感。这时，耳边听得有人道："禀楚将军，吴万龄前来报到。"

我抬起头，吴万龄正站在一边。我道："吴将军，你来了？请入列吧。"我见他脸上似有点异样，笑了笑道："怎么，吴将军不乐意来龙鳞军么？"

吴万龄干笑了笑道："不敢。楚将军，那我就过去了。"

我道："吴将军，放心，你来龙鳞军，是只升不降，我想让你做哨官。"

吴万龄大概是担心离开老地方得不到升迁吧，现在他做了哨官，自是要升一级了。只是吴万龄眼中似乎总有股不情不愿的神情，不过嘴上倒是没说。

我们退走时，罗经纬被抬着出来向我们致意，我们在上马时也都向他致了一礼。这个心高气傲的名将，这时变得像一个平常的老人一样萧然——尽管他年纪也不算很大。

回到西门，也是一派狼藉。还好，右军以前是沈西平统领，战斗力也够强的，来攻西门的蛇人虽然多，却不像攻北门的蛇人那样装备精良，与以前山都率领的差不多。右军经过一番死战，损兵两千，终于守住了城门，而且让来犯的蛇人也留下了几百具尸首。柴胜相固然有点大言不惭，可他的战斗力倒也不弱。只是这样的损失，到底还能经受几次，我实在不敢去想。

我让金千石将龙鳞军安排好，自己去缴令。龙鳞军已重整了三个哨，吴万龄被我任命为左营哨官，去挑选人马入龙鳞军。龙鳞军哨官也相当于前锋营百夫长，比他原来的小校算高了一级，但这两军较为特殊，他算是一下子升了好几级了。

我打马去武侯的中军帐缴令。一路上，还能看到那些烧焦了的破房子。不知道白薇和紫蓼她们怎么样，东门尚无战报，大概她们能顺利到达五羊城吧，我也希望她们能安全抵达。

不知为什么，杀的人越多，我的心反而越软。我父亲只是一个平凡的低级军官，一生没有什么作为，直到退役时，他的军功仅仅是"斩首一级"。他梦想着儿子能成为一个大将，因此我从小就被他送到军校去，只是没等我毕业他就去世了。如今，我也已经算是个中级军官了，勉强可以称得上"大将"，可是，我心里却更加厌恶战争。

走了一程，我忽然听得边上有人低声道："将军。"

那是祈烈的声音。我看了看边上，只见祈烈有点鬼鬼祟祟地钻出来，身后跟着几个什长，他们也正向我致意。我笑骂道："小烈，你做什么？"

他却没有什么高兴的神色，说道："将军，你知道你营中有个伍克清么？"

我的心动了动。这人正是金千石跟我说过失踪了的人，不然我还真不知道。我道："知道，他怎么了？"

"他是武侯幕府的参军之一。"

他只说了一句话，便回到那些什长中去了。

武侯的参军？祈烈的这一句话却让我心中起了万丈波澜。武侯幕府中参军足有十几人，其中自然有高铁冲这等武侯视若股肱的一等谋士，也有刚被武侯青眼有加，名声大噪的张龙友，但也有不少人默默无闻。可能够入武侯幕府的人都是有真才实学的，不论名气大小。这伍克清投到龙鳞军中，那是什么意思？

忽然，我的心像被针刺痛了一下。

武侯在怀疑我！

那次劳国基献计以风筝飞入蛇人营，再以火药包火攻，可说是万无一失，结果却是败得一塌糊涂。那时我也想过可能是有内奸泄露了机密，所以蛇人才能放出火鸟来破解此计。可是军中有谁会向蛇人泄密呢？我实在想不通会有什么人投靠蛇人，这计策除了前锋营和中军的高级军官，谁也不知道。武侯一定也这么想。而我从蛇人营中全身而回，实在有点不可思议，偏偏那时我还老向人打听劳国基之策，准是有人向武侯报告过，也难怪武侯会怀疑我。

武侯那么急着班师，准也有逼着那内奸现身的用意。可是人算不如天算，以武侯之能，也万万没料到西、北两门也出现了蛇人。他这条计策，仍是失败告终。他让那伍克清投入龙鳞军，也正是要观察我的动态吧？怪不得路恭行也用那么怪异的语气对我说话，他一定也想提醒我。也怪不得，连火雷弹这等利器造出来我却连一点也不知道。

我有点兴味索然。身经百战，武侯仍要怀疑我。难道当一个名将，总是要疑神疑鬼么？

我打着马，让马不紧不慢地走着。

第十一章 敌友之间

中军营中很是平静。今天南门也有蛇人来犯，但山都的蛇人军大概也已经后继乏力了，中军击退它们的攻击已是游刃有余，也没什么可兴奋的了。天还没大亮，刚接战过一场的士兵纷纷回营休息，休息过的却正在向外走。

我到了武侯的中军帐，跳下马，说道："龙鳞军统领楚休红，前来缴令。"

门口的传令兵道："楚将军请。"他大声复述了一遍道："龙鳞军统领楚休红前来缴令。"

我一进营帐，不由大吃一惊。里面已经站了不少人，多半是中军和右军的将领，一边侍立着一排参军，张龙友也在。让我吃惊的是，连一向不大露面的高铁冲也在。他仍是坐在轮椅上，戴着那个有面纱的大帽子，大概他有特权。武侯正高坐在上，身后站着那两个亲兵，边上还站了一队亲卫队。我走上前，跪在地上道："龙鳞军统领楚休红前来缴令。"

这是第二遍说了。此时说来，我只觉心中有股说不出的委屈。也许，真正的内奸也在这些人里，我却被当成替罪羊。

来缴令的人络绎不绝。南、西、北三门都有蛇人来攻，相比较而言，战况最为激烈的是西门。栾鹏与柴胜相两人守城颇有章法，右军和后军的兵力差不多，后军的损失却远大过右军。可不管怎么样，这等消耗战只怕难以长久，若明日蛇人仍在北门发动进攻，我不知道它们会不会想出破解火雷弹的方法。

依次缴完令，武侯重新布置了一下城防。南门已不必那么多人，反是北门告急，不仅从后军抽到中军的两千士兵重归北门，还从中军抽去了两千去守北门。

此令一下，路恭行便出列道："君侯，末将今日在北门一战，那里的蛇人已进退有序，攻防得法，只怕增加四千士兵亦无济于事，望武侯三思。"

武侯淡淡一笑，说道："路将军，北门战况我已闻禀报，那里的敌人数量虽多，但攻势不强，一攻即走，定是佯攻无疑，蛇人的重点定然仍在南门。"

的确，北门的蛇人若全军压上，就算有火雷弹，它们会受到极大损失，但最终多半也能攻入城来。可是蛇人一旦失利，便全军退去，实在有点可疑。难道，蛇人的重点是在南门？或者，其实它们就是声东击西之计，佯攻三门，真正的注意力还是在尚无敌情的东门上？

如果这么想下去，实在没底了。此时我已再不敢将蛇人当成是些野兽，它们现在的攻势越来越像是深通兵法，虚虚实实。单从一门来看，攻势减退，但从全局来看，却更难捉摸它们的用意。

柴胜相走出来道："禀君侯，西门有我二人便足以自保，不妨将右军抽到中军的两千人也调到北门助战。"

武侯沉吟了一下道："也好。"

这时德洋从椅子上站起来道："禀君侯，今日在北门遭蛇人突袭，粮草损失了近一半，如此下去，全军只怕支撑不了半个月了。"

他一条手臂也用绷带绑着，倒和我差不多，所以武侯让他坐下，不必站立。不过他没我那么能熬，说了两句话便已气喘吁吁。

他一说起粮草的事，我不禁心一沉。粮草的问题每个人都想到了，可谁都不愿提起。如今三军尚可一战，但若让他们知道粮草已然告急，士气只怕一下便要低落。以前围高鹫城时，城中的共和军起先众志成城，斗志极旺。两个月后粮草告罄，城中一下便士气大落。等有人饿死后，城中大部便无斗志。若非共和军知道帝国军破城后定要屠城，恐怕早就献城投降了。有这前车之鉴，每个人都对绝粮后的惨状心知肚明。

可是不提也不是办法，毕竟，现在连撤军都失败了，接下来首先要将城守住，再提逃出城的事情。我们都看着武侯，只盼这绝世名将能有一个奇计让十万大军顺利班师。

武侯抬起头道："列位将军也不必太过担心，我三天前已命人去五羊城调粮，日夜兼程，明日定可回来了。"

不知从五羊城能调多少粮草回来，但这毕竟是个好消息，至少在撤退时不必担心粮草了。我们都又惊又喜地看着武侯，真没想到他竟然早就已有安排。

路恭行又道："禀君侯，张参军所制火雷弹威力极大，是攻守利器，末将已将之用于实战，颇见神效，望武侯命人加紧赶制，分派诸军。"

诸军中除了中军，其余各军都有点莫名其妙，他们也没见过火雷弹吧？武侯看了看侍立在一边的张龙友，说道："张参军，现在一日能制多少枚火雷弹？"

张龙友出列，行了一礼道："禀君侯，卑职现在有五十个工匠加紧赶制，已制成小号火雷弹一千枚，中号三百枚。北门虽被蛇人占据，硫磺数量却也足够，但硝石已很难得，望君侯命人加紧办理此项事宜。"

张龙友的火药配方是硫磺、墙硝和木炭，硫磺本来是从北门外一个火云洞取得，北门外已驻有蛇人大军，以后也没办法再去取了，不过张龙友肯定也已搬了许多进来，一时也不必发愁。只是那硝粉只能由数十年旧屋的墙上刮取，城中经过屠城，屋倒梁颓，也没什么屋子好刮墙硝了。

武侯道："现在的存货尚可支持到何时？"

张龙友道："硝粉尚余五十余斤，大概只能再制一百余斤火药了。小号火雷弹需火药二两，只可再制五百个。"

一共是一千五百个。全军现在有九万余人，这一千五百个火雷弹如何分法？路恭行在北门一战，至少也用掉了两三百个。看样子，这火雷弹还不能恃之克敌制胜啊。

武侯也没有说话。他本也想用火雷弹来一举奠定胜局吧，我不知道他现在在想什么。

半晌，他道："张参军请回。"

张龙友施了一礼，退回参军列中。他本来只是个毫无特色的辎重营小兵，一旦进入幕府，竟然像脱胎换骨一般，变了一个人。

武侯把手按到桌案上，说道："诸位将军，蛇人已将高鹫城三面围住，唯有东门尚无敌情。若是坐等，必将受困于孤城。不知哪位将军有良策，不妨报上来。"

下面站着的参军和诸将都一言不发，连昨天大言不惭的柴胜相也是沉默不语。大概谁也想不出什么好办法来，蛇人松开东门，也许正是为了让我们觉得有条生路，失去死战到底的决心。这些蛇人越来越像一个狡猾的敌人，没有人敢再轻看他们，因此这个空隙倒像是个圈套,让人不敢走进去。

路恭行张了张嘴,似乎想说什么,但还是没有开口。帐中一下子沉寂下来,谁也不敢开口。这时,卜武站了起来,说道:"禀君侯,当今之计,只有从东门撤走。"

东门,未必就是个能安然撤走的地方。可是在如今这种情势下,若在城中坐等,那只有死路一条。高鹫城周围本还有些小城,但这些小城多半因为响应共和军,在帝国军南征时逃个精光,没办法去那儿补充辎重。而从东门撤军回帝路,路途要远许多,势必要到五羊城去补充辎重了。这也许是现在唯一的办法了吧。

好一会儿,武侯才道:"诸位将军,归去后各自坚守,不得有误。明日由左军率先从东门出发,全军务必要在一日内全部撤出城中。"

我们都站直了,向武侯行了一礼。不知为什么,我好像看到武侯的神色有一股极为萧索的感觉,让人觉得他不像个叱咤风云的将领,只是个普通的老人。

我们走出营帐,正各自上马回防区。右军有只有栾鹏、柴胜相过来缴令,本来也轮不到我,只因为我是受命助守北门,才得以来缴令的。

我正要上马,忽然武侯的那个护兵大鹰出来道:"龙鳞军楚休红将军,君侯命你入内,有事商议。"

我吃了一惊,武侯让我留下是什么意思?因为怀疑我么?我有点忐忑不安,柴胜相在一边忽道:"楚将军,你可真是君侯跟前的红人。当初龙鳞军是沈大人亲自统领,你已经快赶得上沈大人的地位了。"

他的话中满含醋意,大概他还以为武侯又看中我什么,又要提拔我吧。此人居然嫉妒心如此之重,当真只是一勇之夫。我没和他斗口,只是道:"柴将军取笑了。"跟着大鹰进帐。

里面的人都退出了,帐中除了武侯和他的参军们,只剩我一个将领。我不禁腿也有点软,不由自主地跪了下来,说道:"君侯。"

武侯笑了笑,说道:"楚将军,昨日散会后你去哪里了?"

我心头猛地一跳。昨天,我送白薇和紫蓼出城,那也是让人怀疑的吧?说不定,还会疑心她们是带了军情出城去通知蛇人的。如果武侯这么想,那我全身是嘴也说不清了。

我跪着,膝行了两步道:"禀君侯,我有两个侍妾要去五羊城,我送她们出去,然后便回了营。一回营便接令增援北门。"

武侯道："楚将军请起。伍参军，楚将军之言，可是属实？"

边上一个身着长衫的参军走了过来站在我身边，一躬身道："楚将军自昨日散会后，送帐中两个女子出城，未到别处，归队后便得令出击，守城时无避战之意，故无可疑之处。"

他就是伍克清么？我不禁看了看他。这人年岁也不大，一脸的精明。这伍克清竟然跟踪我？这让我有点恼怒。但如果不是他跟踪我，恐怕我现在就说不清自己的行踪了。不过，送白薇她们离开时，那极快的一吻，他是不是也看在眼里了？

武侯沉吟了下，这才说道："楚将军，起来吧。"

这是表明武侯不再怀疑我了吧？

我站起身，看着武侯，只觉背后汗已涔涔而下。武侯的脸上也一阵茫然。记得《行军七要》中说："用间为取胜之本。"那时并不觉得用间有什么大用，可是实际碰到这种情况时，便知道一个得力的间谍可说能左右胜负。

军中，一定有蛇人的内奸，可到底是什么人？

走出营帐，我跳上马，正要回右军，身后有人叫道："楚将军。"

我回头看了看，那伍克清走出营来。他一身长衫，更像是个士人。我对他说不出有什么感觉，武侯派他来监视我，我无论如何也不会对他有好感。可要不是他帮我说话，说不定我现在已经被当成奸细处斩了。

我在马上点了点头，说道："伍参军好。"

他从边上牵过一匹马骑上，跟了上来，说道："楚将军，请你不要怪我。"

我点了点头，说道："那不关你的事。军令如山，便是自己兄弟，也要这么做的。"

伍克清拍了下马，跟上来在我身边走着。他道："楚将军，我本来便不信你会当内奸，但此事是君侯亲命，我只能依令而行。"

我道："伍参军不必说了，我也知道。"

他手上拉着缰绳，垂着头，看着那马在路上不紧不慢地走着。路上不时有一摊摊干了的血污，黑色的一块，像是一张张磨薄的皮革。他忽然抬起头，低低道："但肯定有个内奸。"

我点了点头，说道："是，我也想过，所以那一天用风筝攻击会一败涂地，而昨晚上那队精锐蛇人才会突然出现在北门。"

伍克清道:"楚将军,你觉得我们还有取胜的机会么?"

我沉默了。这问题实在很难回答,如果说要突围而走,我想骑兵多半可以顺利突围,步军却未必能够逃走了,那样势必成为一场大溃败。对于武侯来说,宁可战到全军覆没,也绝不会同意这样的逃跑。要说取胜之机,也未必就没有,那次劳国基所献之策如果成功,一定可以取得全胜。可是这机会已经失去了,现在蛇人合围之势已成,留着东门不围,正是为了涣散我们的军心吧。兵法所谓"围师必阙",正是这个道理。如果蛇人真是在运用这条兵法,东门外必定会有埋伏。我沉吟了一会,说道:"很难。如果我是武侯,只怕早就阵脚大乱,丢盔卸甲逃了。"

伍克清点了点头,说道:"是,如果第一批蛇人刚到时我们便撤退,那时我们兵力占优,蛇人一定不敢追击。"

我叹了一口气。现在想来,当时确是唯一的撤退时机。如果领军的不是号称百战百胜的武侯,那么说不定我们已经退走了。有时,名声像无形的枷锁,反而让人缚手缚脚。

我不想再说这个事,岔开话头道:"对了,武侯查那内奸,有眉目了么?"

伍克清道带住马,看着我道:"楚将军,这便是我来的目的。"

他的脸上很是凝重,我的心里一震,拉住缰绳道:"我能做什么?"

伍克清看看四周。我们已经走出中军的营盘,周围只有一些残垣断壁。他道:"君侯在怀疑一个人。"

回到营帐时,金千石和新上任的左哨哨长吴万龄、右哨哨长虞代在右军营外等着我。虞代是金千石推荐来的,我虽与他不熟,但也看得出此人精明强干,年纪虽轻,举止却颇有可圈可点之处。

我拉住马,金千石扶我下来,说道:"统领,你回来了。"

金千石是个直性子,我见他此时有些欲言又止的样子,问道:"军中没事吧?"

金千石顿了顿,小声道:"军中有些鼓噪。"

我吃了一惊,问道:"出什么事了?"

金千石道:"今天辎重营发的口粮较平常减了三分之一,右军还没什么话,龙鳞军中有点愤愤。"

本来我们的粮食也只是些干饼,每天六张,每十天发一块干牛肉。减去三分之一,那每天只剩四张了。那干饼虽不好吃,总能填肚子,有些胃口大的士兵还不够。现在少了许多,怪不得军中那些吃得多的要鼓噪了。

我道:"龙鳞军的粮食也少了?"

金千石道:"是,一视同仁。"他的脸上有点沮丧,大概以前在沈西平麾下时,龙鳞军有很多特权。现在被等同一般士兵,自是让人觉得难以接受。他们向来军纪不佳,自然会鼓噪起来。我叹了口气,武侯是要把龙鳞军收归己用,这么做也不得已。虽然武侯说过明天会有一批粮食从五羊城运来,但能有多少?只怕杯水车薪,无济于事。

我道:"金将军,请你向弟兄们解释一下吧,现在这时候,多说也无用。对了,我有多少粮食?"

金千石道:"统领你每天有十张饼。"

我道:"我有六张足够了,其余四张分给他们。"

金千石道:"统领,你够么?"

我笑了笑,说道:"我好像还不算饭桶。"以前白薇和紫蓼跟着我,我一天也要分她们几张,我自己一天吃六张足够了。

这四张饼给三百多人分,那当然分不到什么,不过至少可以鼓舞一下军心。金千石道:"这样好。我每天有八张饼,也拿出两张。吴将军,虞将军,你们呢?"

吴万龄和虞代道:"金将军说得是,我们一样。"

龙鳞军三百多人,我们省出的十张大饼分到士兵头上,每人只能多分一小块而已。不过这表示龙鳞军上下一心,军官与士兵同进退。这时我再也忍不住,"噗嗤"一声笑出声来。他们面面相觑,只道说错了什么话,我笑得几乎上气不接下气,说道:"别人只道我们在谈什么军机大事,要是知道我们这么一本正经说来说去就省出十张大饼,还不让他们笑掉大牙。"

他们一怔,这时也不由得大笑起来。金千石笑道:"真是去他娘的,我们空有一堆财宝,回帝都也能算个小财主,现在却弄得跟叫花子似的没东西吃。"

他跟我也熟了,说话也开始随便起来,不像我刚到龙鳞军时,他总是毕恭毕敬的。

他这话虽是玩笑着说的,我们却不由得都默然。粮食是军中命脉,要是缺粮,那还谈什么守城?我们围城三月,高鹫城里人相食的惨状我们也见过。难道风水轮流转,要轮到我们了么?

半晌,吴万龄道:"统领,蛇人是吃什么的?"

他的话也轻描淡写,只是为了岔开话头,可是金千石突然浑身一震,我见他神色有异,说道:"金将军,怎么了?"

金千石道:"统领,蛇人到底是吃什么的?"

他重复了吴万龄的话,但语气大不寻常,我抬起头,却见他和吴万龄、虞代三人都目光灼灼地看着我。我慢慢道:"是啊,它们吃什么?"

蛇人的数目,只怕也要上十万了。不管它们多么能耐饥,总也要吃东西的,那么,它们势必也有一个巨大的辎重营。如果我们能烧掉它们的辎重,那么蛇人粮草不继,包围就会立解。我看着他们,他们也一定想到了这点,脸上都焕出异彩。

我道:"城外还有蛇人的尸首么?"

金千石已明白我的意思了,他道:"今天栾将军和柴将军一番苦战,城外留下了几百具蛇人尸首,有不少还留在城外。"

蛇人在战后也打扫战场,但城下的蛇人尸首它们也不敢来收,还有许多留在那里。右军的士兵正在打扫战场,把那些蛇人尸首堆成一堆烧掉。那辆巨大的攻城车也被拖进城来,武侯南征前,帝君正在大兴土木,在天河边建造长乐宫,作为秋狩的行宫。这么巨大的木料,若是带回京城,帝君大概会龙颜大悦,做为宫室栋梁吧。可现在,也只能留在这儿,不知到底能派什么用。

我们四人走到城边,金千石叫过两个在城上巡逻的士兵,让他们拿两根绳子来,他和虞代两人缒城而下,拣了一具今天刚战死的蛇人尸首,绑住头尾,拉了上来。

金千石和虞代两人也上了城。金千石一上来,便道:"统领,来吧。"

我点了点头,从腰间摸出百辟刀,说道:"你们扶好。"

他们把这蛇人尸首拉直了,肚子向上。这蛇人身上披了件软甲,我割开绑着软甲的绳子,不禁皱了皱眉道:"这些软甲很合身,像是照蛇人的身材定做的。蛇人也会做这些么?"

他们都没说什么。大概也不知道这到底是怎么一回事。

蛇人的肚腹是青白色的,只有一些细小的鳞片,不像背上,鳞片几乎像是披着的战甲。这蛇人的颈下被砍得血肉模糊,一颗头几乎被砍下来,嘴里还吐着细长的舌头。我把百辟刀插进这蛇人尸首的颈下，用力一拉，锋利的刀刃像割开软泥，蛇人的尸首如同一只皮箱一样从当中打开了。

刚一打开，只觉一股恶臭直冲上来，我首当其冲，被熏得几乎要作呕。我头转到一边，让过蒸上来的恶臭，却听得他们都惊叫起来。

我转回头，只见他们三个都盯着蛇人腹中，脸也变得煞白，像是中了什么妖法。

出什么事了？我低下头，才看清那蛇人腹中的东西，也不由得一阵惊恐。

那蛇人的肚子里是一些暗紫色的肉块，其中有一只手，还有一些头发。最让人恐怖的是在这些肉块中，有一个人头！

这人头的皮肤像是被滚水烫烂了的面粉，坑坑洼洼的一堆，眼皮也已经烂尽，两颗眼珠却凸出来，还能看到那眼神中无尽的惊恐。

半晌，虞代惊慌失措地道："它们……它们吃人！"

尽管我知道蛇人会吃人，可万万料不到它们完全是以吃人为生的。我看着那蛇人肚子里这些乱七八糟的骨殖腐肉，不由一阵恶心，把刀在蛇人尸身上擦了擦，收回了鞘，想着过后一定要用酒来好好洗洗。

这时，东边忽然发出一阵喧哗。隔得那么远，只听得到有些嘈杂。我趁势扭头道："出什么事了？"

金千石道："不知道，好像是东门。会是蛇人攻来了么？"

我皱了皱眉。现在未得武侯将令，我也不敢任意离开西门。我道："等着吧。"

金千石叫过几个士兵来，把那具蛇人的尸首扔进火堆烧了。他拍了拍手，说道："可千万不要出什么事啊。"

那一阵喧哗越来越响，也渐渐移近了，现在可以分辨出那是一阵呼叫。听声音，很有节奏，并不是惊恐时的狂呼。我们站在城头，心中按捺不住好奇，想知道到底发生什么事了。

那阵呼喝渐渐近了，也听得出，那确实不是惊呼，而是欢呼。什么事值得这么高兴？难道武侯说的粮食提早一天运来了么？

金千石道："我去看看吧。"

他上了那装着望远镜的箭楼，看了看。我道："金将军，到底是什么回事？"

金千石在箭楼上探出头来，说道："看不清，有一支兵马正向中军走去。"

向中军？我皱了下眉。不得将令，谁敢把部队开到中军去？何况，这又有什么值得欢呼的？

忽然，我脑中一闪，叫道："金将军，那支兵马有旗号么？"

虞代在一边忽然道："是陆将军？"

他已经知道我的意思了。今天已是第十天，也是陆经渔追杀苍月公的最后期限。我本以为他不会回来了，如果归来的真是陆经渔，那么就是说，他已捉到了苍月公？

金千石大概也听到了我们的对话，在箭楼上叫道："对！对！正是陆将军！"其实不用他多说，那些士兵的呼喊已经听得清了，渐趋整齐的声浪喊的正是"陆将军，陆将军"。

陆经渔回来了？

我们吃了一惊，但随之而来的都是惊喜。

陆经渔已经走了十天，而这十天里，蛇人的攻势一浪高过一浪。尽管没人公开说，但暗地里肯定有人觉得是因为武侯斥责良将，使得士无斗心，将无战意，才弄到今天这个地步。许多人暗暗觉得若是有陆经渔在，恐怕早可以击败蛇人，胜利班师了。

也许因为陆经渔不在吧，更容易被传说得神乎其神。和陆经渔并列为龙虎二将的沈西平仅仅一战便阵亡，陆经渔到底能比沈西平好多少？

吴万龄道："陆将军可是把苍月公的头带回来了么？"

十天前，武侯给陆经渔下令让他带苍月公的头回来。如果陆经渔空手而归，只怕武侯的军令不会轻饶。我心头不由惴惴，说道："应该顺利吧，不然陆将军只怕不会回来了。"

他们没说什么，大概也觉得如此。金千石跑下箭楼来，说道："统领，我们去看看吧。"

擅离防区，那也是大罪，好在西门和中军营帐不远，武侯把中军设在城中，本来便是为了接应四门的，如果快的话，来回不过一顿饭工夫。我道："你们去一个吧，看看到底是怎么回事。"

虞代道："我去！"他也不多说半个字，转向跑下城去。金千石走到我跟前，说道："虞将军，快点回来，我们在营中等你消息。"

虞代头也不回，说道："好的。"他牵过马来骑上，向中军方向跑去。

看着他的背影,金千石道:"小虞是我从左军带过来的,他最崇拜陆经渔。"

我笑了笑。陆经渔可以说是军中的偶像,不止是虞代,每个人都很崇拜他,我以前最崇拜的两个人,一个是武侯,另一个就是陆经渔了。这十天守城,武侯吃了许多败仗,名声不免有损。陆经渔在蛇人攻来以前便已出走,我们吃的败仗反而与他无关,他放走城中的共和军妇孺,也只让人觉得他宽厚仁慈,更得人心。

可是,我心中却隐隐地有种不安。

陆经渔回来的消息,像是掷入油锅的一把盐,到处都沸腾起来。很多人都大为心安地觉得,有陆经渔回来统领左军,战局肯定会好转。

这种过于乐观的想法使得全军每个人都洋溢着兴奋之情。右军和左军一向不太和睦,在沈西平统领右军时,两军几同路人,但现在右军的人也多半在谈论此事。

师老厌战,士兵也希望能早日顺利班师,对于往日恩怨不太看重了吧。

走入龙鳞军营中时,士兵都懒懒散散地在营中或坐或站,大多三五成群地说着什么。龙鳞军中本来俘了不少女子,几乎人人都有一个,蛇人攻来后那些女子或送辎重营,或都放走,也有被杀掉的。要是那些女子仍留在营中,大概还要乱一些。我不由得皱了皱眉道:"金将军,军中老是那么懒散么?"

金千石道:"一向如此,沈大人在时便这样,不过战场上绝对不会。"

我把吴万龄要来,便是想借他的力量整顿军纪,一支队伍,若无铁一般的纪律,各自为政,不听管束,那单兵战斗力再强也是枉然。在军校时,陆经渔曾跟我们说过开国十二名将中骆浩的事迹。骆浩在十二名将中仅次于那庭天,他的部队都是南边人,个子矮小,个人战力不过平平而已。但整支部队却被称为"铁刃山",令敌人闻风丧胆。一次另一名将李思进向骆浩借三千人助守,那三千人到李思进营中时正值大雨,李思进的一万余人都躲到一边避雨,唯有骆浩的三千客军,因为未收到解散的命令,在雨中一个也不敢动。雨后李思进归校场点兵,见状大吃一惊。陆经渔跟我们说起这个事例时,我还记得他脸上的钦慕之色。

"一支部队若没有铁的纪律,那么谈不上是一支强兵。"这句话我记得那时他跟我们说了好几遍。

我们走入营盘,士兵还是懒懒散散的,看到我们时才点点头,算是行礼。金千石喝道:"集合!"

随着他一声令下，士兵们一下聚集起来，排成整整齐齐的三个方队。看来，沈西平带兵也有自己的特色，龙鳞军平常虽然军纪不佳，像是乌合之众，一旦下令，又有了强兵的样子。龙鳞军上了战场后军纪极严，如果平时也能加强军纪，战力肯定能更上一层。

金千石道："统领，你对弟兄们说几句吧。"

我来龙鳞军也没几天，还没和他们说过多少话，命令也多半由金千石传达，金千石一定也觉得我应该树立起威权。

我站到队列前，看了看他们，说道："弟兄们，养兵千日，用兵一时。从今天起，龙鳞军要加强操练，并由吴万龄将军全权整肃军纪，营中不得再有人任意喧哗。若有违者，重责不贷。"

我的话虽然有些重，他们大概也不会觉得太严。以前沈西平统领时，龙鳞军平时放任自流，一旦有事，军纪便严到残酷。我这么说，语气比沈西平那时要弱得多了。但那些士兵大概散漫惯了，想不到我会说出这样的话来，虽然站得笔直，脸上却什么表情都有，显然有些人甚不以为意。我心知不妙，这些桀骜不驯的龙鳞军士兵脑袋一热，什么都做得出来。万一有人当场顶起来，我以后再没威信了。我本来只在前锋营统领一个百人队，没想到龙鳞军人数比那百人队多了没多少，却要难带多了。正有点晕，金千石忽然在身后道："弟兄们，不管如何，我们都不能堕了龙鳞军的名声。反正沈大人在时，我们龙鳞军是第一强兵，沈大人归天了，我们还是第一强兵。"

那些士兵都站直了。不管他们军纪如何坏，对于军人的荣誉，他们还是看得比什么都要重。

我不禁感激地看了金千石一眼。金千石这人粗鲁好色，很多地方我实在看不惯，但他却真个是个坦荡的人。我道："金将军，从现在起，你和吴将军每日有空就给弟兄们操练一个时辰。我们要让沈大人的在天之灵知道，龙鳞军永远不会失败，今天受的伤，明天就要百倍偿还！"

金千石站直了，说道："遵命！"

他的脸上也带着点激动，声音也极是响亮，士兵们显然已不知不觉地被鼓动起来，站得更直，亦是齐声道："遵命！"我心里不无感动，也不由有点想要苦笑。也许金千石觉得我现在这样子才不愧是一个勇将，可是他大概并没有想过，不管我们练得多强，只怕已没有什么用了。当知道没有胜机时，仍要一战，那种知其不可为而为之的倔强，也算一种勇敢吧。我退到一边，垂下头不敢再去看那些士气高昂的龙鳞军士兵。

金千石带着他们走了两遍操，不愧为一支强兵，尽管平常看上去几同乌合之众，操练时却进退如意，一丝不乱，看来不能光从表面来看这支部队。走完操后，金千石提着一柄长刀，领着他们做了些击刺之术。龙鳞军的中军一百人都是用长刀，这种兵器更适合冲杀，但不利久战，因为长刀毕竟太沉重，练了一趟，倒有一小半人有点气喘吁吁了。金千石面色如常，仍是喊着号子，也不急躁。他的刀术没什么花哨动作，一刀就是一刀，平实而朴质。如果只是一把，自然也没什么稀奇，但几十、上百把刀齐齐劈下，那等威势真如闪电下击，天雷震怒。

金千石也许没有别的出色的地方，但能提到中军哨官，也不可小视啊。我默默地想着。现在龙鳞军有指导练兵的金千石，整肃军纪的吴万龄，加上一个精明干练的虞代，如果给我一两个月，我一定能把龙鳞军的战斗力提升一倍，那时，说不定真能超过前锋营。前锋营的问题是指挥太过松散，下设的二十个营每个都自成体系，而百夫长又矛盾甚多，单是百夫长便分了三派，不免难以发挥应有的实力。而以前的龙鳞军则过于追求攻击力，防守太差，冲锋时若冲不动敌方阵营，便陷入了单兵作战的境地。沈西平一战而亡，正是因为那次冲锋时蛇人根本没有阵营，一个个悍不畏死地扑上来，龙鳞军那等超强的攻击力碰到了前所未有的对手，结果被各个击破。否则以龙鳞军这些千挑万选的士兵，纵不能取胜，自保也绝不困难。龙鳞军虽也设了五个哨，哨官却是统领的直系下属，没有前锋营的多头之弊。

我正想着，营门口一骑马直冲进来，马上之人正是虞代。这马跑得极快，一进营门，虞代一把勒住缰绳，马也人立起来。金千石站定了，收起刀，操练的士兵齐齐站定。他将刀递给边上一个士兵，迎上前去道："虞将军，出什么事了？"

虞代跳下马，说道："快点准备，君侯大概马上要点兵。"

蛇人攻来了么？明知现在在城中，根本看不到城外，我还是不由向外看了看。外面传来一些喧哗，但也还算平静。

虞代大口喘着气，向我跑过来，边跑边道："统领，君侯大概和陆将军闹翻了。"

"什么？"他这话才真正让我大吃一惊。陆经渔一向是武侯的部属，以前武侯命我去捉拿他，他也毫不反抗。而那一次武侯亦是破天荒地网开一面，默认陆经渔离开。现在陆经渔出乎意料之外地回来了，怎么会回来没多久就与武侯闹翻？我道："到底是什么事？你说清楚点。"

虞代喘了口气，刚要说时，营门口一骑又直冲进来，却是雷鼓。他手中捧着一支中军将令，一进营中便道："龙鳞军听令！"

他的嗓门本来就大，现在更像打了个雷一般。我马上站起来走上前，跪在地上，说道："龙鳞军统领楚休红听令。"

雷鼓掷下一支将令道："君侯有令，火速至东门参与防卫，任何人不得出城。"

东门告急？我接过将令道："遵命。"

话音刚落，雷鼓已跑了出去，大概又要上哪儿去传令了。我回头道："金将军，让弟兄们速速上马出发。"

边上有人带过了我的马，我单手一按马背，跃上了马，说道："虞将军，你过来一下。"

虞代也重又跳上了马，他加了一鞭，到了我跟前，喊道："统领。"

我道："到底发生什么事了？君侯命我们防卫东门，到底是何用意？"

虞代道："我也不知详细，但在中军营外，听得君侯怒不可遏，在帐中痛斥陆将军，似是说什么'生有反骨'，到底什么事我也不知道。听中军的弟兄们说，陆将军回来时带了十几个人，看样子并没有带什么首级。进帐后不多久，便听得君侯怒骂，命人传前锋营过来。我是听得君侯命雷鼓进帐听令，情知定有变故，便马上回来的。"

我道："是因为陆将军没能带回苍月公的首级么？"武侯治军一直都强硬之极，有违军令的，就算官职再大也难逃责罚。陆经渔是武侯养大的，可以说是他的义子，不会不知道武侯之心。上次陆经渔误将苍月放走，武侯命他外出追赶，那已是网开一面，实际是放他逃走的意思。就算武侯对陆经渔情逾父子，如果陆经渔带不回苍月的首级，回来的话那定是自己首级不保，他也不会敢回来的。也许，是陆经渔关心太过，宁可自己性命不保也要回来吧。如果是这样，那么就算明知无济于事，我也要在武侯跟前为陆经渔求情。毕竟，随机应变，现在不是用这等小事处斩大将的时候了。

虞代没说什么，他大概也是这样想。武侯命我们防卫东门，一定是为了防止陆经渔带回来的一千铁骑作乱。左军不像中军和右军，陆经渔对属下一律一视同仁，不像武侯和沈西平，在军中自建前锋营和龙鳞军。但上次他带走的一千铁骑，尽管没有名号,却是左军中的最强部队。一旦这支部队在左军镇守的东门作乱,左军会不会加入作乱都未可知,当然不能指望他们平乱,前锋营有不少百夫长曾是陆经渔的嫡系弟子,上次蒲安礼就直接为陆经渔求过情,也不能委以重任,所以武侯才急让我这个外人来防卫吧。

我不由苦笑。上一次捉拿陆经渔也是我,就算陆经渔自己不怪我,他手下的人却对我没好印象,所以我送白薇和紫蓼出城时,两个卫兵都会给我脸色看。如果那一千铁骑真的作乱,也不消左军卷入,只要他们袖手旁观,我这三百多人的龙鳞军一定死无葬身之地。

我在君侯心目中,永远都是一只不太重要的棋子吧。想到这里,我的心头隐隐作痛。其实也早该想到,这局棋中,武侯连陆经渔这样的重子都能弃掉,不用说我这样的小卒了。我看了看左右,金千石走在最前,看来并不在意是不是被当成棋子,吴万龄跟在他身后,却是一副心事重重的样子。他想法比金千石多些,说不定也会有这样的想法。

一到东门防区,便见到左军已列阵而立。还好,这阵头是对外的,那么说明左军并没有作乱。

我们一到阵前,左军有个人迎了过来道:"左军中军官何中,请问是哪位将军?"

我拍马上前道:"何将军,是我。"

何中见了我,说道:"是楚将军啊,你来得正好。"

我跳下马,说道:"何将军,出什么事了?"

何中道:"陆将军带回的兵正在城外吵闹。"

我不由皱了皱眉。陆经渔一向以带兵纪律严明著称,出走十日,左军中的精英都成了这个样子么?我道:"陆将军在哪里?"

何中道:"他还在君侯那里。"

我道:"难道陆将军去谒见君侯时没跟那一千铁骑交待过?"

何中似乎想说什么,却又欲言又止,只是道:"楚将军,你自己看看吧。"

我扭头对龙鳞军道:"上城!"便走上城头。

一上城头,只见左军的士兵一个个如临大敌,却又似乎很茫然地看着城下。我道:"卜将军呢?"

何中道:"陪爵爷去见君侯了。唉,只怕君侯难以说拢……"

我道:"君侯不是只认军令不认人情的人,不至于如此吧。陆将军可曾带叛贼苍月回来?"

何中顿了顿,说道:"带是带来了,只是……"

何中那种吞吞吐吐的样子实在让我难受。这时我已走上城头,刚到城边往下一望,不由得倒吸了口凉气。

城下,黑压压的,竟然有六七千人马!

这批人马当先是一千骑军,正是左军的旗号,可后面却是些异样盔甲的人马,看样子,竟然是共和军!

我吃了一惊,说道:"这是怎么回事?"

何中还没说什么,我道:"陆将军是……他是带着共和军回来的?"

何中点了点头。

陆经渔带回的共和军,总也有五千多。也许,这已是共和军的全部残军了,难道陆经渔已经收服了共和军残部了?如果这样,他倒又立了一大功。我道:"陆将军是收了共和军……"

我一句话未说完,倒知道自己在胡猜了。那些共和军正在鼓噪不已,有几个正举着一面共和军的军旗,大声叫着什么,无论如何也不像是来投降的样子。我道:"难道……难道……"

我本来想说陆经渔是不是被共和军捉住了,被逼着回来赚城的。但我也知道这话一出口,只怕马上要惹得视陆经渔为神人的左军将士纷纷侧目。而且我也不信陆经渔是那种会轻易投降的人,他带走的一千铁骑毫发无伤,看样子不会因败被擒。就算要赚城,也不会大模大样带回共和军来。

我想得头痛欲裂,说道:"何将军,到底是怎么一回事?"

何中叹了一口气,说道:"陆将军想与共和军联军一处,他将苍月公带了回来,去见君侯了。"

我道:"是苍月公请降了?"

何中道:"不是,是联手。"

何中把"联手"两字咬得很重,意思也是说,共和军没有投降,只是来和我军联手。

这话如果几天前听到，那是妖言惑众，根本不可能的事，可现在听到，我也不禁有些怆然。

我们似乎还没到走投无路的地步，但也与之相去不远了。苍月趁这时候提出联军一处，也是看准了我们不敢再妄动刀兵。这实在是示之以威，诱之以利，死中求活的好计，如果我们能顺利班师，那么以苍月那些残兵败将，势难支持得下去，日后也会有被扫平的一天。而此时他提出联军，那便可以有喘息之机，而武侯现在一方面不敢浪费兵力去与共和军交战，另一方面也确实需要增添力量。

表面看来，这提议对双方皆有利，倒也颇为可行，战后苍月公保持以前的藩属身份，帝君也未必不允。只是，养虎为患，如果让苍月公保留这一支力量，将来只怕会有啮脐之日，武侯不会不考虑到这点。

我道："陆将军到底是什么态度？"

何中叹了口气，说道："我也不知爵爷到底是什么态度。他回来时只跟我说了两三句话，便带了人去见君侯了。唉，若君侯一怒之下斩了苍月，只怕城外立时又要动起刀兵。"

这时城下有个共和军的军官催了催马，到了城门前叫道："喂，城上的听着，我家大公现在怎么样了？若再不回话，我们要攻城了。"

我不禁有点好笑。这支共和军虽然不算少，但较之左军，还少了一半，何况他们也是败军之将，本是败出城去，又谈什么攻城？

何中到城边，说道："在下左军中军官何中，请将军少安毋躁，君侯和爵爷定会给将军一个交代。若将军定要攻城，不妨一试。"

他的话语温和，却又带着隐隐的威胁。他这样说话，我不禁有些担心那人会不顾一切。只是那人却一下语塞，过了一会道："何将军不要以为我们是吓人的。今日我军五千零二十三人，人人已抱必死之心。"

何中道："在下自然知道贵军的决心。但事已至此，还请将军见机行事。"

那人没再说什么，拨转马头向本营走去。何中也转过头，有点颓唐地看着我，说道："楚将军，你说君侯会答应苍月的要求么？"

我有点茫然。如果我是武侯，我会答应苍月的要求么？正想说我也不知道，身后突然发出了一片喧哗，有人喊着"爵爷"，有人喊着"陆将军"。何中像是被针刺了一下,猛地冲下城去。吴万龄过来道:"统领,我们也要下去么?"

他的声音极是惶惑,与平时大为不同。我也不知他今天为什么会如此胆怯,他枪马不算太出色,胆色也并不如何过人,不过到底是经过了战阵的人,蛇人攻到眼前时我也没见他害怕,现在却慌成这样了。我道:"不用,静观其变吧。"

中军是主将的左膀右臂,首先得镇定,但何中现在显然有些失去了平常心,想必他与陆经渔交情太深,以至于无法冷静判断,吴万龄却不知为什么也和何中一样慌乱。我看看四周,城头的士兵有些混乱。我道:"我们在城上看着,让兄弟们提起精神。"

现在的左军士兵大多激动万分。这情形便如一锅烧得火热的油,一旦有颗火星飞入,只怕马上会烧起来。若是左军哗变起来,我们这三百多人真如沧海一粟,马上会被人潮吞没。但只要没有火星,那这锅油再热,总会凉下来的。这时一群左军的士兵簇拥着几人过来,所到之处,尽是欢呼。虞代有点紧张地道:"统领,爵爷来了。"

这时,城头上的左军也发出了一阵震天的欢呼,陆经渔和另一个老人走上了城头。我暗暗舒了一口气,显然,武侯没有与陆经渔撕破脸,也就意味着达成协议了,哗变的危险终于消弭。直到这时,我才发觉自己掌心有点疼,却是刚才不知不觉地握着拳,指甲都掐入了掌心,只是心慌之下,居然一直不曾感到疼痛。

陆经渔一身战甲,白得耀眼,他边上的老人却穿着土黄色的长袍。陆经渔看见了我,微微一怔,马上过来道:"是楚将军啊。"

我半跪下来,说道:"陆将军,末将龙鳞军统领楚休红,奉君侯将令,前来防卫东门,任何人不得出城。"

陆经渔笑道:"现在已不必了。来人,将城门打开。"

他笑得很是开怀。自从我们被蛇人攻击以来,还没人这样笑过。他的笑声也感染了边上的士兵,他们一个个都笑了起来,手中的武器也举不直了。

我站起来,说道:"禀陆将军,在得君侯将令以前,末将不得擅离职守,故城门不得擅开。"

陆经渔也站定了,看着我,慢慢点了点头,说道:"也对。君侯的传令兵也该马上就到了。"

像是应验他的话,雷鼓这时正好一骑飞驰而来,到了东门边,说道:"龙鳞军统领楚休红缴令。"

我走下城，在雷鼓马前跪了下来，说道："末将楚休红在。"

雷鼓勒了勒马，说道："君侯有令，东门警戒已解，龙鳞军速归本营待命。"他说着，将另一支将令伸出来，递了给我。我将两支将令合在一处，正好合得天衣无缝。我将两支将令交还给雷鼓，说道："末将遵令。"

武侯终于同意了陆经渔的提议！随着交出将令，我心头也不由一阵欣喜。不知为什么，尽管和共和军交战了那么久，杀了他们不少人，也有不少部下死在他们手上，我对他们却仍然没什么深仇大恨。也许，是因为他们和我们一样，都仅仅是些微不足道的棋子吧。棋子和棋子之间，又能说什么仇恨呢？

这时，几个城丁正在放下吊桥，拉开城门。看着城门慢慢打开，我心头也不由得一阵茫然。

第十二章 变生肘腋

我们策马回到龙鳞军的营地。已近黄昏，太阳快下山了，斜晖映得到处一片祥和。右军营中的士兵大都在交头接耳，武侯终于同意与共和军联军的消息，准也已经传到了四处，每个人都在谈着这个事情。

我们下了马，几个右军士兵冲了过来，说道："楚将军，君侯真的同意和共和叛匪联军么？"

我道："是吧。"我下了马，让人把马牵回马厩，那几个士兵还要说什么，有个传令兵道："楚将军，栾将军和柴将军请你去商议事情。"

我来到右军后，栾鹏和柴胜相还从来不曾让我参与议事。龙鳞军以前属于沈西平的精锐，他们两人也把这支队伍看作右军的私产，我来当龙鳞军统领，他们心中很有些不满吧。我道："我马上就去。"尽管我对他们这种做法有点不以为然，但我现在在右军，栾鹏是代理主将，柴胜相是万夫长，都是我的上司。我看看跟在我身后正交头接耳的龙鳞军士兵，扭头对金千石道："金将军，龙鳞军的事你要看着点，不可让弟兄们鼓噪起来。"

金千石点了点头。这样的事让吴万龄做更得心应手，但吴万龄毕竟刚来一天，他带的百人队都不见得有多服他，有事还得金千石出面。

我走出龙鳞军营帐，外面的士兵也东一簇西一簇的，到处都是。要是蛇人这时候攻来，我都不知道柴胜相会不会乱了手脚。右军的军纪的确是太差了。我把吴万龄叫来整顿，龙鳞军的面貌多少有些改善，可别部却显得比以前更乱。

沈西平战死后，他的营帐空了下来，放了些沈西平的甲胄兵器，以供右军上下勉怀。栾鹏的营帐就在沈西平营帐边，我走过沈西平的营帐时，毕恭毕敬地行了一礼。不要说沈西平救过我一命，就算他没救过我，他也是个值得尊敬的将领。

我行了一礼后，听得耳边有人道："是楚将军么？"

我转身看了看，有个人站在我身后。这人个子不高，黑黑瘦瘦，只是两眼很是明亮，年纪也还轻，只有三十出头，身上却是一领有点怪异的军服。我道："你是……"

他向我行了一礼道："卑职左军工正薛文亦。"

他就是薛工正？我忙回了一礼，说道："薛大人，末将龙鳞军统领楚休红，请恕末将失礼。"

左军工正，论官职相当十三级中的第七级，那么他的军衔应该是十三级军衔中第七级的都尉，那是相当高的中级军官了。我以前做前锋营的百夫长只有十一级，现在成了龙鳞军统领，军衔还没升，军职却连升两级，相当于第九级的备将，比他还是低了两级。尽管龙鳞军的职位也有点特殊，我已算中级军官，而他还无权列席武侯的军机会，可他毕竟在名义上比我要高两级。不过，他的态度却极为谦和，完全没有一点架子。

薛文亦道："你们要开会吧，栾大人和柴大人正等着你们呢。我的营帐就在边上。"他指了指一边的一个营帐，"楚将军，我带你过去吧。"

这时，门口又三三两两地过来几个军官，有几个我也认识，他们向我打了声招呼，走得却仍是慢吞吞的。这样的军纪，真不知为什么在战时那些将领会突然间有令必遵。

一走近栾鹏的营帐，只见门口守卫着许多士兵，那阵仗看上去如临大敌。我走到门口，一个士兵道："来者何人？"

我拿起腰牌给他看了看，说道："龙鳞军楚休红。"

那士兵道："是楚将军，请进。"

栾鹏开军机会议比武侯还要隆重么？我正要走进栾鹏的营帐，却见薛文亦站在我身后动也不动，忙道："薛大人，你先请。"

他有点局促地道："楚将军，我是工正，没权商议军机的。"

他不能商议么？按他的职位，虽然还不能列席武侯的军机会，可右军的军机会他应该有权列席。难道栾鹏开军机会，只有带兵将领才能参与？我一脑子纳闷，走进了营帐。

营帐中已坐了些千夫长。栾鹏和柴胜相坐在首位,四周侍立着一圈亲兵。我向前行了一礼道:"栾将军,柴将军,龙鳞军楚休红见过两位将军。"

柴胜相面前放着壶酒,他喝得脸红红的,见我进来,抬起头道:"楚……楚将军,你来了?"

他似乎还要说什么话,栾鹏站起来,打断他的话头,说道:"到齐了么?"

边上一个亲兵道:"禀将军,还有左将军未到。"

那左将军叫左元再,是柴胜相手下的千夫长,属于柴胜相的亲信。他有柴胜相这样的上司,自己便也以不遵军纪著称。柴胜相那一军中的将领,大多像是小号的柴胜相,柴胜相能带着他们没有散掉,倒也说明他也算厉害了。

栾鹏道:"胜相,怎么回事?"

柴胜相不知怎么,手一抖,说道:"我让他在营外守着,怕出乱子,不必等他了。"

栾鹏点点头,说道:"也好。各位将军,此番紧急约见诸位,不知大家可知道什么头绪?"

一个千夫长道:"是因为君侯要和共和军合兵的消息吧。"

这消息传得也当真快,武侯做出决断可能也没多久,却已传遍全军。栾鹏道:"正是。此事万分紧急,不可怠慢。"

我的位置比较靠后。可能我在右军上下看来终是个外人,连座位也排在最后。我看着栾鹏,心想,如果这话是柴胜相说出来的,我自当他是胡扯。但不知道栾鹏怎么会觉得这事有如此紧急,要召开这等会议来商议。

我周围已坐了十来个千夫长,他们看着栾鹏的嘴,倒似在听什么圣旨。想必在右军,栾鹏和柴胜相二人有着绝对的权威。

栾鹏道:"列位将军,君侯身负王命,带大军南征,如今被那些怪物困在城中,但到现在为止,仍不曾堕了锐气。以君侯之能,扫平那些怪物,胜利班师自是指日可待。此时陆经渔竟然逼迫君侯颁布与叛贼合军的命令,罪该万死。"

他说得平静,可我却听得霎时一身冷汗,万料不到他竟会说出如此激烈的话来,不由看了看四周,边上的千夫长也有点惶恐。虽然左军和右军素不相能,但按军阶,陆经渔毕竟比栾鹏高出一级,栾鹏作为右军代理主将,召集属下开会抨击左军主将,如果有人上报到武侯耳边,那也难辞妄言之罪。难道栾鹏竟然想作乱么?我看着坐在边上的柴胜相,这个以莽撞凶残著称的猛将,此时头上汗涔涔而下。这样等同作乱的言辞,便是柴胜相也是怕的。

栾鹏说到最后那四字时,已是声色俱厉,手在案上拍了一下,柴胜相面前的酒壶也跳了跳,柴胜相倒没动,帐中诸将却都开始交头接耳。这在另几军都是不可想象的,不过在右军中大约也算不了什么吧。

栾鹏续道:"大军南征,本来便是为了扫灭共和叛匪,岂有反被叛贼要挟之理。若叛匪不除,得以坐大,此番南征战果尽付徒劳,我们又有何面目去见战死的弟兄,去告慰沈大人的在天之灵?"

一个千夫长道:"栾大人,可这道军令是君侯已经下达了的,我们还能说什么?"

栾鹏道:"那庭天大人的《行军七要》中也说过'不从乱命'的话,列位将军也必都读过。而今君侯所颁,正是一条乱命,我们又何须服从?沈大人为国捐躯,身后却成了这帮跳梁小丑的天下,又怎不叫天下英雄心寒?"

那千夫长有点吞吞吐吐地道:"那么,我们该怎么做?"

栾鹏看了下面一眼,两个字像从嘴里蹦出来似的:"兵谏!"

这两个字一出口,我看见他有点像长吁了一口气。就算栾鹏,说出这两个字也要有很大勇气吧。他道:"趁现在尚有可为,我们速速谒见君侯,要求他收回这条命令,将城中的叛匪一鼓而灭,斩草除根!"

他的话里,已是杀气腾腾。这话像晴天一个霹雳,让我几乎一下不知所措。他说的"叛匪",大概把陆经渔也算进去了。这时,我只觉得栾鹏的眼神有点古怪地扫了我一眼,又转向别人去了,不由周身一凉。

也许他最担心的,正是我吧,我是武侯一手提拔上来的,本来就是武侯的嫡系前锋营中的人,栾鹏他们一直不把我看作右军中人,以前有什么事也多半并不召我共议,前一阵退兵的事,他内心一定也是赞同柴胜相的,只是班师之论占了优势,他才转而支持退兵。

这个人真是会见风使舵。那时我无非这么想,但现在看来,他不仅仅是见风使舵的墙头草,更是个野心勃勃的人。他现在所说的,其实已形同叛变,一旦成功,那武侯的位置多半便是他的了。我也不禁看了看四周。这是栾鹏的营帐,栾鹏召集诸将,也一定早作安排,他的亲兵贴着帐篷列在四周,足足有三十几个,全都面无表情,再说还有那么多右军将领，就算我想冲出去，只怕也只有死路一条。

那个千夫长嚅嚅道："若是君侯不接受我们的建议，我们岂不是形同叛乱？"

这也是我们心中要说的话。栾鹏这么做法，若武侯接纳了还好，若不接纳，栾鹏和柴胜相自是要被视作反叛，而右军诸将也难辞其咎，恐怕全要被降级不可。

栾鹏叹了口气，说道："主将不明，乱命有所不从。若君侯真个要一意孤行，将错就错，那我们便要……"

他的话没有说下去，但意思已经很明了。我们都倒吸一口凉气，那千夫长道："纵然我们能掌握君侯，可陆将军和驻在东门的共和军军力在我们之上，若他们与我们刀兵相见，我们如何应付？"

栾鹏道："君侯在我们手中，中军也在我们手中。而以君侯名义命令后军，想罗经纬也不敢不从。"

那个千夫长道："可是……可是这样岂不真的是内乱了？"

栾鹏喝道："容照希，你家世受国恩，如今要你当机立断之时，哪里还有那么多话说？"

容照希被栾鹏一喝，仰起头道："栾将军，如今我们被困孤城，理应合力，共抗外敌，君侯所作决断，末将看来也不无道理。栾将军若要一意孤行，恕照希不敢从命，也望栾将军不要错得太多。"

这容照希我也不认识，但这一番话却说得头头是道，条理明晰，看来右军也尽有有识之士，并不全是柴胜相这样的人，几个千夫长都听得不禁微微颔首。栾鹏冷冷一笑道："容将军是不从在下之命了？"

容照希顿了顿，沉声道："不从。"

他话音未落，忽然面色一滞，胸口出现一摊血迹，一支短箭插入他胸口。这一箭来无影去无踪，也不知是从哪里射出来的，容照希竟连声音也出不了，便已毙命。

帐中一下子都发出了惊叫。不知在外的士兵如果听到里面的声音会怎么想，我却不由得浑身发冷，冒出了一身汗。栾鹏的决定已让我意外，他的辣手更让我惊心，显然他已铁了心了，看样子，谁若不从，他便要灭谁的口，这次与其说是来开会，不如说是挟持我们，倒也不像我先前所想只为针对我一个人。

栾鹏也不看容照希的尸身，扫了我们一眼道："容将军不识大体，死不足惜。"

列位将军还有什么话说？"

这时，柴胜相忽然在一边吃吃地笑了两声。真想不到这个杀生王笑起来居然还有点猥琐的意思。他突然对我道："楚将军，你可同意栾将军之议？"

帐中众人的目光一下集中在我身上。他们都是右军嫡派，都是沈西平一手提拨起来的，而我却是个半路来的外人，时日未久，他们多半不把我当本军中人看。我本来想着自己坐在最后，不要惹人注目，柴胜相偏偏指向我，逼着我表态。可是有容照希的前车之鉴，我能说出什么话来？我在心里苦笑了一下，心知定然不能轻易脱身。想着，我站了起来。谁知我一站起来，周围的护兵一下子如临大敌，离我最近的一批将手按到刀柄上，倒好像防备我马上杀上去一般。

我站了起来，脑子里飞快地转动。龙鳞军人数不多，在右军中却是威望极重，若龙鳞军不附和栾鹏的提议，恐怕有一半右军不会跟他们起事，栾鹏是非逼着我追随他不可。

我站直了，按了按受伤的左肩。左肩的伤口已好了大半，现在要握刀也握得住了，可却还没什么力量。我的心底不禁苦笑了一下。我现在最多只顶大半个人，他只消两三个护兵便可拿下我了，这么防我，也实在太看得起我了。

栾鹏道："楚将军，你意下如何？"

他说这话时已是杀气腾腾。把我们召来，他自然早已布好了局，我只消说出一句让他不悦的话来，只怕马上就要跟着容照希去了。可是如果我附和了他，便等于背叛了武侯，我也实在做不出来。此时我已无计可施，脑海里连转了十来个念头，说道："栾将军所言，极是有理。"

我心底一万个不赞成，可也只能这么说，不过嘴上却滑头了一点，心想："有理是有理，我赞不赞成却是另一回事。"此时共和军要求合兵，毕竟加强了我们的战力，若此时同室操戈，我们还有力量对抗蛇人么？可要我再像容照希那样明说不从，我也实在不敢。这么违心地说话，我也有些痛苦。

栾鹏听了我的话，居然笑了笑，说道："识时务者为俊杰。还有反对的没有？"

他不伦不类地套上这一句，也是说给我听的。他未必听不出我这滑头话的言外之意，可只消我没有直言顶撞，他就当我是附和他了，旁人听得了自然更不会违背他的话。容照希尸横在地，此时还有谁会反对？他问了两声，只得到了些附和之声。他喝道：

"拿酒来!"

两个士兵提了一坛酒进来。右军驻在城西,这些酒倒是不会少的。那两个士兵把一个个大碗放在我们跟前,栾鹏拔出腰刀,说道:"今日事,成者大成,败者大败。若真说服君侯,日后列位将军也多能分封爵位,愿意的上来歃血为盟。"

他一刀砍落酒坛封泥,又在指上割了一刀,血滴入坛中。这时,柴胜相也拔刀在手上割了一刀,他的动作却没有栾鹏那么沉稳,刀子有点抖。栾鹏道:"列位将军,都上来吧。"

我们面面相觑,栾鹏这般逼我们歃血,那也是不让我们回头。帝国最重歃血之仪,歃血之后,若再反悔,那要被天下人所不齿。一个坐在最前面的千夫长见躲无可躲,走了上去,拔出腰刀,正待要割手指,却又道:"栾将军,我们若要兵谏,有几分把握?君侯营帐位于中军,边上除了中军士兵,外围还有前锋营,我们就算倾右军之全力,也未必能敌得过。"

栾鹏道:"用兵之道,岂在多寡。我们本是要向君侯兵谏,又不是要与中军开战,只消出其不意,中军兵员再多再强,又有何用?"

那千夫长道:"如此兵谏,已形同反叛,若君侯不顾一切,命中军和前锋营攻击我们,那如何是好?"

栾鹏道:"现在也只有赌一赌了。至于前锋营,那不必担心,我已安排妥当。"

我像被针扎了一样,差点跳起来。栾鹏说这话,难道是指他已买通了前锋营?前锋营只有路恭行能调动,栾鹏这话的意思是说路恭行已与他有了密谋?

我越想越觉得事有可疑。陆经渔带苍月回来时,虞代说过,君侯曾召前锋营拱卫,可后来却接受了苍月的办法。以君侯的性格,定会宁死不屈,我们这批士兵在君侯眼里也不过等同一些蝼蚁,君侯自不是顾忌士兵的性命才订约。那么,路恭行在当中扮演了怎样一个角色?难道路恭行是栾鹏同谋?以前我只知在战场上冲锋厮杀,可现在方知原来后方的凶险有时甚于阵前。

那千夫长还想说什么,栾鹏大喝道:"当机立断,再有多言者,杀无赦!"他的声音很是响亮,想必外面的士兵也能听到。但就算听到了也未必知道是什么意思,何况现在去报告武侯,武侯措手不及之下,又能做什么?那千夫长一惊,刀子一动,手上已割了一条伤痕。本来歃血不过浅浅割一道,他这一下却几乎要把手指也割下来了，疼得脸也煞白。

我前思后想，不知如何是好。栾鹏这等做法，就算成功，于大局有何好处？不过削弱自己力量。可是我实在想不出好办法，这时只好硬着头皮站起来道："禀栾将军，末将愿去将龙鳞军拉出来，一同带去。"

栾鹏摇了摇手，说道："不必了，我们不是去打仗，只带我的亲兵队便是。楚将军既有此心，你先来歃血吧。"

我本想回到营中，马上带队去通知武侯右军有变，谁知弄巧成拙，栾鹏先让我去歃血了。武侯本怀疑过我是内奸，虽然伍克清已为我洗脱嫌疑，但武侯未必会对我就此信任。如果真的歃血了，就算不参与兵谏，在武侯眼里那也是个反复无常的小人。我站着不知如何是好，正想再编个什么理由蒙混过去，忽然，帐外发出了一阵惨叫。

那是些士兵的叫声。栾鹏一惊，也顾不上我了，说道："怎么回事？"

他话音方落，一个士兵跌跌撞撞地直冲进来，这人身上插满了箭，几乎像是从血泊里捞上来的，一进帐门便跌倒在地，张了张嘴似乎想说什么，却一句也说不上来。

其他人一下全站起来了，这时，外面传来一个雷鸣似的声音："帐中诸将听着，速速出来，若有手持武器者，视若叛将，格杀勿论。"正是雷鼓的声音。

我眼角瞟了瞟栾鹏，他的脸变得煞白，喝道："不要慌。亲兵队，守住门口。"

但一个帐篷哪里有什么门口可言，像是回答他的话，"嘶嘶"两声，帐篷四周被长刀割裂，帐中一下全暴露在外，此时我们才看到，密密麻麻的士兵已将栾鹏的营帐围得水泄不通，营帐外横七竖八地躺了一地的士兵，多半是栾鹏守在帐外的亲兵队。这些人竟然在我们不知不觉间尽数被杀，围着营帐的，肯定不是等闲之辈了。我抬眼望去，果然，围在帐外的步兵是锐步营，后面还有一圈骑兵，正是前锋营，我已看到了路恭行在队伍前看着我们，他似乎也看到了我，但相距几十步，也不知他有什么想法。这两支是帝国军中最为精锐的部队，看数来的目总有两三千，大约是现在剩余的队伍的一半了。用这样的队伍用来围攻我们，武侯看来是把这当成最大的事了。

栾鹏面色一变。这情形，呆子也知道准是走漏消息了。一个锐步营军官手持长刀，喝道："营中乱贼听真，立即放下武器……"

他话未说完，一支短箭插入他右肩。这一箭因为距离太近，已射穿他身上的软甲，将他肩头也射透了。那军官闷喝一声，退了一步，手中长刀也坠落地上，周围的士兵都退了一步，手中的盾牌举了起来。那军官左手伸上去，一把拔出短箭，喝道："真不要命么？"

我们已被团团包围，若是他们放箭，里面的人一个也逃不掉。栾鹏扭头道："小九，不许放箭！"转过身对外面道，"栾鹏在此，外面是哪儿的弟兄？"

忽然武侯的声音从那队人马中响了起来："栾鹏，你好。"

围住营帐的前锋营和锐步营像潮水一样分开，武侯骑在马上，慢慢地过来，离营帐还有二十几步，他停住了，面色沉重之极。在武侯边上还站了一个将领，正是右军的千夫长左元再。

栾鹏脸色一变。如果不是武侯亲来，栾鹏可能还有后路可走，但他没想到武侯会亲自前来，他已被逼上绝境。我看到他的一条手臂也不由抖了起来，忽然，他喝道："小九，让兄弟们死守住，宁为玉碎，不为瓦全！"

他要拼个鱼死网破！我心头不禁一沉，手已按到了百辟刀上。

栾鹏没有下我们的武器，如果我们这批人反戈一击，栾鹏的亲兵虽然人数比我们多了一倍，但内外交攻之下，未必能护住栾鹏。如果擒下栾鹏，那么岂但无过，反而有功。我扫了一眼其他千夫长，但他们都是些战场上的一勇之夫，现在都皆点不安，没一个拔刀的意思。

我握住刀柄，将力量运在手臂上。如果栾鹏要反抗，我只有一条手臂能用力，那只能先发制人，就算要卸了他一条手臂也在所不惜。

哪知我的百辟刀刚拔出一半，却听得柴胜相喝道："受死吧！"

柴胜相忽地拔刀，一刀砍向栾鹏。

柴胜相本站在栾鹏边上，栾鹏肯定想不到这个亲逾兄弟的同僚会突然发难，他脸上一片错愕，反应也好快，柴胜相刚动，他的手便已按上了腰间的刀柄。但柴胜相这一刀定是酝酿已久，疾如闪电，劈向栾鹏肩头时，全无滞涩，栾鹏反应再快，他的刀刚出鞘，便要身首异处了。

此时，我的刀也已出鞘，人已扑向栾鹏。我的动作仅比柴胜相稍慢一点点，柴胜相砍的是栾鹏左肩，如果我一刀砍向栾鹏右肩，那么栾鹏就算有万一之幸躲开柴胜相这一刀，也躲不开我的刀了。

百辟刀带着破空之声，刀光向栾鹏卷去。柴胜相在马上不会比我差，但我的步下刀术在军校时就数一数二，后发先至，两刀几乎同时扑到栾鹏的身边。

双刀齐下，栾鹏有天大的本事，也逃不脱了。在刀光中，我忽然看到了他的眼神，一股惊愕和不屈，就算知道自己命在顷刻，他竟似已将此置之度外，毫不在意了。

我心头一动，不知怎么鬼使神差地，百辟刀一动，转个方向，刀光倒卷，"砰"一声，柴胜相的刀被百辟刀格住了，爆出一串火星。

我虽然格了一下柴胜相的刀，但我本来用力也是向前，突然变向，百辟刀根本挡不住柴胜相的力量，一下便被柴胜相的刀荡开。可也就是这一顿，栾鹏已退后一步，刀已出鞘，他身边也有两个亲兵赶到，拔刀交错着挡在栾鹏身前，柴胜相再要闯，那就得面对栾鹏他们三个人了。

可能柴胜相心中觉得要对付的，是连我在内的四个人。所以他眼珠子转了转，叫道："右军弟兄们，不能再错下去了，快来抓住反贼栾鹏！"

我有点怔怔的，也不知自己为什么要救栾鹏，我的本意明明是要制服他，可事到临头，却成了救他了。刚才事情突然，我做得好像自然而然，现在一想，武侯看到我救栾鹏，那不还是将我也列入叛党了？

尽管天并不太冷，可是我身上冷汗直冒。我胡乱出手，其实是送掉我自己的命吧。如果不辩解一下，那我到死也说不清了。

我提着刀，说道："栾将军，一人做事一人当，你要兵谏君侯，不能让右军上下弟兄为你陪葬。还请栾将军迷途知返，不要再错下去了。"

我生怕武侯听不到，这几句还说得特别响。栾鹏看了看我们，慢慢道："其实你们都反对我的兵谏了？"

我看了看那些千夫长，他们一个个互相看着，似乎想说什么却说不出来。就算方才有同意兵谏的，到现在有谁还会说支持？大多数人还不曾歃血，乐得静观其变，那个已歃过血的千夫长却是脸色煞白，只怕肚里将栾鹏的祖宗十八代都骂遍了。

栾鹏看了看我们，忽然笑道："是，一人做事一人当，弟兄们，你们好好作战，别丢了我们右军的面子。"

他说完，大踏步走了出去，到了武侯跟前，紧跟着武侯的大鹰小鹰跳下马来，"锵"的一声，两柄刀出鞘，挡住栾鹏的去路。

栾鹏镇定之极，跪了下来道："末将右军代理主将，万夫长栾鹏叩见君侯。"

武侯面沉似水，低声道："栾鹏，你身为一军主将，怎么如此不识大体？"

栾鹏抬起头，说道："禀君侯，栾鹏身受帝君大恩，不敢阵前与敌媾和，故出此下策，君侯要杀要剐，栾鹏无半句怨言。"

这时，柴胜相面露喜色，也走了出来，我们都跟着他出去，到了武侯马前跪了下来，柴胜相道："君侯万安，末将柴胜相见过君侯大人。"

栾鹏鼻子里哼了一声。这事栾鹏瞒得机密之极，我被叫来开会时，一点也不知底细，要说那时会走漏风声，那也把栾鹏看成呆子了。这事武侯这么快便已知晓，恐怕也是因为早有人告密。而右军上下，能做到这点的，也恐怕只有这个和栾鹏并称刀剑兄弟的柴胜相。左元再出现在武侯跟前，几乎就是个活招牌。而柴胜相刚才偷袭栾鹏，更是表明了自己的忠心。要是当时栾鹏被他擒下，那只怕他反而会立下大功。

栾鹏没有看柴胜相，只道："君侯，栾鹏自知罪不容赦，死有余辜，但帐中诸将，都是被我胁迫而来，虽有与末将歃血的，那也情有可原，望君侯网开一面。"

武侯哼了一声，没有理他，只是喝道："左元再！"

左元再忙不迭跪到武侯马前道："左元再在。"他跪得距栾鹏远一些，大概他怕栾鹏恼羞成怒，会暴起伤人。

武侯道："你密告栾鹏阴谋造反，可是属实？"

那话其实是说给栾鹏听的吧。左元再正要张嘴说话，忽然，他身子一颤，两只手疯了一样要往头上抓，却只是虚抓了两下，便扑倒在地，浑身抽搐。

一支短箭从他脑后刺入，他已是毙命。

这一箭真个厉害，恐怕发箭的就是射死容照希那人。我不由回头一看，却听得栾鹏在叫道："小九！你下来吧，没用了。"

那帐篷顶上有一个个子矮小的士兵，就是栾鹏叫"小九"的亲兵。那小九盘在支撑着帐篷的杆子上，手上握着一把奇形怪状的短弓，也不知那么短的弓怎么射出那么强有力的箭来的。他在帐篷上向栾鹏行了一礼，说道："士为知己者死，栾将军，若有人对你不利，我就要一箭射死他！"

他说着，又大声道："中军弟兄，小人是栾鹏将军亲兵，一身为栾将军所赐，无以为报，只能以死相殉。速让栾将军出城，如有违者，这一箭便要射向君侯了。"

这人箭术高明，而且距君侯不过二三十步远，在这个距离，连我也将可以百发百中了。只是这小九箭术高明，却也算没见识，不知武侯的脾气。如果他以某个大将要挟，武侯说不定还会一听，可他居然出言威胁武侯，那等于找死。果然，他话音未落，武侯已喝道："放箭！"

随着武侯的厉喝，一箭从远处射来，正中那小九咽喉。小九在帐篷顶上一抖，手中的短弓落下，前锋营的人已弯弓搭箭，他人还没来及得掉下，雨点般羽箭已将他的尸身射得如刺猬一般。

栾鹏惊叫道："小九！"

武侯没有理他，说道："莫振武。"

跟在武侯身后的莫振武跳下马，跪到武侯跟前，说道："末将在。"

"将帐中诸人尽数押到中军，右军事宜，由你选派中军将官前来善后。"

他说完，拍马便走。刚走出一步，却回才头一道："刚才头一箭射死那叛贼的，重赏。"

莫振武答应一声，柴胜相站起来正要跟着，大鹰小鹰的刀却又交错地拦到他跟前。他不由一怔，说道："二位将军，怎么回事？"大鹰小鹰没有理他，边上锐步营却有两人过来，一把将他反臂按住，喝道："跪下！"

陆续有人上来，将我们一个个绑了起来。绑到我时，不知怎么，我心里倒有点欣慰。不管武侯最终如何处置我，至少，一场火拼算是避免了。现在我倒没有一点看不起柴胜相的意思了，我要处于他那位置，恐怕也会这样做，不过看到柴胜相一样被反剪着手，我也有点幸灾乐祸。锐步营的人却毫不顾忌柴胜相这个功臣，绑完了栾鹏，又来绑柴胜相。他一脸愕然，叫道："君侯！君侯！"但武侯根本不理他，大鹰小鹰也跳上马，跟随而去。我们一个个已都被七手八脚绑上了。

右军中级以上的军官，已尽在此。不知怎么，我有点想笑。要是武侯这回痛施辣手，那右军的军官可要大换血了，一多半都会人头落地。

我们被推入囚车，却是前锋营来押解。我刚进入囚车，祈烈已拍马过来，喊道："将军！"

他的声音有点哽咽，我道："小烈，哭什么。"

我本还想再说一句"君侯不会冤枉人的"，可边上有不少右军将领，我这话一出口，只怕会让他们多心，硬生生忍下了不说。我也相信，武侯不可能一下把我们都斩杀，毕竟，这次有不少人反对栾鹏的计划，容照希甚至喋血营帐，要是不分青红皂白，大杀一气，只怕右军就此溃散了也不一定。毕竟，栾鹏和柴胜相二人也算甚得军心。为了让他想到别的事上，我道："刚才那一箭是谁射的？是前锋营的弟兄么？"

那一箭有点险。要是不能把小九一箭毙命，让小九居高临下射箭，武侯大概也会受伤的。放箭之人胆大心细，箭术又如此高明，我想不出谭青死后还有谁会是这等好手。

祈烈道："不是我们射的，是从我们后面射出的。"

那说不定是右军的人了？我的心头不由一震。说不定那人是江在轩。

如果是江在轩，那么我也是有一点功劳的吧，至少武侯知道我不会反叛。想到这一点，我心头安稳了些。

我们被押入中军营帐时，天已暗了下来。祈烈一直跟在囚车外陪着我，到了中军帐外，他道："将军，我得走了。"

我点了点头，说道："好好待弟兄们。"

祈烈也点了点头，又道："劳国基伤重不治，刚才已过世了。"

劳国基死了？我不禁微微一叹息。这个当年军校中名列"地火水风"四奇中第一位的人物，一生也没有什么了不起的成就，最后的功劳还是自己性命换来的。他也不愿意一直庸庸碌碌吧，所以才会向武侯献那条火攻之计。那次偷袭失败，武侯虽未责怪他，他自己却一定很自责，所以在凌晨那次战斗中几乎不要命地厮杀。也许，在他心里，那是用血来洗刷一个败军之将的耻辱。可如果都按他的想法，我们落到今天这样的地步，武侯也难辞其咎了。

我叹了口气，说道："帮我在他坟上敬杯水酒吧。"

劳国基入学时，军校还不招平民子弟，但他这个世家子弟有名无实，早破落得比我的出身都不如，正因为如此，听说当初他在军校极为刻苦，但一直受人排挤，进入前锋营后亦是两头不讨好，高门子弟那一派他算不上，也不算平民阶层百夫长中的一个。不过，他一向与世无争，和哪一派都处得还好，听得他死了，更让我感慨。

祈烈点点头道："将军，我要和前锋营的弟兄们联名保释将军。"

我道："不必了，君侯也不会听的。"

祈烈这点分量，如果真去联名保释我，只怕武侯反要着恼。但他亦是一片好意，我也不能说这实话。这时中军武侯的亲兵已来接收这辆囚车。这一辆囚车中，关了几乎右军全军的中高级军官，他们也战战兢兢，不敢缺了礼数。我们一个个被搀出来，先被下了武器，解开后带到一边。

因为时常要召开军机会议，武侯的营帐是最大的，足可容纳上百人。我们十几个人被扔在一边，由武侯的亲兵用刀指着，真的有如阶下囚了。柴胜相面如死灰，嘴唇也不住地哆嗦。我一向以为，他在战场上死也不怕，真想不到他居然会怕成这样子。

我们等了没多久，武侯挑开后帘进来了。他看了看我们，说道："将他们带过来。"

两个武侯的亲兵拖起栾鹏要走，栾鹏道："我自己来。"他大踏步走到武侯跟前，跪下道："罪将栾鹏，跪见君侯大人。"我们各有两个亲兵挽着，被带到武侯跟前，纷纷跪下了。

武侯哼了一声，说道："你也知罪？"

"事败则为罪，事成则为功，栾鹏早有准备。栾鹏之罪，便在未能当机立断，挽狂澜于既倒。"

武侯站起身，走到他跟前，绕着他走了一圈，说道："看来，栾将军并不服气？"

栾鹏道："君侯，栾鹏身受国恩，死有何惧。"

武侯仰天笑道："你这是以身报国了？那么，我就是在卖国？"

栾鹏道："末将不敢，但君侯所为，已约略如是。共和叛军为帝国大患，岂能因一时不利，便与之同流合污。若叛匪日后坐大，武侯之罪，远在栾鹏之上。"

他跪在地上侃侃而谈，毫无惧色，似乎不知道武侯随时会斩杀他。我们在后面听得不免有点惊肉跳，我深知武侯谈笑间便可杀人，若是惹恼了他，到时连带我们也被杀个干净，那岂不是冤枉？

武侯的手在腰间刀鞘上轻轻拍了两拍，这时柴胜相膝行了几步，上前道："君侯，栾鹏一时糊涂，望武侯念在他旧日功劳上，饶他这一回吧。"

武侯看了看他，说道："柴将军，你出卖了他，现在反来为他求情？"

柴胜相咬了咬牙，说道："出卖他是公，求情是私。胜相为右军将领，因公不得不告密，因私却不得不救他。"

他这话一出口，我倒不由得吃了一惊。以柴胜相那样的性格，居然能说出这等话来，倒也显得识见不凡。公是公，私是私，两不落空。今日之事，栾鹏毕竟有几分英雄气概，不愧是当初沈西平麾下的勇将之一，而柴胜相告密就不免显得小人了。现在他这两句话一说,却又显得大度不凡,我们都不禁又有点钦佩他。

武侯来回踱着步,这事实在干系太大,他也一时拿不定主意。那么多将领,关系到右军全军,若一个处理不当,惹得右军哗变,那便更不可收拾了。

他踱了五六个圈子,走到案前,伸手便要去取令牌。看着武侯的动作,我的心不由一沉,若武侯的令牌拔出来,那栾鹏多半难逃性命。

武侯的手刚碰到令牌,一个传令兵急匆匆进来,说道:"禀君侯,左军陆经渔将军带人求见。"

武侯道:"告诉他,这里有事,不见。"

那传令兵递上一封帛书道:"陆将军说,若君侯不见,请看看这个。"

武侯接过了帛书,看了看,说道:"叫他进来。"

我心中好奇万分,陆经渔到底写了些什么?居然能让武侯一下改变主意。

这时,身后响起了一阵脚步声,准是陆经渔来了。听声音,他还带着一个人,可我们都伏在地上,哪里敢东张西望。陆经渔走过我们,忽然跪在了栾鹏边上,说道:"禀君侯,卑职左军陆经渔万死。"

武侯叹了口气,说道:"你真的要把此事揽在身上?"

陆经渔道:"此事因我而起,自应由我来解决。栾将军固然有罪,但经渔之罪,远在栾将军之上。君侯当初能对经渔网开一面,又为何不能同样对栾将军?"

武侯走了几步,说道:"此番不是当初全军准备班师之时。当初外无来犯之敌,内无内奸,才能网开一面。"

陆经渔抬起头道:"君侯此言,不免予人口实。记得当年君侯时常告诫卑职,为将之道,当令行禁止,一以贯之。如今栾将军虽然有罪,却尚未造成恶果,依军律,可责其戴罪立功,也是为国家留下有用之材。"

武侯站着,也不答话。能这样和武侯顶撞的,也只有陆经渔一人了吧。我有点惴惴不安,于公于私,我都希望武侯能网开一面,放过栾鹏。连栾鹏也放过了,那么我这点随声附和之罪也就没什么了,如果那小九真是江在轩射下来的,我还能有点小功。只是武侯一旦饶过了栾鹏,因为小九之事,我与栾鹏也算结仇了。

武侯也在忖量着。过了好一会,他从案上取出一支令牌,喝道:"陆经渔听令!"

陆经渔一怔,马上低头道:"卑职在。"

武侯将令牌一掷,说道:"栾鹏不识大体,扰乱军心,聚众哗变,其罪当诛,由你监斩。"

陆经渔不由张口结舌,说不出话来。栾鹏却道:"谢君侯。"站起身,说道,"陆经渔,少婆婆妈妈的,走吧。"

陆经渔还待说什么,栾鹏已大踏步走了出去。到帐篷口,转身对我们点了点头,说道:"列位弟兄,恕栾鹏害了各位,不要怪我。"

他大声唱着《国之觞》,走了出去,只是那歌声不免有点上气不接下气。陆经渔道:"遵令。"站起来跟了出去。

过了一会,陆经渔重又进来,跪下道:"禀君侯,栾将军首级在此,请君侯验看。"

他身后的一个亲兵递上了栾鹏的首级。栾鹏的脸上,带着种迷茫,我看见在那已失去生气的眼中还带着两行泪水。也许到死,栾鹏也不认为自己做错了吧。

武侯道:"将他的首级示众,尸身好好安葬。"

处置完栾鹏,他扫视了我们一眼,柴胜相不由打了个寒战,低下头。

武侯会如何处置我们?

我不敢抬头正视武侯的目光,低下头伏在地上。半晌,才听得武侯道:"经渔,你带来的人有用么?"

陆经渔道:"卑职亲身试过,绝无虚假。"

他们说的是什么?我偷偷抬起眼看了看,却也不见什么异样。过了一会,听得武侯道:"你们起来吧。"

杀了栾鹏,剩下的都不追究了吧?我想另外那些千夫长包括柴胜相也一定是这么想的。我们一站起身,武侯道:"大鹰小鹰,你们把他们一个个带过去。"

带到哪儿?

我有点奇怪,却见武侯那两个贴身护兵过来扶住柴胜相走到边上,站在一幅军圣那庭天的画像前,那个不知是大鹰还是小鹰,说道:"站好了,看着画像。"

那是那庭天的半身画像,本来是挂在武侯背后的,现在武侯的座椅换了个方向,便成了在武侯座边了。在帝国军中,只挂两个人的画像,一幅大帝,一幅那庭天,连当朝帝君也没有。

这两个人已是军中的神话,当初的大帝率领那庭天为首的十二名将,所向披靡,号称"太阳照到的地方，都是帝国领土"，在军中有着无上的威望。过了几百年，尤其是出现了当朝帝君这样的子孙，会让人更怀念那两个绝世英雄吧。

柴胜相站在那庭天画像前，看着像中的那庭天，忽然，他像中了邪一样，身体不住地颤动。抖了一阵，猛地惨叫一声，人倒了下来。

我们都不禁摇了摇头，便是柴胜相亲信的千夫长也有点不屑之色。柴胜相一向杀人不眨眼，在战场上也是悍不畏死，怎么现在会怕成这样子？也许，在他心中，死于战场是光荣，被当叛逆斩杀，却是洗不尽的耻辱吧。可他这样的反应，也未免有点过分，是因为见到那庭天的画像，更觉屈辱么？如果是这样，那杀生王的名号，未免儿戏了。

我更有点莫名其妙，武侯道："柴胜相，起来吧。你有密报之功，从逆之罪可免，仍复原职。"

柴胜相本已像虫子一样软成一堆，听得武侯这般说，他喜形于色，跪到武侯跟前磕了几个头道："君侯圣明！君侯圣明！"

圣明二字，只能用在帝君身上。不过武侯也没有责怪他失言，说道："柴胜相，此事你是被栾鹏胁迫，罪不在你。日后，你当辅佐新任右军主将，不得再有错失。"

柴胜相的脸上一霎时也不知是什么神情。我知道，他本来觉得栾鹏一死，他又立下大功，右军主将多半要由他接任了，谁知武侯虽然饶了他，但右军主将显然他是别想了。这时那些千夫长一个个地被叫过去，像柴胜相一样被带到那庭天画像前。那些人倒没有晕倒在地的，我也看不出他们和看那庭天画像前有了什么不同，但一个个多少有点失魂落魄。武侯好言劝慰了几句，一个也不责罚，仍然官复原职，便放出营去。

武侯也已无计可施，要乞灵于那庭天的余威么？可是那毕竟只是幅画像，就算真的在军圣面前，胆小鬼也只是胆小鬼。

我正想着，只听得武侯喝道："龙鳞军统领楚休红。"

第十三章 唯心不易

　　武侯的声音不大，但是在我听来像是一个惊雷一般。我抬起头，诚惶诚恐地道："君侯，末将在。"

　　武侯倒没有多说什么。看了我一会，武侯道："楚将军，你有什么话，对那庭天说吧。"

　　这话乍一听，让我吓了一大跳，那意思好像要斩杀我一般。那庭天已是古人，武侯让我跟他说话，岂不是要把我也变成死人么？但我马上明白，那不过是让我和别人一样，站在那庭天画像前而已。

　　鬼神之事，在帝国上层中很是流行，但我绝对不信。自幼我就只相信自己看见的东西。两个护兵要来扶我，我站了起来，自己走了过去。

　　不知为什么，我现在很坦然。武侯可能觉得我明明是由他提拔的，却又对他不忠，很不可原谅吧。可是我却没有多想，好像一切都听天由命了。

　　我站在那庭天的画像前，陆经渔在边上轻声道："看着那庭天的眼睛。"

　　那画像挂得不高，我站着，那画像也就比我的头稍高一些，我只消稍稍仰起脸便可看到。

　　这幅像画的是他暮年。我一直不明白，为什么在军校里挂的不是那幅他指挥二十万大军征伐天下，意气风发的画像，却是一副老来颓唐的样子。那是那庭天七十三岁时朝中御画师画的肖像。那庭天活了七十四岁，据说为了画这幅画，当时的天下第一名手，御画师胡道真在那庭天府中住了两个月，最后两天时间不眠不休，将画像一气呵成。传说画到最后一笔时，胡道真已是油尽灯枯，因此那庭天的像其实并不完整，左下角还是一片模糊。画完后不到两个月，那庭天也一病身亡，迷信的人说，本来那庭天纵然老去，威风尚在，阎王也不敢近身，而胡道真一支神笔收取了那庭天的神光，阎王才敢派出小鬼勾走那庭天魂魄。为了这幅画，一个绝世画师与一个绝世名将几乎同时去世，在那些说书人敷衍的段子里，此画也号称"镇魂图"。

这些迷信的话我当然不信，这幅那庭天暮年画像我在军校里也看得多了。以前看来，觉得那庭天衰年威风不减，但终究有点英雄迟暮。武侯帐中挂的是这幅画的摹本，据说神情较原作相差甚远，不过我也看不出来。当陆经渔让我看着画像上那庭天的眼睛时，我又仔细看了看。目光一接触到画像，只觉浑身一震，像是有什么吸力一下吸住我了一样。

画像上，那庭天已是个老得不太成样子的老人了，可那双眼睛炯炯有神，目光锐利如刀，仿佛正盯着我，直看到我内心深处。我不由得浑身发起抖来，好像浸入冰窟中，冷得难以忍受。霎时间，从幼至今的种种事都涌上心头。从很小的时候父亲送我去军校，经历了父亲的去世，在军校与蒲安礼打架，结果毕业时没能拿到梦寐以求的"金刀十杰"称号。然后进入前锋营，一路冲锋陷阵，杀人立功，为了那个女子又与蒲安礼决斗，在酒席上第一次看见她，捉拿陆经渔，在那幢房中和蛇人的第一次碰面，武侯的斥责，为了盗沈西平的头颅冲入蛇人营中，山都那种过于正规的帝国话，以及在那个夜里，武侯和她的合奏，与白薇和紫蓼相聚的短短几天，伍克清的话。这些拉拉杂杂的事情一时间全部从脑海中闪过，我也想不通，在短短的一瞬间我竟然能够想那么多事。

这幅镇魂图真有什么灵异么？可是，这明明只是幅摹本啊！

我心底有了一阵害怕。在那庭天的画像前，我好像什么也隐瞒不了，那些对战争的厌恶，对杀人的厌倦，平常都深藏不露，我自己也不敢多想，现在却毫不留情地涌上心头。如果武侯知道我现在的想法的话，他一定会对我绝望。有那种念头的，恐怕连逃兵还不如吧——大概比想兵谏的栾鹏更危险。

我呆呆地站立着，盯着那庭天的像。我要稍稍抬一下头才能和画上那庭天的目光相对，而画中那庭天的目光也是向下，所以我在看着画像时，那庭天也似在画上看着我。不知看了多久，我才听得陆经渔的声音："楚将军！楚将军！"

我一惊，扭过头，只见武侯在案前也欠起身子，正看着我。

他也在关心我啊。刹那间我感到了一阵欣慰。我毕竟是他一手提拔起来的,武侯对我,也许也多少有点父子一般的感情吧。我一直害怕他会杀我,但看到他看我的眼神,我已放下心来。

我走到武侯案前,跪了下来,说道:"末将楚休红万死,请君侯处置。"

武侯坐了下来,过了好一会,我也没听到他的声音。半晌,他才长叹一声,说道:"楚将军,你回去吧。龙鳞一军,你要尽力带好。"

武侯对我也网开一面了!我又惊又喜,说道:"谢君侯。"

在柴胜相袭击栾鹏时,我还救了栾鹏一命。虽然栾鹏本来就走投无路,那时柴胜相的攻击也没什么大用,可我那么做毕竟有点像和栾鹏合谋,怎么都说不清了。如果是以前的武侯,事无巨细,有违军法即要受处分,那我大概判死罪都有份。

武侯道:"你本来活罪难免,不过既然你本来就有心与栾鹏相抗,那反贼箭手也是被你帐中士兵射杀,这功劳也不小,功过相抵,楚将军,你保住一命了。"

武侯的最后一句话让我心头冷了一冷,但马上我也释然。这才是武侯吧,如果太过宽厚,那倒不像他了。我道:"末将知罪。"

走了中军营帐,刚走到外面的太阳下,便听得一阵欢呼,祈烈先向我冲了过来,他身后跟着金千石、吴万龄、虞代这批龙鳞军军官,现在很受我赏识的神箭手江在轩也带着刚挑出的一营十几个箭手向我走过来。祈烈一声欢呼,说道:"太好了,将军,你没事!"

他的话也有点哽咽,看他的样子,恨不得要来抱抱我。我拍了拍他的肩,笑道:"小烈,你现在是个百夫长了,别那么孩子气。"说罢,先走向江在轩,向他行了一礼道:"江兄,多谢你的一箭,让我解除了嫌疑。"

我向他行礼,江在轩十分局促,忙还礼道:"将军,您别……"只是他慌得连话都快说不上来了。这时金千石带着十几个龙鳞军走了过来。他虽然没有祈烈那么夸张,看样子也激动得几乎哭出来。

看着他,我不禁有点愧疚。如果不是武侯命我来统龙鳞军,那么金千石以龙鳞军中军哨官的身份继任龙鳞军统领,是顺理成章的事。可是,自从我来到龙鳞军,他从来没有表示出一点不服,士兵们开始两天对我有点排斥,反是他代我解释,帮着我在龙鳞军中树立起威信。

他们围着我，祈烈看样子还要欢呼几声，边上一个士兵喝道："武侯帐外，不得喧哗，速回本队。"

这士兵大概在武侯帐前久了，说话也有点生硬。祈烈吐了吐舌头，小声道："将军，你没事了那太好了。"

我们跳上马，祈烈的意思还要跟着我去龙鳞军坐坐，我劝他，现在他已是前锋五营的长官，实在不可再这么随便了，他才悻悻地回去。

和祈烈分手，金千石看着祈烈的背影，说道："将军，你这个旧部倒很念旧情。"

我笑了笑。祈烈对我，大概已不能用"念旧"来形容了。如果不嫌狂妄的话，我对他几乎和武侯对陆经渔那样。我比他大了几岁，算他的师兄，他入前锋营来时，刀枪并不很熟，是我一招一式地教他的。不过这些事倒也不必和金千石说，我道："现在右军里如何？有没有乱？"

金千石道："莫将军不算什么勇将，不过他整顿军纪当真有一套，现在中军的代主将由中军万夫长岳国华担任，没什么大的鼓噪，也就是栾鹏首级示众时，他的亲兵队痛哭了一场。"

"是岳国华啊。"

岳国华是中军的一个万夫长，和左军副主将卜武一样，以老成持重出名。武侯叫他来代主将，那是不求有功，但求无过吧。

"蛇人动向如何？"

听到我这句问话，金千石一下忧心忡忡，说道："正要和统领你说呢，蛇人聚集在城外，也不攻城，只是向前推行了半里。现在大概正在那儿搭营帐呢。"

我惊道："蛇人搭营帐？是蛇人自己在搭么？"与蛇人拔营这个消息比起来，蛇人自己搭营帐更让我吃惊。如果蛇人连这种事都会，那么它们和人还有什么不同？

金千石道："大多是自己在搭，不过，我从望远镜里看过……"

他说到这儿忽然顿住了。我有点急，说道："金将军，你说便说，不要吞吞吐吐的。"

"在蛇人队中，有一些人。"

有人？我马上想到的是那具蛇人尸首肚子里的骨殖。蛇人队中的人，大概算是随身携带的干粮吧。可那些人真那么没骨气么？也许，蛇人也像武侯屠城时只留工匠女子不杀一样，女子对于蛇人来说没什么意义，蛇人留下的，恐怕只有工匠。

我们在武侯帐中已过了一夜，现在正是上午，太阳在头顶，照得四处都暖洋洋的，可我还是打了个寒噤。

蛇人身上，好像已经有了许多我们自己的影子了。

回到城西右军驻地，金千石将他头一天屠城时藏下的两坛好酒都开了，款待龙鳞全军。在破城之初，听说十九家最大的酒坊都在城西，那一阵右军上下都是醉醺醺的。后来张龙友被招入中军幕府后，武侯曾派雷鼓来传命把酒送上去，大概是用来造那雷火弹之类的，全城已难得再看见酒了。金千石一拿出这两坛酒来，众人都是一阵欢呼。

金千石削开酒坛封泥，一股酒香扑出，中人欲醉。他先给我倒了一碗，又给全军士兵也每人倒了一碗。这三百碗一倒下来，两大坛酒已是所剩无几。金千石端起酒碗道："弟兄们，统领有惊无险，我们为统领干一杯。"

龙鳞军士兵全都站了起来，异口同声道："统领。"他们全都看着我，只等我也端起碗来。

我端起了碗，眼中有些湿润。

可是，那并不是感动，只是觉得，这些大好男儿，不知道为什么被派到这里来，也许，明天蛇人就会发动大举进攻，这些士兵说不定有一大半回不到故乡了。

我猛地喝了一口。金千石藏起的这两坛酒非常好，但酒味并不很烈，连没什么酒量的人喝一碗也不要紧，我喝下去更是有如饮水。

我一开始喝酒，所有人都端着碗，大口大口地吞着。好像，要借这个动作忘掉一切，包括恐惧。

喝完了酒，却没有菜。今天的干粮分量又少了，中级军官都被扣掉了多发的部分，整个右军大概只有万夫长以上的高级将领还能多一些，其他所有人一天都只有四张饼，昨天商量好的省下十张大饼的如意算盘，算是一句空话了。不过，武侯倒是命张龙友送来了两百枚火雷弹装备龙鳞军。我记得张龙友说过，城中还能造一千五百枚小号火雷弹，武侯居然发给我们两百枚，那也说明武侯没有丧失对我的信任。

金千石和吴万龄两人带着士兵开始操练。龙鳞军毕竟比一般的士兵不同，同是右军，柴胜相带的兵在听到一天只发四张饼时已开始骂骂咧咧，哪里还会去操练？

我看了一阵，转身走上城头，拣了块干净的雉堞坐了下来。从上面看下去，也可以看到龙鳞军的操练。我拆开左臂的纱布，叶台说过，我的手臂七天后大概能好。如果算来，今天正好是第七天。

一拉开纱布，我有点骇然。伤口很大，那个蛇人的一枪刺通了我的手臂，现在已经结好了，手臂两头留下两个伤疤，上面的大些，下面的小些。

我从水壶里倒出点水，洗掉伤口的血污。伤口已经结了黑褐色的痂，碰上去硬邦邦的，几乎和蛇人的鳞片一样。我不由失笑，我现在统领龙鳞军，要是这两片痂不掉，我大概也有资格自吹是"天赋异禀，生有龙鳞"吧。

正在专心致志地清洗伤口，忽然，我听得身后有个人道："楚将军。"

这是个陌生的口音，多少也有点怪异，不知怎么，我脑子里一下想到蛇人。

难道有蛇人来偷袭？

我跳了起来，一把抽出百辟刀，左臂还露在外面也管不上了。这一转身，我已是一身的冷汗，伤口又有点隐隐作痛。但一转过身，才发现根本不是蛇人，是个不认识的士兵，穿着一件普通的军服。

我不禁失笑，将百辟刀推回鞘中，说道："好。"他大概是右军哪一支的士兵吧，可能我在右军中也开始有点名气了。当初头一个攻入城中后，便听陆经渔说满城都在传颂我的名字，虽然听了高兴，但也知道那只是一句客气话。不过，经过这十来天的攻防战，加上我夺回沈西平的头颅，可能我的名字也真的已经被很多人知晓了。

那人在我身边坐了下来，说道："楚将军，我叫郑昭，是原共和军行军参谋。"

他这几个字说得平心静气，我却吃了一惊。但马上也想起，他准是现在苍月公带来的那五六千人中的一个。只是他穿了帝国军的军服来找我做什么？难道，苍月公还在到处拉拢人手么？

郑昭像是知道我的心思，说道："我现在是陆经渔将军麾下的客将，不归大公管。"

我又吃了一惊。郑昭的察言观色实在厉害，好像我想什么他都知道。我道："郑先生找我有什么事么？"

也许是陆经渔让他来的吧。难道，武侯虽然同意了陆经渔与共和军联军的建议，实际上陆经渔却是想要拉拢各军主要将领么？我正胡思乱想着，却听得郑昭道："你想错了，我只是以私人身份来的。"

我顺口道："不是陆将军么？"

这话一出口，我便又是一惊。刚才我想的他好像又猜到了，而且猜得那么准。这郑昭到底是什么人，想干什么？

他看着城下。我本来朝着西边，约摸一里外的地方尘烟滚滚，是蛇人在调度吧。城里空有千军万马，却只能死守，在外面连吃败仗，已没人敢再出城与蛇人野战了。郑昭像是喃喃地道："我父母原先在高鹫城中，只是一对普通的老人。你们围城三月，城中粮草已尽，我因为在军中，还能偶尔送些粮食回家，邻居却在一家家地饿死，连尸首也被吃掉。直到有一天，我好容易弄到一些半霉了的年糕，送回家时，却见一队饥民冲进了家里……"

他的声音有些哽咽，我不知道他跟我说这些做什么，但肯定，他父母后来也不会有什么好的结果。城破之时，城中到处是饿殍，祈烈告诉我们，屠城时还见到过些躲在地窖里靠吃死人支撑下来的共和军。

他叹了口气，说道："从那时，我就厌恶战争。什么解民倒悬，什么一切权力归民，还不是帝王成事，百姓遭殃。我痛恨杀人，杀别人和被人杀，我一样痛恨。"

我不禁无语。他这些话，其实我也深有同感。可是，作为一个士兵，在战场上除了杀人和被杀，哪里还有其他的路好走？有时我也觉得，像我们这样厮杀征战，难道，就是为了维护一个没什么德政，也没什么令名的帝君么？只是，这些话我当然不敢公然出口，否则一定会被当成叛逆的。

郑昭抹去了眼角的泪水，说道："楚将军，我有些失态了。"

我不知该说什么。他最终归顺陆经渔，其间大概也经历过许多波折。当初共和军势大时，破了帝国诸城，虽然没有屠城之举，但在攻破大江以南十二名城之一的石虎城后，将俘获的两万帝国军活埋于城下，就为了威胁那些据城不降的守军。苍月公号称爱民如子，起事时宣称"人人平等，人人都有活下去的权力"，对照这等举措，几如讽刺。可是，对于这些公侯而言，死上一万人，也可说是为了十万人更好地活下去。反正总会有理由的。可难道为了那十万人，这一万人的性命便不是性命么？

我的手还按在刀柄上。刀鞘上的那八字铭文虽然摸不出来，但我已烂熟于心。"唯刀百辟，唯心不易"。现在想想这八个字，更觉悲哀。刀百辟，无坚不摧，纵是心不易，也要流泪的。那个铸刀之人也不知是哪朝的将领，这八个字，也许是杀人过多后对自己的宽慰吧。

郑昭忽然道:"那是大帝得国时十二名将之一李思进的佩刀。当初十二名将受命筑城,李思进镇守西靖城,老来皈依清虚吐纳派,命人以八宝合精铁铸成这刀的刀鞘,嵌的便是这八字铭文。"

"是李思进啊……"我喃喃地说。忽然,我猛地一震,我根本没和他说过这刀的事,郑昭要是连这也能察言观色观出来,那也太神了。我转过身,看着他,喝道:"你到底是什么人?"

他被我呵斥得有点惊慌,定了定神道:"楚将军,你不是猜到了么?"

我有点莫名其妙,说道:"猜到什么?"

他手指在耳前按了两按,说道:"原来你只是约略猜到。楚将军,我得以跟随陆将军,是因为我有一样本事,能够读心。"

"读心术?"

我又大吃一惊。所谓读心术,是传说中清虚吐纳派的一项本领,据说能知道别人能想什么。这等本事被传得神乎其神,我以前也一向不信,一个人怎么能知道另一个人想什么?可是郑昭就在我跟前,我想什么他就知道什么,又让我不得不信。可这么一来,我那些等于叛逆的想法他岂不是也知道了?

我摸到了百辟刀。也许,武侯最终能同意陆经渔的提议,也是因为这郑昭在侧吧。而武侯让我们在那庭天画像前忏悔的怪异举动,恐怕是因为当时郑昭就藏在画像后,柴胜相才会有那等古怪反应,而我那时也几乎无法控制自己想什么,好像深藏在心底的一切在那一瞬都被翻了出来。

如果他已将我们的想法全部报告武侯,那么……

我已不敢多想,背上冷汗直冒,猛地站了起来,手握住百辟刀的刀柄,看了看郑昭,心头起了一阵杀意。

趁他还没有去汇报,我要先杀了他!

郑昭一定也知道我现在想什么了,站了起来,脸一下变得煞白,有点惊慌地道:"楚将军,你要杀我,我不敢反抗,只是,我没有骗你,我不想再看到杀人,这回来找你全是我自己的意思,我跟陆将军也没说过,……"

他的话也有点语无伦次,我却浑身一松,一下子失去了杀人之念。便是杀了他,难道也像老来悔恨的李思进一样用"唯心不易"来搪塞么?这般一来,我与那些我深深厌恶的以杀人为乐的人又有什么不同?

我颓然坐倒,说道:"郑先生,你知道我实际在想什么,想向君侯报告,那去报告吧。"

郑昭也坐了下来,说道:"楚将军,君侯命我去窥探右军诸将的想法,只是要我看谁与栾鹏一党,并没有要我事无巨细皆要上报。当时,我读了你们十几个将领之心,旁人尽是满含委屈,多半在想一旦事情已了,定要多杀人来洗脱罪名,唯有你却在厌恶战争。"

我道:"是又如何,我纵然再有不愿,君侯有命,仍是不得不从。"

郑昭也叹了口气,说道:"我已想过,若此番能安然撤退,我要找一个没人的地方独自隐居,再不愿见人世间的肮脏。这些话不吐不快,但我连在陆将军跟前也不敢说,只是憋在心里实在难受,才会来跟你说说。"

我不禁也叹了口气。郑昭的想法,我何尝没有?可也仅仅是想想而已。若真要我离群索居,只怕也办不到。他对我这么信任,恐怕也不是个当兵的料。不过我方才不免有点卑鄙了。我看了看他,他现在正注意着城外,并未在窥测我的心思。我道:"郑先生,那你以后可不能再对我施读心术了。"

他点了点头,说道:"当然。"

我默默无语,只是回头看了看正在城下操练的龙鳞军。龙鳞军排成了三组方队,整整齐齐,看来金千石和吴万龄整顿军纪已初见成效,现在的龙鳞军与前锋营相比也诚不多让。可是,龙鳞军练得再强,对战局又有何用?

我不想再去多想。我好歹也算统领着一支人马,自己总不能气馁。不论如何,现在全军上下,士气依然不堕,尚有可为。我道:"郑先生,你可曾读过苍月公在想什么?"

郑昭道:"苍月公意志坚定,我读不出来。"

"也有读不出来的么?"我心里有点悻悻的。我的心思都被郑昭读了出来,有人的想法他却读不出来。难道说,我的意志不够坚定么?

郑昭准也知道了我的想法,笑道:"也可以这么说。不过楚将军也不必太不平,至今我只有三个人的心思读不出来。确切说,一个人的心思我读不懂,其实也只有两个人我读不出来。而一些意志较差的,被施读心术后会一时心智错乱,那柴胜相便是如此。"

柴胜相好杀,其实是为了掩饰心中的怯懦吧。此时我倒多少有点同情他了。我道:"你读不出来的,一个是苍月公,另一个可是陆经渔将军么?"

"不是,"他淡淡一笑,"是武侯。陆将军的心思很好读,坦坦荡荡,根本没有想瞒人的。其实如果你起意不让我知道,你也可以办到。"

我大感兴趣。如果我能够有他这等本事,那便无往而不利,至少若碰到那个至今未曾找出来的内奸,我便立刻知道了。我道:"你这本事是练出来的么?可能够教给我?"

他看看我,有点迟疑地道:"这个……"

我脸上有点不快,他不用读心术也知道了,忙道:"楚将军,我不是不教给你,这种本事一大半是天生,我也不知道如何教人,我从小便发觉自己一碰到别人便能知道别人在想什么,后来才越来越强,隔上三尺也能知道了。只是用读心术要集中精力,昨天我用了几十次读心术,几乎筋疲力竭,刚才对你又用了两三次,也很是劳累。"

我听得不能学,也有点失望,说道:"对了,郑先生,你说过你读不懂的一个人是怎么回事?"

说这等话也有点解嘲的意思。我不是那种意志同铁一样坚强的人,也不像武侯、苍月公这等人能随时隐藏起自己的想法,大概我一辈子也学不会读心术。

我还在胡乱想着,郑昭道:"那是武侯帐中的一个参军。昨天好笑得很,一个参军满脑子女人,另一个是满脑子木炭、硝石、瓦罐什么的,这个参军想的却是些我根本不懂的话。他脸上蒙着纱,是不是什么异族人?"

是高铁冲啊。我从来不曾见过高铁冲的样子,也不知他是不是异族人,不过我在帝都时也见过一些异族人,高鼻深目,眼睛是蓝色的,说一种奇怪的话。高铁冲如果是异族人,在帝国军中怕招人注意才蒙上纱的话,那恐怕反而更惹人注目了。我顺口道:"高参军是异族人么?我也不知道。他是武侯跟前的红人,是武侯的智囊。"

郑昭道:"他的心思很古怪,我觉得他好像对所有人都有种痛恨,我对他施读心术时虽然不知道他到底在想什么,也感到有股戾气,似乎恨不得天下人统统死光。"

高铁冲难道也厌恶战争么?我倒猜不到了。他设下的四将合围之计可称得上是条毒计,像他这样的人,应该是极想靠军功向上爬才对。看来,人心难测,也的确是句实话啊。

这时，郑昭站起身，忽然嚅嚅道："楚将军，我得回城东去了。"

他似乎还有什么话要说，只是说不出口。我道："郑先生，还有什么话要说么？"

他忽然变得有点局促，说道："楚将军，其实这次我还想向你打听一下一件事……那个……你是不是认识一对叫白薇、紫蓼的姐妹？"

他说得有点吞吞吐吐的，我才恍然大悟。郑昭来找我谈了这半天，说到底，只怕这才是他的真正目的。看他的样子，可能以前和这姐妹中的一个有过感情。只是他是为了哪一个呢？

这时，我听得郑昭道："是白薇！她现在在哪里？快告诉我！"

我有点不悦，说道："郑先生，我跟你说过，不能再对我施读心术。"

他脸色涨得通红，说道："楚将军，实在抱歉。我不用了，你快告诉我，白薇现在去哪里了？你根本没有想起她。"

没有想起她么？我不由一阵茫然。的确，白薇和紫蓼走了也有三天了，可自从她们走后，我好像除了在武侯帐中被郑昭施读心术时不由自主地想到了她们两个，平常想得更多的是那个弹琵琶的女子。也许，白薇在临走时给我的一吻，也只是感激吧。

我正自乱想着，郑昭忽然道："楚将军，你快说啊，她去哪儿了？"

他满脸的惊慌，大概他怕我像某些帝国军将领一般，把掳来的女子不当一回事，任意屠杀吧。也许我半天不说话更让他有这样的猜测，我笑了笑，说道："不用担心，她们三天前去五羊城了。如果顺利，现在说不定已经要到了。"

五羊城离高鹫城有三百多里，如果快马疾行，一昼夜多点便可以到达。她们是坐马车去的，如果一路顺利，三天时间恐怕也已经到了。郑昭这时才舒了口气，说道："去五羊城了？大概走小路了吧。"

他一副如释重负的样子，我不禁道："白薇是你未婚妻子么？"

他苦笑了一下，脸也红了红，说道："我倒是想的，可她还没答应呢。楚将军，谢谢你。"

他看着我，几乎有种感激涕零的样子。我叹了口气，说道："现在是战时，她们两姐妹走时我也很有点不放心。"

郑昭道："你放心吧，白薇既然有心要走，一定不会出差错的。以她的本领，寻常两三个男人都近不了她的身边。"

　　我吃了一惊，说道："她有那么大本事么？我一点也没看出来。"

　　郑昭笑道："她们是苍月公手下七天将之一段海若的女儿，你不知道么？"

　　郑昭说出这个名字来时，我更是大吃一惊。段海若的名字我也听说过，他在苍月公手下的七天将中名列第五，豪勇则称第一，是共和军中的名将。去年初苍月公发倾国之兵进逼至大江南岸，在大岸连营五十里，大造战船，眼看帝国已岌岌可危，当时武侯还在勤王途中，文侯以一支偏师渡江烧尽战船，使得苍月公的攻势毁于一旦，在南岸集结的三十万共和军主力也一败涂地，这才扭转帝国自共和军起兵以来一直不利的战局，后来武侯才能调动十万大军南征。在苍月公败走时，领军断后的正是段海若。文侯与武侯合兵追杀，段海若率一个万人队挡在飞马渡口，毕竟众寡悬殊，被文侯的水火二将强渡成功，二十万帝国军以雷霆之势冲上岸来，段海若却死战不退。最后他统领的万人队只剩了八百人，被围在一个小山上，文侯爱惜他的本领，曾派人招降，段海若却逐走说客，直到战死。那时我在前锋营里也参加了围攻之战，见到段海若以七百人连番冲锋，直到全军覆没，那时虽然痛恨他以这等微不足道的兵力牵制住了帝国全军，使得文侯已成竹在胸的打算最终未能全功，但这等豪勇之举也得到了帝国军的敬佩。正因为段海若的死战，苍月得以率领残部退回南疆，不然早在去年共和军便要败亡了。没想到，段海若的女儿做了我几天的侍女。想起那时白薇跟我说她们是共和军一个中级官员的女儿时，脸无异色，我也根本没想别的。

　　她们能隐瞒得那么好，也当真坚忍啊。我有点感叹，对她们骗了我也没有一点不满。

　　郑昭忽然道："楚将军，我要去找她们。"

　　我皱了皱眉，说道："郑先生，你现在是左军的人，临阵脱逃，那可是死罪。"

　　郑昭笑了笑，说道："当初我遇到陆将军时，便曾跟他说过，一旦找到白薇，我便退出行伍，不论是帝国军还是共和军，我都不参与了。下半辈子我只想做个农人，平平安安地种种田，过过男耕女织的日子。"

　　没想到他有这种想法，也只有陆经渔能答应这样的请求了。我有点感慨地想。我对他点了点头，说道："那祝你好运吧。"

　　他笑了笑，正要说什么，这时，从城下忽然传来一阵惊呼。

我一开始以为又是蛇人攻来了，但这阵惊呼只是惊而不乱，城外，蛇人的阵营中仍是尘土飞扬，却没有进攻的意思。而且就算蛇人攻来了，没道理反是城下的人先知道。我走到城墙边，只见刚才在操练的龙鳞军齐齐站定，都仰天而望，我也抬头看去。

却见天空中一只巨大的飞鸟掠过。这鸟极是古怪，两个翅膀伸开了一动不动，因为离得远，说不清到底有多大，但起码也有一人多长。郑昭在一边也惊道："那是什么？"

这大鸟从我头顶掠过，向蛇人营中飞去。这时，有两个在城上巡视的右军士兵跑了过来，我道："喂，这是怎么回事？"

那两个士兵也已经认识我了，一个道："楚统领，那是薛工正做的东西，会飞！"

薛文亦做的么？他的手是极巧，我逃出蛇人营时乘的那只巨大的风筝便是他做的，这个也多半是只风筝吧。这鸟一样的东西飞得极是平稳，可怎么看也看不到有绳子连着。

那两个士兵已冲到城边，看着那风筝飞远。这时，郑昭也走过来，忽然惊叫道："上面有人！"

这时我才看到，在那上面坐了一个人。我道："那是谁？要做什么？"

一个士兵回过头来道："楚统领，薛工正坐在上面。"

"他要做什么？"

那士兵看样子和薛文亦很熟络，说道："薛工正说，以前做的风筝都得有绳子连着，那次火攻蛇人失败，有一半原因是非要用绳子，只能在离蛇人阵营很近才能放飞，他要做个不用绳子的风筝，正在做试验呢。"

不用绳子的风筝？我顿了顿脚，说道："胡闹！他是飞到蛇人营中去了。要没绳子，他怎么回来？"

像是回答我的话，那风筝已飞出了一里地，约略已到蛇人阵中，忽然在空中转了个圈，像是有一根无形的绳子拉着，又飞了回来。我不由惊得目瞪口呆，想不通那是怎么搞的。

那个和薛文亦很熟的士兵欢呼道："成了成了！老薛成了！我说他准能做得成的，他的手艺，才不愧叫妙手呢。"

如果不是亲眼所见，我绝不相信世上竟有人能做出可以载人飞行的东西。风筝做得大了自然可以带人飞，但那非得有一根绳子连着，如果绳子一断，风筝便会一下掉下来。可薛文亦现在做的这个东西，似乎可以由坐在上面的人控制。如果当初用这个去火攻蛇人营地，就算蛇人有备，也不至于会弄得一败涂地吧。

蛇人营中一定也注意到了这个奇怪的东西，薛文亦飞回来时，那蛇人营中也有一队冲出来，只是一个在天一个在地，蛇人的箭术又糟糕之极，薛文亦在空中盘旋，虽然蛇人偶尔也放上几支箭，但哪里碰得到他？只是它们阴魂不散，紧追不舍。

这时，身后响起了一串足音，我回过头，却是金千石带着龙鳞军也上了城头。我道："金将军，你快命人去禀报岳将军，速速安排人手守卫，防备蛇人趁势攻城。"

蛇人出营来追薛文亦的虽然不多，但安知不是条计策？如果它们趁势来攻城，措手不及之下被蛇人攻上城头，那便是崩溃之势。岳国华刚来，我也去见过他了。因为右军除了我，其余将领都是旧人，岳国华反是很相信我，我去禀报，他多半会听从的，若是旁人，只怕会当成小题大做。

金千石答应一声，转身跑去。我手扶着一个雉堞，看着从空中斜斜飞来的薛文亦。

初春时，风向甚乱，一会是西北风，一会风又自东北来了。现在刮的是西北风，薛文亦在空中不时盘着圈子，向我这边飞来。地上的蛇人在他转到城头方向时追几步，一旦被风吹回去便停住了。这等追追停停，已到了城外三百多步之遥。现在已能看到蛇人的样子了，虽则只有一两日不见，那些蛇人却也似脱胎换骨，进退有序。

蛇人中，一定也有能练兵的人。我不知那到底是真的人还是蛇人，但那人本领的确不小，能将野兽一般的蛇人练到这等地步。这时，那个一见到蛇人大军便有的疑问又浮上心头，蛇人，到底是谁练出来的？又是谁在指挥？

一开始路恭行曾猜是共和军私自训练的蛇人，但蛇人却是等我们破了城后才出现。开始我也曾以为那是因为蛇人未曾训好，但交战至今，发现蛇人似乎并不是驯服的野兽，它们会说话，会制作器械，更像是人一样。那么，统率这支蛇人军的，到底是个什么人？难道，在帝国军和共和军之外，还有第三方势力，想要趁两支力量两败俱伤时来个坐收渔利么？

这时，郑昭在一边道："楚将军，我得先走了。"

我回过头，说道："郑先生，我还有些话想问问你。"

他走过来。他不是个战士，蛇人逼到如此之近，他多少有点慌乱。我道："你有没头绪,这蛇人到底是谁在统领?"

他摇了摇头,说道:"我虽然读不出苍月公的心,但对他带来的几个军官施过,虽然有不愿与帝国联手的,但没有一个想到蛇人。我也是回城后才第一次听到蛇人。进城时我试了试,城中几乎人人都在想蛇人。"

一边虞代忽然笑道:"我们在想蛇人,蛇人也在想我们吧。"

他的话说得龙鳞军众兵也笑了起来。可是,我脑中忽然如电光火石般一闪,叫道:"对了!蛇人也在想我们!"

虞代一怔,大概以为我还在说笑,郑昭也茫然道:"大概吧。"

我道:"我们不知蛇人来历,难道蛇人也不知自己的来历么?"

郑昭似恍然大悟,他动了动嘴想说什么,可却又没说。我道:"虞将军,吴将军,快去准备一些绳圈。"

虞代道:"统领,你要做什么?"

我哼了一声,说道:"去捉一个活的蛇人回来!"

虞代吓了一跳,吴万龄也结结巴巴地道:"什……什么?"

他们大概以为我是个疯子吧。追薛文亦出来的蛇人有两三百个,虽然不多,但我们自己也只有三百来人,我也调不动右军,岳国华也绝不会同意我这等主意。虽然我们装备了两百枚火雷弹,但这等出击,胜无关战局,败则大损士气,的确也是得不偿失的。

我道:"我们不是要杀光那些蛇人,只消捉得一个活的回来便可。虞将军,你快去备马,等蛇人再近一些我们便冲出去。"

吴万龄迟疑道:"统领,未得军令,我们擅自出击,只怕会有违军令……"

这时,一阵大风刮过,在一边观看的士兵突然发出一声惊叫,那个刚才和我说了一阵的士兵叫道:"老薛!"

我抬头一看,却见薛文亦坐的那个无绳风筝被这一阵大风一吹,忽地一倾,失去了平衡,极快地落下来。此时他离城不过百步之遥,远远望去,已能看见他正在那东西上拼命扳着什么,身子也绷得笔直。我不由一惊,这个薛文亦能做很多奇奇怪怪的东西,他死了可不是好事。我道:"薛工正危险!事到紧急,可从权处事,君侯亦有此命,快去备马!"

吴万龄也看到了,他不再多嘴,冲下城去。我也跟着他跑下去,不忘扭头对郑昭道:"郑先生,你在这里等等我!"

郑昭大概有点不知所措,我只听得他道:"楚将军,这太过危险了吧,还是……"

他的话还没说完,却听得城外"嚓"的一声响,城头的士兵也发出了惊呼,准是薛文亦掉下来了。

但此时我已无暇再去细看。一下城头,吴百龄果然快逾疾风,已带好了马匹,不少马匹上都放好了一圈绳子。他的动作如此快法,也实在令我钦佩。我跳上了自己的坐骑,说道:"快开城!"

龙鳞军营帐本就在城门口,已有人去传令开城了,我拍马向城外冲去时,城门正在慢慢开启,吊桥也在慢慢放下来。我等不及吊桥放下,便冲上桥去,加了一鞭,马在吊桥上一跃而起,跳到了护城河对岸。这般一震,我左臂伤口又有点疼痛。

毕竟没有全好啊。我想着,但这时已不在乎这些了,身后,龙鳞军的士兵也一个接一个地冲出来。

薛文亦那东西掉在离城有一百多步的地方,离那批蛇人更近。他是斜着掉下来的,在地上擦了长长一道印迹,看样子,人也不曾受伤,正费力地从里面爬出来,而他身后那一两百个蛇人距他不过五六十步,好在那些蛇人也追得急了,没有坐马车出来,在地上游动不是甚快。我拍马冲去,右手在马鞍边摘下长枪。这长枪我也有几天没摸过了,左手捏住枪尾,颤了颤,舞了个枪花。左臂的伤处隐隐有些疼痛,但无大碍,使枪已无问题。在军校时,有"军中第一枪"之称的武昭当初也夸奖过我,就算我筋疲力尽,使出的枪法还是让人难以招架。只是那时军校中人才济济,一批同学三百人,我虽然得武昭夸奖,岁考时我也只能排到二十位左右。只是岁考并不能说明实战时的实力。我的力量比不上蒲安礼,在两人都精力充沛时,我马上枪术比不过他,但两人都累得半死再动手,我就有自信能击败他了。

薛文亦已爬出那东西来,他看见了,叫道:"楚将军!"

我喝道:"当心!"

他身后有个蛇人向他掷出一枪,他听了我的叫声居然回头一看,那一枪已经飞出,他呆了呆,好在那蛇人准头很差,离他的身体还有一两尺,扎在了地上。这一枪如果是沈西平投出的,十个薛文亦也要扎透了。让我投来,薛文亦也难逃一死的。

蛇人的准头为什么都那么差？这也许是个可以利用的取胜机会，但这时我也无暇再去多想，我的马已冲到薛文亦身边，虞代紧跟着我，另外还有两个龙鳞军，我们四人几乎同时到了薛文亦身边。

那批蛇人虽然慢，也追了上来，和我们相距不过二十几步时，它们都停了停。它们也料不到城里仍有人敢出来和它们野战吧，我咬了咬牙，叫道："跟我来！"

我用枪柄一打马，马一跃而前，冲了十几步，再向前冲便要冲到蛇人营中了。我把枪交到左手，右手从马上摘下绳圈，手握着绳头，猛地甩出。

这种绳圈本是对付敌人马队的，是步军常用的武器。和蛇人开战以来，便一直没什么用。我用绳圈不算拿手，但如此近法，绝无不中的道理。这绳圈套到离我最近的一个蛇人头顶，我便用力一扯。那蛇人手中的长枪忽然一举，伸进了绳圈里，头猛地一缩，已退出了绳圈，我这般一扯，恰好将它手中的长枪套住。

可惜。

没等我这么说出口，虞代也飞出一个绳圈，也套向那个蛇人。那蛇人还不想放弃长枪，正在用力回夺，虞代这绳圈不偏不倚，正套在它头上。我喜道："好！快走！"

几个蛇人又要冲上来，这时，吴万龄的声音从我身后响了起来："放箭！"

破空之声大作，十来支箭飞来，那几个想来救援的蛇人身上都中了两三支箭。这准是江在轩的弓箭队。他们在马上也能发出这般准头的箭来，实在已与当初谭青那个神射手组成的一什不相上下。那几个蛇人虽然中了箭，却不曾毙命，仍要冲上前来，虞代这时已带转马匹，正要拖那蛇人回来。那蛇人当真了得，像铁柱一下盘在地上，虞代一人一马之力，竟然拖不动。这时，虞代边上的另两个龙鳞军士兵也抛出绳圈，正套在那蛇人头上。这蛇人正在和虞代相持，忽然被套上另两个绳圈，也昏了头，一下被虞代拉得笔直，从地上拖了过来。

我也带住了马。擒住了一个蛇人，可算大功告成。我叫道："快来人，将这蛇人绑起来。"说罢，从怀里摸出一个火雷弹。

火雷弹不是人人都有，我身上也只有两个。吴万龄看我的样子，也摸出了一个火雷弹，我点着了一个，猛地掷向那堆蛇人。那批蛇人还不曾见过火雷弹，居然闪也不闪。只听得"轰"一声，火雷弹在那队蛇人中炸开，草皮土块被炸得纷飞。那些蛇人好像惊呆了，竟然动也不动，这时吴万龄也扔出了一个，又是一声响。

小号火雷弹威力并不甚大，炸出的一些瓦罐碎片、锋利的碎石虽然划破了蛇人的鳞甲，但一个蛇人也炸不死。可这些蛇人却都像吓呆了一般，也许，它们也做梦想不到我们会扔出这样发出巨响的东西。

虞代已拖着那蛇人冲了回来。那蛇人还在在地上乱动，有两个士兵跳下马，要上前绑住它，但这蛇人身子像长鞭一样乱舞，连马匹也被它扫倒了两匹，而后来套上的那两个绳圈也被它挣脱了，虞代的绳圈在最里面，缠得很紧，已经束进了那蛇人的皮肉，它一时脱不掉，但这般乱动，龙鳞军的阵营中登时乱了起来。

要是这般下去，我们大概要反胜为败了。

我正在着急，却听吴万龄叫道："别绑它，快拖回去！"

的确，这是个好主意。蛇人的鳞甲是顺着长的，拖回城中，最多让它吃点皮肉之苦，死是死不了的。在拖动时，地上平平坦坦，那蛇人也没法子用身体缠住树桩之类。我叫道："对，快拖回去，有火雷弹的，过来跟我一起断后！"

虞代加了一鞭，拖着那个蛇人冲回城去。虽然只有一根绳子，可这蛇人还是被拖得直直的。几个龙鳞军跟着他回去。剩下的蛇人还要追上来，我又扔出一颗火雷弹，这回这些蛇人也没刚才那么震惊，只是稍呆了呆，却见我身后又扔出五六个火雷弹，江在轩他们的射手队也箭无虚发，先前中箭的几个蛇人身上已扎了好些箭，再追不动了，剩下的虽然也要追上来，但火雷弹的巨响和炸起的灰土将它们阻在了十几步外。

这时，吴万龄道："统领，快走吧，蛇人要大举出来了！"

的确，在远处，刚设下的那个蛇人营中又冲出了一批蛇人。那批人足有上千之数，我们现在只有区区一百多人，无论如何也不是它们的对手，若不是靠火雷弹先声夺人，就连这批蛇人，我们也肯定斗不过的。

我道："好，快回去，别落下一个。"

我们拨转马头便走。先前被那蛇人扫下马来的两个龙鳞军士兵中的一个摔得有点重，晃晃悠悠地正站起来，我叫道："快上马！"

他似乎还有点昏，那马明明就在他身边，他居然还要张望一下。这时有两个蛇人追了过来，它们身上也满是泥土，我一把拉住那个龙鳞军士兵的手，将他拉上了我的马，自己在马上站了起来，喝道："快打马！"

他的马就在离我五步远的地方。我在马背上踏了一步，手中的枪尾在马股上一点，我的马被这一点,猛地向前冲去,我却跳离了自己的马,跳到那匹无主的马身上。

这动作很是冒险。听说以前军中有身手极矫健的人,能一下跃过五匹并排飞驰的马,我当然办不到,不过这一下还能勉为其难地做到。我一落到那匹马背上,也不等站稳,便催马冲去。

我没有狂妄到自以为能对付身后这一大队蛇人的地步。已经救出了那个士兵,那也不必再恋战。

所有的龙鳞军都已返回,薛文亦坐在一个龙鳞军的马上,此时已进了城,我是队伍中最后一个了。我一冲上吊桥,便叫道:"快拉!快拉!"

蛇人追得并不快,此时离我还有二三十步,但我心有余悸,实在不敢再面对这等凶恶之极的怪物。

第十四章 将计就计

城门在我背后关上了。把长枪搁在马鞍上，我心头仍是一阵狂跳。

就算在面对蛇人时我没有多少胆怯，但毕竟还是怕的。进了城来，回想时更觉得后怕。我竟然带了三百人冲出去面对蛇人，万一蛇人大举增援，龙鳞军被灭事小，如果让蛇人趁势冲进城来，只怕城也马上便被攻破了。

我一跳下马，就有龙鳞军士兵牵着我的马走了。我冲着城头大声道："蛇人有没有攻过来？"

一个士兵在城台探下头来道："那些蛇人回去了，没有攻城。"

心头像是卸去了万钧巨石，随即而来的便是一阵欣喜。蛇人不知道有郑昭这样的人，所以我们抓了一个俘虏，它们也并不太在意。它们更注意的，大概是薛文亦那个不用绳的风筝吧。

刚想到薛文亦，薛文亦已在大声喊："楚将军！楚将军！"

他很少那么大声叫过。薛文亦是和虞代同时回来的，他叫得那么急，难道是蛇人在反抗时吞了他么？要是居然让蛇人在城里吞了他，那真是笑话了。

我加紧跑了两步，到了龙鳞军的营盘，一眼先看见了好多人排成一列，按住了地上的一个蛇人。这蛇人站着时和人差不多高，伸直了才发现足足要二十多个人才能按住，连头带尾总有两丈上下。

薛文亦正站在那蛇人边上，他大概来得也不久，一见我，便迎上来，面露喜色道："楚将军，我成了！成了！"

他叫得很是忘情，简直像个小孩拿到了梦寐以求的东西。我道："是你那个会飞的风筝么?"

"那不是风筝,是飞行机!"

他已走到我跟前,大声地叫着:"那是飞行机!用来飞行的机器!我终于做出来了!"

他说得欣喜若狂,可我还是淡淡地,说道:"飞是可以飞,可还是掉下来了。"

"那是我没想周全,看来空中的风方向很乱的,如果风向稳定,我就可以在城头降落。"

我现在也没空听他胡扯了,说道:"薛工正,你以后可不要再乱闯了,要知道,现任的主将岳国华可是刚来的,还没发过威呢,今天你擅自飞出城去,被他知道了可不得了。"

他像是被我一下噎着了,说不出话来。我已不想再听他的话,说道:"薛工正,有什么不周全你快回去想周全,不过以后试验你那飞行机时可别忘了,不能朝蛇人营帐那边飞。"

薛文亦还要说什么,我已快步上了城墙。郑昭还在墙头,一见我,他忙走了过来,说道:"楚将军,你是要我对那蛇人施读心术么?"

我含笑道:"你不用读心术也猜到我的心思了。"

"可是……"

他吞吞吐吐地欲言又止,我道:"郑先生,有什么不便么?是不是要花掉你很多力气?"

"那不是问题,"他想了想又道,"只是楚将军,你不要让人知道我有读心术。"

我点了点头,说道:"那好办。我把那个捉来的蛇人放到我帐中,你仍像在君侯帐中一般,隔着一层布施术吧,没人看得到。"

我的帐中,以前白薇和紫蓼住的那一个小隔间还留着,我想正好让郑昭进去。

他道:"那样就好。不过,我做完这事就要去五羊城了。"

我看着他,他眼中有些迫不及待的神情。他从我这里打探到了白薇的下落,一定很想去见见她吧。我道:"自然,我可以拨一匹马给你。你什么时候走?"

"做完这事马上就走。"

我吃了一惊,说道:"这么急?陆将军同意么?"

他苦笑了一下，说道："陆将军答应过我，随时可以离开，只要不与帝国军为敌就是了。只是我这种雕虫小技在战阵上也没什么大用，陆将军也是高看我了。"

我不禁默然。陆经渔为人，我大概也算知晓。他能动恻隐之心，大概也会同意郑昭离开吧。我伸出手去，拍拍他的肩，说道："好吧，我们马上去。"

带着他进了我的营帐，里面也空空荡荡的。让郑昭在那小隔间里安顿好，我走了出去。龙鳞军几乎所有人都在外面围观捉来的那个蛇人。虽然在交战时和蛇人相距更近，但这等活捉一个蛇人，还算头一次。那蛇人被绑在一根旗杆上，因为太长了，它是像一根小孩吃的绞股糖一样被绑成了螺旋状，边上围了很多人，有一些右军的士兵也挤过来看。

我走近了那一大群人，叫道："金将军。"

在人群中，金千石挤了出来，说道："统领。"

我道："你把这蛇人搬进我帐中，我们来审问它。"

"可是，这蛇人好像说不了一两句话啊。"

我笑了笑，说道："总能问出点什么来吧。"

这话也只是敷衍，金千石有点莫名其妙，他一定觉得我实在有些高深莫测。

五六个士兵把那蛇人抬了进来。这蛇人这么缠着仍有七尺许，和一个大高个差不多高。金千石指挥着士兵抬进来，吴万龄和虞代跟着进来。正要放在帐篷正中，我道："等等，把它放到那里。"

我指了指那个隔间。那隔间其实只是一个小帐篷，金千石道："要放进去么？"

"不用了，就贴墙放着吧。"

放好了，我道："金将军，我们来审问吧。"

吴万龄在一边插嘴道："统领，我们问过这蛇人，它一共就会说'你''我'等几个字，简直就像个白痴，大概也问不出什么的。"

我道："试试吧。"

这话说得也有些有气无力的，他们大是惊异，大概觉得我费尽力气抓了这么个蛇人回来，只道我有什么奇招。其实我的确有奇招，只是有这能力的是别人而已。

我走到那蛇人身边。这蛇人的眼上蒙了层白膜，使得目光有些灰蒙蒙的。我记得听人说过，蛇没有眼睑，这蛇人有很多地方和蛇相像，眼睛也一定是一样的。

我抽出刀来，拍了拍那蛇人的头，说道："喂，你叫什么？"

金千石在一边有些忍不住。蛇人有名字，他们大概也没想到。不过我知道蛇人一定有名字的，因为那个说话说得极好的南门蛇人首领就叫山都，它也说过"巴吞""伏羲"什么的，那大概也是些蛇人的名字。

我这么一拍，那蛇人眼上的白膜登时褪去。看来，蛇人虽然没有眼睑，但这层白膜也有眼睑的作用。

这蛇人一双阴森森的眼睛扫了我一下，嘴里吐出一根细细的红舌，像是从嘴里吐出一束火苗。顿了半天，它忽然怪腔怪调地道："西查，我。"

"你叫西查？"

"是。"

我一阵欣喜。这蛇人的话有条有理，大概不用读心术我也能问出我想知道的吧。可是，再问下去，这蛇人却不能这般流利地回答了，问来问去，无非是些"你的""我是"之类。这个蛇人看样子也不是作伪，实在并不会说很多话。

问了半天也不得头绪，我叹了口气。看样子，问是绝对问不出什么来的，现在郑昭已经施完了读心术么？

我道："来人，把这蛇人抬出去。"

我长叹了一口气。这般叹气我也不是全然做作，郑昭能不能读出那蛇人的心思也是个未知数，但我自己问它也毫无用处，希望郑昭能有所收获。

把那蛇人抬出去，人也走空了。金千石在走时还叹了声气，大概他觉得我冒险出城，费尽心机捉了个蛇人回来，结果一点用也没有，很有些为我不值吧。

全走完后，我撩开那隔间的帘子。郑昭正盘腿坐在白薇她们睡过的地铺上，一脸惊愕，看样子，一定是知道了什么。我道："郑先生，你读到什么了？"

郑昭道："统领，蛇人的想法我读不出来。"

我没想到居然是这种回答，简直有点气急败坏地道："什么！一个字也听不懂么？"

"差不多吧。那蛇人想的，我一点也不知道是什么意思。"

我被搞得一头雾水，说道："可我看你刚才那样子好像很吃惊一样。"

"因为，"他一手撑地坐了起来，"这蛇人想事的方法，跟一个人非常相似，简直就是一模一样。"

我道："是用另一种语言么？"

郑昭叹了口气，大概是对我这等不懂装懂的人的嘲笑。他道："人想东西时主要不是用文字，那是说不清的。我刚才对这蛇人用读心术，也并不麻烦。只是这蛇人想事情时，和我见过的一个人思考时的情景毫无二致。"

他说得还算平静，但不异于一个焦雷。和蛇人想事时几乎一模一样，那么这人一定与蛇人极有渊源。而郑昭也说过，他有三个人的心思读不出来，其中一个正是高铁冲。

我皱起了眉，说道："是高参军？"

"对！"他左拳猛地一击右掌，"正是这个人！"

我的身上一阵阵凉意。伍克清那天告诉我，他正在怀疑一个人是内奸，只是没有证据。难道，他也怀疑高铁冲么？可是为渊驱鱼虽是文侯定下的大战略，但具体实施的四将合围之计却是高铁冲提出的。如果他是内奸，为什么又不遗余力地帮助帝国军破城？

也许，蛇人和共和军的确没有关系，蛇人更希望看到帝国军和共和军两败俱伤吧。可是蛇人取胜后，高铁冲又有什么把握断定胜利后的蛇人不会对他不利？

我想得头昏脑涨，嘴里犹自说道："那可能是因为高参军和蛇人的母语是同一种吧。蛇人会说帝国话，肯定是学来的，说不定最早学的却不是帝国话，而是另一族的语言。"

郑昭道："楚将军，我跟你说过，不管人想的是什么，用读心术，大多都读得懂。一个人不会只用文字来想的，你难道想什么事时，想到的都是一个个字么？"

我有点怔怔。这种事实在太过玄妙，不过想想也对，想和文字确实没什么关系。不识字的人，难道不会想？和语言也没关系，天生的聋哑人也一样可以想。那么郑昭说的"读不懂"又是什么意思？读不出还能说是因为那人意志太强，可读不懂，难道……

我已不敢再往下想了。我隐隐觉得，郑昭也很为读不懂这种事觉得苦恼，因为他从来没碰到过这种事。如果读不懂，说明思考的方式和人完全不同，所以才会读不懂。可思考的方式和人完全不同，难道高铁冲是蛇人么？

我记得高铁冲虽然常坐在轮椅上，可也下过地。我第一次杀死那个蛇人，把尸体拖到武侯帐外时，高铁冲便来看过。那时我见过他走到那蛇人尸体边，绝对是两条腿。

我已没法再想下去了。这时，听得郑昭地说："楚将军，此事已了，我可以走了么？"

我想了想道："郑先生，好吧。对了，你能肯定蛇人和那人思考的方法是一样的么？"

"是那个高参军？"他想了想，"不能说完全一样，但他们的想的方法非常接近，一定是有某种关联的。好比……"

他有点说不太清，似乎想打个比方，顿了顿，他忽然道："对了，楚将军，你看见那些树么？"

城中的树树皮多半被剥光了，那是共和军绝粮后的行为，看过去，只是一排奇形怪状的木柱。我道："怎么了？"

"那些树样子完全不一样，但你不管看到哪一棵，再看另一棵就知道那是棵树。蛇人和高参军心里想的方式，也是那样子。"

我冷笑了笑，没有回答。现在我手头没有一点证据，当然不能证明高铁冲是内奸，就算拉着郑昭去禀报武侯，他也绝不会信。我现在虽很受武侯重用，但接连发生的几件事肯定让我在武侯心目中的地位大降，绝对比不上军中第一谋士高铁冲的。

可是，他一定会有所行动的。

我走出营帐，郑昭也跟了出来。我看着难得放松一下的龙鳞军，心头不觉沉重。

龙鳞军现在实行由吴万龄制定的军规，纪律已好了许多。因为年纪都很轻，精力旺盛，几乎没有停的时候。过些年，这些人中也许会出现武侯的后继者吧。

不管怎么说，为人为己，现在的首要任务还是把这内奸挖出来。

如果内奸真是高铁冲，我实在想不通他为什么会不遗余力地献计献策。他的计策都相当有成效，如果我是武侯，也一定不信他会是内奸的。

天已近黄昏。南疆的黄昏，祥和宁静。碧蓝的天际夕霏半敛，明天怕又是个好天。这在雨季是很难得的，不过也只是难得的晴天。蛇人已经有两天没有攻城了，仍在城外调度，不知道到底有什么打算，不去看它们，倒有种太平盛世的错觉。

因为下过雨，城中的尸臭味已被冲淡了。那也是从古传下的规矩，焚烧死尸时的味道虽然不好闻，但尸首一旦腐烂会产生瘴气，那时便不是一点味道难闻的小事了。

大帝得国时，最后攻打的是西疆伽洛国，伽洛国国都石虎城被围两月，正值酷暑，城中死人无算，破城时才知道，战死的只是小部，大部分都是染上时疫病死的，以至于大帝也不敢入城，显赫一时的名城就此败落，直到百年后，石虎城才重新恢复生机。

石虎城所处还算干燥，但高鹫城地处南疆，雨水极多，如果不是不停焚烧尸首，我们甚至都不敢入城了。事实上，即使我们不再攻城，共和军也已守不了一个月了。进入雨季后，他们也没有人手去焚烧尸首，肯定会爆发一场大疫。武侯也是不愿让高鹫城就此成为死城，才要赶在雨季前攻入城中。

郑昭跟在我身后，说道："楚将军，那我要走了。"

我点点头道："好吧，多谢你。"

的确，郑昭帮了我很多忙。我道："见到白薇，代我问个好。"

虽然她们曾是俘虏，但我好像从来没把她们当作俘虏。说到白薇时，我的心头又是一疼。

雪白的手指，泉水铮淙般的琵琶声。她依然在武侯帐中，作为俘虏中精选出来的女乐，班师后要献给帝君的。

我不禁伸手掩住胸口。每次想到她，我都会有一种心痛。

也许，她根本不知道有我这个人吧？

郑昭也看见我的样子，说道："楚将军，你怎么了？"

在他心目中，我大概是个杀人不眨眼的军人，一定猜不到我在想什么。我道："你不许对我施读心术了。"

"当然。"他笑了笑，"今天我恐怕也用不出读心术了。"

我叹了口气。郑昭也许也曾参加过共和军，但此时他却在帮助帝国军。共和也罢，帝制也罢，都不关他的事吧。我道："可你这读心术不用于战争，实在太可惜了。"

"如果没有战争，那不是更好么？"

他的笑意里有些苦涩，我也苦笑了一下。

如果没有战争，我能干些什么？叶台可以去开医馆，薛文亦是个高超的木匠，张龙友也可配出奇奇怪怪的丹药来，那种火药用于狩猎、开山都很有效，他们说不定还能够发财。可是我呢？我除了打仗，还能干些什么？我识字，也许可以开个蒙童馆，教小孩识字为业吧。如果她也在，每天我教完孩子回家，她给我准备好一些朴素而不失美味的饭菜，又有什么不好？

可是，现在只有战争。

我笑了。只有苦笑。

这时，一个传令兵过来，在龙鳞军营盘门口大声道："龙鳞军统领楚休红速到中军，岳将军召。"

岳国华叫我去么？我对郑昭道："郑先生，告辞了。祝你好运。"

岳国华的中军是新搭起的一个营帐。我到门口，跳下马时，一个护兵大声道："龙鳞军楚休红统领到。"

我看了看四周。周围并没有其他将领的坐骑。难道岳国华只召见我一个么？

这时，新任中军官胡珍迎出来道："楚将军，你来了，岳将军正在等你。"

他们都是从中军过来的。右军这次减员不算多，但失去的高级将领却是最多的。我想起了以前的中军田威来了。胡珍和田威完全是两种人。

我走进了营帐时，岳国华正背着手看壁上的一张地图。

那是城中左军驻防各部的分布图，岳国华正看得入神，周围一个人也没有。我跪下道："龙鳞军统领楚休红，参见岳将军。"

岳国华转起身，说道："楚将军，你来了，请坐。"

我坐了下来，他也坐到我对面。岳国华在中军时便以平易近人著称，到了右军，仍然这样。我道："岳将军，不知召见我有什么事？"

岳国华沉吟了一下，说道："楚将军，有件事得靠你用心了。"

"什么事？"

他站起身，叹了口气，说道："军中余粮，已只够维持十日。"

这我已有所闻。当初在武侯的班师会议上，德洋就说过军粮只够维持一月。北门撤军遭袭，后军伤亡惨重，辎重也损失了近一半，到现在，也该只能维持十天左右了。

我道："君侯不是从五羊城调粮了么？明天就该回来了。这批粮一到，我们大概便可以顺利班师。"

只有十天余粮，即使能顺利班师，一路上还偶有补充，也非得有一半人饿死在路上不可。

他苦笑了一下，说道："五羊城调粮军使今日已回，五羊城主拒绝调粮。"

"什么？"我大吃一惊，"五羊城主不怕我们扫平五羊城么？"

他只是苦笑："青黄不接，余粮已尽，总之，五羊城主尽是些堂皇的理由。我想，五羊城的余粮一定也不多了，我们南征以来，五羊城的人口也多了将近一倍，南征时路过五羊城，已调走他一大半余粮，现在恐怕也的确调不出粮食来了。军使刚回，君侯怕动摇军心，命我单独通知右军各部将领。今天的口粮发放恐怕也要减少，楚将军，若士兵鼓噪，你可要弹压下去。此事万分机密，万不可泄漏风声。"

我有点茫然。大军至今无法班师，可在高鹫城里过得一天，余粮便少似一天。一旦过几日粮尽，那大溃败已在所难免。那时只怕城中的九万大军一个也剩不下来，便是逃命也未必能够。

我都不知怎么走出中军帐的。在路上，昏昏沉沉的恍如梦寐，满脑子想的都是吃的。

在帝都时，我虽然也吃不到什么好的，但一日三餐饱食总有。现在想想，以前实在没什么可抱怨的，能吃饱就已经谢天谢地了。

回到龙鳞军营中，郑昭已经不在了。他大概已经离开军队，去五羊城找白薇去了。到了营中，天也黑了下来，我们今天轮休，我倒头便睡，睡梦中，依然尽是吃食。

当我醒来时，天还没亮，外面已是一片争吵。我推开身上盖着的毯子爬起来，外面正值分发食物。现在是一人一天三张饼。三张饼对于一般人来说已经不太够了，对于精挑细选、身强力壮的龙鳞军士兵来说，更是不够。我走进营中，那些士兵边啃着干饼边骂骂咧咧。金千石和几个士兵正和分发干饼的粮官理论，那粮官正大声辩解，手底下仍是一人三张，一个也多不了。

金千石一见我过来，便大声道："楚将军，昨天还一人四张，今天就成了三张，这粮官一定是克扣了我们的口粮。统领，我们去向岳将军禀报。"

那粮官道："金将军，你话可不能这么说，这是向君侯请示过的。"

金千石愤道："从五羊城调的粮食不是今天到么？为什么还要减少口粮？"

"五羊城调来的口粮也不是太多，若现在吃光了，日后班师时怎么办？"

那粮官说得振振有辞，倒也自圆其说，恐怕他也不知道调粮失败的事。我道："金将军，量他也没胆克扣我们的口粮。反正调来的粮食一到，这些天总还不愁，咬咬牙熬过去吧。今天的操练暂停一天，不然别人见了还以为我们的口粮比别人多，要心生妒忌的。"

金千石这时也心平下来，说道："统领说得是。他妈的，这两天我也饿得惨了，再过些天，只怕人肉也吃得下去。"

说到"人肉"二字时，他忽然舔舔嘴唇。我吓了一跳，说道："金将军，你要做什么？真要吃人肉么？"

他笑了："楚统领取笑。人肉我吃不下去，蛇人肉总可以吃吧。南边人平常也爱吃蛇肉的，常说'秋风起，三蛇肥'。现在是春天，蛇不是太肥，肉总还有的。"

我这才想起抓来的那个蛇人，心头不由一动。如果能把蛇人当口粮，倒也不失为一法。只是蛇人是吃人为生的，一想到要吃蛇人，我就想起了那蛇人肚子里的残肢和人头，不由一阵恶心。我道："那蛇人你们放哪儿了？"

金千石道："关在一个空帐篷里。统领，你已经没用了吧？"

看他那跃跃欲试的样子，似乎随时都要动手。我道："还没到那时候，说不定还能问出些什么来的。"

这话也是敷衍了。金千石亲眼见我问了半天也问不出什么，他并不知道，连郑昭用读心术也读不通那蛇人在想什么，我把它关在那儿充其量也只是饿死它而已。只是我总觉得，吃蛇人有些像在吃人肉。我不让他们动手，仅仅是点莫名其妙的恻隐之心吧。

他也有些颓唐，这时，城中突然又传来了一阵欢呼。听声音，也是从东门传来的。

"那是什么？"

我想翘首望去，可什么也看不清。这时，虞代道："我上去看看。"

他三步并作两步，冲上了那放置望远镜的箭楼。忽然，他欢呼起来："是粮车！粮车到了！"

金千石也一阵欢呼，说道："有几辆？"

"好像有二十辆。"

一辆大车足可装七八千斤米，二十辆的话，那起码也有十五万斤米。虽然按人头算，一人只分得到一斤多，掺些别的做成干饼，最多也不过一人分到七八个而已，对于帝国军来说也仍是杯水车薪，但毕竟让人鼓舞起来。可是，我却知道，那绝对不是粮食，这一点希望不过是假象而已。

岳国华和我说过，五羊城没能调来一粒粮食，这大概也是武侯为了不堕军心设下的计策吧。可这样做，不啻饮鸩，一旦事情败露，军心只怕便不可收拾了。

我正想着，只听得雷鼓的声音又在营帐外响起："龙鳞军统领楚休红听令。"

我抢出营去，雷鼓勒着马，说道："楚统领，火速至君侯帐中召开紧急会议。"

我对金千石道："金将军，这里由你负责，我开完会就来。"

跳上马，打马向中军奔去，我不知武侯到底又有什么事要吩咐。

一进中军，才下马，便有人将我的坐骑牵去，我走进帐中，跪下道："龙鳞军统领楚休红听令。"

帐中已有不少人，最惹眼的是苍月公也坐在最前边。他的位置和陆经渔他们一排。但罗经纬没来，坐在他位置上的是后军中军胡仕安。

等到齐后，武侯道："列位将军，先有个不好的消息要告诉大家，后军主将罗经纬将军因伤重不治，于凌晨过世。"

罗经纬死了？我并未震惊，大概是听到这类消息太多了，也有些麻木，居然还在想着，现在后军最高级的三个将领都已阵亡，比右军阵亡得还多了。

武侯道："罗将军灵柩，暂与沈将军放到一处，班师后再归葬帝都，丧礼从简，各军皆下半旗，以示哀悼。"

这也是个讽刺吧，罗经纬生前与沈西平最为不睦，死了后居然亲亲热热地放在一起，如果他们死后有灵，也许也会哭笑不得。

我正想着，武侯忽然又道："从五羊城所调二十万斤粮食已到，今日起已可班师。不知哪位将军愿意开路？"

这才是武侯的真意吧。现在我们已经被逼到了绝路，再守下去，必死无疑，武侯也要行险退兵了。只是军中无粮，他不是已命各级单独传达下来了么？为什么还要当场骗人？

我正想着，这时，苍月公忽然站起来，说道："武侯大人，苍月既与贵军联手，开路之责，苍月莫辞。"

原来如此！武侯是为了让苍月公担起此责来，才召开这会的吧。这也明显是个圈套，是为了让苍月和蛇人火并，可苍月难道不明其意，硬往里跳么？

武侯道："苍月公能建此功，某班师归帝都，贵部安危，皆在下之责，苍月公放心。"

这里面绝不简单。苍月公自告奋勇要求开路，到底是什么用意？而武侯又为什么又会同意？难道他不怕苍月公反噬么？让他开路，如果苍月公反而掉头攻击我们，那如何是好？

苍月公也只是淡淡一笑，说道："君侯一诺，重逾千钧，还望君侯归去后向帝君解释南疆苦衷，轻徭役，罢征伐，南疆七百余万民众，当尽颂君侯之德。"

我轻轻地叹了口气。苍月公大概也是希望用自己最后的功劳来换一点好处。可是，他说的"轻徭役，罢征伐"六字，却也深得我心。苍月谋反，多半是帝国加在南疆的徭役太重，为重修北疆长城，帝君曾发民夫二十万人，北上数千里。结果劳民伤财，二十万民夫修成后回乡的只剩了十一万，近一半埋骨他乡。这当中，就有数万南疆民夫。而苍月公所说的"南疆七百余万众"，也多半是战前统计的数字了，现在绝对没那么多。单是高鹫城一役，城中近八十万人口便死了七十多万。在破其他小城池时，死亡的也是不计其数，我想现在南疆三行省的人口，最多也不过三四百万了。转战两千里，伏尸数百万，说起来倒是威风，可要是这数百万里包括自己，那便是好杀如柴胜相，也肯定不愿的。

不管苍月心里到底想什么，这等堂皇的话说来，自是很能得人心。怪不得南疆叛乱前期，苍月公大旗到处，所向披靡，极少有城池效忠帝国的。

武侯这时笑了笑，说道："苍月公，世事如棋，这些事还是等以后再说吧。诸军马上准备，下半夜出城，由中军先行，后军与辎重营继后，再依次是右军，陆将军的左军断后。"

这一次的退兵次序和上次不同了。武侯走在最前，还是怕苍月公反水吧。中军比罗经纬的后军自是不知要强多少，加上配备的火雷弹，就算遇上苍月公真的掉头相向，五千人也绝不是中军的对手，不至于不可收拾。可这样也没了退路，一旦中军遇袭，群龙无首之下，哪里还能支持？

岳国华这时站立起来道："君侯，城中尚有城民近两万，该如何是好？"

武侯道："开东门，让他们自寻生路吧，各安天命。"

城中的城民已散去大半了，但还是有不少妇孺挤在东门出不去。现在东门检查也多半不会太严了，自顾不暇，谁还会去搜刮财物？武侯没有下令屠杀剩余的城民，大概也是因为苍月公在座。

岳国华道:"可东门城民争道,撤军岂不是要慢很多?"

武侯笑了笑,说道:"我们是从南门撤退。"

什么?如果说武侯以前的话都合情合理,那现在我都几乎要以为是自己听错了。我看了看在座诸将,一个个都有点张口结舌。

南门是最早出现蛇人的,在那里,龙鳞军第一次遭到重创,也是在那里,蛇人那种强悍的野战能力震惊了所有人。而且,从东门撤退后,虽然要绕道五羊城,路程远一些,可毕竟这条道还是比较安全。从南门撤走,那要绕一个大圈才能北归了。可武侯竟然要从最不可能的南门强行撤军,到底是什么主意?

岳国华还没说话,柴胜相已经先叫了起来:"君侯,南门撤走,从西边转向北,要越过大雪山,那绝不可能。从东边绕过的话,也要多走好几百里路,路上若蛇人来袭,又该如何抵御?"

武侯道:"陆路难行,那么便走水路!"

水路!我又吃了一惊。的确,向南走一百余里便是大海。海边有个小城夜波城。夜波城出产鱼虾,极少谷物,也因为路途太过遥远,帝都人都知之不详。夜波城自然有船,但一个只有一万余人的小城,又能有多少船只?

别人一定也有我的疑问,武侯已微微一笑,说道:"五羊城主已答应调出大船十艘,中船二十艘,小船五十艘,三日前便已出发,等我们赶到夜波城,船队定已到达。"

这的确是个好计,却也未免行险。那等大船可坐兵员两千,中船一千余,小船三百多人。按这个数字,船队一共可坐五万五千。扣除船上原来的水手,只怕也只运得全军一半。那么这一半人走后,蛇人若是追击而至,以夜波那等小城,如何抵御?

此时岳国华已又问道:"君侯,若蛇人追到夜波城,那又如何是好?何况,若夜波城主闭门不纳,我们岂不是腹背受敌?"

夜波城不知有没有卷入苍月公的叛乱,但既然也处南方,自然脱不了干系。这个主意,多半是苍月公的意思。苍月公两天前才到,这主意恐怕是早已定好的。

苍月公的主意,又岂能相信?尽管现在除了相信他,我也看不到还有什么路可走。可是,以武侯之能,难道真的就这么轻信么?

武侯道:"主意已定,各部回去速做准备。"

我们齐齐站起,说道:"遵命。"

正待散会，武侯忽然道："前锋营路将军，龙鳞军楚将军，两位留步。"

我正要出营，听得武侯这般说，不由一怔。等帐中诸将散去，我们跪下道："君侯，还有什么吩咐？"

武侯从座椅上站了起来，说道："你们火速调集本部军马，到南门城头集合。"

我心头一热。武侯这么说，自是要我们做他的侍卫，整顿班师时的秩序。那么说来，武侯还是信任我的。路恭行也许觉不出什么，我却大生知遇之感，说道："君侯有命，末将粉身不辞。"

武侯的脸上看不出喜怒之色。他离座而下，一边的大鹰小鹰给他披上了一件斗篷，他走出了营帐。走过我身边时，拍了拍我的肩，说道："陆经渔帐下那个人已经告诉我你的事了，放心吧，你不必再多心。"

那是指郑昭说我没有谋反之心吧。我的鼻子一酸，几乎要落下泪来，低声道："多谢君侯。"

武侯喃喃道："也幸亏有这等异人。楚休红，接下来，你可要万分小心。"

武侯说完这句便走了。他难得这般私底下跟我闲聊，直到他走了我心中仍是抑制不住地激动。待武侯已离去，我向路恭行道："路将军，那我先去了。"

前途莫测，武侯把我叫到身边，那也是把我当成亲信的意思。困守高鹫城就十多天来，发生了那么多事，我甚至以为自己已失去武侯的信任。可是刚才武侯对我的命令却明白告诉我，他仍然相信我。

我不顾没好全的伤口在隐隐作痛，打马向龙鳞军驻地飞奔而去。

一到龙鳞军门口，我大喝道："龙鳞军的弟兄，武侯有令，速速集合。"

吴万龄来了没几天，但他与金千石合作练兵大有成效。龙鳞军士兵本来还懒懒散散地或坐或行，我这般一叫，已极快地排好队，依序上马跑出营来。这等军纪，便是陆经渔的铁骑也不过如此了。

等他们集合完毕，金千石带马过来道："统领，发生什么事了？"

我道："全军班师，武侯命我们去南门侍卫。马上出发。"

西门到南门相距足有一里多路。一路打马过去，金千石跟在我身边道："统领，真要班师了？怎么这么急？"

我不由怔了怔。的确，武侯一贯谋定而后动，上一次准备班师，也是后军先驻防城外,然后再撤走辎重营。这次虽然辎重营除了急用之物,都已装车待发,可也不至于这么急法。难道是他乱了方寸么?

我道:"武侯自有策略,定已安排妥当,我们照做就是。"

也许,武侯是在害怕那个内奸又透露消息吧。这次这么急,是要打蛇人一个措手不及。全军全部从南门冲出,山都那支蛇人多半挡不住,可这一战也必定极为艰苦,武侯才要我们侍卫在他身边。只是这些倒也不必和金千石说了。

一到南门,前锋营已列队在城下。我道:"路将军,君侯在哪里?"

路恭行打马出来道:"君侯在城头,命你率龙鳞军上城护卫。"

他们都没有下马。大概前锋营人多,武侯让他们待在城下。我跳下马来,说道:"弟兄们,大家上城。"

上了城头,我一眼便见武侯站在城门正上方,正注视着下面。我抢上前去,说道:"君侯,末将龙鳞军统领楚休红前来听命。"

武侯转过头,说道:"你们来了?护门之任,便由龙鳞军承担。"

现在还要护门么?可我也不敢多问,说道:"是。"

他身边只侍立着一个护兵,也不知是大鹰还是小鹰,站在武侯身边动也不动。我站起身,说道:"弟兄们,随我来。"

这时,武侯忽然眉一扬,向天上望去。我也抬头看着天空,却见一只不知什么鸟正向南飞去。这鸟飞得很高,一般箭矢也射不到。

难道这里还有鸟么?自攻破高鹭城以来,城中连老鼠也没有一只。共和军守城三月,罗掘已尽,破城后偶尔有鸟飞过,也早被城中吃厌干饼的帝国军射下来烤着吃了。这鸟又是从哪里来的?

这时,江在轩上前道:"统领,我把它射下来。"

那说不定是内奸放出的。我记得劳国基献火攻之计时,蛇人便是放出火鸟来破了我们的风筝。我点了点头,正待说好,武侯忽然道:"不得动手。"

他话音刚落,已有两支箭从城上射出。那大概是两个馋得急了的帝国军士兵射的,但这鸟飞得极高,又飞得急,那两支箭根本连边也碰不到。如果让我用贯日弓来射,虽然高度能达到,但准头多半不行,可江在轩那一级的神射手,说不定可以射中的。

我跪下道:"君侯,那只鸟说不定是内奸放出的……"

武侯笑了笑，说道："我知道。"

他没有再答话，只是看着那只鸟。

那鸟向南飞去，到了蛇人阵营上方，忽然落了下去。如果不是有人训练过，绝不会这样的。我道："君侯……"

武侯没有答话，只是看着蛇人的阵营。蛇人阵营移近后，距城也不过一里多，紧贴树林。远远地望去，只见那里起了一阵骚动，也不知发生什么事了。

如果那只鸟真是内奸放出的，那么蛇人一定知道了我们是从南门撤军的消息了。我有点着急，不顾一切道："君侯，若蛇人知道我们的策略，那我们这番撤军多半仍会遭袭的，君侯，三思啊。"

武侯没有看我，只是道："楚将军，你别的不用多管，只消守住城门，听我将令。"

我无法再向武侯进谏，有点灰溜溜地退到一边。控制吊桥的两个中军士兵让开了，让我站到前面。

这时，有个人急匆匆地跑上城来，正是武侯的另一个护兵，也不知是大鹰还是小鹰。武侯道："大鹰，事情如何？"

原来刚才侍立在武侯身边的是小鹰。他们两个是孪生子，长得一模一样，穿得甲胄也是一个样子的。如果天天见，说不定还能找出衣着上的细微不同，但我实在看不出来。武侯取这兄弟俩当护兵，倒也有意思。

大鹰走到武侯跟前，跪下来道："君侯，果然是他。"

"现在他在何处？"

"他已回到自己营帐，我已命亲兵队在外守着。"

武侯哼了一声，说道："先不要打草惊蛇，等这儿的事一了，我要好好审问。"

我听得一头雾水，但也不敢问。听意思，武侯似乎已经发现了什么可疑人物，可为什么不马上将他擒下，还要什么"等这儿的事一了"？

我想得头痛也想不出来。此时不禁十分羡慕郑昭。虽然他说他读不出武侯的心思，可是至少别人都能读出来。

忽然，我的脑中像有闪电闪过。如果郑昭真读不出武侯的心思，即使有陆经渔在一边竭力鼓吹，武侯会相信他能读心么？

武侯也是信奉眼见为实的人。郑昭如果读不出武侯的心思，只怕马上会被他当成骗子,哪里还会让他来读我们的心,看哪个人真要跟随栾鹏谋反?那么,郑昭是在骗我了?所谓的读不出武侯的心思,只是一句假话?换而言之,读不出苍月公的心思,也是一句假话?

他为什么要在这两个人的事上骗我?只是因为我问他武侯想什么吗?而且,武侯已经知道了他有这样的本领,就算陆经渔答应郑昭随时离去,武侯也肯定不会放他走的。郑昭能顺利离开军队,一定也得到了武侯的默许。而且,他有读心术这等事是何等机密,我求他去读蛇人的心思时,他要求的也是让我别让其他人知道他有这等秘术。可是他为什么一下子就告诉我了?就为了取信于我么?那么,白薇在他心目中真个重要到这等程度?

想到这儿,不知为什么我有点心痛。白薇与我并没有多少感情,但她临走时给我的一吻仍然让我偶尔念及。一想到她本是郑昭的未婚妻,便让我不好受。我心底隐隐地有点不安。郑昭的话真真假假,究竟哪句是真,哪句是假?

我的头有些痛。郑昭已经离去了,只怕现在已经在去五羊城的路上。到底是什么原因,我可能再也无从知晓。我看了看肃立在雉堞边的武侯,心头一寒。

这个绝世名将心里,到底有什么想法?

这时,城里发出了一阵呼喝。一支兵马正向南门开来,那正是苍月公的五千兵马。

苍月公带来的五千多人马被安排在中军附近。这样明着可显示出武侯对苍月联手一事的开诚布公,暗里也是让中军监视着苍月。当初在东门看到随陆经渔过来时的苍月公,穿着土黄色的长袍,看上去垂垂老矣,现在身上披着战甲,倒是个精神矍铄的老将。

他们开始列队出城,苍月公一马当先,出得城来,在护城河边向武侯拱了拱手道:"君侯,开路之职,由我军任之,请贵军速速跟上,必要让妖孽无存身之地。"

武侯笑了笑,说道:"苍月公,小心了。"

他的话很是和缓,听着他们的对话,一定听不出他们不久前还是势不两立的对手。

五千兵马很有秩序。苍月公的骑兵大约只有一千多,其他都是步兵,兵器也有不少破损,但是士气很是高昂。如果不是我多心,那几乎有种悲壮的气概。

对于共和军来说,以前的信念是消灭帝国,重建一番新天地。可造化弄人,现在却不得不帮助帝国军以求立功来谋得存身之地,那些起事时豪气万丈的共和军将领一定也在痛苦不堪吧。

五千共和军走得很快,不过一会儿,共和军先头部队已在距城三百步外扎下阵势,最后一批也已出了城。

可是,远远的,蛇人的营帐中已起了一片骚动,是从西面而来的。那是西城外的蛇人来增援南门蛇人吧。看来,那只鸟的确是内奸在传递消息。我正待向武侯禀报,武侯忽然道:"拉吊桥,关城门!"

共和军已在城外,而蛇人眼看也要攻击。现在我们人数占优,何况目的是南奔,即使会有一番苦战,但总还能大部安全撤离的。可武侯这道命令却无异于将城外的共和军弃之不顾,那可是背信弃义的行为。我只道听错,正想问,武侯又喝道:"拉吊桥!关城门!你们听到没有!"

他的吼声很响亮,我一惊,和几个龙鳞军士兵拼命转动着辘轳。

不要怪我。看着刚出城的共和军后军纷纷转过头,惊愕地望着城上,我心头一阵痛苦。

吊桥已拉了起来,城门也关上了。现在,只有五千共和军在城外,面对着蓄势待发的蛇人军。

第十五章 一切苦厄

蛇人已经开始集结。从城头望去，一里外的蛇人阵营里尘土飞扬。下过一场雨，按理不太会扬起尘土来了，可现在看这情形，只怕集结的蛇人已汇聚了西北两门的蛇人军了。

我再也按捺不住，等把拉吊桥的绳索绑好，我冲到武侯跟前，跪下道："君侯……"

他看了看我，喝道："楚将军，起来！你腰间刀名什么？"

"刀名百辟。"

"刀名百辟，当辟一切情。你是军人，在战场上，就只能无情无义。"

我被武侯喝得有些抬不起头。慢慢站起来，只见远处的蛇人已经开始向城下进发。

武侯是为了消灭苍月公，才有意让那内奸放出消息吧？可是这样做实在太背信弃义了。在会议上，武侯还曾信誓旦旦，说是他们的安危皆在自己身上，转眼间便要将苍月公全军扔给蛇人。即使苍月公罪大不赦，我仍是不忍。

武侯这时声音也平和了一些，说道："楚将军，你去守好自己的岗位。要知道，战阵上，绝容不得心软的。"

我刚回到自己那一边，这时，城外一骑向城门飞驰而来。那正是苍月公，他原先在队营最前方，大约共和军后军把消息报告给他，他才马上赶过来的吧。到了护城河边，他一把勒住坐骑，叫道："唐生泰！你这是什么意思？"

武侯是叫唐生泰么？我甚至都不知道。帝国军上下，一律称他为君侯，谁敢叫他名字？也许，武侯自己也已淡忘了这名字。他在城头探出半个身子，说道："苍月，你作法自毙，还要嘴硬么？"

苍月公在马上浑身一震，说道："我怎么作法自毙了？你这话是什么意思？"

武侯仰天一笑，说道："你早有死志，想以五千人马借开路之名，将蛇人引入城中，妄图使我全军覆没，你道你瞒得很好么？却不知在你一来向我献此计时，便有人告诉了我你的底细。"

撤军路线是苍月公提议，我们多半猜得到。可苍月公实际想的，竟是这个主意？我浑身一抖，看了看站在我身边的金千石他们，他们也都一凛。

如果苍月公确有此意，那么在蛇人攻来时，他只消用这五千兵堵住城门，让我们拉不起吊桥，关不上城门，蛇人便会如潮水般涌入。那时，城中哪里还守得住？

我越想越怕，只待不信，却见城下的苍月公面色一下转得煞白，竟是哑口无言。

那是真的！

武侯还在道："你这条舍身苦肉计瞒得过陆经渔，却瞒不过我。你也不必想这消息如何会泄漏，世间万事，总没有不透风的墙。"

这时，共和军中有两个军官忽然甩镫离鞍，跪在护城河边，向城上叫道："君侯大人，那是苍月叛贼的主意，我们根本不知。君侯大人，你放我们进城吧，我们愿加入帝国军，为帝国效死力。"

他们不停说着，但我知道，那绝不会有什么用的。武侯道："苍月，你自是瞒着自己的部下。你创共和，号称一切为民，让这五千人送死，可也是为了他们么？借异类之力来杀同族，这也叫一切为民？哼哼，这五千人马可都是你害的。"

苍月公垂下头，一言不发。

忽然，一骑从营中直冲过来。这人手中拿着一把斩马刀，一到苍月公身边便喝道："反贼！"

他的吼声极是响亮，只是现在也不知喊谁。他到了苍月公身边，一刀挥起，刀光一闪而过，那两个跪着的共和军军官登时身首异处，两道血柱直喷上来，洒了一地。

这人道："大公！我们愿为大公死战到底，求大公发令，我等攻城！"

他们回身攻城的话，自然不可能攻得上来。但蛇人正冲杀过来，只怕我们这趟守城会极为艰苦，而这五千共和军更是腹背受敌，转眼必死。我正有点惴惴，只听得雷鼓的声音又在城头响起："叛匪攻城，诸军准备，不得有误！"

这时，苍月公忽然抬起头，扬声道："我军听令。有愿逃生者，马上绕城逃生，不得攻城。"

他是要和蛇人决一死战了？这当然不是想侥幸击退蛇人来邀功，就算他能击退蛇人，武侯同样会发军将城外的余部斩杀。他这么做，也许也只是不愿再同类相残了吧。共和军中静了静，忽然爆发出一阵巨吼："愿为大公效死！"

武侯这时又道："苍月，愿你死得像个大丈夫的样子，我来为你壮行。"

他从怀里摸出了一支铁笛，吹起了那支充满了杀气的《马上横戈》。笛声嘹亮遏云，如一柄长剑，直插天际。苍月公拱了拱手，说道："唐生泰，今日我战死沙场，他日，你定然也死于刀剑之下。"

这是苍月公临死前的诅咒吧。武侯没有回答他，只是吹着那支《马上横戈》。听着都觉金戈铁马，剑气纵横。苍月公喝道："共和国的好男儿，随我上！"

他拍马向前冲去，共和军的掌旗官也紧跟在他身后。不知是共和军中哪个人，大声唱起了共和军的那支葬歌：

> 豪情冲霄上，
> 登高望，
> 江山万里何苍莽。
> 好男儿，
> 岂惧青山葬。

登时五千共和军几乎人人都在放声歌唱，歌声响彻云霄，已将武侯的笛声淹没了。我眼底一酸，不自觉的，眼眶也有些湿润，耳边突然听得一声努力压抑着的抽泣，扭头看去，却见边上的吴万龄极快地擦了擦眼。他平时并不似一个多愁善感的人，但这等悲壮的情景，他也有所触动吧。只是我更有点惊愕地发现，武侯将铁笛移开唇边，右手也轻轻地抹了抹眼眶。

不论苍月公有什么打算，他最后这般视死如归，也不失气概。

这时共和军的先头部队已在离城四百步外和蛇人开始了接战。杀声震天，那些共和军多半也好久没吃饱了，也许是怀着必死的决心才爆发出这等力量，一时间，两支军队交缠在一处，尘烟滚滚，几乎看不清里面是什么样子。

蛇人还在不停地从营中冲出。大概是另外诸门的蛇人军赶来增援。没有多久，那支共和军的葬歌已渐渐弱了下来，但那面共和军的大旗还在烟土中翻舞，不曾倒下。

地上，血流成河，甚至流过了数百步，汇入护城河里。

这五千共和军已是全军覆没了吧？

武侯仍是铁柱一般站着，一手扶着雉堞。这时，一个传令官道："君侯，陆将军求见！"

武侯抬起头，陆经渔已是抢上城来。他一定是火急赶来的，跑得上气不接下气，一到武侯跟前，便一下跪倒，说道："君侯，为何不救苍月公？"

武侯看了看他，叹了口气道："经渔，你还是心肠太软。"

陆经渔道："到底出了什么事？为什么只让共和军在城外与蛇人交战？"

武侯没再看他，他身边那护兵大鹰道："陆将军，苍月妄图以己军为饵，诱蛇人攻入城中。他的计谋被君侯看破，此时已走投无路，只得独自接战。"

陆经渔像木偶一般跪着，似也被这话惊呆了。武侯道："经渔，你空有异能，却还是轻信。此病不除，你终生难成名将。"

陆经渔忽然哽咽道："君侯，经渔万死，此事尚不知然否，请君侯从长计议，不要偏听一面之词。"

武侯喝道："经渔，你还执迷不悟么？起来！擅离职守，可是大罪。"

他看着正在与蛇人作最后死战的共和军，叹道："此事传出，只怕南疆永无宁日。苍月，你当真了得，便是死了，还要收买人心。"

我又是一凛。苍月公不攻城而攻蛇人军，难道并不是因为他不忍同类相残，而是以自己的死来给共和军收买民心么？的确，若他真的是愿与我们联手共抗蛇人，就不该定这等苦肉计了。他恐怕自知必死，若是反攻城池而死，最多得到几分称赞，而死于蛇人却能让南疆万众归心。南疆人闻此讯，多半更会同情共和军。到时只怕更要兵连祸结，我们要扫清共和军残部也更加困难了。只是苍月公这么做，意味着他还有后继者，他是用自己的生命来为后继者铺路。

可是，听着那边正在渐渐稀疏的歌声，我除了知道苍月公的真正用心后对他那种深谋远虑的佩服，更多的却只是惊惶，仍然无法痛恨苍月公。即使明知逃得一个便是为将来平定南疆添一份困难，此时我也只是希望能多逃出几个共和军去。

苍月公的死，也仍是一条苦肉计啊。只是他其实想错了，把帝国军想得太强了，到了今天，我们能否回到京都还仍是个未知数，要平定南疆，大概也是句遥不可及的空话。

此时，那面共和军的大旗终于倒了下来，灰尘也渐渐散去。远远望去，尸横遍野，到处是共和军的人马尸首。尽管我们置身事外，也仍然看得惊心动魄，有一些帝国军士兵甚至在低声哼着那支共和军的葬歌。

武侯也似老了许多。陆经渔跪在一边，一句话也不说。此时便是武侯回心转意也没用了。我在一边看着直直跪着的陆经渔，心里却有更多的疑云，暗自整理着思绪。

郑昭到底是个什么角色？听武侯的话，他准是向武侯密告过苍月公的诡计。可他是陆经渔带来的，又为什么不对陆经渔说呢？若陆经渔不把苍月带回来，岂不是不会节外生枝了？

他到底是什么人？我身上也不禁更有寒意。他绝不是自称的寻找白薇下落那么简单，而且，白薇是七天将之一段海若的女儿，如果他真是自称的共和军下级军官，又怎么会认识白薇？而且看他的样子，精神十足，根本没有饿肚子的模样，与别个共和军军官全然不同。可如果他不是共和军，究竟从属于哪一个势力？

我越想疑点越多，可是，现在他已经不在了，只怕将来也再见不到这个人。我不禁一阵后悔，当初实在不该如此轻易地将他放走。

这时，武侯道："经渔，你速回防区，准备班师吧。"

陆经渔抬起头，说道："君侯……"

他像是有满腹话要说，可一到嘴边却又说不出来了。武侯长叹一声，说道："回去吧，明日再商议班师之事。"

陆经渔站起身，身上的战甲发出了一阵轻响。他向武侯行了一礼，走下城去。

即使知道他中了苍月的苦肉计，可他经过时，我们仍然默默地向他行了一礼。

苍月最后的战死，让我们都不由得产生了几分敬意。陆经渔的中计，也让他的神人光辉散去了不少，可我们却更尊敬他了。

生在这个动荡的时代，对于英雄来说是一种幸运。可是，那些无辜的百姓难道不是太不幸了么？时势由英雄主掌，在攻守杀伐间，平民只能成为英雄建功立业的基石，甚至，连个人都不能算。苍月在定下这苦肉计时，想过他那五千人马都会为他殉葬么?而武侯为了破他的苦肉计,不也一样把这五千人当作随时可以抹去的灰尘?

也许,一个不是英雄的陆经渔,更能被这个时代认同吧。

看着陆经渔的背影,我一阵茫然。

这时,武侯喝道:"楚将军!"

我猛地一惊,走到他跟前,跪下道:"末将在。"

"你随我去中军。"

这儿难道不用守了么?还有什么事比抵御蛇人更要紧的?我也不敢问,只是道:"末将遵命。"

武侯走了下去。我挥了挥手,带着龙鳞军跟在他身后。下了城,武侯骑上坐骑,对已在武侯坐骑边下马施礼的路恭行道:"前锋营路将军,此处由你全权负责,若蛇人敢攻城,务要将其击溃。"

武侯分派了守城诸将,扭头对我道:"楚将军,快上马。"

武侯到底有什么事要做?我看着马上武侯的背影,心中更是茫然。我不知道武侯到底想要做什么,但他所定下的策略,多半也不会错。的确,苍月已真正战死,一场隐患也已消于无形,现在的首要之事便是如何撤退。可蛇人便在城外,眼见便又要发动进攻,武侯又为什么不亲临前线指挥?这是很反常的事。

武侯的马在最前,身后只有他的那个形影不离的亲兵大鹰小鹰紧跟在后。我突然才意识到,武侯并不曾将亲兵队全带在跟前。

武侯的亲兵虽然不像大鹰小鹰一样紧跟着武侯,但武侯外出,也必定跟随其前后。南征以来,武侯的亲兵队只阵亡过两个,照理还有近百人才对。

可是,跟在武侯身边的,大约只有七八十人。

快近中军时,武侯身边那个不知是大鹰还是小鹰的亲兵忽然拍马加快了步子,追上武侯道:"君侯,好像有些不对。"

武侯转过头道:"有什么不对?"

"血腥气很重。"

血腥气?我嗅了嗅空中,可什么也闻不到。正想着是不是那个大鹰还是小鹰是不是有点太过敏了,武侯道:"小鹰,你闻得对么?"

"没有错，血腥气很新鲜，是刚才死的。"

武侯扭头对我们道："大家要万分小心，只怕情况有变。"

我有点莫名其妙，不知武侯说的小心是什么意思。这时已到了武侯的营帐，武侯没有下马，只是对守帐的两个亲兵道："有什么人走过？"

那两个亲兵正伏在地上行大礼，听得武侯询问，一个抬起头道："君侯，没有人啊。"

"没有任何人从门口走过？"

那个亲兵道："没有。"

武侯跳下马，回头道："刀枪都出鞘，小心，那内奸便在中军！"

我猛地惊醒过来。原来武侯是来捉拿那内奸的！怪不得在城头大鹰曾来禀报，说什么"果然是他"的话。这内奸在中军营盘中，难道真是高铁冲么？他们这批参军都不上第一线的。可如果要捉拿他，要那么大阵势做什么？

我跳上马，抢上前道："君侯，我们要捉谁？"

武侯哼了一声道："高铁冲！"

我的身子不由得一震。尽管我已经在怀疑他了，可从武侯嘴里说出来，我还是不由自主地震惊。我道："君侯，会不会弄错了？高参军怎么会是内奸？"

"我本也不信，但大鹰已亲眼见他放那只鸟飞走，他不是内奸，还会有谁？"

武侯大踏步向前走着，前面是十几个武侯的亲兵守在一座帐篷外。看见武侯过来，他们都跪了下来，说道："君侯。"

"他没出去么？"

一个亲兵道："没人出去过。"

武侯又重重地哼了一声，向那帐中喝道："高铁冲，快出来见我。"

帐中没有回答。我带着龙鳞军围住那帐篷，心中不由对武侯佩服之至。苍月想用苦肉计来引蛇人进城，没想到他的计策从头至尾已在武侯掌握中，最终只得与蛇人拼到死。而武侯却借用他来使这一箭双雕之计，既除去了苍月公，又借这假消息瞒过了高铁冲，逼得高铁冲白天就去放鸟传消息，以至于自己也身份败露。

高铁冲是内奸的话，只怕他已经向蛇人传了好几次消息了。黑夜中放出鸟去，既难发现，发现了别人也不知道是谁放的。可是这一次中军全在城头，又说走就走，高铁冲要报告消息，那也只能白天将那鸟放出来。

武侯的策略一环扣一环，让人根本没有反应的余地。高铁冲败在武侯手里，也不冤。

我正想着，不知小鹰已冲着那帐篷道："高参军，你快出来。"

里面还是没有声音。武侯向我点了点头，我忙迎上去，说道："末将听候吩咐。"

"你去将高铁冲捉出来，死活都行。"

"是。"

我跳下马，说道："随我过来。"

金千石带着的龙鳞军中哨一直紧跟在我身后，他们也纷纷跳下马，我从马上取下长枪，说道："高参军，你快出来。"

里面没有声音。我伸过长枪，一下挑开帐门，金千石他们也手绰长枪，成半圆形围住了帐篷门。这等如临大敌的架势，好像帐篷里藏着蛇人一般。

难道高铁冲真藏着个蛇人么？恐怕不会。在中军营盘里，他藏得再好也会马上被发现的。

帐门一开，只见一个头上戴着大帽的人坐在床沿上，胸口插着一柄短刀，竟已是死去多时了。

那是高铁冲么？我慢慢靠近，说道："高参军，是你么？"

高铁冲足智多谋，我也知道的。若他自知难逃，若是设下这个自尽的局来作最后的抵抗，那我正是首当其冲。现在贸然逼近，可是不智。

我慢慢地靠近，枪头不离他上身，若高铁冲一旦暴起，我便一枪刺中他肩头。武昭在教我们枪术时说这叫懒龙舒爪枪，枪尖靠近人三尺后，不管那人动作有多快，也闪不开枪头的威力了。

枪尖慢慢地移近高铁冲那大帽，碰到帽檐后，我手腕一压，手臂发力，那顶帽子轻轻巧巧地挑了起来。

里面是一张苍白无血色的脸，死了很久了，赫然是高铁冲那个护兵。

高铁冲走了？我正自一惊，金千石忽然和另一个龙鳞军猛地冲上来，我一时还不知他们要做什么，只觉头顶一股厉风扑下。我抬头看去，只见一个人猛地冲下，如同疾风一般，一把如人小臂般长的短刀正劈下我头顶。

受到偷袭也不是第一次了，可这人的袭击无声无息，我刚才一点感觉也没有，现在哪里还闪得开？我也不由吓得怔住了。

这时，金千石和另一个龙鳞军的长枪已从我背后刺来，我只来得及一低头，只听"当"一声，脖子后一阵凉意，待抬起头来，只见那个偷袭者以几乎与落下来时同样的速度又退了回去，刚才那一刀被金千石他们两支枪挡了回去。

难道这也是个蛇人？但是帐篷中虽然暗，我还是看得清，那是个有两条腿的人，比较矮小，看样子正是高铁冲。我将枪向后一缩，喝道："中！"

枪向着那人，猛地射出。

我的投枪虽然比不上沈西平，也不会太弱。这一枪出手，枪尖破空，发出一声尖利的啸鸣。眼看马上要把那人射个对穿，那人轻轻巧巧地让开，长枪穿透帐篷飞了出去，根本没碰到他。

好本事。我也不由赞叹。只是现在他已走投无路，本领再高，也不是这三百多龙鳞军的对手。

金千石在边上塞给我一把长枪，我接枪在手，说道："是高参军吧？你现在弃械投降，还是上策，不然定是死无葬身之地。"

高铁冲在帐篷顶上，也看不清他的脸，不知他在想什么。忽然，我发现他手中有亮光一闪，接着，只听得小鹰大叫道："他要用火雷弹！"

那一刻，我不知道该想什么。张龙友的火雷弹威力，我也清楚，可没想到高铁冲也有。若他以此攻击武侯，那又如何是好？而若是扔下来，那我们这堆挤在帐篷里的人是死定了。

我叫道："快投枪！"话音未落，我一枪又已投出。这一次，几乎帐篷里所有人都将长枪投了出去。那帐篷本就没有多少高，这么多长枪同时投上，便是虫子也逃不过了。只见高铁冲手中的火雷弹一亮，借这亮光，我已看见足有五六支长枪刺中了他的身体，转瞬间，便听得"轰"的一声巨响，登时尘土飞扬，整个帐篷猛地塌下来。

我从腰间拔出百辟刀，人猛地向帐篷壁冲去。人还没碰到帐篷壁，刀子已快了半分，刀尖触到了那种厚布。我猛地一挥，帐篷上登时出现一条长长的缺口，我的身体一个滚翻，从这缺口里翻了出去。

而此时，帐篷已倒了下来。那帐篷本是用桐油刷过的，被火雷弹一炸，一下子便已着了起来，金千石带的中哨十来人一股脑地全被罩在那帐篷里了。我不顾一切，叫道:"快救人!"

桐油烧起来极快,那张帐篷一旦着火,压下来时就像一座火山一般,我能逃出去也是仗着有百辟刀。只见帐篷下还有一些人形在蠕动,但眼前一旦看不见,哪里还冲得出来?

我拉起地上的一角还未烧起的帐篷,叫道:"快拉起来!"

这也是唯一的方法了。现在只是帐篷面上的桐油在烧,还是能拉动的。吴万龄和另一个龙鳞军士兵已拍马冲了过来,我道:"一人拉一边!"也不管他们听不听得懂,将百辟刀锋刃向上挑起帐篷布,人猛地向前冲去。

谢天谢地,吴万龄已明白我的用意了,我向前冲去,那帐篷布在我面前一段段裂开,分向两边。那自是吴万龄他们正在向两边拉的结果,他在那一刹那间便知道我要做什么,也当真能干。多半他也想到了这个主意。

我向前冲了七八步,那帐篷已被撕开了一半,眼前一下出现一堆黑乎乎的人,当头一个正是金千石。我叫道:"快出来!"

金千石也已晕头转向了,听得我的叫声,猛地冲了出来。我也不知道金千石带进来的有几个人,说道:"金将军,你看看,还有人在里面没有?"

金千石还没回答我,吴万龄在身后道:"连金将军在内,帐中共有九人,统领。"

我刚才数了一下,现在分明只逃出八个,那么还有一个在里面。我正待再冲向前去,金千石猛地抱住我道:"统领,不能再向前了!"

高铁冲的火雷弹是在帐篷顶炸开的,帐篷落下来时,中心处也是先烧起来,我能撕开半边帐篷,只因为帐篷下半只是布上的桐油在燃。中心处已烧穿了,就算我能冲进去,吴万龄他们也没办法再将帐篷布拉开。我明明知道这些,可看着火烧得越来越旺,心头如刀绞一般疼痛。

为了捉拿高铁冲,又死了一个人了!

如果能抓到高铁冲,我一定会把他碎尸万段。可是,连高铁冲自己,只怕也已经连块完整的肉都找不出来了。看着那堆火越烧越大,我只觉有泪水涌出。

并不全是为了那个被烧死的弟兄,我连他叫什么都不知道。我只是觉得,在这种残酷的杀戮中,一个人的生命太微不足道了。

我收刀回鞘,转身看了看站立在一边的武侯。

火势越来越猛，好在帐篷搭建时也想过防火，还不会蔓延到别处。透过被火烧得蒸腾起来的空气，武侯的样子凛凛然有如天神。我站立起来，走到武侯身边，跪下道："禀君侯，末将万死，未能捉回高铁冲。"

武侯只是点了点头，说道："起来吧。"他转头道："小鹰，你去看看，那是高铁冲么？"

小鹰跳下马，向前走去。他到了那堆火边细细闻了闻，又到武侯跟前单腿跪下道："禀君侯，火势太大，分不清了。不过，确有高铁冲的痕迹。"

武侯垂下头，忽然又看着我道："楚将军，你可看见高铁冲的真实样子？"

真实样子？我回忆起来。刚才高铁冲在帐篷顶上，由于是背光，从下看上去根本看不清，但在高铁冲点燃火雷弹时，我曾在一瞬间见到了高铁冲的样子。

我努力想着，说道："他的样子么，很瘦，瘦小得吓人，腮上紧缩回去，像没一点肉。而且，两个耳朵也是圆圆的，还有一些短胡子……"

高铁冲的样子，根本和"威武"沾不上边。事实上，他的样子甚至有些可笑，就好像只什么小兽一般。也许高铁冲自知样子长得太难看，才会常戴着那个四周有青纱的大帽子。其实样子如何并不重要，高铁冲长得再难看可笑，仍然是个了不起的军师。

武侯打断了我，说道："是不是像只老鼠？"

就算我现在万分不能笑，武侯的话却几乎让我笑出来。金千石他们虽然刚从火堆里逃生，还是忍不住笑出声来。我忍住笑，说道："武侯明鉴，正是。"

老鼠和鼠虎长得非常相似，有人说鼠虎就是巨大的老鼠，这当然有道理。高铁冲长得像老鼠而不像鼠虎，只是因为他的样子根本没有一点鼠虎的威武，让人看了想笑，尽管他大概比鼠虎危险百倍。

武侯喃喃道："那没有错了，正是他。"

那堆帐篷现在已全部着了起来，里面起码有三具尸首，被火烧得正发出一股焦臭味。武侯跳下马，像是跟我们说，又像是喃喃自语道："高铁冲十多年前投军时，就有个奇怪的要求，说因为生具异相，要求一年四季常戴那顶大帽子，不管是谁都不能让他摘下来。此人以前为我出谋划策，不遗余力，我向不疑他，没想到他真是内奸。"

武侯多半是趁他不注意时偷偷看过一眼吧。高铁冲以前确实为武侯提出过许多切实有效的策略，听说连这四将合围的战略也是他一手布下的，难怪武侯过去一直不疑他。事实上，直到现在，我也想不出高铁冲为什么要把我们的消息出卖给蛇人。

武侯道："楚将军，走吧，回城头去。"

他跳上马，走前又对小鹰道："小鹰，你带二十个人速将这里收拾好，此事万不能传出，若有人问起，便说高参军住到东门去了。"

小鹰跪在地上道："是。"

高铁冲是内奸的消息一旦传出，对士气的打击只怕也会很大。此次南征，高铁冲一路出谋划策，功劳不少。如果军中知道以往的军机大多由一个内奸参与制定，大概会觉得出师以来全在敌人掌握中，那时军心一散，便更难办了。

我也跳上马，看看一边的金千石，他脸上都是些灰尘，脸上、战甲上也全是黑糊糊的。看了看逃出来的另七个人，大多如此，我恐怕也好不到哪里去。我伸手抹了把脸，跟着武侯向前走去。

走了没多久，忽然，我只觉额上一凉。抬头一看，又开始下雨了。

现在已是雨季，但这两天雨还不多，前些日子只下了一场，接下来是接连两个好天。可是今天又开始下雨了，抬头看去，只见万条银线都似来自虚空，纷纷滴落我眼前。

我仰脸接了些雨水，又伸手抹了一把，将灰尘洗去。

回到南门，雨已下得很大了，武侯一骑当先，雨水打在他的斗篷上，勾勒出一个雄伟的剪影。他刚到城下，路恭行已从城头跑下道："禀君侯，蛇人似乎要有所行动了。"

武侯掉转马，飞快地向城头跑去，我们也跟在他身后冲上城。现在，南门城头的人已有很多，本来另三军各有两万，中军足有四万，现在也约略有三万五六千，有一半已在城头。

望过去，蛇人阵形正在雨中慢慢挪动。武侯道："一直都在这般么？"

路恭行脸上很是凝重，说道："是。看样子，蛇人正在调度，似乎想要发动一次空前的攻击。"

武侯看着那里，忽然道："楚将军，听说你们那儿有一个望远镜？"

我吓了一跳。武侯连这也知道，也许又是哪个参军报告的。我跪在他跟前道："禀君侯，是有。那是右军薛工正做的，能够看远，只是不够清楚，只能看个影影绰绰的大概。"

武侯道："若他能将这望远镜做得清楚些，于军中可是大好事。楚将军，你来看看，蛇人在做什么？"

我走上前去，仔细看了看。现在因为下雨，灰尘已经散去，也可以看到蛇人已经一字排开，在一里地外慢慢地挪动，看样子足有两万以上。那是山都的部队么？看过去虽然不大清楚，但蛇人身上的短甲颜色正好分成两种。正中是绿色，左边正赶来的是褐色。那绿色的大概就是山都所率的一军，而褐色还在源源不断地增多，大概是刚从西门调过来的。看样子，蛇人大概要在南门与我们进行决战了。

我道："蛇人好像把主力放到了这里。"

武侯冷笑了一下，说道："是主力么？"

他盯着那队蛇人，说道："北门最精锐的部队根本没调过来，它们是师法我们围高鹫城的故智，想要困死我们。"

我吓了一跳。围城的惨状我们也看得多了，蛇人竟然也想像我们围高鹫城一样来个第二次包围么？之前我们围了三个月，现在高鹫城已残破不堪，只怕蛇人也不必再围三个月，可说事半功倍了。这时，我听得武侯喃喃道："坐收渔利，怪不得要献这四将合围之计，原来从头到尾都是个圈套。哼哼，唐生泰，你戎马一生，到头来中了这等野兽的圈套了。"

我默然无语。这等圈套实在非人力所能躲过的，我们在刚攻城高鹫城时也根本没想到会有蛇人出现。这时，路恭行道："君侯，我们实不必在城中与它们纠缠，趁东门尚无敌情，马上班师，在东门打它们个措手不及。"

武侯眼睛一亮，似是为路恭行的话说动，又颓然坐倒，说道："万一蛇人已经在东门外埋伏了呢？"

东门外的埋伏，我敢说铁定有。蛇人故意放一条生路，让我们疑神疑鬼，若贸然从东门出去，肯定会中埋伏的。

路恭行道："君侯，若坐以待毙，岂不更是毫无生机？东门外纵有埋伏，我们步步为营，以张先生的火雷弹开道，燃火断后，蛇人现在也难以将我们一举击灭。或困守城中，粮草将尽，那时便更难出去了。"

武侯看着南门外的蛇人阵营，眉头也皱到了一起。路恭行的话不无道理，但武侯的决定关系到全军安危，一旦决策错误，那就追悔莫及了。他盯着城外，迟迟也下不了决心。

现在正下着雨，燃火断后，不是件容易的事，火势也烧不了太大。可是现在也的确是个冲出城去的良机，蛇人至少有许多调到了防守最严的南门，若声东击西，我们从东门冲出，真能冲出重围也未可知。

武侯想了一会，猛地站了起来。我看着他的身影，不知他要下什么决定。正待听武侯颁布命令，从东面传来了一阵疾呼。武侯猛地走到城墙东面，向那里望去。

雨中一两百步外便模模糊糊，看不清了。南门和东门相距两里，自然不是一眼看得到的。

这时，雨中冲出一骑快马，如一阵疾风，直到城墙下，马上的人来不及下鞍便大叫："君侯！东门告急！"

武侯大吃一惊，说道："什么？"

"东门突现蛇人，为数足有上万，现在正在猛攻城门，陆将军正在全力抵御。"

东门也有蛇人了！我大吃一惊，可却又似意料之中。蛇人决不会只攻三面，把东面完全空着的。

武侯道："现在战状如何？"

那传令兵勒着马，那匹马跑得太急，现在还在团团打转。他大声道："我军伤亡惨重，情势极是危急。"

武侯的眉头紧紧地皱了起来。陆经渔带兵有方，左军的攻击力和防御力都很强，向来是全军的精锐。但蛇人连番攻城，偏留着东门不攻，左军这次还是初次抵御蛇人，只怕也要吃亏。

武侯道："路将军，楚将军，你们率本部骑军速去增援。雷鼓，你马上去向岳将军和胡将军传令，小心蛇人的攻击！"

我和路恭行答应了一声，马上冲下城去。下城时，龙鳞军井井有条，竟似比前锋营更有秩序。吴万龄整顿军纪，也初见成效啊。

我想着，跳上了马，路恭行道："楚将军，你们先走。"

龙鳞军只有三百多人，比一千多人的前锋营要好带得多。我一声喝令，龙鳞军已全部上马，我对路恭行道："路将军，我先走了。"拍马向东门冲去。

在马上虽然颠簸之极,我却有些微微的得意。武侯现在经常命令我和前锋营一起行动,看来龙鳞军的地位也已约略和前锋营相等了。

这时,吴万龄冲上来,说道:"楚将军,不要赶得太急,后面有兄弟跟不上了。"

我回头一看,龙鳞军队伍已拖得很长,毕竟是我的坐骑,以前那匹被蛇人杀了后,新换的这匹也是万里挑一的好马,那些士兵的马却没有这么好,何况料草不足,不少都掉了膘。

我放慢了速度,说道:"有多少人跟不上?叫他们无论如何也要加紧。"

东门的战事不知如何了,万一左军顶不住,那可大势去矣。左军若不是曾有一半人抽调到南门助守,有与蛇人战斗过的经验,只怕初遇之下,连冰海之龙陆经渔也要乱了方寸。东门失守,那时便不是左军一军的事情了。现在全军如一道万里长堤,只消有一个地方顶不住,整个阵线势必跟着崩溃。

蛇人这时攻击,到底是什么意思?它们已埋伏了那么久,为什么突然间出现?难道它们认为我们已不会从东门撤退了么?

它们也在用我们的四将合围战术!

想到这里,我浑身都几乎凉了。四将合围战术本是高铁冲所献,由四军从四个方向将共和军溃兵赶入城中,一旦大部入城,便在城外扎营坚守,攻城也并不着急,只不放人出去。城中人数一下多了许多,原先的储粮三月间一下耗光,然后再施以雷霆一击,城中绝粮已久,士气也已涣散,我们才能以极少损失攻下高鹫城。而现在蛇人所用的策略,竟然和高铁冲的计策极为相近,高铁冲当初献计时,多半已将针对我们的策略给了蛇人,所以蛇人才会在我们攻下城池后马上出现。

蛇人,是要像我们对付共和军一样对付我们么?

雨下得大了,我身上更是寒意森森。

快到东门,便听得杀声震天。听声音,左军已立稳脚跟了,陆经渔也果然名下无虚。到了东门下,远远地便见城门口已聚集了大批人,城门却不曾关上。

城门口正在激战。

到了距城只有二十来步远的地方,金千石赶上来,在我身后道:"统领,要不要用坚壁阵?"

我扭头看了看身后的龙鳞军,说道:"好,下马!"

城门虽然可容三马并排出去，毕竟太过狭窄，马上反倒难以发挥，在步下更灵活些。

龙鳞军全数下了马，我对吴万龄道："吴将军，你带十个人在后管着马匹，其余人跟我来。"

在旷野上，龙鳞军这三百人的冲锋最多像一枚钉子，即便蛇人抵不住冲锋，但一旦它们合围，反倒会把我们吞没。现在在城门口，我们没有后顾之忧，我也敢和蛇人面对面地斗斗。

金千石紧跟着我，喝道："列好阵势，不得混乱。"

龙鳞军列成了六列，整整齐齐排好。这是我和金千石商量好的守备之阵，是从锐步营最擅长的坚壁阵化来的。坚壁阵最适合步军守卫，前后共分五层，交错站立，第一层和第三层持盾，另三层执长枪、大刀等长兵器。冲锋时盾牌军先冲，执武器的站在盾牌后，若有人受伤，后面的马上填上，这般层层交错，进退有序。这样攻击力虽然没有烈火疾风般的威势，却更有步步为营的坚实。这阵势虽然不出奇，但锐步营得享大名，可以说全靠这阵，那次管弘带队夜袭蛇人失败，还靠此阵坚持了好一阵。不过要练这个阵主要在配合，若当中被人突破，便只能各自为战了。锐步营训练极熟，可以在平地布下横贯数百步的长阵，龙鳞军现在训练未久，但布下每排六人的阵势却足够了。我们不用阻碍冲锋的盾牌，一律用长兵器，也是为了增加攻击力。

我站在最前面，手握长枪。左军见有援军，发出了一声欢呼。但是，城外的蛇人忽然发出一阵更大的声响，猛地向里冲来，城门口的左军已有些挡不住了，金千石回头大声道："生死在此一搏，弟兄们，冲啊！"

城门口的左军见有增援，已将正中让开了一条道。此时蛇人已有一小股冲进城门，厚厚的城门上，溅满了鲜血和皮肉，也不知是帝国军的还是蛇人的。我手持长枪，喝道："动手！"

像两道巨浪，我们终于和蛇人在城门口相撞了。

我们这般秩序井然，我边上一个左军士兵也有点呆呆的，大概摸不清我们到底要做什么。这时，一个蛇人手持长刀猛地向他砍下，我大喝一声，边上的金千石也举起长枪，两枪交错，那蛇人的一刀正砍在枪杆交叉处，"当"一声，我浑身也震了震。

蛇人的力量好大。蒲安礼的力量在前锋营中称为第一，蛇人似乎个个都有他这等力量。但现在是我和金千石两人，那蛇人力气再大，这一刀也被我们挡了回去。我冲那左军士兵喝道："闪开！"

他如梦方醒，举着长枪刚要刺，我身后的一个龙鳞军已踏上一步，站在我和金千石当中。他手上是柄长刀，一刀向那蛇人砍去。这一刀有如闪电，那个蛇人动作也极快，身体猛地一缩，将它身后的两个蛇人挤得一歪，一刀走空，边上一个蛇人已冲上来，一枪向我刺来。

可是，不等他刺出，又有两个龙鳞军猛地伸出兵器，架住了那蛇人，先前用刀的龙鳞军又是一刀劈下。这蛇人却没有先前那个的好本事，一刀正中它头颅。这蛇人发出了一声尖利的惨叫，冷冰冰的血像喷泉一样冒出来。

这就是我们改进后的坚壁阵的精义，每两人一组，不管谁在前面，这一组总是护着身后的人。而站在这两人身后的人负责攻击。虽然还不曾完备，但初次上阵，已然建功。

蛇人被我们打了个措手不及，纷纷退去，挤到了城门口，又挤得动弹不得。眼看便能将它们全部斩杀，顺利关上城门，忽然，从城外传来了一声巨响。随之是城墙崩塌的声音，夹杂着帝国军士兵的哭喊。

石炮！那是石炮！

石炮是攻城时的最强武器。只是太过笨重，要抛出一块巨石，往往要几十人用力，万一用力不够，反而会落到自己阵营，所以用得并不是太多。没想到蛇人也有了石炮，以它们这等巨力，的确是天生用石炮的好手，比我们用起来威力更大。

这一发石炮将城门边的墙击塌了一大块，从我这里也看得到城墙上出现了一个大洞。我心头一寒，知道大势已去，我们苦心训练出的这个坚壁阵堵住城门游刃有余，但那个破洞口的地面上高低不平，无法保持阵形，我们也只有短兵相接，白刃相向了。

难道，我们真的已经彻底失败了么？

第十六章 饿鬼道

金千石在我身边有些惊恐，说道："统领，怎么办？"

我心乱如麻，也不知如何是好。刚才被我们一轮攻击搞得有些慌乱的蛇人此时重整旗鼓，又要冲进城来，我咬了咬牙，说道："分一半人，守住那洞口。"可是，我也知道这事难办，蛇人有石炮，万一再打出几块巨石来，将城墙砸出几个洞，我们哪里还能防备？何况我们这坚壁阵也不过是逞一时之气，一旦蛇人全军压上，到时别说什么两人护着身前一个，便是自保也难了。可是，事到如今，也没有别的办法。

这时，身后忽然传来了一阵疾呼，夹杂在当中的，是蒲安礼那响亮的叫声："前面的快让开！"

前锋营到了。虽然心定了定，可是我多少有些不快。前锋营也是骑兵，怎么来得这么晚？何况就算前锋营到了，又能有什么作为？我回头看了看，只见蒲安礼一马当先，已冲到了我跟前。

他们推着三辆用布蒙着的车。那些车并不大，是辎重营常见的四轮小车，上面放着一个方方正正的东西，蒙着油布。三辆车并排推着，正好将路全堵上。蒲安礼一马当先，给这三辆车开道，车到处，将龙鳞军的坚壁阵也冲开，我们只得站到路两边。

我不知道他要干什么，对金千石道："快回去。"

我们冲在最前面的几排人秩序井然地退去，这时，蒲安礼已在我跟前，忽然大声笑道："楚将军，原来你一进龙鳞军，连马也不要了。"

我有点没好气，说道："蒲将军，蛇人已经要攻进来了，你还说什么风凉话。"

蒲安礼道:"正是因为这个。"他大声向着还在城门口缠斗的几个左军士兵道,"快闪开,当中由前锋营负责。"

前锋营要在城门口顶住蛇人么?我喝道:"这儿有我们,你快到那洞口去。"

蒲安礼听得我的喊声,笑道:"楚将军,你不必去添乱了,路统制已经在那里了。弟兄们,放!"

他最后几个字当然不是对我说的。他手下的几个前锋营点燃了那车上的一根火线,猛地向前冲去。我大吃一惊,说道:"蒲将军,你要做什么?"

车上肯定又是火雷弹一类。蒲安礼让他手下冲上前去,那是要舍身炸死蛇人么?可是这么一车火药炸开的话,威力只怕太大,半堵墙也会被炸塌的。蒲安礼也没有理我,大声叫道:"点火!"

城门口还有几个左军的士兵在和蛇人缠斗,肯定很快会被蛇人杀死。可无论如何,在此时来个玉石俱焚,总是太残忍了,我叫道:"等……"

还没等我叫出声来,从一辆车上一下飞出了数十支着火的箭矢,直向城门口飞去。

那是什么?我差点惊叫起来。边上一辆车上又飞出数十支火箭。这些箭密密麻麻,前面的蛇人连同一两个尚未战死的左军士兵,一起被飞箭射中。

在雨中,箭上的火势并没什么真正的威胁,但这等势头却将正要冲进城门来的蛇人惊呆了。它们从来没见过这等武器,那几乎是数十把贯日弓同时射出的力量,比数十个谭青、江在轩这类一流箭术好手同时射箭的威力更大。蒲安礼带来的三辆车上,飞出的箭足有上百支,密密麻麻地射出,所到之处几无空隙,哪里还有什么人能闪开?城门口一下子躺倒了一片尸首,有帝国军的士兵,也有蛇人。

蒲安礼叫道:"好!快关城门!"他踢了一下坐骑,猛地冲上去。

此时蛇人被这突如其来的攻击惊呆了,城门口的大多已经倒下,侥幸没死的也纷纷退缩。我对身边的金千石道:"快关城门!"说罢,便冲了上去。身后的龙鳞军和前锋营也冲了上来,蒲安礼已到了门边,正要关城门,门外的几个蛇人如梦方醒,一声吼叫,又要冲进来,这时,我和金千石也已冲到。

这一场战斗虽然艰苦,但我们占了地利,而且刚才蒲安礼那一排火箭之威大大鼓舞了士气,冲进城来的几个蛇人很快便被逐了出去,我们顺利地关上了城门。

等门轰然一声关上时,我把枪支在地上。我身上似乎没受什么伤,但肩头已溅满了血，也不知是蛇人的还是帝国军的，甚至是我自己的。左军已在紧急修补城墙上那个破洞，蛇人的石炮威力之大，令所有人都胆寒，若不是蒲安礼的那三辆发火箭的车多少给我们一些鼓舞，现在大概全都吓得腿都软了。

蒲安礼这一次功劳最大，可是，我总是想起火箭放出时在城门口与蛇人缠斗的那几个左军士兵。我不能说蒲安礼做得不对，可在蒲安礼下令点火时，我也没有看出他脸上有一点迟疑。

我带着三个哨长向城头走去。刚才情势太过紧急，我一来便参加护城，还没去见过陆经渔。事情一了，自然得去拜见他了。

一走上城头，便见左军的人都在欢呼，我不禁苦笑。这和那一次在北门击退蛇人时差不多。那一次后军伤亡惨重，蛇人退去后，后军上下还是欢呼雀跃，也许，庆幸自己活下来多过取得守城胜利吧。在拾级而上时，我小声对一边的吴万龄道："吴将军，你点过我们的伤亡没有？"

吴万龄道："七个弟兄受了些伤，有两个比较严重，已先送医营治疗了，没有阵亡的。"

先前我们在城头看着共和军被蛇人尽数消灭时，吴万龄还曾抹了下眼泪，我怕他从此经受不住。但此后，他却是越来越沉稳。不仅是他，龙鳞军也在战斗中越来越强了。

我不禁生出了一些信心。蛇人的确在变强，我们本身更在变强。只是，我们变强，也无法改变困守城中的劣势。

刚上城，就见何中满面笑容，迎上前来道："楚将军，你们这龙锋双将真是名不虚传啊。"

我有点莫名其妙，说道："什么？龙锋双将？"

"你不知道么？你和前锋营路将军现在并称为龙锋双将，大家都在说，日后你们将是君侯的接班人。"

我有些哭笑不得，也有点颓唐。陆经渔刚回来时，有如神人，人人都觉得有陆经渔坐镇，胜利唾手可得。现在陆经渔新败，马上又有了这等称呼，大概用不了多久，我和路恭行就要被传成能够带领全军取得胜利的人了。可是胜利在哪里？如果按真实想法，我大概该算是全军中最悲观的人。

我道:"取笑了,什么龙锋双将,尽一分心力而已。何将军,陆将军在么?"

记得第一次和何中见面时,我还在前锋营,那次是奉武侯之命来捉拿陆经渔的。过了这十九天,事情已经有了那么多变化,连我自己都想不到。

"爵爷在城头,正和路将军商议,我带你去吧。"

我没有说什么,只是默默地跟着他走。何中现在对我几乎有点殷勤过分了。比起以前他为陆经渔不惜威胁我的样子,已是判若两人。这意味着,陆经渔的声望在不断下滑吧。我不由得心头有些痛楚。

我实在不希望我最尊敬的陆经渔落得这等下场。

陆经渔的临时阵营就设在城头。一上城头,也是一片狼藉,大概蛇人也曾攻上城来,又被击退了。何中撩开帐帘,说道:"爵爷,龙鳞军楚将军来了。"

我对金千石他们道:"你们等等我。"便走了进去,高声道:"龙鳞军楚休红,参见陆将军。"说着便要跪下,陆经渔一把扶住我,说道:"楚将军,请起。"

我站直了,看了看他。和那天在武侯帐中相比,他的样子又苍老了几分。也许他还在为苍月公的事自责吧,若不是武侯看破苍月公的计划,他就是帝国军全军覆没的罪魁祸首了。

我又向站在一边的路恭行道:"路将军好。"他朝我点点头,又对陆经渔道:"爵爷,蛇人不惯爬城,但野战极其凌厉,日后再碰到蛇人攻城,定要先将城门关好。"

陆经渔脸上也一阵颓唐,说道:"路将军教训得极是,我谨记了。"

路恭行道:"末将不敢。不过爵爷今日在蛇人已至城下时还不曾关上城门,不知出了什么事了?"

陆经渔脸上一阵痛楚,说道:"听得蛇人攻来的消息,先前放出城去的城民忽然又蜂拥而至,向城里涌来。眼看蛇人便要赶上,我实在不忍将他们关在城外,便命人等城民尽数入城后再关城门。哪知蛇人来得太快,等要关城门时,已有蛇人斩关攻入。今日若非两位将军助阵,只怕后果不堪设想。"

我想起刚才蛇人那块把城墙打塌了一个洞的巨石,心头也不禁惴惴不安,说道:"东门的蛇人甚至有石炮……"

陆经渔道:"那是并排的五架石炮同时发出的。我在城头见蛇人排出五架石炮时,便有些奇怪,后来发现他们竟然搬来一块如此巨大的石头,实在有些胆战心惊。"

的确，谁看了这么大的一块石头飞过来，都会胆战心惊的。我道："那后来为什么不发了？"

陆经渔道："那些怪物攻城器械用得不得法，那块石头也是失败了好几次才发出的，后来也没再运这么大的石头来了，这块巨石大概也压坏了两三辆发石车。"

我恍然大悟，不禁有些脸红。我也把蛇人想得太厉害了，虽然力气比人大得多，但这块巨石如此大，运到这里又岂是容易的？若蛇人有本事将数百块这等巨石运到这里，那早就能攻进来了。我讪讪一笑，说道："是啊。"

路恭行道："那缺口能马上补好么？现在可不太容易啊，要防备蛇人发动第二次攻击。"

陆经渔道："加紧施工，半天便能补好。只是蛇人再用同样办法的话，我实在有些担心。"

我忽然道："路将军，你们那种能发火箭的车威力好大，能给诸军都配备几辆么？有那个，必能逼得蛇人迫不近来。"

路恭行面色凝重，说道："你说的那是张先生新做出来的天火飞龙箭，只是，"他顿了顿，看看我充满希望的面孔，"只是火药已经用完，一共也只做了三十辆。据张先生说，一辆车有三十六支火箭，大约要用十个火雷弹的火药。而且，这本来是准备用于班师的，今天迫不得已用出来，恐怕蛇人马上就有破解的方法。"

我也一阵默然，不知该说什么好。张龙友的东西固然威力强大，可是总是要很多火药。我道："是因为硫磺没有了？"

硫磺出产在城北的火云洞中。南门刚出现蛇人时，我们曾取回了许多回来。但现在北门已有蛇人驻扎，哪里还能出城去取？

"是。而且，听后军的人说，蛇人已经将火云洞封了。就算我们冲到那里，也取不出来了。"

那又是高铁冲干的好事吧。幸好，现在已经除去这最大的祸根了。

这时，何中忽然又撩开帐帘，进来禀报道："爵爷，有个逃进城来的城民要向爵爷进言，爵爷要见他么？"

陆经渔抬起头，说道："有何要事？"

"他说是有关蛇人的。"

陆经渔眉毛一扬，说道："让他进来吧。"

不知那人是怎么知道蛇人底细的，但听听总比不听好。

进来的人是个衣衫褴褛的汉子，衣服也破得不像样了。困在城中的城民多半是衣衫破旧，但也没有他这等破法的。他身材魁梧，只是身体衰弱得很，走进来时还脚步虚浮。一进来，他向陆经渔鞠了一躬，何中喝道："快跪下！"把那人吓了一跳，作势要跪，陆经渔走上前扶住他道："不用了。你有什么话要说么？"

这人看了看陆经渔，咬了咬牙，说道："将军，本来我不愿意帮助帝国，可是你们既然能开城放我们进来，那么有些话我也想告诉你们知道。"

陆经渔道："是什么事？"

那人又看了看我们，说道："在南门外，还有五万南疆百姓。"

我们都一阵愕然。南门外明明是蛇人的阵营，说什么五万百姓？这人要骗我们也不至于用这等拙劣的谎话。他见我们都有不信的神色，说道："真的，我就是其中一个。只不过，我们在蛇人的阵营中，哈哈，是被当作口粮的。"

他居然还干笑了两声，但说到最后一句，已是充满了痛恨。我也想起了在那个蛇人尸体中发现的人头，浑身不由抖了一下，说道："是那个叫山都的营中？"

这人道："正是叫山都。南门外是蛇人的辎重营，它们捉了我们七万人，一路驱赶过来，我们原先不知道到底是为什么，后来才发现，我们……"

说到最后时，他的声音也低了，似乎再说不下去。陆经渔道："你要告诉我们什么？"

这人咬了咬牙，说道："我们本来已经商量好，明天就要发动暴动。一样是死，与其被那些怪物吃掉，不如拼一拼。"

路恭行抢着道："你们都商量好了么？"

这人一阵颓然，说道："前天夜里，我们几百个身体还强壮的人被那些怪物赶到了北门。一开始我们只道走漏风声了，那些怪物也会说人话，不知从哪里听来要暴乱的消息。可是它们把我们赶到了高鹜城东门，今天突然又赶我们进城。此时我们才知道，原来是拿我们当先头部队，来赚开你们城门的。"

路恭行看了看我，都是一阵心惊。那才是蛇人的真意吧，东门一直不围，当我们放出城民时又发动攻击，把逃出城的城民赶回来。来来去去，等到觉得城里的粮草已消耗得差不多了，才从东门发动攻击。今天若不是高铁冲中计，把西北两门的蛇人调了许多到南门，若蛇人在东门全线攻上，恐怕已经攻破东门了。从蛇人攻势来说，今天这一轮攻击恐怕也是以试探居多。

现在蛇人合围之势已成，也许，下一次就是四门共同攻击了吧？蛇人张弛有序，深中兵法，大概也有高铁冲一类的人在给它们出谋划策。他们为什么要帮助蛇人？难道，他们与帝国和共和军都有不共戴天之仇，非要赶尽杀绝不可？

想到高铁冲宁死也不落入我们手中，我不由得又是一颤。

陆经渔沉思了一下，说道："那你们商量好的暴乱还会不会发生？"

他摇了摇头，说道："不知道。前天我们被分开了，西门和北门也都有一批，今天那些怪物在西门北门发动攻击了么？"

我道："没有。"

的确，西门和北门的蛇人并没有攻来。粗一想似乎很奇怪，细想想却并不难理解。我都能嗅到这条计策里高铁冲的味道，只怕是专门针对陆经渔的。他对城中诸将了如指掌，也知道在西门和北门用这条计是行不通的，只有在东门利用陆经渔的恻隐之心，方能得售。

今天蛇人的攻击，主要的用意是为了打破陆经渔的神话吧。陆经渔回到军中，全军上下士气为之一振，连与左军不和的右军也颇有欢欣鼓舞之意。高铁冲也一定看到了这点，所以要给陆经渔打一个下马威，将我们军中的士气重新打下去。

他已经死了，但是他的计策似乎仍在一条条地实现。如果不是武侯终于逼得他现身，我真不知以后我们这仗还怎么打。

"还有这一支意想不到的人马啊。"

武侯听了我们的禀报，沉吟了半晌。

这个情报可信程度相当高。那些蛇人的俘虏虽然战斗力不强，但若能在蛇人内部里应外合，那真可能一举取胜的。武侯听了我们的禀报后，也在帐中踱来踱去，似是拿不定主意。

班师一天比一天难。苍月公说的那个主意若是属实，倒也未必不可行。但现在，我们好像除了死守，没有别的办法。武侯身经百战，到现在也没了主意。

路恭行道："君侯，若能与蛇人阵中的俘虏取得联系，也是一条良策。请武侯三思，明日我愿带本部军马冲锋，纵然这是蛇人诱敌之计，我部都是骑兵，也足以退入城来。这总好过坐以待毙。"

武侯又踱了几步，忽然站定了。

他是打定了主意了吧？我看看跪在我边上的路恭行，他也一脸期待。

武侯道："两位将军，你们起来吧。"

等我们站起来，武侯大声道："大鹰，你去通知雷鼓，让各军速速前来商议军机。"

商议的结果是明日若是晴天，一等蛇人有动静，立刻出击，用剩下的一半天火飞龙箭攻击。若是雨天，则此议不行，马上派传令兵飞驰回京中求援。

这个决议多少让我有点失望。说心里话，我也同意路恭行的主意。蛇人那批俘虏一旦起事，蛇人必定会焦头烂额，我们趁势奇袭，胜算很大。武侯想的则是晴天能用上张龙友做出的那些火器，可以增加胜算，没有火器的帮助，即使蛇人阵中的那帮乌合之众有所行动，我们也难有胜算。而回帝都求援，那也几同梦呓。在蛇人的重重包围中，不知有谁能逃出去？

我们实在需要一场胜利来鼓舞一下士气了。从蛇人围城开始，我们甚至连一场胜利也没有，伤亡已逾万，蛇人却只留下几百具尸首而已。按这个比例算下去，文侯起码得派一百万大军来才行。

会议散后，走出武侯营帐，我向路恭行告辞。天下起了雨，春寒料峭，雨打在身上也寒意逼人。在杀伐时感觉不出，现在只觉衣服湿了后，人也冷得发抖。我看了看路恭行，他只是看着天，长长地叹了口气，说道："天命所归，人力难回。唉。"

这一场雨一直下到了第二天。

第二天一早我把龙鳞军带到南门待命，但雨一直在下，而且越来越大，武侯一直没有下令攻击。远远的，我也看到了南门外的蛇人起了一阵骚动。只是那一阵骚动也马上平息了，只怕起事的俘虏转眼间便已被消灭。

真的是天命啊。我呆坐在雉堞上，看着雨中的大地。雨下得连几十步外都看不清了，灰蒙蒙的一片。南疆的雨季长达一个多月，听说雨水最多的一年，一连下了四十多天雨。这本是一次意外得到的机会，眼睁睁地看着这个难逢的战机就此错失，让我真有点相信冥冥中有神灵注定。

即使有张龙友的火器，在这一片雨水中，我们还能坚持几天？何况，粮食也只能坚持十天了。

"豪雨大至，攻击取消，各部解散归队。"

雷鼓又飞奔过来，向立在城头的诸军喊着。听到他的话，我只觉心头一沉，一口气几乎喘不上来。

身上的战甲被雨打透了，内衣湿了后都贴在了身上，极为难受，但我也似乎感觉不到了。寒冷的雨水不时打在我身上。在下城头归队时，我又看了一眼外面。

蛇人的阵营推进到离城只剩一里了，在城上都可以看得到那里的大门。远远的，看着蛇人营中又归平静，我心头不禁一酸。

这些天来，我们亲眼看着这些怪物一点点地逼近，却毫无办法。仿佛绞索套到了脖子上，慢慢绞紧，也许我们已经失去了最后一个反败为胜的契机，从现在起，我们只能死守，等待帝都的援军。

即使求援的信使能够顺利到达，援军最快也要一个月后才能开来。可是，我不知道我们还能不能坚守一个月，而帝国还能不能派出一支比武侯的十万大军更强的部队。文侯嫡系当然不会输给武侯，但文侯一共只有一万人，其中两千还被武侯借到中军。就算文侯再拼凑出一支十万人的军队，到得南疆，难道就能击败蛇人么？

武侯不会不知道这个事实。他此时，也再想不到什么切实可行的计策了吧。

五天过去了。信使飞马而去，如果昼夜不息，跑得再快也得七天才能到帝都。而帝都调兵，全力保障辎重，一个月后能到都是个奇迹。武侯把缺粮的消息封锁得很紧，虽然现在还是每人每天三张干饼，但我想也已支持不了几天。

吃着辎重营来发来的干粮时，我第一次发现原来干饼竟也如此美味。我拼命咀嚼着饼，把每一口渣都吞进去。还好，城中水源充足，让我不至于噎死。

吞咽的时候，我的头痛得像是要裂开。从那天开始我就总是觉得有些头晕，今天更严重了，今天咀嚼干饼也几乎像是种刑罚，根本没有那种饱食的快意。这场雨也连着下了五天，我们每天都在担心受怕，生怕蛇人不知什么时候攻击。可恨的是，那些蛇人几乎每天都会来攻一次，每次都是一攻即走，摆明着是来骚扰的。可是每一次我们都不得不打起精神来，天知道哪一次蛇人发动的是真的总攻。

那一天马上就会来了。只是，每个人都不敢说出口。

雨还在下着，营帐上不时发出雨声，很是嘈杂。我吃完了一张饼，揉了揉头，准备把另两张放进口袋，金千石带了几个士兵进了我的营帐。一进帐来，他们一下跪倒，说道："统领，我等向统领请令。"

我喝了口水，把嘴里的一点饼渣吞下去，说道："怎么了？"

训练早就暂停了。吃都吃不饱，哪里还有什么劲训练？蛇人一般隔一天来攻击一次，我们的伤亡也渐渐少了，但那并不是我们强到哪里去，而是蛇人的攻击都是一攻即走。

金千石道："统领，我们要把那俘获的蛇人杀了。"

"什么？"

那个捉来的蛇人一直关在一座空营帐中。蛇人的耐饥能力实在惊人，我们从不给它吃的，它也没什么变化。开始也去拷问几次，但问了也是白问，那蛇人一直都只是结结巴巴地说几句话，语无伦次的，我也有两天没去管它了。

"统领，"金千石挺起胸道，"弟兄们饿得不行了，那个蛇人反正已无用处，我们想杀了它吃肉。"

好些天前金千石就有这个提议，但我一想起蛇人肚子里的那个人头就觉得恶心。我道："可它们是吃人的……"

"可那身上还有一百多斤鲜肉呢。"

我眼前又有些晕，说道："随便吧。"

他面露喜色，说道："多谢统领。"

他站起身，回头道："统领已经答应，我们去动手吧。"

看着他们的背影，我不禁想起了当初我们围城时的共和军。那时的共和军在围城两月后，便开始杀城民而食。开始有一段时间，城中的守备更严了，但过了几天士气便更加低落。

人毕竟不是野兽。当你吃着与你同样的人身上的肉时，那种恐惧只怕还在对死的恐惧之上。在城下看到共和军就在城头杀人割肉烤食，只觉那与野兽无异，恶心中更多的是厌恶。可那些正在吃人的共和军心里，只怕比我们更害怕吧。

我们今天开始吃蛇人的肉，那么再过一些时候，说不定也要沦落到当初共和军的地步。

风水轮流转。想到这句话，我也只有苦笑。

等金千石他们走出后不久，我听得院中发出了一阵惨叫，但那并不是人的叫声。我抓起边上的一把伞，走了出去。

在那个关着蛇人的空帐篷里，一个龙鳞军士兵笑嘻嘻地拿着一截蛇人的尾巴出来，手上也都是血。看见我，他笑了笑道："统领，您也来一块肉吧？"

我摇了摇头，说道："我不要。"

走到那帐篷门口，才向里一张望，我不禁有些骇然。金千石把袖子捋起了，正拿着一把刀，从那蛇人身上割肉。那蛇人的头下，约略相当于人的脖子处，已被割断了，血积在一个钵中，微微地有些热气，看上去和人的血也没什么不同。

蛇人的血虽然没有人的血那么热，总还是血吧。我的头一阵眩晕，更是茫然，脚下一浮，一脚踏了个空，伞扔到了一边，人也摔倒在雨水里了。

金千石回过头，惊叫道："统领，你怎么了？"

他手上还是血淋淋的，在外面的积水中洗了洗，伸手来摸摸我的头，叫道："统领，你额上烧得很。"

有人扶着我起来，我道："不要紧，送我回去。"

眼前，像是许多彩色的灯火亮起，而我也像置身于火焰之中。四周烈火熊熊，而我找不到一条路。在一阵呻吟中，一只柔软的手抚上我的脸，在一片清凉中又带着些暖意。

是她么？我想睁开眼，可是眼皮像有千斤重，睁也睁不开，躺着也像在空中飞行，忽起忽落的根本没一刻休止。昏沉沉地，我又睡过去了，也不知自己是在什么地方，依稀仿佛是在一片茫茫的旷野上，时而有野火烧来，而我无望地奔跑着，只能看着身后的火势越来越大。在浑身的灼热里，一些人的影子在我眼前晃来晃去。

等我醒过来时，依然在那种迷茫里，一时也忘了自己是在什么地方。待看见上面的帐篷顶，才知道自己仍是在龙鳞军营帐中。我侧过头，床边放了个小案，案上一盏油灯亮着，一个女子正背对着我坐在那里，身边的小炭炉上正炖着一锅什么，一股米香散出来，好闻之极，她正用一只小勺在锅里搅着。

我呻吟了一声，她转过头，一脸惊喜，说道："将军，你醒了？"

我道："我躺了几天了？你是谁？"

她脸上带着些惶恐，说道："将军，你已经睡了两夜一天了。"

我挣扎着想要坐起，她忙不迭扶着我。我坐起来，说道："你到底是谁？"

这个女子并不像她，和白薇倒有些相似。不过她的下巴更尖，容色也更憔悴，也许一直吃不饱。她道："我是金将军的侍妾，现在金将军将我送给将军，让我来服侍您的。"

是金千石俘虏的女子吧？我记得他送我白薇和紫蓼姐妹俩时，跟我说他还有五个侍妾。虽然攻破高鹫城，大多中高级军官都俘虏了一两个女子，连祈烈也俘来一个，但像他那么多的倒也少有。我不禁有些苦笑，金千石这人倒也不算什么坏人，只是太喜欢送侍妾了。大概他也觉得太多，现在哪里还养得活？送出去倒还做个人情。

也许，他也对生还信心不大了吧。

我道："你叫什么？"

她道："我叫苏纹月。"

苏纹月？我这时才想起，白薇和紫蓼告诉我名字时也没跟我说过她们姓什么。那时，她们就想隐瞒身世吧。不过苍月公的七天将里没有姓苏的，苏纹月多半不会是什么名将的女儿。

我道："你父亲可是共和军中的什么军官？"

她眼里闪过一丝泪光，说道："禀将军，家父是民生学堂的教习，不是军中的。"

民生学堂是共和国的最高学府，原先在南疆叫南都书院，苍月公叛乱后才改的这名。以前帝国北方军校多，南方文校多，苏纹月的父亲在南都书院当教习，地位也不会太低了。只是那和军中毫无关系，高鹫城被围，他们也是玉石俱焚。

我淡淡道："是南都书院吧。战事一起，还有人么？"

苏纹月脸一变，说道："下女该死，是南都书院。战事起时，书院中从教习到学生，有一半都从军了。"

我仍是淡淡地道："南都书院也罢，民生学堂也罢，还是一个地方，你也不必在意。"

她有些惶恐，也不知我说这是什么意思。这时，只听得一阵响，那炉子里升起一股灰来，却是那锅煮着的粥滚得潽了出来。她又慌慌张张地道："下女该死。"伸手将炉上的锅子端开。锅耳烧得火烫，锅子放到一边后，她双手捏住了耳朵，嘴里拼命呼着气。

　　看着她的样子,我笑了起来。她的样子一下子又充满了年轻女子的可爱,让我想起了在军校时的那个"军校之花"。她其实是军校边小酒店店主的女儿,每到军校放假,小酒店里就挤得人满为患。那时的酒也贵得要命,所谓喝酒,不如说是咂酒,每次都只有一小杯。但我们其实也不是为了去喝酒,而是为了那个长得很甜的女子。每当她端着菜从厨房里出来时,就是我们这批又穷又疯的军校生的节日。还记得有一次,她端完一锅火烫的肉块油豆腐,也是这样烫得伸手捏住耳朵。

　　她见我的笑容,有点怔住了,很惶惑地说:"下女该死,求将军责罚。"

　　不知为什么,我有些心烦,只是说:"不,都不该死的。"

　　我这句话也不知她听懂没有,苏纹月只是拿过一个碗来,说道:"将军,吃点粥吧。"

　　我道:"哪里来的米?"

　　"君侯大人派人送来的。只有一斤多些,唉,只够煮一点粥。"

　　我接过碗,说道:"你吃过了么?"

　　她有点局促,说道:"我……吃过了……"

　　她的脸有点绯红。真是连谎也不会说啊。我道:"你去拿个碗,我们分分吧。"

　　她吓了一跳,说道:"将军,下女不敢。"

　　我道:"有什么敢不敢的,吃吧。"

　　她的眼里又有些泪光。恍惚中,我记起那些话我也和白薇、紫蓼说过。过去了没有多少天,却已如同隔世。

　　苏纹月拿过一个碗,稍微盛了一些,小心翼翼地吃了一口,我道:"多吃点吧,反正我也吃不下。"

　　她脸上一红,可还是不紧不慢地吃着。我也一口口地喝着粥,只觉身上有了几分暖意。

　　现在,武侯能拿出的最好的奖赏,大概也只有这点白米了。

　　喝了两口,忽然觉得嘴里有些异样的鲜美。我把粥碗里凑到灯前,说道:"粥里有些什么?"

　　她放下碗,"啊"了一声道:"是金将军拿来的一块肉。我剁碎了熬在粥里了。"

　　是那个蛇人身上割下的肉吧。想到那个蛇人肚里的东西,我有点不舒服,但嘴里的鲜美滋味让我产生不了半点恶心的感觉。我叹了口气,又喝了一口。

喝完了粥,苏纹月又打了些开水,把锅子洗得干干净净,连这水也喝光了,我觉得身上有了些饱食后的舒服,摸了摸头,也好多了。正要起身,苏纹月已扶着我,给我穿上了软甲和外衣。我笑道:"这两天是你服侍的我么?谢谢你。"

她脸一红,大概我大小便也要她服侍的。她小声道:"将军,你病得可不轻啊,老是说胡话。"

我笑了:"我说过什么胡话?"

"都是琵琶什么的。将军,你会弹琵琶么?"

我的脸僵住了。我一点也不记得自己在发烧时说过什么话,我有点讪讪地道:"我喜欢听琵琶。对了,你几岁了?"

我这么岔开话头她也根本没注意,只是老老实实地道:"十九了。"

我叹了口气。她的容貌品性,当初也算是一个名媛了。本来,她应该一帆风顺地过下去,嫁一个前途无量的青年才俊,相夫教子,直到老去。可是,战争打破了她的一切,那样的路已不属于她了。

我把脚套进鞋里,说道:"你歇歇吧,我出去走走。"

她轻叫了一声,说道:"外面还在下雨,我给将军您打伞。"

我和她并排走出帐篷,雨下得正大,有几个龙鳞军在外面一个雨棚下避雨,见我出来,一下立定,说道:"统领,你大好了。"

我点了点头,说道:"金将军他们呢?"

一个龙鳞军士兵道:"他们去打猎去了。"

打猎?我有点听不懂,那个龙鳞军笑道:"今天蛇人又来攻击过,留下了十来具尸首,要是去得晚了,怕分不到好肉的。"

即使我自己也吃过了蛇人的肉,还是一阵恶心。现在,蛇人也算风水轮流转,这些以人为食的怪物如果知道自己居然成为了我们的食物,不知会怎么想。我道:"君侯可有什么命令?"

"君侯道,文侯已在帝都调兵,我们只消坚守下去。"

君侯也彻底放弃了退军的打算吧。我不知道该是庆幸还是沮丧。生病那几日,有时稍微清醒一些我就害怕睁开眼后一个人也见不到,却见到几个正盯着我看的蛇人。

如果真的班师，那我一个病人肯定会被弃之不顾的。

"使者有消息了么？"

那个龙鳞军的脸色也沉了下来，说道："我们也不知道。"

不知道的同义词就是没有消息。也许，那个求援的信使根本没能逃过蛇人的封锁，可能京中文侯还以为我们正在班师途中，准备为凯旋的武侯庆功呢。

雨敲在雨棚上，"噼啪"作响。突然，响起了一阵急促的号角，有人在叫着："蛇人来了！"

我吃了一惊，哪知那几个等着的龙鳞军面露喜色，叫道："太好了！"其中一个对我道："统领，你歇着，我们去打退了蛇人再来。"一下冲了出去。我看了看身上，只穿了一件软甲，四肢也酸软无力，这样子上阵也只能添乱。可要我干等着，实在也待不下去。

我踏出雨棚，追了上去。可他们跑得很快，在地上踩得水花四溅，我跟了一段便有点气喘吁吁。只听得前面发出了一阵阵呐喊，声音越来越急，又马上轻了下去。

我有点心急火燎地追了上去，可还没上城墙，那声音便轻了下来。

难道蛇人的攻击那么快就结束了？这简直有些不可思议。我加快了步子，跑上了城头。

城头上挤了很多人，都簇拥在雉堞边大呼小叫，哪里像刚打过一仗。我刚要走过去，只听得一边有人呻吟了一声。

那是一个叫姚世征的龙鳞军。这人是中哨的老兵，老跟着金千石，我也记得他的名字。他腿上有个血肉模糊的伤口，大概是中了一枪。雨水落下来，他身边的积水都变红了，可却没有人理睬他。

我走到他身边，蹲了下来，说道："姚世征，怎么回事？"

他呻吟道："统领啊，他们在打猎……"

他的话还没说完，又痛得呻吟起来。我扶着他走到一边淋不到雨的地方，说道："你们把打仗叫打猎？"

这时，在那一批人里忽然有人叫道："呸！这块肉明明是我看好的，你还要脸不要？"

我这时才恍然大悟，原来他们在分打死的蛇人肉，怪不得说成是"打猎"，还那么高兴。打一次仗，能弄点肉，那也的确和打猎差不多了。

这时，听得有个人喝道："这蛇人可是老子一刀砍死的，老子要这块肉还不成么？"

这正是金千石的声音。那些围在一起的人一下分开，有人道："这可不是你们龙鳞军防区，要肉就手底下见个真章吧。"边上还有人起哄，那个和金千石争吵的右军士兵大声道："你道你们龙鳞军很了不起么？老子也是一刀一枪拼出来的，怕你个王八蛋！"

金千石一把拔出刀来，吼道："好吧！那我来试试你的本事！"

我一看不妙，叫道："金将军！"

金千石转过头，又惊又喜道："统领！你身体好了？"

我走了过去，说道："你们是要分蛇人肉么？"

刚走到边上，我不禁一阵恶心。那蛇人被剖开了肚子，里面是一个小个子的尸首。这尸首也有一半消化了，只有一半的身体还看得出来。可他们却对这熟视无睹，那个蛇人身上被砍下了好多块肉，一大半身体都已只剩了骨架。看这架势，晚来的人会连骨头都砍光的。

金千石道："楚统领，这个蛇人是我今天打死的，正要送块肉给你呢。这小子竟然还如此无礼。"

我只觉肚子里有些恶心，吃下去的那碗粥好像也有了怪味了。耳边只听得那几个右军正交头接耳地说些"原来他就是和路将军并称的龙锋双将啊""不怎么高大的样子"之类的话。也许我的名字在全军中也近乎一个传奇了，可是我却更颓然。

从武侯到陆经渔，一个个都被当成战无不胜的神似的人物。当事实打破这种幻想时，连我和路恭行也被抬了出来。要是我们战死了，全军覆没之前总会有其他人被抬出来的。

我道："金将军，大家都是弟兄，说什么你的我的，走吧。"

那个和金千石争着的右军士兵忙道："楚将军，是我的不是，请你不要往心里去。金将军，你也不要怪罪。"

我苦笑了笑道："金将军，姚世征受伤了，得扶他去看医官，快去吧，别耽搁了。"

金千石看了看坐在边上的姚世安，拣起地上的几块肉，对边上一个龙鳞军道："你们送小姚去吧，我马上送统领回营。"

正下阶梯时，我道："金将军，你和右军的人争什么，要是岳将军知道了，那准要怪我们了。"

金千石手里还抓着两块血淋淋的肉，已被雨冲干净了一些。他道："统领，你不知道，从昨天开始，每天只发一张饼了。"

这一天到底来了啊。我不禁默然无语。不知能说些什么，也不知该说些什么。

第十七章 虎尾哗变

我病好后的第十天，帝国军真正面临了困境。

现在只能每两个人一天发一张饼了。事实上，我们也只能把发下的饼收集在一起，和偶尔才能弄到的蛇人肉混在一起煮成一大锅汤，再灌进肚子里。每天吃那么一锅汤汤水水，虽然刚吃过也有些饱食的快意，但连走动时好像都可以听到肚子里发出的声音。

坐在帐篷里，听着雨打在帐篷上的声音，我喝了一碗吴万龄送来的这种汤，擦去额头冒出的几点汗珠。汤煮得火烫，可我喝下去时好像根本感觉不出来。还好城里至少水源不缺。南疆本来多雨，城里也到处都有井，这总还算是不幸中的大幸。

喝了一碗后，我道："苏纹月，这一碗你喝吧。"

龙鳞军每人每天两碗汤，吴万龄给我的两碗大概是特意是最后盛的，比较厚，肉末和面粉糊在一起，一碗似乎并不比以前的一张大饼少多少，我这两碗起码也有一张半大饼在里面。尽管我和吴万龄说过，我要和龙鳞军上下同甘共苦，但看着苏纹月日益清瘦的样子，我实在无法拒绝吴万龄的好意。

苏纹月正缝着龙鳞军上下的破衣服，听到我叫她，她回过头来，淡淡笑了笑，说道："将军，你先吃吧。"

"我吃饱了，你吃吧。"

虽然这么说，但看着这一碗冒着热气的汤，我实在很想再吃一点。苏纹月道："我吃不了那么多，将军你多吃一些吧。"

我迟疑了一下，说道："那我再吃一点吧。"

我把那只碗里的东西倒了些到我刚吃完的碗里。因为怕搁得久了,汤里的东西都沉下去,在倒以前我晃了晃。但倒完才发现我倒得有点太多了,几乎倒走了一半。我想了想,把自己碗里的东西又倒回去一些,一口把倒出来的喝光了,说道:"好了,你吃吧。"

她放下手里的针线,走到桌前,看了看碗,说道:"将军,你真不要了?我还有点吃不下。"

我心头一疼。她话虽如此说,但看着碗眼里放光,实在不像吃不下的样子。我道:"快吃吧,吃干净些,不然凉了。"

我倒了碗水,把自己碗里的一些残渣也吃了个精光。她这才端起碗,不紧不慢地喝了起来。

她在喝时一点声音也没有,很是有趣。我看着她喝汤,心头又是隐隐作痛。

她在城中受了多少苦?大概从我们围城以来,她就没吃过一顿饱饭。共和军在绝粮后以人为食,首先是杀老弱,后来杀妇孺。如果我们再围下去,只怕不用破城,城里自己也要相互吃光了。

她喝了两口,放下碗呼了口气,对我笑了笑道:"真好吃。"

好吃么?这种东西如果在和平时期,大概连狗都不会吃的。我把腿盘起来,说道:"当初共和军守城时,你们吃什么?"

她的脸色沉了下来,眼角也滴下泪水。我看着她,有点后悔问她这个,她忽然道:"开始,我们吃陈米,后来吃树皮,草根,还有士兵的马匹。再后来,实在没东西吃了,到处有士兵冲到人家里找东西吃,实在没有就杀人,我们躲在家里,一步也不敢出去。"

我嘴角抽动了一下。共和军标榜什么"民权为重",到了最后关头,恐怕也没人再想起这个。我道:"那你们吃什么?"

她的脸微微一红,说道:"我有个未婚夫在共和军里做军官,他还偶尔送一点吃的来,我和爹妈靠这才支撑到最后。"

"后来呢?"

外面还在下雨,她茫然地向上望着,好像透过帐篷顶看着极远的地方,眼里的泪水淌在脸上。

"那天城破了，到处都是混乱。我们一家人躲在屋里不敢出来，直到你们……你们的人冲进屋来。"

我没再说什么。高鹫城里，像她这样遭遇的人可以说比比皆是。我叹了口气，说道："如果没有战争，那该多好。"

苏纹月看了看我，有点胆怯，似乎不知我说的是真话还是假话。也许像我这种盼着没有战争的军人实在太少见了，也让她不相信。我又道："你吃吧，至少我在这里时，你总可以不那么害怕。"

她低下头，又喝了一口，说道："将军，你要带我回帝都么？"

我不禁苦笑。现在还有可能回到帝都么？我们已是在城里死撑了，我甚至怀疑我们还能不能撑到文侯的援军来到的那一天。我道："别想这些了，战争结束后，你想去哪里，我就送你去。还有亲戚么？"

她的面色一阵黯然，说道："已经什么也没有了。"

她的未婚夫八成已死在战场上了。我又叹了口气，说道："不要想那么远，以后你愿跟着我，便嫁给我吧。"

她手里的碗一下失手落到案上，还好碗里所剩无几，倒没晃出来。她道："将军，你说什么？"

"我说，你愿意的话，以后嫁给我吧。"

她眼里一下又涌出泪水来，低下头拼命喝着碗底的汤。我笑了笑，说道："别呛着了，慢慢喝吧。"

她抬起头，又看了我一眼。一接触到她的目光，我心头不由一颤。那是怎样的一种目光啊，带着感激和痛楚，可是，我却看不出有什么爱意。

像苏纹月这样的女子，在和平时期即使不是名媛，也是很让人爱慕的小家碧玉。如果那时我带着这种近乎怜悯的口吻说要让她嫁给我，只怕会被她嗤之以鼻。可现在说来，大概和恩赐一样。

只是因为战争。

我站起身，说道："你吃吧，吃好后收拾一下，别干得太累了。"

我走出门去，苏纹月这时已喝完了，放下碗道："将……楚将军，你要去哪里？"

"我去看看生病的弟兄。"

我撩开门帘，走了出去。

也许，只是愧对她那种感激的眼神吧。在帐外，我淡淡地想。

雨还在下着，雨水打在我的战甲上，发出轻轻的声响。南疆雨季中期，雨总是下得细细密密，好像什么东西都潮透了，很不舒服。

这时，虞代从一个帐篷里走了出来，一见我，说道："统领，天正在下雨，快进来吧。"

我走了过去，说道："生病的弟兄们现在怎样？"

蛇人每天必来攻击一次，但一击即走，都是在佯攻。可这种攻击法，我们也疲于奔命，尽管知道蛇人在佯攻，可每一次都不敢大意。

虞代道："不是很好，体温还不曾退下去，最严重的一个已经有三天不退了。"

这十几天来，龙鳞军中也有近十个人生了病，病症和我差不多。如果能得到好好调养，那多半马上会痊愈的。可是我还有武侯特别赐下的白米熬粥喝，他们有什么可吃的？无非喝的汤稍多一些罢了。我道："请医官来看过了么？"

虞代道："叶医官看过了，他说他营里有些草药，让我今天去拿，吃了后会好些。"

我道："我去吧，你看着他们。"

叶台的医术很高明，但现在可能四门的帝国军都有生病的，他未必还能管得过来。我让一个小军带过战马来，说道："虞将军，你和金将军、吴将军在这里守好，别出岔子。"

虞代答应一声，我拍马出了营盘。

西门的守军士气还算高昂。尽管经历了沈西平战死、栾鹏兵谏这些事，但岳国华继任以来，对右军颇采取了怀柔之策，那些曾因栾鹏兵谏受牵连的军官都没再被追究，而柴胜相也仍是万夫长，故军心尚定。

走出了营盘，雨下得更密了些。我回头看了看连绵的营房，眼前有一阵模糊。

刚走近医营，便听得一阵呻吟声。

我跳下马，一个士兵迎上来道："楚将军，你也来了。"

那是辎重营的一个士兵。从上次北门撤退遇伏以来，辎重营也是元气大伤，好在他们现在事情不多，没什么影响。我道："你们德大人呢？"

"他在里面换药呢。"

我把马拴好，走了进去，那个士兵从一边拿过一块毛巾道："楚将军，你擦擦。"

我擦了擦被雨水淋湿了的脸，看着营中。医营已坐满了人，倒有一半身上并没有伤。那种病已经在全军中漫延开来了，我有点忧心忡忡地想。这时，只听得有个人叫道："楚将军！"

那正是德洋。他身上倒没穿战甲，战袍解开了，露出半边身子，一个医官正给他换包扎的纱布。我走过去道："德大人，你好。"

"好什么，"他龇牙咧嘴道，"那些怪物好狠，都十几天了，我这伤还没好全。"

我笑了笑。他的体格远没我好，我只消七天便差不多痊愈了，他的伤和我差不多，但因为吃得太糟，看样子伤口到现在还没愈合。我道："你放心吧，叶医官医道高明，很快便会好。对了，叶医官呢？"

这时德洋的绷带已经绑好了，他把战袍披上身，说道："这个贱嘴家伙刚才还在这儿，那不是，在给人包扎呢。真是见鬼，屋漏偏逢连宵雨，现在军中到处都有生病的，若这般下去，只怕全军会失去战斗力。"

叶台说话不饶人，德洋又不比我那样能熬得疼痛，肯定没少被他奚落。现在按龙鳞军的比例，三十个里有一个生病，那么全军九万人，大约有三千人生病。这个比例倒还不算大，可若是生病的人再增多，的确会影响军中战斗力。我自己一场大病，两天里人事不知，那些士兵的病未必有我那么重，但在病中肯定也无法执械上阵了。

我看着那些生病的士兵，说道："德大人，军中还剩多少余粮了？"

我不过是顺口一问，德洋却似听到什么恐怖之极的话一样，小声道："楚将军，别说啊。"

我才猛地一惊。现在军中缺粮，再说这些，只怕有不少人会丧失斗志。我道："好吧。我去找叶医官，德大人你先坐着。"

德洋道："楚将军，你那旧部祈烈可还挺想你啊，你不去看看么？"

我笑了笑，说道："他现在如何？好些日子不见了。"

"他在帐中养了个女俘，两人倒是恩恩爱爱。这小子只怕是色字当头，把你这老长官也忘了。"

我不禁莞尔。德洋不曾见苏纹月，若他见了苏纹月不知又会有什么话了。我辞别了德洋，向正在给一个前锋营士兵包伤的叶台走去。

还不曾走近他,忽然我跟前有个士兵猛地站起来道:"医官,我等了半天了,怎么还不轮到我?"

正在包扎的士兵道:"你有什么大碍?我的伤可比你重。"

那个前锋营士兵大概是新来的,我并不认识。他的胸前有条长长的刀伤,这人倒也硬朗之极,叶台撕开沾满血的旧纱布时,他眉头也不皱一皱。和他争执的士兵道:"呸,前锋营有什么了不起,我们虎尾营在战场上哪点落后了,吃的你们分得多,连医营里还要抢先。"

那前锋营士兵这时已包好了,站起身来道:"虎尾营的人哪次战阵上不是躲在我们身后,居然还有脸来争什么功。哪天你们也如前锋营一般建下大功,那你们便吃得多吧,前锋营定无一句怨言。"

这些话有点像蒲安礼的口吻。我听得有些不快,正待说什么,那虎尾营士兵已暴跳起来道:"你们前锋营有什么臭屁的,老子当兵时,你小子只怕还在吃奶。"

虎尾营建功自没有前锋营多,前锋营是武侯的亲兵,一路上冲锋陷阵,都是前锋营打头,立下的功劳有近一半在前锋营。那个虎尾营士兵说起功劳也没什么话好说,便拿年纪做文章了。他比那前锋营士兵大了近十岁,说吃奶云云自是胡扯,但这话一出口,前锋营的士兵也有点怒气,说道:"你又算什么货色?"

他们一吵,医营中的伤病员几乎都开始对骂起来。中军大概不像右军那样平均发放口粮,前锋营和锐步营要稍多一些。以前前锋营和锐步营出击次数多,多发点别人也无怨言。如今都在城中守备,这样只怕有不少人在心底不满了。医营中登时乱成一片,以前诸营的矛盾都爆发出来,一片乱嚷中,有人在骂着路恭行,有人在骂虎尾营统领朱天畏,甚至有个人在骂前锋营时连带我也骂了两句。

如果不是亲眼所见,我也不知诸营中的矛盾竟已到这等地步。我待维持一下秩序,但此时人人都在气头上,我喊了两声,哪里有人听得到?这时,那个虎尾营士兵忽然"锵"一声抽出腰刀。

在医营里,虽然没人带长兵器进来,但腰刀还大多带在身边。他一抽出腰刀,登时有不少人也抽出刀来,看样子,竟是马上便要火并。我心中一急,大声喝道:"住手!"

我的声音不太大,但也让他们怔了怔,这时,门口也传来了一声大喝:"住手!"

一个四十来岁，长得很高大的军官大踏步走了进来，身边跟着一队亲兵。这人正是虎尾营统制朱天畏。

中军五营，人数虽则不一，却都是精锐。虎尾营虽比不上前锋锐步两营，但身处中军，岂有弱者？朱天畏当初也是前锋营中出来的，从下级军官做起，因战功一直做到虎尾营统制，一向也有智勇双全之称。他一进来，那些虎尾营的士兵都垂下头，刀也不自觉地收回了鞘中。

朱天畏走到那个首先争吵的士兵跟前，猛地一个耳光。"啪"一声，那士兵半边脸登时红肿起来。这时，门口又传来路恭行的声音："快住手！"

他前后脚地冲了进来。一进门，见我和朱天畏都在里面，他怔了怔，又大声道："兵刃一律入鞘，不得妄动！"

他走到朱天畏跟前，行了一礼道："朱将军，我的部下太过失礼，请朱将军原谅。"

朱天畏露出一丝嘲讽之色，说道："路将军客气了，虎尾营的人岂敢与你们前锋营争执，我定要重重办他。"

他的话里，隐隐含着对前锋营的不满。路恭行道："朱将军，如今全军正值多事之时，万万不可自相火并，朱将军，还望你原谅我营中这等无知之徒的无礼。"

他的话很是诚恳客气，朱天畏脸上抽了抽，似乎也不无所感，说道："路将军，我将我营中的弟兄带去了。"

他来得快，去得也快，向叶台告辞后，将几个争吵的虎尾营士兵带了便走。等他走后，路恭行也命人将刚才与虎尾营争吵的那士兵押回营去，才向我道："楚将军，你也在这里啊。"

此时我已问叶台要了草药来，说道："路将军，现在中军五营的矛盾如此之大么？"

路恭行点了点头，和我一起走出营去，说道："是啊。五营中，前一阵子前锋营和锐步营的待遇最好，便很受另几营嫉妒。现在虽然待遇一样了，但另三营的不忿之气未消，很易摩擦。"

我叹了口气。离开前锋营不过也十几天吧，没想到中军已成了这样。我道："现在君侯还有什么策略么？"

"东门也被封死，插翅难飞了。唉，我真的担心，我们只怕支撑不到文侯援兵到来的时候。"

我道:"对了,信使已经回来了?"

他也长叹一口气,说道:"若是回来了,那还好一点。可是到今天为止,仍是杳无音信。说不准,那些信使根本没能回到帝都,半路便已被蛇人捉住了,文侯还在京中盼着我们班师庆功呢。"

我一句话也说不出来。如果信使未能到达帝都,那我们便真的是在等死了。现在进也进不得,退又退不得,武侯一世英名,难道真要毁在这里么?

路恭行这时道:"楚将军,我要回营了。你也回去么?"

我道:"是啊。龙鳞军里现在有不少人都生病了,我是来向叶医官取草药的。"

"都一样啊。"路恭行有点颓唐,他望着在风雨中的箭楼,那里,几个士兵有点无精打采地注视着城外,"军中瘴疫横行,若再这样下去,文侯的援兵便是来了,只怕也要来不及。"

这种想法我也有,但是从路恭行嘴里也听到,更是让我觉得心寒。路恭行虽然一向是未料胜,先料败,很是持重,但却从来不曾丧失信心。可现在,他好像已没什么全身而退的信心了。

如果我要死在城中,那该如何呢?以前在战场上偶尔也想到过死,但念头也只是一闪而过。我没什么亲人了,便是战死,无非让辎重营在记录簿上添上一个战死的功臣名字,大概连抚恤也不用。想想如今,也没什么不同。

但是,我心底已有了些牵挂。

不是白薇和紫蓼,也不是苏纹月,而是她。

如果我要战死,我死前最想看到的,还是她。

雨打在我额头上,让我微笑着摇了摇头。随着我摇头,头发上的雨水被甩开了,额头也一阵冰凉。我道:"路将军,你对叶医官的医术也太没信心了吧。"

"不是没信心,"他淡淡地道,"记得我们刚碰到蛇人时我对你说过的话么?"

我道:"记得,你跟我说过,若共和军驯养了一队蛇人,我们不知该如何应付。"

他点了点头,说道:"正是。那时我只是对城中零星出现的蛇人觉得奇怪,只以为是些共和军驯化未成的野兽。但如今看来,蛇人绝非被人驯养,它们如此聪明,和人几乎没什么两样,共和军绝没这个本事来驯化它们。那么,只怕并没有什么背后的人物,它们是自己出现的。"

我道:"那又如何?"

他这时反倒笑了笑,说道:"楚将军,你的勇猛,我也一向佩服。但为将之道,需有智有勇,你勇则有余,智未免不足。"

他突然说起这些来,我也笑了笑道:"是吧。"

"蛇人若有什么人驯化,那么那背后之人必是要击败我们,也最多是将我们赶尽杀绝而已。若是自行出现的,那么它们击败我们后又会干什么?"

他的话让我猛地一震,我喃喃道:"是啊,难道,它们是要把所有人都杀尽了?"

共和军纵然想消灭我们,但我们若投降,也能有一条生路。可蛇人如果想要把所有人都杀光,那么我们投降后也无非是死路一条。一旦我们败亡,蛇人趁胜出击,世间会是怎样一幅景象?

我打个了寒战,都不敢再想了。这时,路恭行道:"楚将军,我先走了。"

我道:"好吧,再见。"

我跳上马,向城西走去,想的却仍是路恭行的话。

我病好后的第十四天,是个难得的阴天,偶尔还有点阳光洒下。我仍是去医营取一批草药。叶台的医术当真高明,虽然他仍然要挖苦我几句,那些草药煮出来也又臭又苦又难吃,却很是有效。

当我拎了两大包草药,刚走出医营,想要上马,哪知那两包药太大,挂在马鞍上便很难再上去。我正想让什么人来帮一下手,一支兵马正从路上走来,我一眼便看见那队兵马带头的正是巡官苑可祥,大声道:"苑将军,麻烦你帮一下手。"

苑可祥扭过头,看见了我,笑道:"楚将军,是你啊,好久不见。你来取药么?"

我点了点头道:"来帮我递一递。"

他跳下马,我把药交给他,自己跳上马,他又把药递给我,我挂到鞍上,说道:"苑将军,多谢你了。"

"举手之劳,何足挂齿。"

他跳上马,忽对身边的几个士兵道:"弟兄们,这位将军便是与前锋营路将军并称为'龙锋双将'的龙鳞军统领楚休红将军,你们看看吧。"

我苦笑了一下。这个名声倒好像缠着我了,连苑可祥也知道。苑可祥这般一说,他的手下齐齐行了一个礼,说道:"楚将军。"

他们的喊声整齐划一，尽管那些士兵都面有菜色，但士气还是很高，龙鳞军虽在吴万龄整顿之下颇见长进，比起苑可祥这一小队人马来说，军容还是松懈了些。我在马上回了一礼，说道："苑将军，你们今天轮值么？"

　　他道："是啊。铜城营现在该换岗了，朱将军命我先去通知一声。"

　　我看了看他的队伍，不由赞叹道："苑将军，你是怎么带兵的？带得很有章法啊。"

　　他道："兵无常势，水无常形，战无常规。将兵者，当如臂使指，令行禁止。"

　　我咀嚼着他这段话的意思，叹道："苑将军，你这话很有道理啊。"

　　他笑了笑道："这可不是我说的，是我从小读惯的一部《胜兵策》里的话。"

　　"《胜兵策》？"我回想着军校中有谁提过这部书，不过想不起来，"这部书是谁写的？"

　　"不知。那是我家传的半部兵书，看目录有七章，不过传到我家只剩三章了。文字很古奥，也不知是哪一朝的将领传下来的。"

　　我道："那庭天《行军七要》中也有类似的话，说'为将之道，令行禁止'。不过，你那部兵书中说得更细一些，那书在身边么？我想看看。"

　　苑可祥道："这部书在我家中，没带在身边。不过我背得熟了，什么时候我写给你吧。"

　　我喜不自胜，说道："多谢苑将军了。那兵书中还有什么话？"

　　苑可祥淡然道："倒也没什么惊人之处，不过有些话倒切中当今军中之弊。像书中说：'夫欲战胜者，定谋则贵决，行军则贵速，议事则贵密，兵权则贵一。'现在我军中上下，各军编制不一，有以伍为基，也有以什为基，令出多头，上有命，下多有不从，颇有混乱，唉。"

　　他最后的一声长叹很是怆然。苑可祥年岁不大，官阶也低，在等级森严的中军只怕也受够了气。我想起了两千人的前锋营，百夫长中很有些勋臣后人，连路恭行也不太能指挥得动，如果是我当前锋营统制，只怕别想让蒲安礼、邢铁风这等人听我指挥。苑可祥说的那一连串"贵"字，说到底还是"兵权贵一"。军中便是君侯也无法完全指挥下面，不然当初也不会明令沈西平不得擅自行动了。

　　这时，已到了岔路口。我在马上拱了拱手道："苑将军，我得告辞了，麻烦你马上写一段出来，晚上我便来取，可好？"

他脸上浮起一丝笑意，说道："楚将军，你以统领的身份来向我一个连军校也不曾上过的小小巡官讨教，传出去岂不是惹人耻笑？"

我正色道："苑将军，能者为师，岂在人言。"

他脸上抽了抽，也向我拱了拱手道："多谢楚将军。今晚我便将第一章先默写出来，奉给楚将军。"

他说完，加了一鞭，向南门跑去。他手下那三十来个士兵虽然都是步卒，却仍是跑得整整齐齐。

我也加了一鞭，向龙鳞军营中跑去。那庭天的《行军七要》是军校中的必读书，我读得也多了，但那庭天的书偏向于讲述攻守之道，这一类领兵方略讲得很简略，而当初十二名将里治军最严的骆浩却没有兵书传世，若能得到苑可祥这部兵书以做补充，当真可取长补短。

走了一半路，忽然从身后传来一声巨响。

那正是火雷弹的响声。现在火雷弹所剩无几，每军中的火雷弹都明令非到紧急关头不可使用，南门用上了火雷弹，难道蛇人又攻来了？我吃了一惊，加鞭向营中跑去。

一近西门，却见仍是一派平静。我冲进营帐，虞代已在等着我。他拿下草药，我道："虞将军，蛇人刚才有没有攻来？"

虞代摇摇头道："没有啊。"

难道南门出了什么事了？

我道："去望远镜前看看去。"

到了箭楼上，我将望远镜对准了南门望去。看上去南门倒没什么异样，只是人很多，几面旗子招展，隔得太远了，也看不清是谁的旗号。我放下望远镜，跟着我上来的虞代有点担心地问道："将军，出了什么事么？"

我摇了摇头道："我也不知。希望没事吧。"

这时，一骑马飞驰而来，冲进营中。我吃了一惊，说道："虞将军，快去看看。"

进来的是一个传令兵，倒不是雷鼓。他没有雷鼓那么大的嗓门，一进营房，上气不接下气地道："右军上下注意，加强戒备。"

我跑下箭楼，说道："出什么事了？"

"虎尾哗变，冲出城去了！"

他刚说得一句，又跑了出去，大概去通知后军去了。我大吃一惊，有点不相信自己的耳朵。

朱天畏虽不是一线大将，但也是统中军一营之众，武侯一手提拔上来独当一面的将官了。要说他也和高铁冲一般，是蛇人的内奸，那我可死也不信。可他的虎尾营为什么会突然哗变？

我满腹疑团，虞代这时凑上来道："将军，这是怎么回事？"

我道："上城，叫个人去南门打听一下，我们去防范蛇人攻城。"

蛇人倒没有异动。我们守到天黑，才由右军接手。下得城来，那个去打探消息的龙鳞军也回来了。听他说，今天下午，在铜城营和虎尾营换岗之时，朱天畏忽然派骑军劫夺了一库余粮，又抢夺了一架天火飞龙车开道，要开城出去。铜城营不敢阻拦，被朱天畏抢出城去，等武侯得知消息命路恭行的前锋营冲出来时，虎尾营七千余人已冲出南门，在冲出一里地后被埋伏的蛇人尽数歼灭，路恭行也只来得及关上城门，没让蛇人趁势攻入城来。听说朱天畏留书一封给武侯，说他"多谋寡断，似勇实怯"，诸军在武侯指挥下，战无胜机，守必自绝，他的虎尾营要自寻出路。

自寻出路的虎尾营败亡得比城中诸军更快。现在，只怕再没人会像朱天畏那样，自以为可以杀开一条血路冲出蛇人的重围，但朱天畏一军败亡，使得中军元气大伤。如今中军兵力已不到三万，而且粮食也更少了。

苑可祥也夹在虎尾营中，没于战阵。

朱天畏败亡后又过了三天。

失去了虎尾营，连另外诸军的守备也显得更吃力了。以前前锋营经常可以抽调到诸门助守，但自朱天畏死后，中军自顾不暇，只抽出数千人助守损失最大的北门，对东西两门，再难照顾了。

击走了一批蛇人的攻击，我只觉浑身酸痛。现在每天都有种筋疲力尽之感，好像过了今天便不知道明天。

刚退入营中，正好碰上雷鼓过来传令。武侯紧急招集诸将议事，这一次，只招诸军的最高军官，而我是武侯特许参加的。

向中军走去时，我没有一点重获武侯重视的欣喜。一路上，残垣断壁间，时不时可见一两具死尸。自放城民出城后，城中残剩的人也时有饿毙的。此时辎重营也再没精力去搬运死尸焚烧，若不是城民总数已不到两三千，只怕现在已经引起一场瘟疫了。

看着那些断墙，我的战马也步履沉重。

一天天，仿佛看得到末日逼近，全军上下开始弥漫着一股绝望之气。向文侯告急的特使仍然没回来，据说后军和右军有人偷偷趁夜去斩杀城中很少的一些城民来充饥，这等骇人听闻的事虽没被证实，但我看到好几具尸首都身体不全，只怕这传闻也不全然是假。

到了武侯的中军帐，帐门口的传令兵也有点无力地喊道："龙鳞军统领楚休红到。"

帐中坐的，已是各军的主帅和万夫长，我是官阶最低的。我看了看，参军里，只有张龙友和伍克清在座。我进去后向武侯行了一礼，坐到路恭行身边。

武侯苍老了许多，他面前居然还放着一杯酒。他啜饮了一口，等后军的胡仕安也来了，他才放下杯子，说道："诸位将军，先请辎重营德洋大人说个坏消息。"

德洋站起身，说道："君侯，到今天为止，军中只剩干饼两千张。"

营中一片哗然。现在全军还有近八万人，若只有两千张饼，岂不是要四十人才分得到一张？这等于不分。柴胜相一下跳起来，叫道："怎的到今天才说？"

路恭行小声道："早说岂不是早乱军心。"

他的话不错，也只有柴胜相这等莽夫会那么乱叫。武侯也没有理他，说道："向帝都求援的特使仍无回音，如今要做好最坏的打算，无论如何，我们总还要再坚守一个月。不知哪位将军有妙计献上？"

我看了看路恭行，他没看我，只顾低头沉思。这时柴胜相站起来道："君侯，柴胜相有话说。"

武侯看了看他，说道："柴将军，你有何妙计？"

柴胜相道："共和军被我们困在城中时，守了三个月。那时城中的人数比现在还多，连共和军也能守上三个月，我们又如何守不到？"

有人道："当初高鹭城里存粮充足，足够五万共和军一年之粮，才能让八十万人坚守三个月的。"

柴胜相哼了一声，说道："五万人之粮，按理只能够八十万人吃上二十几天，但他们守了三月，后来吃的是什么？"

我浑身一颤，像是被浸到冰水里一样。那个反驳柴胜相的将领也像被吓着了，说道："柴将军，难道……"

柴胜相伸出舌头，说道："不错，那些城民只剩一两千，但每个人多的还有五六十斤肉，少也有二三十斤，算一千个，大概还有四万斤肉。八万余人，够吃上两三天了。"

我打了个寒战，只觉一股恶心。柴胜相的账倒算得清楚，说得好像是杀猪杀羊那么轻易。我正要反对，那刚才反驳的军官又道："可城民吃完了又如何是好？"听口气，他竟然是同意柴胜相吃人之议了。

柴胜相道："现在关着的工匠也有一两千……"

我怒不可遏，再也忍不住，猛地站起来道："君侯，柴将军一派胡言，请君侯下令，斩此妄人！"

我的话一定也让人吃了一惊，我听得有人在交头接耳地问道："他是谁？"又有人小声道："他是龙锋双将之一的楚休红。"

这时我已不顾一切，大声道："君侯，我军王者之师，堂堂正正，纵然败亡，也要死得顶天立地。若杀城民、杀工匠，食人肉求生，后人口中，将置我军于何地？"

柴胜相冷笑道："楚将军，你好大度，若饿死后被蛇人吃进肚里，难道也是顶天立地么？"

我叫道："我是人，不是野兽，若要吃人活下去，毋宁当场杀出城去，便是死在蛇人刀枪之下，还无愧于心。"

柴胜相道："楚将军既然反对我的提议，不知可有何妙计？"

我道："军中马匹尚多，而守城时马匹用得不多，可将马匹斩杀。一匹马取肉，也比一个人多太多。"

柴胜相道："楚将军真出的好主意！如今各军的病弱马匹早已斩杀，剩下的马匹哪里还称得上'尚多'？而斩杀了马匹，骑军无所用其长，战斗力必然大损，各门紧急征调时，难道你让诸军走着去么？"

我道："那总好过吃人维生。"

柴胜相正要说什么，武侯喝道："放肆！在中军帐中大声喧哗，两位将军难道不知军令么？"

我低下头,柴胜相同时和我答道:"末将知罪。"

我坐下时,狠狠瞪了柴胜相一眼,柴胜相也狠狠瞪了我一眼。我看看路恭行,他仍是垂着头,一言不发。

这时,陆经渔忽然站了起来,说道:"君侯,末将有言禀告。"

武侯看了看他道:"经渔,你有何话说?"

陆经渔道:"楚将军说得有理,为人处世,当求堂堂正正,无愧于心。"

我心头一安,觉得脚下踩的仍是坚实的大地。陆经渔还是支持我的,否则我真要以为自己身处鬼域,不知所措了。正放下心来,却听得陆经渔又道:"然古语有云,事缓从恒,事急从权。如今诸军粮草已绝,当务之急便是活下去,此时便只能从权……"

他说的是什么意思?我有点不祥的预感。

"……然工匠实为有用之人,诸军将校,多有取女俘入帐,也在数千人之众。此等人实是无用之身,不妨先取其性命,以充军粮,庶几可解燃眉……"

陆经渔还在说着。我此时才听清,他原来是要先杀女子。

他竟然同意柴胜相!

我只觉头顶像爆了个焦雷。这难道是陆经渔么?是因为动了恻隐之心,连苍月公也放走了的陆经渔么?他还在侃侃而谈,舌辩滔滔,说的还是从恒从权之理,可是我耳中却连一点也听不下去。我无助地看了看周围,只盼有谁能支持我,但放眼望去,几乎每个人都在微微颔首,同意陆经渔之言。

我站起身来,叫道:"陆经渔,工匠是人,女子也是人,你们也一般是人,杀食同类,又与禽兽何异?"

我叫得有点气急败坏,陆经渔却微微一笑,说道:"楚将军少安毋躁,此便是事急从权了。斩杀那些女子时,还望君侯本好生之德,尽量不使其痛苦。"

我还要叫嚷,武侯忽然哼了一声,说道:"既然争执不下,便投票决定。小鹰,你去取些酒筹来,再拿出那箱子。"

他身边的一个护兵拿了两盒酒筹和一个木箱出来,那木箱放在正中,酒筹每人分了两支。等分好了,武侯说道:"这酒筹有红黑二色,你们每人各取两枚,依官阶次第投筹入箱。同意斩杀女子,投红筹,同意斩马的,投黑筹。每人限投一枚,可有异议?"

我们道："明白。"

武侯道："明白就好。"他一手取一支酒筹来，目光忽然扫视了我和柴胜相一眼，站起身走到当中，将红筹扔进了木箱。

我一阵晕眩，不知如何是好。武侯这样做，是用自己的行动来支持柴胜相之议，难道我还要硬顶么？

我呆呆坐着，不知过了多久，忽听路恭行推了推我道："楚将军，该你了。"

我木然看着那个木箱子。虽然那些将领塞进酒筹时都用手挡着，我也看不到里面的东西，但我知道，里面肯定绝大部分是红筹。我站起身，将右手的黑筹扔了进去。

我官职最小，已是最后一个。我投入后，武侯道："小鹰，开箱。"

小鹰打开了箱子，数着里面的酒筹。一开箱，我便看到，那里面一片的红色，撒在案上，像淌了一地的血。我眼前模糊成一片，就算坐着，也觉得身体晃了晃，不知说什么是好。

这时，小鹰道："禀君侯，帐中投票的共有十七位将军，共有酒筹十七枚。其中红筹十五枚，黑筹两枚。"

还有一人在支持我！我看了看周围的人。也许，那是路恭行吧？可是，我们的反对毫无意义。

我已听不清武侯在说什么。我想要大吼一声，对帐中所有人都一顿臭骂，但身体却软软的，一个字说不上来，只能像木偶一样，夹在诸将中，向武侯请安，然后散去。

第十八章 无常火

走出武侯营帐时，我只觉心头像冻成了寒冰。

春天已经来了。南疆的冬天远没有帝都的冷，春天也同样要早，武侯帐外两株不知名的树已结了满树白花，风也开始有了些暖意。雨季远没有结束，但今天天空里只落下些雨丝，风吹上脸时，带着点痒痒的甜味。那两株树若不是树皮太过粗硬，根本无法入口，只怕也早被人剥个精光。

像她的气息。

"楚将军。"

我跳上马，听得有人叫我，回过头来看了看。叫我的是张龙友，好久没见了，他的一张脸比以前更黑瘦了些。我笑了笑，说道："张先生，好。要去哪儿？"

他道："我想去城西再找点原料，和你一起过去吧。"

他也骑在马上，走到我身边，忽然有些迟疑地道："楚将军，那也是迫不得已的，你别往心里去。"

我苦笑了一下，说道："有什么事不是迫不得已，可人命总不能连马都不如吧。算了，我也不去想了。张先生，你现在又做出什么来了？"

他也苦笑一下，说道："想试试没有硫磺能不能做火药，可是漫无头绪。"

"火雷弹还剩多少？"

他叹了口气，说道："大概只有一百来个吧。别的，已用得一点不剩。"

我没有说什么。火药早已一点不剩了，张龙友再有天大的本事，也变不出新的武器出来。这也是天意吧，想起路恭行第一次见到张龙友时曾经很感慨地说："说不定,这一场战争的胜负,将会系于他一身。"他的话只能说对了一半,靠他的火药,我们守到了现在。可是张龙友再关键,没有原料,和普通士兵也没什么不同了。

我看了看天空,蒙蒙的雨丝洒在我脸上,细细密密。我的战甲上也凝了些水珠,显得亮闪闪的。苏纹月虽然吃不饱,但每次我一脱下战甲她就帮我擦拭得干干净净。现在全军中除了武侯的战甲,大概就数我的最闪亮了。

"我们南征,只为平叛,叛军自然全是些凶残暴戾的人。可是现在我们又如何去指责他们?"

张龙友没说什么,垂下头去。他的上清丹鼎派也信奉清净无为,他大概也在想着教派的信条吧。我们两人信马由缰,慢慢地走着。半晌,走过一间颓圮的屋子时,张龙友长长地叹了口气。

"楚将军。"他叫了我一声,我也没有抬头,只是道:"什么?"

"人的性命和马的性命相比,哪一个更贵重些?"

"当然是人的性命。"

"可是,在攻入高鹫城后,抓到一个人便马上斩杀,抓到一匹马却要好好地喂养起来。如果人的性命更贵重些,为什么轻人重马?"

"那是局势如此……"说到这儿,我一下哑口无言。张龙友的话的确很难反驳,我反对会上的决议,唯一的替代办法也只是杀马。可是在战场上,如果能杀死对手,我也绝不会再杀对方的马。照这样的想法,我现在独持异议,倒像是有点矫情。

张龙友又长长地叹了口气,说道:"家师虽与清虚吐纳派不睦,持论倒也和他们差不多,他常跟我说,法统的人都要清净无为,不可卷入世俗。一入世俗,很多事就迫不得已,有亏良心了。"

我有点吃惊地看了看他,简直不信这是辎重营里那个有点傻乎乎,差点被德洋杀掉的张龙友。我道:"那张反对票也是你投的吧?"

他点了点头,说道:"是。君侯于我有知遇之恩,但此事有违天理,纵然只手难回狂澜,我也只能反对。"

我本以为那张反对票可能是路恭行投的,没想到是张龙友。在会议中,绝大部分人都附和了柴胜相的那个无耻的提议,甚至连陆经渔,也会一本正经地谈什么女子与工匠哪个先吃的问题。我的心头一阵痛楚,为自己,也为那个一直在我心目中有如天人的陆经渔。

在最后关头,陆经渔还是屈膝了。可是,我却不敢责怪他,此时,我才发现,与其说是反对武侯的决议,不如说,我是为了她,也为了苏纹月。如果柴胜相说先吃工匠,说不定我就不会那么竭力反对了,甚至,在武侯的威压之下,我还会投一枚红筹进去。

我也没有自己想的那么高尚啊,反而是张龙友,只是单纯地反对吃人。

回到西门,和张龙友分手后,我没有回营帐,先上了城头。城头上,金千石正带领一些龙鳞军抢修刚被砸坏的雉堞。现在蛇人大概知道我们要吃掉它们的尸体,也学乖了,大多用石炮发动攻击,不再攻上城头来。那些石炮没有我第一次在东门见过可以打穿城墙的那种那么巨大,但也比帝国军中用的大多了。同时,蛇人的阵营又向前推进了几百步,现在护城河五百步外,便已是蛇人的营帐了。

蛇人的总攻已近在眼前了吧。我走到龙鳞军的阵地,金千石一见我,忙过来道:"统领,你回来了。君侯又有何命令?"

我叹了口气,说道:"君侯下令,明日将诸军中所有的女子集中起来。"

金千石皱了皱眉:"这是什么意思?那还不如先把肚子的事解决掉,君侯还想着为帝君选美的事么?"

我苦笑了一下,说道:"金将军,你也想得太简单了。"

他忽然睁大了眼,身上也是一抖,说道:"难道……难道……"

我低声道:"不是难道,是真的。"

他的眼里闪过一丝惧色,又平静了,居然也笑了笑道:"这样也好,省得操心。只是统领,你帐中的那个苏纹月也保不住了,没让统领早用几天,真对不住您了。"

我哼了一声,说道:"我不会把她送出去的。"

金千石脸色一变,说道:"统领,若抗命,那是犯斩罪的。"

我看了看外面的蛇人阵营,又哼了一声,说道:"斩就斩吧,反正也支撑不了几天的。总之,我绝不会将她送出去。"

金千石急道:"统领,你忘了栾鹏了?栾鹏没干什么事情便败露了,虽然陆将军也为他讲情,君侯照样将他斩了。"

我说出这话来其实也是一时冲动,可是此时却觉得我应该如此。只是,我没办法去护住她，虽然她这一次多半能逃过一劫，但照此下去，最终还是难逃的。如果是为了护住她而死，大概我会甘之如饴的吧。

想到这里，我突然间也觉得无地自容。我自以为自己是个正人君子，可是听了张龙友的话才发现自己不过是为了那两个女子，现在才意识到，说到底我只是害怕她也会落得这种下场，如果允许她们两个保留一个，我说不定会将苏纹月献出去的。可是话已出口，也不能收回了。我只是道："我意已定。"

金千石有些目瞪口呆地看着我。我逃过他的视线，说道："你们在这儿看着吧，我困得不行。"

昨日夜里蛇人曾经来夜袭，忙乱了一整夜才发现原来那是佯攻。蛇人现在行动来去如风，每次攻击都绝不拖泥带水，说走就走，不像最早时那样死斗不休，看来，蛇人也在变强。它们的佯攻让我一整天没合眼，现在也的确有些困。

回到自己的营帐，苏纹月正给我补着一件内衣。她一见我，脸上带着笑意站起来，说道："将军，你回来了。"

我颓然坐倒，说道："你不要离开我，记着，绝不要离开。"

她有点不知所措，说道："出什么事了？"

我喝道："你什么也不要问，总之，绝不能离开我身边。"

她吓了一跳，也许不知道我为什么会发这么大的火。这些天来，我一向对她和颜悦色，她也已露出少见的笑容了。我这般一声呵斥，她脸上又有些惶恐。我看得有些心疼，说道："反正你不要一个人出去就是了。"

"可将军你要是集合……"

我一阵心烦，喝道："不用你管。"

这时，门口有人道："统领。"

那是金千石的声音。我道："金将军，进来吧。"

他抱了个坛子，一手还拎了一大块肉进来。苏纹月一见他，脸色变了变，恭恭敬敬地行了一礼，颊上有些绯红。我看了看他手里的肉，那是一条腿，不过绝对不是人腿，也不会是蛇人的肉。我道："这是什么肉？"

金千石露齿一笑，说道："将军，我把飞羽杀了。"

飞羽是他的坐骑。那可是龙鳞军的第一好马，脚力极快，我到龙鳞军后，给我的坐骑够好了,比起飞羽来还差一筹。前些日子这马前腿上中了一枪,因为吃得太差,一直没好。武侯要各营斩杀病弱马匹时,金千石死活不肯杀掉飞羽。这个金千石,侍妾可以送我,马却看得比谁还重,他竟然把飞羽杀了,也是为了做给我看吧。

我不知是感激他好还是怨恨他好。飞羽这等好马,好好调理还是能复原的,杀了连我都觉得可惜。可是,他为了劝我,连爱马也可以杀掉,我也实在有几分感激他。

他把坛子放在案上,说道:"统领,这是最后一坛酒了,今天一醉方休。"

我虽然没什么酒瘾,但一闻到酒香也不禁有些心动。他将那一只马腿也放在桌上,拔出腰刀割下一块后放到炉上去烤,一边道:"统领,今日我的来意想必不说统领也明白。"

我点了点头,说道:"这哪有不知道的。但我意已决,金将军不必多说。"

我也割下一条,放在炉上烤着,叹道:"就像你的飞羽,你今日杀掉它时不心疼么?"

我在说话时偷偷看了一眼站在一边的苏纹月。她也许以为我在说马匹的事,脸上也平静得很。

"统领,我说过不谈这些,只是一醉方休。"

马肉在火上烤得热香四溢。我把烤好的一条放到碗里,说道:"苏纹月,你吃吧。"

那倒也不是在金千石面前故作姿态,我分来的吃食一向和苏纹月平分。她接了过去,说道:"谢谢将军。"

金千石看着她,脸上浮出一丝微笑,对我道:"来,干杯。"

我喝了一口,只觉这酒醇厚得非同寻常,有几分当初张龙友在城头浇下去的两桶那种样子。金千石将他烤好的马肉割下一半,说道:"统领,请。"

马肉的味道其实很是粗糙,但是在饥饿时吃来却是无上的美味。我咬了一口,正想说什么,金千石已给我倒上了酒,说道:"统领,再干吧。"

最后我不知喝了多少,只觉越喝头脑越清醒,可看出去却越来越模糊。终于,在喝下一碗后再支持不住,倒了下来。迷迷糊糊中,似乎有人喊了我一声,我也没答应。

醒过来时,我头痛欲裂,周围已是一片黑暗,什么也看不见。我也知道那不过是睡起时暂时失明的正常现象,也不用担心,只是努力睁开眼,让自己适应这一片黑暗。

此时眼前也渐渐能看到东西了,帐中没有灯,外面的一支火把燃着,把一团不停跳动的光投射到营帐壁上。

帐篷里，暗得像什么也没有。在一片黑暗中，忽然，一个柔软的身体紧紧地贴在我的身上，两朵将要开放的蓓蕾压在我的胸前，柔软而又不像真实。

我吓了一跳，但醉意却让我无法动弹。马上，两条手臂围住了我的脖子。在黑暗中，苏纹月轻轻地说："阿红，你醒了。"

她从来没有那么温柔地叫过我。这十七天来，虽然她名义上是我的侍妾，却一直像以前的白薇和紫蓼一样，只给我洗衣服，擦拭战甲，恭恭敬敬地称我为"将军"。这也是我有生以来第一次听到有人这么叫我。

我有点局促不安。这样的肌肤相亲，我也是第一次。我道："你……是你……"

"是我。"她轻声说着，"天还没亮，现在还是夜里。"

她紧紧地抱住我，双手扣在我的背上，让我觉得有种很舒适的刺痛。也许是她的指甲刺入了我的皮肤，但是这种刺痛却让我有种想忘却一切的冲动。

"天还没亮，睡吧。"她喃喃地说着，像是梦呓。也许这真的是场噩梦吧，一梦醒来，什么蛇人，什么共和军，全都不在了，而我还在军校里，等着明天和同学去那军校之花的酒店里喝上一小杯。可是，我左臂上那还没有彻底好的伤口不时传来一丝丝刺痛，却告诉我那不是个梦。

那不是梦，即使我宁可那是个梦。

我抱紧了她，无声无息地吻上她的嘴唇。在我嘴里的一片酒气中，她的嘴唇像枝头过早开放的花瓣一样，带着一股清新的芬芳。她扑到我的身上，轻轻地叹了口气。

我坠入了一个深深的幽谷。

像是忘记了一切时的一失足，沉没在一片蔚蓝色的天空中，穿过白云，那些絮状的烟气从我身边，从肋下，从指缝里不断划过，任是绝望地挣扎，依然是一片空虚。

只是那绝望也是美丽的。

雨还在下着，但已小了许多，现在打在帐篷上的是些温柔的碎响，细细密密的，像一张用无数小珠子穿成的珠帘，被风吹得起了波纹。

她低低地呻吟着，外面的火把透过帐篷，我也只能看到她淡淡的影子在动，更像一个虚像而不是真实。

我再也忍不住，用两条无力的双臂一把搂住她，让她伏在我身上，低声地抽泣起来。

她紧紧地抱住我，像要融合在我身体里一样，只是喃喃地说着："夜还长，睡吧，这是我生命里最长的一个夜。"

我不知该说些什么，只知道拼命地抱紧她，像是生怕她会像一片羽毛一般飘然远去。可是醉意让我的手臂像不属于自己一般，我都感觉不出自己怀里的那个人。

她抚摸着我的头发，喃喃地说着："一生中有你这样一个人的话，那也已不枉这一世了吧。"

我没有说什么，只觉得她的身体又开始发热，像一块渐渐融化的冰块。

"答应我，好好活下去。"

我忽然抬起头，看着她的脸，说道："你听到什么了？"

她的眼里满是泪水，像一朵将要凋零的花，已不胜一滴晨露。

久久无语。雨洒在帐篷上，沙沙的，把透进来的火光也逼得暗淡了许多。

醉意又开始一阵阵袭来。

等我醒过来时，天已大亮。床上只有我一个人。一根红色的发带缠在我手腕上，像是血。看着这发带，我感到一阵茫然，像是从心底抽去了什么，连站都站不稳了。我穿好衣服，走出营帐。

金千石站在门口，背对着我。我走过去，站到他身边，小声道："是你跟她说的？"

金千石看了看我，又躲闪着我的目光，也没回答我。我拍了拍他的肩头，叹道："那不能怪你，我只觉得我是个卑鄙的人。"

金千石抬起头，说道："统领，你别这么说……"

我不敢再看他，只是抬头看着天空。今天是阴天，也许过一阵仍然要下雨，灰云堆满了天空。我背起手，说道："金将军，我只以为自己算是个正直的人，可是事到临头才知道不是，我只是个卑鄙的小人。"

他叹了口气，说道："统领，男子汉大丈夫，岂能儿女情长，你可不要怪我……"

他还没说完，我忽然抽出了百辟刀。他脸色一变，还不等再说什么，我已在自己的左臂上割了一刀。

血像泉水一般喷涌而出。

金千石惊道："统领，你做什么？"他一把夺掉我的刀，从衣服上撕下一条布条，绑住了我的伤口。我没有说话，好像那条手臂并不长在我身上一样。

血流下手臂，手腕上那条发带现在隐没在一片血痕中，也看不清了。我看着天空，再也忍不住，泪水滚滚而出。

我并不是不知道醉了后就会人事不知，但我还是醉了。那也只是因为想借一场酒醉来逃避那个责任吧。可是现在我除了自责以外又能做什么？知道自己并不像想的那么高尚，倒更有了种自暴自弃的快意。那种对苏纹月的内疚和对自己的痛恨交织在一处，只怕现在血流光了我也不会在意的。

天空中，云越来越厚。云层后，恍惚又听到了第一次看见苏纹月时她胆怯的声音，和我一块儿喝粥时少有的快活，以及，昨夜她那幽幽的叹息。这一切，都会在我不经意的时候像一堆火一样来灼痛我的记忆。

如果我能有记忆的话。

信使派出后的第二十三天，依然没有消息。武侯已派出五批信使，按理，最后一批出发的也该回来了，可是一个也没有。

坐在城头，我捧着一碗刚端上来的肉汤喝下去。那是仅剩的一点马肉，女子被杀得只剩了武侯营中那几个准备班师后献给帝君的女乐了，现在已开始斩杀工匠。记得在军校里听高年级同学讲起大帝得国时围困伽洛城之役，那时围城两月，大帝的部队也对伽洛国的坚守始料未及，在四十天上粮草耗尽，城却仍然未能攻下，那时帝国军便曾杀俘而食。那时听这故事时便觉得太过残忍，想着日后若有这一天我也绝不吃人。我现在吃的也是我的坐骑，尽管那匹马其实还很强壮，武侯也下过令说各级指挥官可以保留坐骑，但我还是杀了它，把肉分给龙鳞军上下。

这也算对武侯那个决议的一点反抗吧。能让我的部下少吃一点人肉，总是好的。

我刚喝完肉汤，城头上又有人叫道："蛇人来了！蛇人来了！"

蛇人这些天的攻势越来越急，但也很注意分寸，从来不硬攻。如果是单场战斗，比以前的场场恶战要容易应付多了。但是蛇人的攻击已经相当有组织，那种频率让我们疲于奔命。

也许，不知道哪一次便是蛇人的总攻了。

蛇人伤亡了七八个后终于退却了。但我们的损失是十七个人，可怕的是，城头存活的士兵在看那些死者时，眼里冒出的，全都是食欲。

现在蛇人和我们好像倒了一个个儿了，其实它们大概更怕我们这群饿鬼吧。我有些想要冷笑，但也笑不出来。

攻城斧在我手上重得几乎提不住。这在以前是绝不可能的事，但现在出手了一次，便已累得我气喘吁吁。我把攻城斧放到墙边，坐了下来。吴万龄走了过来道："统领。"

我看了看他，说道："怎么了？"

"再不吃东西，统领你要支持不下去的。"

我站起身，努力让自己已经有点脱力的身体站直，说道："吴将军，想必你也知道，大丈夫有所为，有所不为。若是要靠吃人才能保得性命，即使活下去了还有什么意义？都不如朱天畏。"

吴万龄垂下头，不敢再看着我。这些天发的口粮就是女人尸肉。就连这些残余的食物也已经很少了，工匠没有多少人，已被斩杀了一半。

几千个女子，也不过让城中坚持了六天而已。当女子和工匠都吃光了，接下去吃什么？吃那些伤兵和战死者么？以前即使在蛇人面前节节败退，我仍然有种莫名其妙的骄傲，觉得人毕竟是人，而蛇人不过是些吃人生番，是些野兽。可如今看来，我们这些自以为是的骄傲实在不过是种对自己的欺骗。

吴万龄没说什么。他的身体也在发抖，腿也慢慢地弯下去，忽然，他猛地呕吐起来。的确，只消是一个人，想到自己吃下去的东西在几天前还是一个活生生的人，也一定会呕吐的。

看着他呕吐，我不再说什么，只是抬起头望向天空。天很阴沉，可能又要下雨。南疆的雨季要持续一个月，现在已快到了尾声。蛇人如果要趁雨季发动总攻的话，大概也不会太久了。

这时，从城下传来了一阵马蹄声，很是急促。这时候把马打得那么快，已是很少见了。我正要看看是什么人，却听得有人叫道："楚将军，龙鳞军的楚将军在吗？"

声音是从城下传来的，正是路恭行的声音。我拍了拍吴万龄，没再说什么，走了下去。

很坚实的台阶，我走在上面却觉得像是踩着柔软的棉絮。好容易下了城，只见路恭行骑在马上，也不下马，一脸惶急，说道："楚将军，祈烈出事了！"

"什么？"

我像是被针扎了一下，也不知从哪里来的力量，惊道："怎么了？"

"他被人告发，藏着一个女俘，却不肯交出。现在君侯已命锐步营捉拿他，他带着那个女子逃到了张先生的营帐，绑了张先生，还用一辆天火飞龙车来威胁君侯。"

我只觉像被当头打了一棒，头嗡嗡地响，不禁一阵晕眩。祈烈在破城时也找了个女子，我是知道的，当初我还见过一次。可是，我没想到，他竟然会做出这等事来，那不正是我想做而不敢做的么？

"现在呢？我去，我马上去。"

我语无伦次地看着周围。龙鳞军现在一匹马也没有了，难道我走着去么？我正在茫然，路恭行道："楚将军，你上来和我合乘一骑吧。"

我看了看他，他的马倒还不是太虚弱，坐两人走上一两里路总行的。我点点头道："好吧。"

我走到他的马上，以前觉得很简单的上马动作我也做得惊险万分，摇摇欲坠。刚要跳上马背，我一晃，差点摔下来，路恭行一把拉住我，才免得我摔个四脚朝天。

跳上路恭行的马，我扭头对坐在一边的金千石道："金将军，这里由你负责，万不可出差错。"

这些天的蛇人攻势越来越凶，我有点害怕我不在时恰好有蛇人攻来。万一有什么闪失，那后果不堪设想——其实也不用设想。真要出了这样的事，那也可以说一切都完了，用不着武侯责罚，蛇人一定可以把所有人都消灭干净。

路恭行在马上仍是很稳健。他虽然已经瘦了一圈，但驭马之术却丝毫未减当初之精。我坐在他身后，都觉不出有什么颠簸。我道："路将军，小烈到底是怎么回事？"

"他将那女子打扮成亲兵模样，藏在帐中不叫她出来。哪知昨天被人告发，君侯大怒之下，要将他擒下。哪知他竟然持刀反抗，你也知道，前锋营的人都不想搅进去。"

我心中更是有如火烧。路恭行带着我拐了几个弯，从一条小路插了进去。我道："我们去哪里？"

"那是张龙友的营帐。君侯专门划出这一块地来，由五百兵守卫，给张先生试火器。小烈不知怎么知道的这里，逃了进去，捉住了张先生。楚将军，君侯已怒不可遏，只怕……"

他的话没再说下去，这时也已到了。

里面是很大一块空地，空地中有几座营帐，用些零零碎碎的篱笆拦了拦。那是张龙友待的地方吧？我以前一直以为他和别的参军一样，都是住在武侯边上的呢，看来武侯对他也是另眼相看了。

但现在不是想这些的时候。眼前足有五六百士兵围着当中的帐篷，在最前面的一个军官手持长枪，作势要冲，而在这支队伍后面，坐在一张大椅上的，正是武侯。我不知哪里来的力量，猛地跳下了马，跌跌撞撞地冲上去前，叫道："君侯！君侯！"

一到武侯跟前，我猛地跪下，上气不接下气地道："君侯大人，请……请君侯准我去说服那人。"

武侯看了看我，说道："他是继你为前锋五营百夫长的人么？"

"君侯明鉴。"

他哼了一声，说道："我给你一炷香的时间。若你也不出来，就视同叛逆，一般格杀。楚将军，你可要仔细。"

我一阵气苦，说道："末将领会得。"

武侯搞这么大阵势，也是为了杀鸡给猴子看。军中不少人将女子藏在帐中不交，武侯对这些人手段极狠，若有真凭实据，那女子当场斩杀，本人也要痛责五十棍后降为普通士兵。但即使是这等铁腕手段，仍有不少人隐匿女俘不肯交出。如果照此惯例，祈烈是必死无疑了。

我站起身，向那帐篷走去。

张龙友的帐篷尤为高大。我站到门帘前，高声道："小烈！小烈！你在里面么？"

祈烈哽咽的声音传了出来："将军！真的是你？"

我道："当然是我。我能进来么？"

我正要进去，却忽然听得祈烈叫道："将军，快出去！"我一愕，说道："我只有一个人，没有别人进来，小烈，你不信我了么？"

我挑开帘子走了进去。

里面堆满了瓶瓶罐罐，应该是张龙友常用的东西。祈烈手持长刀，眼上都是泪水，用刀指着坐在一边的张龙友。一个女子站在他身边，脸上也满是惊恐不安，张龙友倒是气定神闲，在不紧不慢地喝着水，见我进来还向我点头示意。

一见我进来，祈烈似乎想要说什么，却还是把刀对准了我。

我道："小烈，到底出什么事了？"

他把刀对着我，可是手却在不停颤抖。好半晌，他"哇"一声哭了出来，叫道："将军，他们要杀了阿菁。将军，你帮帮我，帮帮我，让我们逃出去吧，我不要打仗了，我只想好好地过日子。"

阿菁就是那个女子吧。我看了看她，心头隐隐一痛。那个阿菁依稀有些像苏纹月，年纪外貌都差不多。祈烈满心希望地看着我，大概盼望我能想出什么妙计。他对我有种不切实际的崇敬，好像我什么都办得到。

我叹了口气，说道："小烈，你想过没有，你这样除了赔上自己的性命外，又有什么用？"

他一定没想到我会说出这种话，看了看那女子，忽然哭道："我不管！反正我不能把阿菁交出去。"

我一咬牙，说道："小烈！你是个军人。军人以服从为天职，你难道忘了么？"

"可是将军，你自己也说过，每个人都有活着的权力，也说过，军令如山，同样乱命有所不从，所以你一直看不惯我们屠城。难道现在这般杀人食肉的惨事你反倒看得过去？"

我皱起了眉，几乎不敢回答他的话。我该如何对他说呢？告诉他，我其实也是胆怯的人，就算反对，最终仍然只得照做。可这么说出口，祈烈一定不会听的。

"小烈，现在城中已到山穷水尽的地步，若不如此，定会全军覆没。何况，"我迟疑了一下，几乎有点不敢再说下去，但还是滔滔不绝地说了，"何况你也并不是看不惯这等惨事才如此，只不过因为要把你喜欢的女子夺走才一时冲动。"

这些话也像在揭我心口的疮疤。现在，我的心也在滴血。

祈烈也有点呆了。他一时冲动，一定也有种近于殉道的自豪感。可是我的话却把他这点自豪也打掉了，现在他只是呆呆地看着我。

"还有张先生，以及外面那么多士兵。若你真的放出了那天火飞龙车，岂不是救了一人，又害了更多人？那又有什么意义？"

祈烈的手一松，刀落了下来，人也跪倒在地。这时，门帘一下被挑开，锐步营的人冲了进来，祈烈却像没有反应一样。锐步营的人上前一把扭住祈烈，另有人一把拖住那个女子，马上退出营帐。

　　他们在做这些事时，我呆呆地站着，动也不动。对祈烈说的话，同样刺痛了我的心，甚至，让我更加的痛苦，刚才我都在害怕自己会连话也说不完便不支倒地。

　　调匀了呼吸，我刚迈得一步，眼里已泪水涌出。张龙友在一边长长地叹了口气，也没说什么，我漠然向他行了个礼，也走了出去。

　　祈烈和那女子被揪着跪在武侯跟前。我走过去跪在地上，头也不抬。武侯笑了笑道："楚将军，你治军如铁，令下如山，真有古大将之风。"

　　我仍没有抬头，说道："君侯，末将不敢。末将只求君侯一件事。"

　　"什么事？"

　　"祈烈做出这等事，是我以前教导无方，罪责难逃。我愿承担祈烈应受之责，望君侯恩准。"

　　武侯没说什么。这种事也没有先例，而且，万一祈烈要被杀的话，难道我也要被杀么？我说这话的意思也是知道武侯不会真的责罚我，不过以退为进，让他不至于斩杀祈烈。

　　祈烈忽然猛地跳了起来，边上的锐步营惊叫一声，大鹰小鹰也抽刀在手，踏上一步，只道祈烈会冲上前来。但祈烈却从腰间抽出一柄小腰刀，一刀刺向那个女子的背心。她一言不发，马上软软地躺下。

　　武侯微微一笑，说道："祈将军，亡羊补牢，为时未晚。本来你该受重责，但现在正是用人之际，从权……"

　　不等武侯说出从权如何，祈烈凄然一笑，说道："不必了。"

　　他将小腰刀拔出那女子背心，还带着血痕，便一下刺入自己心口。我惊叫道："小烈……"赶忙扑过去，但哪里来得及。等我到他身边时，他已软软倒下，嘴角带着点淡淡的笑意。

　　我叫道："小烈，你怎么这么傻？"

　　祈烈的眼睛已然无神，茫茫然道："将军，你……说过的，大丈夫……有所为，有所……不为……"

　　他的话也没说完，人已扑倒在那女子的身上。两人身上的血不断涌出，在地上合成一摊，缓缓地向低处流去。

我不知道我站了多久。半晌，有人扶住了我，叫道："楚将军，楚将军！"

那是路恭行。听到他的声音，我才醒悟到自己是在什么地方。我凄然一笑，说道："路将军，大概，我根本算不上什么大丈夫吧。"

路恭行没有回答我，此时也已没什么话可以说。

又开始下雨了，细细的雨丝飘上我的脸来，冷得像是许多根冰做的小针。祈烈和那个女子死去的地方，还留着点血迹，已经有些干了。雨丝打在上面，像一块宝石般闪闪发亮，又像在燃烧。

尾声

空中纷飞着羽箭和投枪，几乎每走一步都要用巨盾护着身体。蛇人的准头尽管很差，但这么近的距离，瞎子也可以射中的。

我左手拿着一面大盾，右手的长枪不断出击。但蛇人已根本不再顾忌，像是宁可全军覆没也不再退却了，一个倒下去，另一个便已冲了上来，火把的光在不断跳动，似乎也被这杀气逼得黯淡了。这时，吴万龄冲到我跟前，说道："统领，我们快顶不住了。"

我看了他一眼。城头上已经铺满了死尸。三百余龙鳞军，几乎已经阵亡了一半，剩下的一半也已筋疲力尽。我咬了咬牙，冲着正在城头上浴血奋战的龙鳞军将士吼道："生死一线，这时谁敢退后，斩，连我也不例外！"

我的吼声让龙鳞军精神一振，打了个反扑，已经冲上城来的蛇人又被我逼下去了。但这些蛇人像是充满了弹性，刚逼退它们，另一批又冒出头来。

此时，在箭楼上放箭的江在轩惊叫道："统领，我们没箭了！"

火雷弹和天火飞龙车开始曾经发挥了威力，但谁也没想到，这次蛇人疯狂般冲上来，再不顾伤亡。现在不要说是火器，连投掷用的石块都已经没有了。

而天却在这时暗了下来。

蛇人出现至今，已是四十天，也正好是雨季结束的一天。

这时，一个蛇人从墙边探出头来，我一枪向它刺去，这蛇人手中是一把大刀，见我的枪刺来，大刀左右一分，"砰"一声响，震得我的虎口也一阵麻。我枪一紧，借势一抖，枪尖画了个圈，这正是武昭教我的一招中平枪。这招中平枪若是武昭使来，枪头一瞬间可以画三个圈，武昭示范时，能一下从半寸厚的木板上剜下一块圆形来。我没有武昭那么神乎其技，但这个圆画得刚劲有力，武昭能看到的话也会高兴的。

那蛇人根本不防我的枪被它的大刀格开后还有这等威力，这个圈一下画在它的脸上，把它两眼也划瞎了。它大吼一声，身体猛地蹿了上来，左臂一下夹住我的枪杆，顺着枪杆，右手的刀闪电般滑过来。我猛地放开手，人也退后一步，这一刀在我身前不过一尺许狠狠斩下。

如果慢得一步，我的身体大概要裂成两半的。我不等那蛇人再有动作，一弯腰，抄起了放在一边的攻城斧，扬起手臂，一斧照蛇人头顶砍下。那蛇人又发出了一声惨叫，长长的身体从城头上掉了下去。我正待舒一口气，忽然右边的右军阵中发出了一阵天崩地裂般的声音，有人叫道："城破了！蛇人攻进来了！攻进来了！"

沉重的城门被一块巨石彻底砸烂了。城里城外都发出了呼叫。不过，一边是欢呼，而另一边却是充满了绝望。

我把巨斧扔到地上，大地也仿佛震颤了一下，但我知道这只是我的错觉，这斧头不过几十斤，不至于这么重，可是，我的心底，只是说不出的空虚。金千石不知从哪里钻了出来，叫道："统领，杀生王顶不住，逃了，我们怎么办？"

也不用我命令了，城门被攻破后，守城门的右军首当其冲，已在四散溃逃。蛇人仿佛一道深绿色的浊流涌入城来。现在它们已完全不怕火了，不少蛇人甚至举着火把，所到之处，血肉横飞。我们这些靠吃人肉支撑到今天的人，已经再没有余力来发动反击了。

彻底完了！我一阵茫然，却听得岳国华叫道："龙鳞军！龙鳞军快过来！"

他的临时阵营正在城门上面，冲进城来的第一批蛇人已经将他的营帐围住了，他手持长刀，只摆了个架势，便有十几个蛇人猛地冲过去。而这时，已经有蛇人向我们这儿冲过来了。

我道："快退！退进民宅中，准备巷战！"

现在也只能巷战了。可是很具讽刺的是，那些坚固的民宅多半是我们入城后烧毁的，现在剩下的只是些残垣断壁，在一片瓦砾场里，根本找不到巷战的地方。

金千石答应一声，叫道："快走！"

由吴万龄整顿过的军纪果然非同凡响，就算到了这种时候仍然丝毫不乱。右军在溃逃时已毫无秩序,倒有一半在逃下城时摔倒,被蛇人追上斩杀,甚至被自己人踩死;而龙鳞军退走得井井有条,仍摆着坚壁阵的阵形。

我看了看龙鳞军残军,不见虞代,吴万龄满脸是血地走在阵中。虞代大约已经战死了吧,不过还好,金千石还在。

退下城后,右军已经散光了,他们多半无头苍蝇一样乱钻,很容易便撞到蛇人,反而死得更早。

龙鳞军一边退,我一边对吴万龄道:"除了西门,其他几门如何?"

吴万龄道:"北门也已被攻破,胡将军刚才还派人来求援过的。东门和南门不知,统领,要去东门还是南门?"

我咬着嘴唇。现在我的决定将决定龙鳞军的命运了,若是选错,那自然万劫不复。我咬了咬牙,说道:"去东门!"

像是应答我的决定,雷鼓的声音猛地不知从哪里响起来:"全军火速到南门集结,君侯告急……啊……"

雷鼓的声音当真响,最后那声惨叫更是响彻云霄,他多半也遇到蛇人的袭击,已战死了。只是这么响的一声惨叫,更是让我们心悸。吴万龄已是一阵茫然,说道:"统领,怎么办?"

东门一定还能坚守一阵,陆经渔即使中过高铁冲的计,左军的战斗力也有目共睹,而且左军向有善守的风评。可是现在武侯已然告急,我到底要去哪个方向?

吴万龄正在看着我,金千石已从一边冲过来,叫道:"统领,蛇人已经攻占国民广场了!"

国民广场在城的中心,要绕过国民广场去东门,那也只能从南门走了。我舒了口气,想不到这样倒让我更容易做决定了。我道:"全军向南。"

金千石大声道:"右军的弟兄们听着,全军向南,去与君侯合兵一处!"

右军的溃兵总还有万人左右,金千石的喊声在平常自无人听,此时一呼之下,人流登时向南。在溃兵心中,只消有人站出来指挥,那不管是谁都会听的。我转身向南而去,却见吴万龄竟然站在那儿不动,脸上亦不知是什么神情,有些恍惚,急道:"吴万龄,火烧眉毛了,还在想什么?"

吴万龄一惊,说道:"统领,我有件事……"

我喝道:"都什么时候了,有事等得了性命再说吧!"

吴万龄这人有时也真有点不识时务,现在这时候已到了最后关头,还有什么比逃生更重要?我带着龙鳞军向南冲去,南面的蛇人不多,在人流的冲击下,已被冲开了一条口子,但我们也留下了好几百具尸首,等龙鳞军到时,几乎是踩着尸首走过去的。

刚向南走了一两百步,但听得前面一阵嘈杂,听声音,也是一支溃兵了,只是漆黑一片也看不清。我大吃一惊,说道:"是君侯的中军败下来了?"

吴万龄伸颈望去,说道:"看不真。不过,确是有支部队,好像是铁壁营。"

我带着吴万龄和金千石走上前去,叫道:"这里是龙鳞军统领楚休红,前面是哪位将军的部队?"

来的人叫道:"铁壁营统制傅明臣,南门已失,君侯在我军中,命尔等速向东门退去。"

南门也失了?尽管早有预料,但我的心还是一沉。没想到南门被攻破也这样快法,现在只能逃向东门,也只能强行通过国民广场了。可国民广场这么一大片空地已被蛇人占据,若强行攻击,那等于送死。我道:"君侯在何处?我要面见君侯。"

那傅明臣回头看了看,没有回答我。现在已是一片混乱,武侯的大旗在队伍正中,离这儿还有一段,当中也挤满了人,我只怕也找不到他到底在哪里。我对傅明臣道:"傅将军,蛇人攻击极为凌厉,柴胜相将军不支溃去,现在西门已被蛇人得去,与北门的蛇人合在一处,国民广场也已被蛇人占领。若要去东门,只能从南绕过去了。"

也就是在这时,西南两门处又传来一阵吼叫,那是蛇人的欢呼吧。如同潮水一般,蛇人已蜂拥而至。傅明臣面色一变,说道:"锐步营快要顶不住了!他娘的,这时候还要带着女乐,真是不要命么。"

他后面一句话也不知什么意思,我也不敢问他。这里和中军阵地已很近,但中军也不过是些帐篷,无坚可守,比这儿的一片瓦砾中好不了多少。现在中军和右军的残余加起来也只有三万多,这三万多人挤在一处,若再和蛇人正面交战,那已是送死。

这时,西北面又是一阵惨叫,那里多半是右军的溃兵,大概是西门和北门的蛇人已经合到一处,开始向我们攻击了。傅明臣的脸上已是煞白,喃喃道:"怎么办?怎么办?"

北门的蛇人器械精良,而且进退合宜,它们攻击的正是柴胜相率领的几千败兵。

我情知大事不好，对金千石道："快，结坚壁阵，不能让他们冲散了中军的阵势！"

锐步营正在南边结着坚壁阵拼死抵御从南边来的蛇人。锐步营总还有一两千，加上前锋营，人数比我们多好几十倍。我们这一百来号人的坚壁阵要是拼挡五六百的部队可能还行，可现在蛇人已似下坡疾流，哪里还能挡得住？也不过是聊尽人事而已。

我看了看身周的龙鳞军士兵，他们脸上也都挂上了一股悲壮。这时，却听得小鹰的声音在暮色中传来："铁壁营转向西北方，铜城营居中，左右接应，全军退入阵营。"

我一直以为那大鹰小鹰不过是武侯侍卫，一勇之夫，没想到也深通兵法，命令下得井井有条。他的命令也发布得正及时，傅明臣高声叫道："傅明臣得令！"他刚才还有点六神无主，小鹰的声音一传来，脸上也马上重新露出坚毅的神色。

中军诸营也真的无一弱者，虽然铁壁营已经伤亡惨重，但与龙鳞军站到一处，仍是威风八面。

从西北面溃逃下来的兵马到了我们跟前，傅明臣喝道："铁壁营傅明臣与龙鳞军楚休红在此，来者何人？"

傅明臣本是文侯爱将，此番南征，武侯特地去向文侯要了来助阵。据说，傅明臣在文侯心目中地位还高过水火二将。他把我和他相提并论，虽然现在实在不是时候，我还是有几分得意。

溃兵当先一骑正是柴胜相。柴胜相在乘胜追击时常常冲在最前，溃败时倒也不改此风。他冲到我们跟前，见我们根本没有让开的意思，猛地一勒马，叫道："两位将军，快逃吧，蛇人追过来了！"

傅明臣道："柴将军，现在你再扰乱军心，我当按军律斩将军于阵前。"

柴胜相一怔，火把光照射下，他的脸也变得通红，叫道："姓傅的，你少来胡扯，现在是什么时候，你还要什么威风，快让开！"

他定然想不到傅明臣到了现在还在讲什么军律。傅明臣看了看我，我走上前一步，说道："柴将军，三门已破，当今之计，当合力冲向东门。若乱跑一气，那绝无幸理，柴将军三思。"

这时，他身后的士兵又发出了一阵惨叫，他叫道："火烧眉毛了你们还扯什么幸不幸,有秩序难道逃得掉么？"

傅明臣怒道："柴将军，你当初大言不惭，号称只消一个万人队便能扫平蛇人。现在你那股豪气哪里去了？便要死，也要死得像杀生王的样子。"

柴胜相的脸上一阵红一阵白，也不知想些什么。忽然，他回头吼道："右军的兄弟们，我们拼了！"

他拨马向后冲去。跟在他身边的亲兵此时有些不知所措，也不知该不该和他一起转头冲锋。傅明臣道："楚将军，你速去保护君侯，我带本部人马去助杀生王一臂之力。"

柴胜相是一勇之夫，攻击力很强，但刚极易折，他的攻击一旦无法扩大战果，便会成为大败。如果带着一支生力军，他的冲锋可能还有些效果，可现在他本部人马逃了半天，军心也散了，这般冲锋和送死没什么两样。若不是铁壁营及时赶上，只怕一时半刻他都支持不住。

金千石忽然道："统领，今天我们都要死了吧？"

我只是淡淡一笑，说道："金将军，我们走吧，一切都由上天去决定。"

傅明臣的铁壁营真的名不虚传。我虽然也是前锋营出身，当初自以为天下强兵，前锋营第一，但铁壁营步步为营，且战且退，绝不会比前锋营弱多少，柴胜相的右军夹杂在铁壁营中，也已立稳阵脚。

可是，不管柴胜相和傅明臣如何善战，蛇人的攻击一浪高过一浪，这两支军马在这等势同疯狂的攻击中，已如被巨浪打得岌岌可危的礁石，只怕也支撑不了多久了。我不敢回头看，带着这一百余龙鳞军向中军奔去。小鹰虽然命令铜城营居中接应，但铜城营已大多到了南边，大概前锋营和锐步营已是吃紧。

武侯的大旗已插到了中军营盘了，武侯多半已退了进去，但诸营却仍然在外死战。刚冲到中军营盘的大门口，只觉南边忽然一亮，吴万龄忽然声嘶力竭地道："统领，锐步营已经不行了！"

我吃了一惊，扭头向南边望去。在一片乱兵中，一面大旗已着了火，火光中正是"锐步"两字。我惊道："快去接应君侯。"

武侯现在是军心所在，是我们坚持到现在的关键。尽管他声誉已大是受损，可是只消看到武侯还在，大家总能放下心。也许很多人还觉得，武侯总能领着我们反败为胜。

前面乱哄哄的一片，正是武侯的亲兵队，小鹰骑在马上，来回呵斥，大鹰也不知在哪里。可是那些亲兵已似没头苍蝇一般乱撞，根本静不下来。

武侯连亲兵队也已无法约束了。我不禁一阵心寒，难道，我们真的是在劫难逃么？

我大声道："龙鳞军楚休红。君侯可安全么？"

小鹰听到了我在黑暗中的叫声，大声道："楚将军……"

他刚叫了一声，突然前面的铜城营像一道被分开的潮水般纷纷闪开，几十个蛇人冲破铜城营的阵势，直向武侯的所在扑来。

我惊叫道："弟兄们，快上！"

这几十个蛇人用的都是长柄刀，冲过来时势如破竹，有几个武侯的亲兵刚上前拦阻，一个特别高大的蛇人手中长柄刀猛地挥过，甩了个花，三个亲兵竟然被它一刀拦腰砍断。这等力量实是骇人听闻，金千石却怒喝一声，猛地冲了上去。他用的也是长柄刀，由他训练过的几个龙鳞军士兵跟着他冲上前去。他也不知哪里来的力量，竟比我还要快。此时那些蛇人已直取武侯的大旗，那个特别高大的蛇人冲在最前，离大旗只有十几步了。

武侯是在旗下吧。我猛地向前冲去，可是，饿了几天的身体却着实不听使唤，我脚一崴，人已摔倒在地，只听得吴万龄惊叫道："统领！"等他扶着我起来，金千石已和其余的龙鳞军在和那些蛇人缠斗了。

金千石身上已溅满了血，兀自死战不退，也不知道他究竟哪里来这等力量的。尽管龙鳞军还有百人上下，蛇人只有五六十个，但那些蛇人已占尽了上风，反而将龙鳞军穿插交错地分开了。他们杀得太过惨烈，一边武侯的亲兵和铜城营的士兵竟一时冲不进去。突然，听得大鹰在一个营帐中叫道："来人！快来人！"

他叫得极是急迫，武侯的亲兵已冲进了那营帐，但里面不时传来凄厉的惨叫。

已经有蛇人攻入武侯营帐了！

我一下忘了脚上的疼痛，猛地冲了过去，吴万龄跟在我身边。在冲到武侯营帐时，正好听到金千石正发出一阵惊天动地的厉叫，一个蛇人的刀砍在了他背上。这蛇人的力量虽比不上那个特别高大的蛇人，但也大得超出人类想象，刀已切入金千石的身体，几乎将他的上身切成了两半，金千石手中的大刀却仍在挥舞，血如雨点般甩出来。

金千石阵亡了！我猛地咬着牙，不让自己惊叫出声。此时已冲到武侯的营帐前，我已等不及再从门口进去，长枪交到左手，右手拔出百辟刀，在帐篷壁上猛地一刀划去，人也借势扑入。"嚓"的一声，破口一下裂开，我的身体也滚了进去。

一进营帐，刚站起身，便看见了两个蛇人正与十余个亲兵在搏杀，地上已躺了许多亲兵的尸身，这两个蛇人真个厉害，手中的大刀齐上齐落，一如闪电下击，当者披靡，亲兵手中多半是些短兵，根本不是对手，不时有人战死。大鹰正手持一柄长枪在和那两个蛇人激战，也已是左支右绌，随时都有危险。我们一冲进营帐，他不由自主地向我们这边看了看，一个蛇人一刀劈下，他猛地向后一跳，这一刀还是一下砍落了他的左臂。

站在武侯背后的，赫然正是她！

那六个女乐正站在他身后，手里还抱着乐器。傅明臣说的"女乐"是指她们吧。武侯到此时仍然不放弃她们，我想那多半是为了逃回帝都后能让帝君不追究败北之罪。

不管武侯有什么主意，看到她也在，我心中一热，身上也不知涌上了多少力量，猛地向那两个蛇人冲去。

大鹰单臂还在乱舞着长枪，死也不退。我冲到那蛇人跟前时，一个蛇人忽然回过头来，嘴角一抽，像是很诡秘地一笑，刀在它手上一转，"呼"一声，便砍向我的脖子。

那正是沈西平败亡时割下他首级的那个蛇人！尽管我也根本分不出蛇人的样子有什么不同，但那笑意我还没有从别的蛇人脸上见到过。这一定就是那个蛇人！

它这一刀来得极快，我低喝一声，紧盯着落下的刀柄，左手一下伸出，猛地抓住，脚下一滑，身体也一下挂到了它的刀上。

蛇人的力量根本不是我能阻挡的，如果我硬用左手去顶住它的刀，只怕臂骨会立折，也仍然会被刀砍成两半。我现下这般毫不用力地坠在刀柄上，它一定也没想到，刀的分量一下重了许多，刀头猛地砍到了地面上，"砰"一声，我借着它这股力道，百辟刀一送，刺向它的胸口。这蛇人也披着软甲，但这一刀已是聚了我和它共同的力量，百辟刀吹毛立断，已透甲而入，齐柄送入它的胸口。这蛇人哼也没哼一声便向后倒去，我乘势拔出刀来，它的伤口中血已直喷而出。

另一个蛇人一刀正要劈向大鹰，边上这蛇人的倒地却让它一惊，大鹰怒吼一声，人猛地向前冲来，蛇人的长刀猛地砍到他左肩，几乎将他砍成两半，可他的一枪也已刺入了蛇人的肩头。那蛇人也吼叫了一声，伸手要去拔枪，我已猛冲而上，人一跃而起，一刀砍向这蛇人的头顶。

这一刀快得有如电闪雷鸣，我都不知道自己竟然能达到这等速度，那蛇人只来得及一闪头，百辟刀削去了它的半边面颊。它又是惨叫一声，伸手要去拔起长刀，但那刀吃在大鹰体内，一时竟然挥不起来。这时本站在大鹰身后的亲兵已冲了上来，五六把刀齐齐落下，将它的头也砍开了。

蛇人的血飞溅而出，即使稍有点暖意，却仍是寒冷的。有一滴血溅到了我嘴角，我舔了舔，看了看站在上面的武侯，说道："君侯，事已紧急，请马上离开，以图再举。"

武侯脸上浮起了一丝苦笑，说道："以图再举？不可能了。我害了十万大军，若不死，又如何对得住这些英魂？"

他看了看周围的亲兵，叹息了一声，说道："唐生泰无能，弟兄们，若要骂我，便骂吧。"

我眼角不禁有些湿润。英雄末路，武侯也在深深悔恨吧。他也是为名将的声名所累，以至于此。可是我也实在没法子去恨他。

这时，小鹰猛地冲进来，大叫道："君侯，快走！锐步营已经崩溃，蛇人马上便要突破铜城营，再不走便来不及了！"

武侯抬起头，忽然长啸一声。

啸声直冲云霄，大概正在交战的双方全都听到了，一时间像是定住了似的，震天般的厮杀声也极短地顿了顿。

武侯叫道："把我的马带来，唐生泰当如苍月所言，死于刀剑之下。"

小鹰忽然失声痛哭，武侯顿了顿足，说道："小鹰，哭什么，快去！"

他走下座位，到了我身边，我不由自主地单腿跪了下来，武侯将手拍了拍我的肩，看看我手里的刀，长叹了一声，说道："楚将军，不仁者，天诛之，必致杀身，可惜唐生泰知道得太晚了。"

我哽咽道："君侯……"

和武侯有过好几次的冲突，武侯对我有过信任，也有过怀疑，但此时这一切都好像轻风吹过，心头只是一片空白，眼前也只有这个末路英雄的叹息。

小鹰带着马来到门口，说道："君侯。"

武侯把手从我肩头拿下，看了看，说道："小鹰，楚休红，你二人出去传令，命各人逃生去吧。"

我惊道："难道不去东门了？那里陆将军还在苦战……"

武侯的脸上浮出一丝苦笑，说道："经渔已逃不过此劫了。"

我不敢问什么，跟着他出去。刚出门，武侯喝道："快走！此时逃出一个便是一个，不要再无谓牺牲了！"

小鹰大哭道："君侯，小鹰愿陪您共赴黄泉！"

我刚想也说这句话，心里忽然像被什么猛刺了一下，眼前闪过了那个影子，想说的话也一下咽在喉头。武侯已叹了口气，拍马厉声喝道："唐生泰在此，敢一战的随我来！"

小鹰也跳上马追随他冲入战阵，此时我便是想追也追不上了。那些士兵本已在四散奔逃，听得武侯的声音，有一些重又返身杀入战团，蛇人被打了个措手不及，攻势一下弱了下来。

我转身，吴万龄茫然道："楚将军，怎么办？"

武侯的亲兵已跟着武侯冲了出去，先前那几十个蛇人已总算被斩杀干净，但龙鳞军也已差不多全灭了。现在，在营帐中只剩了我和他两个，另外便是那六个女子。此时我也根本想不出什么办法，只得硬着头皮上了。

我看了看帐中，那六个女乐还站在那里。其他几个女子多半吓得不知所措，她却仍是怀抱琵琶，似是毫不在意。

我道："快走，带上她们，我们上城去！"

吴万龄在一边道："带她们？"

我喝道："不仁者，天诛之。吴将军！"

这话吼出来，我心头却不免有些隐隐作痛。我这么喊着，只是因为她在里面吧。我不过是为自己内心深处的私心找到了一个堂皇的理由而已。

从城上缒城而下倒还不难，但难在一上旷野，我们便要面对蛇人的攻击了。在野战时，便是沈西平也一战败亡，不用说别人。

吴万龄苦着脸道:"现在到处都是蛇人,我们怎么才出得去?唉,除非要飞出去。"

我心中猛地一闪,叫道:"对了!飞!"

城头上到处都是死者,幸运的是竟然没有蛇人。

蛇人在城门处围了一圈,专门斩杀那些逃出城去的士兵。帝国军便是身强力壮时,单打独斗也绝斗不过蛇人的,不用说这时了。蛇人这么做,是想把我们斩尽杀绝啊。

从中军阵营去西门不算近。刚走了一段,吴万龄低声道:"统领,前面有人!"

我看了看前面,中军阵营已着火了,那是帝国军残兵最后的防线吧。借着火光,依稀看得到是有两个人影,正慌慌张张地在我们前面走。我道:"是我们的人。"

前面的人听到了我们的声音,忽然向边上一闪,我止住了别人,低声道:"你们是什么人?"

这时,只听得有人惊呼道:"楚将军!"

那是两个人的声音,混在一起,我反而听不出是谁了。我道:"是什么人啊?"

那两个人从黑暗中闪出来,我定睛看去,惊道:"张先生!伍参军!"

这两人竟然是张龙友和伍克清。他二人都是武侯幕府的参军,枪马也都不算如何,看来就是这样反而逃过了破城时的屠杀。伍克清小声道:"谢天谢地,楚将军是你们,方才我们只道是蛇人追来了。"

我扭头看了看正在厮杀的战场,心头一痛。不管如何分辩,我现在已是个逃兵了。

我道:"你们要去哪儿?"

伍克清叹了口气,说道:"慌不择路,君侯将我们这批参军打发出来,说是让我们自寻生路,我们也只得向暗处走。楚将军,你们要去哪儿?"

伍克清曾经来龙鳞军卧底,他大概还能厮杀一番,但张龙友却一直都是辎重营的,大概连马都不会骑。我道:"飞出城去。"

伍克清一愣,大概以为我吓疯了,张龙友看了看我身后的那六个女子,却道:"用你以前用的那种风筝?"

他的脑子倒的确很灵。我点了点头,说道:"差不多,快走吧。"

伍克清叹道:"君侯一世英名,没想到竟然会败得如此惨法。唉,只怕蛇人将成浩劫,帝国有难了。"

我有点心烦意乱,说道:"快走吧,别说了。"

通向城西的城头上不时能踢到一两具尸首，踩到一段圆滚滚的身体时我几乎惊叫起来，发现原来是具蛇人的尸首。一路上坑坑凹凹，墙头也不时有缺口，有一个女子在过一个缺口时失足摔了下去，没听到声音，多半摔死了。我们也不敢去找，只是用最快的速度向城西奔去。

如果右军营中也有蛇人的话，那么一切都完了。走进空荡荡的右军营盘时我不禁想着。但里面像死了一般，只有几支还没燃尽的火把在烧着，另外便是一地的尸首了。看来蛇人穿营而过，只顾着追杀溃逃的帝国军，根本没有留兵力驻守。看来蛇人虽然聪明多了，但毕竟还不是人。

蛇人在攻入右军营中时，杀得血流成河，我只望不要破坏那个东西。可是，我们现在有九个人，怎么个坐法？一时间也不敢去多想这些了，我只顾在右军阵营中找来找去。记得薛文亦的营帐便在当初栾鹏的营帐边上，可是夜里看来营帐多半一模一样。伍克清见我看来看去，问道："楚将军，你找什么？"

我还没回答，忽然听得有人低声叫道："是楚将军么？"

这正是薛文亦的声音！我大喜过望，说道："薛工正，是我！你在哪里？"

一边地上的几具尸首中有个人动了动，我拔起一个帐篷边剩着的半支火把跑了过去，却见薛文亦躺在几个右军士兵中，肚子上中了一刀，伤势很重。我扶着他，伸刀从尸首衣服上割下一条布给他包好，说道："你没事吧？"

薛文亦叹了口气，说道："蛇人攻进来时，我还在做那飞行机，结果吃了一刀。楚将军，我会死么？"

他流血很多，人很虚弱，但如果是我的话，休养一段时间总会好的。我道："会好的会好的。那个飞行机你做了多少？放哪儿了？"

他咳了一声，说道："我已经做了十个了。你想用那个么？"

十个！我心头一宽，但马上又冷了下来。薛文亦这副样子绝对坐不了飞行机，而那几个女子肯定也不行的。难道，刚看到希望，便又要破灭么？

薛文亦道："你们有几个人？"

"九个，五个是女子。"

薛文亦道："那五架就够了，就是……"

原来一架飞行机可以坐两个人！我心底又是一宽，也顾不得他还有话，急道："东西在哪儿？"

薛文亦指了指一边道："就在我营帐里。看来天不绝我，我只道自己是死定了，没想到楚将军你还会回来。君侯人呢？"

我脸一沉。武侯现在不知如何了，我眼前似乎看见武侯在马上作最后的殊死战。我道："君侯让我们逃生去，逃得一个是一个。"

薛文亦费力地抬起身，说道："那么南门也失守了？天哪。"

我没有跟他说，陆经渔的东门九成也已经失守。我见他的营帐里无非堆了些木料，急道："你那飞行机到底在哪里？我没看见。"

他道："还没装呢。亏得我没装，不然准要被蛇人砸烂不可。"

薛文亦的飞行机是分成三部分的组件。这十个按部件不同堆叠起来，占了大半个帐篷，乍一看就是些刨好的木板，蛇人冲过来时自然认不出那是飞行机。我们按薛文亦的话组装起来，堆了一地，又听他说了驾驶的要点，我和吴万龄抬起一架放到了架子上，我道："薛工正，怎么飞出去？"

他突然一惊，说道："天啊，你们没有马？"

我像被当头打了一棒，说道："什么？要马来拉的？"

"要马拉一程，飞行机才能起飞的。"

我晃了晃，不知该说什么好。千辛万苦，居然会是这么个结果。我道："还有什么办法么？"

薛文亦想了想，说道："办法是有一个，不过我没试过。"

他忽然猛地咳了起来，几乎要断气。我急得如火烧一般，给他敲着背道："薛工正，还有什么办法？你快说！"心想就算你要死也等说完了再死。可薛文亦这回咳得更凶了，伸手指着一边，似乎想说什么话，可越急越说不出来。忽然，他眼一翻，人晕了过去。

我急得晃了晃他，叫道："薛工正！薛工正！"可是他却没回答我。刚才指点我们装好飞行机，已耗尽了他的力气，现在虽然还没死，但醒过来也不是一时半会的事。

只能靠自己了。我走到他指的地方，那儿是一堆破损的攻守器具，想必是让他修理的，有一辆冲车，一具石炮，还有一架断成三折的云梯。

冲车绝对没用，难道是云梯？突然，吴万龄叫道："用石炮！"

我眼前一亮。那石炮显然改装过，没有装石块的网兜，弹簧却是双份的，不似用来抛石。薛文亦肯定想过石炮来抛出飞行机，不过看样子石炮的力量比一匹健马更大，太过危险，可现在也只能硬上了。我叫道："对了！快，帮我搬过来！"

远远的还在传来厮杀声，但已经弱了不少。等帝国军彻底失败的时候，蛇人一定会回来的。我和吴万龄手忙脚乱地忙着，拼命将那石炮移到空处弄好。等把一根绳子钩到飞行机前面的一个钩子上，吴万龄道："统领，我先来试试吧。"

我拍了拍他的肩，不知该说什么。这个东西我们也不知到底有效没有，但如今也只能一试。我道："先前你说有事要说，趁现在说吧。"

我心想这石炮根本不知有没有用，可能一家伙就把吴万龄跟石头一样扔出去摔个稀烂，他有什么要交代的话，趁现在说吧。可是吴万龄摇了摇头道："不用了。统领，那我去了。"

他坐进了飞行机里，另一个女子也胆战心惊地坐好，吴万龄道："将军，来吧。"

厮杀声已经近了些。也许，是蛇人在追杀四散逃跑的帝国军，已经马上要来这里了。我一咬牙，说道："吴将军，如果不成功，你不要怪我。"

吴万龄喝道："楚将军，你怎么婆婆妈妈的，快点！"

我一把扳下石炮的扳机，石炮有力地弹出，那架飞行机轻盈地滑出架子，像一只飞鸟般疾射向夜空中。由于飞行机头上的钩子是向后开口的，飞行机飞行，绳子便正好滑出，落在地上。

成功了！

我一阵欣喜，说道："快，张先生，你先来。"

张龙友有点慌乱地坐了进去，他带的是薛文亦，也很顺利地飞了出去。

连着两架都很顺利，我也胆大了些。等伍克清和一个女子坐进后，我一扳扳机，忽然，那飞行机一歪，竟然从架子上斜着飞了出去。

夜空中划过伍克清的一声惨叫。我看着新放上的一架飞行机，心头一阵寒意，脚也有些发软。薛文亦做的飞行机还不是十全十美的，刚才伍克清和那女子像弹矢一般飞出城去的样子，我也不禁心寒。看了看剩下的三个女子，心头不觉一阵踌躇。

我走时，当然要带她去的。可是另两个呢？她们怎么办？她们两个中有谁能有胆量再试试么？我正想问她们谁敢上，突然，她像是知道我的心思，说道："将军，我来试试吧。"

直到现在她仍抱着琵琶，一双眼睛明亮得仿佛星光，无喜无嗔，甚至没有一丝感情。只是在深邃的眼睛深处，我似乎看到了别的东西。是绝望，也是希望。我点了点头，说道："好吧。"

我抱起她的双腿，让她坐进飞行机里。看她把琵琶放在身边，我小声道："小心。"

每次要扳动石炮时我都说这两个字，包括伍克清。只是对她说时，我几乎失去了勇气。她看了看我，明亮的眼睛里依稀有点泪光。我不敢再看，说道："准备好了么？"

她点了点头。这时，和她一起坐在飞行机上的女子尖声叫道："将军，那些怪物来了！"

我喝道："别吵！"闭上眼，扳起了扳机。在那一刻，我的心也悬在了空中。如果她出事，我也不想再走了，便是死在蛇人阵中，也要好过日后想到她的惨状。

"嚓"一声，她坐的那架飞行机已轻盈地飞了出去。这时，我听得营外有人叫道："什么的那是？飞的。"

那种腔调一听便是蛇人的。蛇人来了？我低声对那个有点发呆的女子道："快帮我把飞行机放上去。"

刚把她放好，我去扣好那石炮时，便听得营外有个声音叫道："在这里！来呀！"那个女子猛地尖叫起来，说道："你怎么扳？怎么扳开？"

蛇人已像潮水一般涌了进来。我捡起地上的一杆长枪，喝道："闭嘴。"冲到架子边，也不知哪里来的力气，一跃而起，便已坐了进去，说道："坐稳了！"

这时，一个蛇人一声吼叫，冲了过来。我不敢再看，回头凝神定气，对准那石炮的扳机投去。

这是我本来就已想好的。如果是江在轩那等箭手在身后，自然十拿九稳，但现在我也只能赌赌了。

蛇人也是一枪迎面投了过来。这一枪破空之声极厉。我那一枪正好击中扳机，可是，我扔出枪时手不禁一软，那长枪只碰了碰扳机，石炮没动！

这时，蛇人投来的长枪从我身边擦过，"呼"一声，一下没入暗中。虽然没碰到我，可是我身上已是冷汗淋漓。现在没机会再取枪试一次了，我不禁后悔，刚才没有用绳子绑住长枪,不然还有一次机会。

如今机会已逝,现在,是我的死期到了吧。

我闭上了眼。

刚闭上眼,忽然只觉身体一震,眼前一花,周围景物飞快地倒退,睁开眼,我已飞入了夜空中。

是那蛇人的一枪触动了机关!没想到是蛇人送我飞了出去!我心头一阵狂喜,向下看了看,却见地面上蛇人已蜂拥而至,却一个个张大了嘴,似是不知怎么回事。

逃出来了!我恨不得欢呼一声,扭头看看坐在身后的女子,她大概还没从惊吓中醒过来,也仍是张开了嘴。

我控制着飞行机的机关,让飞行机顺着气流在空中飞行。薛文亦真不愧是妙手,这飞行机设计精巧,控制起来也极其方便。薛文亦告诉我们说,如果运气好,气流强,那么这飞行机可以一直在空中飞,飞到帝都都有可能。我想我肯定没那么好的运气,但飞出十余里路大概还行。蛇人现在尽聚在高鹫城,逃出十余里,多半就有条生路了。

试了几圈,我已大略控制住了飞行机,顺着气流盘旋了几周,越盘越高,头顶的星空也似近在眼前,好像可以摘下来。看着远处,另几架飞行机也在顺着气流盘旋,也不知哪一架上是她。好在几架都十分平稳,看来张龙友、吴万龄和她都已经把握到诀窍了。

这渺若游丝的一线生机,终于在最后关头被我们抓住了。这时,从下面忽然传来一阵凄厉的笛声,伴随着笛声,是一些沙哑的喉咙在唱着:

> 身既死矣,归葬山阳,
> 山何巍巍,天何苍苍,
> 山有木兮国有殇,
> 魂兮归来,以瞻家邦。

武侯已到了最后关头吧,我的泪水已从眼眶中汹涌而出。高鹫城中四处火起,即使在空中,也仍听得到帝国军的惨呼和蛇人的吼声。

这时,坐在我身后的女子忽然像魇着了似的叫道:"不要!不要杀我!"

我抹去了泪水,喝道:"不要叫!"

尽管我这样冲她吼着,其实,在我心里,也想这样大吼大叫,把郁积在心中的一切都发泄个干净。

我抬起头,月色凄迷。惨白的月色像水一般洒在我脸上,仿佛要将我周身都融化掉。

"走吧,我们走吧。"

我低声地说着,又耳语般地说:"我会回来的。"

飞行机随着东南海上吹来的风,盘旋着向北方飞去,身后,那在烈火中燃烧的城池已渐渐变小,渐渐地像一颗微不足道的星,再看不清了。

(《天行健》第一部《烈火之城》终)